独角兽书系

未来科幻大师书系

未来科幻大师书系
FUTURE SCIENCE FICTION MASTER BOOK SERIES

双螺旋

杨晚晴短篇科幻小说精选集

杨晚晴 著

重庆出版集团 重庆出版社

图书在版编目(CIP)数据

双螺旋:杨晚晴短篇科幻小说精选集 / 杨晚晴著.
—重庆:重庆出版社,2021.5
ISBN 978-7-229-15810-1

Ⅰ.①双… Ⅱ.①杨… Ⅲ.①幻想小说—小说集—中国—当代 Ⅳ.①I247.7

中国版本图书馆CIP数据核字(2021)第077438号

双螺旋:杨晚晴短篇科幻小说精选集
SHUANG LUOXUAN:YANGWANQING DUANPIAN KEHUAN XIAOSHUO JINGXUANJI

杨晚晴 著

责任编辑:邹 禾 陈 垦
装帧设计:王 超
封面绘图:温玉南
责任校对:刘小燕

重庆出版集团
重庆出版社 出版

重庆市南岸区南滨路162号1幢 邮政编码:400061 http://www.cqph.com
重庆出版社艺术设计有限公司 制版
重庆市鹏程印务有限公司 印刷
重庆出版集团图书发行有限公司 发行
E-MAIL:fxchu@cqph.com 邮购电话:023-61520646
全国新华书店经销

开本:890mm×1230mm 1/32 印张:11.25 字数:316千
2021年5月第1版 2021年5月第1次印刷
ISBN 978-7-229-15810-1
定价:49.00元

如有印装质量问题,请向本集团图书发行有限公司调换:023-61520678
版权所有 侵权必究

目录

在写作中构建自我
——《双螺旋:杨晚晴短篇科幻小说精选集》序 / 1

杯中风暴 / 1

奔　月 / 17

恶　龙 / 26

来自火星的孩子 / 63

墓　碑 / 91

拟人算法 / 119

闪亮的星 / 143

双螺旋 / 180

天上的风 / 200

伪　神 / 236

种　子 / 256

罪 / 285

墓志铭 / 310

在写作中构建自我
——《双螺旋：杨晚晴短篇科幻小说精选集》序

大概是因为名字里带一个"晚"吧，我是一个挺晚熟的人。我从三十岁才开始尝试着写小说，之前不是不想写，而是写不出来。三十岁，可以说是我的一个人生节点：在这一年，我开始正式接受自己有了一个孩子从而自己不再是一个孩子的现实。这个现实带给我的冲击就是，生活的繁杂与冷冽扑面而来，作为丈夫、儿子与父亲，我必须挺身直面。做个不恰当的比喻吧：我从前的生活带有某种梦的属性，尽管偶尔荒诞残酷，但在我最深层次的意识里，我认为自己随时都可以从生活的暗面中抽身而出；而在有了孩子之后，我渐渐意识到，我有责任为这个纯洁美好的小生命筑梦，而作为梦幻世界的地基，我本身必须是坚硬的现实混凝土。于是我真正开始了与生活的对峙与磨合，这过程难免鲜血淋漓，此前所有自我愈疗的手段，譬如摇滚、譬如阅读、譬如游戏，都已经无法完全捡拾并拼凑一个溅落在地的、破碎的杨晚晴。

三十而立的我，需要某种深度参与的、坚定有力的愈疗手段。

我找到了写作。这是一场漫长的治疗，在拼凑自我的过程中，它甚至变成了病症的一部分：我本以写作对抗现实，没想到它竟然重构了我的现实。我从很小的时候就开始思索世界，思索人与世界的关系，思索爱，思索死亡，思索诸多不可言说的事物。但这些问题仅仅表现为我大脑中的思辨时，它们是流动的、抽象的，和我脚踏的大地，和我头顶的天空，和我眼前的生活没有太大的关系；而当这些问题落在笔头、化作小说人物的言行与命运时，它们变得具体，它们有了自己的意志,要求作用于主人公并且得到主人公的反作用力,它们就是主人公必须面对的残酷物理。所以你看,写作不过是我对生活的迂回抗争,那是无数个位面里的"我"在死斗人生宇宙的无数谜题,而无论胜败如何,端坐在电脑前的我,除了眼睛与颈椎的经年劳损外,实在没有什么损失。

——写作者往往是自私的:通过献祭与摧毁小说人物(在绝大多数情况下),他们搭建了一个更丰富、更深邃,也更完满的自我。

至少对我来说是这样。

既然说到这里,就聊聊我小说中的苦命人吧,感谢他/她/它的无私牺牲,成就了如今的我。在《伪神》里,他是被"神"玩弄于股掌之间的皇帝;在《杯中风暴》里,他是背负世界命运的企业家;在《种子》里,他是在永生与速朽的对立间苦苦求索的丈夫和父亲;在《双螺旋》里,他是需要做出艰难抉择的城市管理者;在《罪》里,他是被自己遗忘的过去牢牢攫住的侦探与罪犯;在《墓志铭》里,他是要为世界撰写墓志铭的绝症患者;在《闪亮的星》里,她是在偶像文化的美丽泡沫里苦苦寻觅爱情的都市白领;在《拟人算法》里,它是被狂妄人类赋予前定命运的人工智能……

如今回想起来,以上几乎每一篇小说,都是在某个阶段横亘于我生命中的斯芬克斯,而归根结底,它们都脱胎于如下母题:世界的存在之谜,死亡的样貌,生命的意义,自由意志,爱与美,人类如何自处又如何与世界相处……中短篇小说善于抛出问题而非解答,再说,以上问题也很难有个让所有人都心服口服的解答。然而不能因此说,抛出问题是毫无意义的。至少我在尝试理解问题,而这个过程才是最珍贵的,它是穿越恐惧、晦暗和绝望的艰难跋涉,每一步脱离泥淖都带来短暂的欢愉和智性的战栗,更何况,沿途还有花朵和星星。旅途中的风景已经足够美好,走不到尽头又怎样呢?

所以我亲爱的朋友,呈现在你面前的这本书,就是一段旅途。它是私密的，关乎一个中年男人迟来的、痛苦的自我构建；它又是开放的，因为这个中年男人不惮于袒露自己的痛苦与脆弱。他可以拍着胸脯说，他在文字上用尽了自己全部的真诚——我想（我希望），只要有这一份真诚，就不会辜负你宝贵的时间。

下面，让我们开始吧。

Bon voyage!

杯中风暴

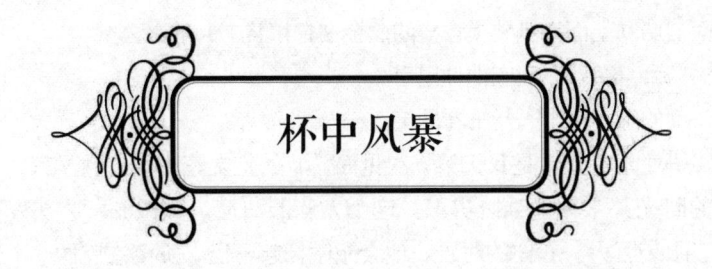

第一声枪响之后，我处于极度震惊之中。

他也是一样。他瞪视着我，脸上驰过诧异和愤怒。他后撤一步，左手探向腹部的那个窟窿。忽然，在他被痛苦扭曲的脸上，一丝笑意一闪而过。

他缓缓坐下，躺倒，看起来疲倦至极。

我颤抖着穿过枪声的袅袅余音和钢蓝色的烟雾，走到他躺卧的地方。血从他的手指间汩汩流出，他的眼珠向下翻滚，仿佛想在离开之前用目光抓住某样东西。

我小心翼翼地绕过他身下不断漫溢的黑色池塘和被血泡酥的书，站定，用柯尔特1903的准星对准他的额头。

他的目光最终抓住了我。"哈……"他吐了一口气，那声音近乎于笑。

我扣下扳机。

第一枪出于本能，第二枪则是蓄意。

于是，我的老同学变成了一具尸体；而我，成了一个杀人犯。

这结局算不上皆大欢喜；但是，请相信我，我有不得已的理由。

※

命运是个善于突袭的猎手。虽然他在来找我时就已经远远望见前方人生的急转，但急转的方向与他的设想却南辕北辙。那只是个寻常的周四下午，他走进我的铺着波斯地毯、摆着硕大胡桃木书桌以及一

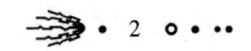

整面书墙（上面塞满装模作样的烫金书脊精装书）的办公室。

"嗨，睿智！"我向他伸出手。

他的嘴角挤出一丝难看的笑。

毕业十年，这是我们第一次见面。我的室友李睿智，数学家，十年的时光并未令他难以辨识。这个人依旧清瘦、微微驼背、头发蓬乱、眼袋巨大。看你的时候，他会微微扬起下巴，那姿态就像一个慵懒的赞许。

此刻，他对一个人人争相巴结的成功人士摆出了同样的姿态。

"你的房间，"扫视了半圈后，他总结道，"没有用视觉涂层。"

我讪笑一声。和李睿智打交道从来就不是什么令人愉快的事情，我只是没有想到他会把那一张臭脸窖藏了十年，使之回味更加醇厚绵长。

"我这人，比较恋旧。"我希望他能听出我话中的一语双关。

我引他在意大利皮沙发上落座。身着汉服的机器人侍女翩然而至，奉上明前龙井。他脸上的肌肉抽动一下，接过茶杯。

"那么，"我跷起二郎腿，"老同学找我何事呀？"

"我——"他的目光越过我的肩膀，"你的收藏？"

哈！我心中的小人儿邪恶一笑。在我身后巨大的陈列柜里，躺着大大小小几十支枪。火器是我俩学生时代唯一的共同话题，那时我们都穷得响叮当，对枪支的争论和把玩只发生在虚拟视觉中。这年头，廉价的虚拟视觉涂层几乎侵入了人类生活的各个领域，相形之下，真实藏品所费不赀。

我喜欢他在财富面前表现出的瞬间的自我怀疑。

"M16，马克沁，斯普林菲尔德狙击步枪……"他旁若无人地嘟囔道，"妈的，柯尔特1903，点38口径。"

从他的小眼睛里漏出一道光。他的身体紧绷、前倾，屁股和沙发若即若离，作势欲飞。以我对他的了解，这是一种迷狂的状态，只有面对最喜欢的事物时，他才会如此。

枪。数学。

"咳，咳——"我清了清嗓子，尽量压抑这一声中的处心积虑。

他如梦初醒，身子和目光一起塌了下去。"我想，"他皱了皱鼻子，"我想请你帮我两个忙。"

呵，李睿智呀李睿智，你还真是不改本色啊！我在心里嘀咕，十年不见，你倒是不客套，不仅占用我的时间，还张口要我帮忙——两个！

"你说。"我拈着茶杯，笑容可掬。

"这些年我在搞数学研究，你知道的，"他对着置于膝上的双手说话，"马尔特·斯库林那一堆劳什子。"

我点头。马尔特·斯库林，数学的终结。在我们大三那年，康奈尔大学的数学家斯库林发明了一套叫做"超连续"的数学工具；紧接着，使用这套工具，他推导出举世闻名的"斯库林方程"——这个方程统一了量子力学和引力，并在随后的实验中被不断验证，至今未被证伪。

科学界普遍认为，"大统一"的宏伟大厦就此封顶，人类对世界的求索走到了尽头。

自然，纯数学也就到了头。

"睿智，"我忽然有点同情这个生不逢时的人，"我不知道你研究这个还有什么意义……"

"我对斯库林这个人着迷。"

啊？

"发现方程以后，"他舔了舔嘴唇，"如你所知，斯库林陷入了神秘主义，到处宣讲上帝的慈悲——就像当年的帕斯卡……"

"还有牛顿。"我补充道。

他摆手，像是要驱走盘旋在眼前的苍蝇，"不止于此。斯库林还以权威自居，处处打压进行相似研究的年轻同侪。"

这同侪里包括你吗？我暗忖，斯库林之后鲜有人进行纯数学研究，即使要打压，怕也是难找出头鸟吧？

"……总之，"李睿智总结道，"斯库林在功成名就前后判若两人。

事出反常必有妖。"

我不耐烦地揉了揉太阳穴。

"斯库林的学术研究终止于方程的复平面映射函数，"他翻起肥厚的眼睑看我，"这是没有道理的。"

我在记忆中快速翻找。斯库林方程的复平面映射函数。似乎……有点儿印象。

几秒钟的等待之后，李睿智的礼貌终于耗尽，他再次扬起下巴，"将实数逐一代入斯库林方程的 β 值，其在复平面上的曲线要么收敛于零，要么收敛于一……"

当然当然，数学终点处的餐后甜点，数学系学生聊胜于无的课后练习。比起芒德布罗集的优美和逻辑斯蒂映射的实用，这个在 0、1 之间跳跃的散点图又算什么呢？再说，那时的数学系学生也都无心向学了。

嗯，李睿智除外。

"这其中可能存在某种模式。"十年后的李睿智对我眨巴眼睛，"零和一……这让你想到什么？"

茶杯在去往嘴边的中途停住。"二进制代码？"

他耸耸肩，"只是猜测。对我而言，要破解这个模式——如果真的有的话——工程过于浩大。钱超然，这是你的长项，我希望你能帮我编个程……"

哼，图穷匕见。我吹着一汪碧水中的东方树叶，这就是你要求的第一件事？简单，我手下随便一个常春藤的大学生分分钟就能搞定。

"这个……"我面露难色。

他迫切地看我，接着仿佛意识到自己的"纡尊降贵"，脸颊绯红。

"看在老同学的份儿上……好吧。"我说。

李睿智想给我一个笑容，可经过脸部肌肉的转译，笑容蜕变成又一次不协调的震颤。没关系，我已经在他的骄傲里看到了裂缝。李睿智啊李睿智，你也有今天！我抖着二郎腿，心中舒畅无比。大学的时候，我们就不是一路人。我，钱超然，是你在大学里随处可见的、关心衣食女友胜过学业、不到考试的前一天不会进入图书馆和自习室的那种学生，知识于我没有美学意义，只是实用工具。"知识就是生产力。"这是我的口头禅。而和我同宿舍的李睿智呢？这个来自小镇的青年土里土气、智商超高，还一脸孤傲。大一上学期，在我们尚有话可说时，他曾在寝室里宣讲：

"为什么学数学？因为数学关乎我们对世界的根本认识——物理是应用数学，化学是应用物理，生物学是应用化学，心理学是应用生物学，社会学是应用心理学……所以你瞧，数学是我们认识世界的基础，是真理，真理！"

随后他问我为什么学数学。

"学好数学，以后搞金融工程啊编程啊什么的好上手。"

他的脸像被冻住了一样。

大学四年，李睿智算是践行了上述那番话：泡图书馆发论文考试拿第一，他成了老师们的宠儿同学们心目中的学霸，更是早早便锁定了保研名额。对于毕业前夕我共同创业的邀约，他甚至连一个鄙夷的表情都不屑于给。

"爱好永恒无限的东西，可以培养我们的心灵，使得它经常欢欣愉快，不会受到苦恼的侵袭，因此最值得我们全力去追求，去探寻。"他面无表情地说，末了，又添上一句，"斯宾诺莎。"

我大张着嘴巴，"市井俗人"这个名号算是坐实了。从此以后我们无话可说。多年以后，当时光的河流汤汤而去，站在上游很远处的我才想明白：其实我和李睿智是同一类人，我们南辕北辙却都认为自己绝对正确，两头倔驴不可能走到同一条道路上。

也许，我那么看不上李睿智，是因为我不愿意承认，在心底，我其实是钦佩乃至羡慕他的：这个人可以为了自己的理想心无旁骛地向前，甚至"超然"于这个物质世界之外——也许，"超然"这个名字其实更适合他吧……

"超然……"李睿智的声音闯了进来，"还有一件事……"

哦对，我扬起眉毛，我看看你还有什么幺蛾子。

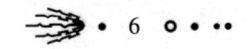

他在自己那件褪色的夹克衫里窸窸窣窣摩挲一阵，掏出一沓稿纸，摁在大理石茶几上。

"这是我十年的心血。"他说。

我倾身向前。泛黄的稿纸洇着黑蓝色的墨迹。我想象着昏暗灯光下奋笔疾书的老学究，他弓着背，厚眼镜下，眼睛只是两条会发生干涉的缝。

"你还用……写的？"

他皱了一下眉头，"做学术，还是要实打实的。"

我干笑一声，拈起那一沓智慧结晶。希腊字母。数学符号。我翻过一页。希腊字母。数学符号。我用大拇指戳着太阳穴，偏头疼山雨欲来。我把稿纸拍在腿上，"数学家，你能告诉我这是什么吗？"

"推导过程。"

天，再没有什么比这种言简意赅更令人恼怒的了，简直就是在赤裸裸地嘲笑你的智商。此刻，李睿智昂着下巴，一副睥睨天下的模样。

"推导什么？"我碾着牙问。

"世界的终极真理。"李睿智一脸云淡风轻，"我用斯库林的'超连续'方法，推导出了一个优雅得多的大统一方程。你看看。"

我哑然失笑，手中的稿纸随着身体颤动，沙沙作响，"就这东西，你用了十年？"

"斯库林是错的。"他语气笃定，仿若宣判。

我把自己重重砸进沙发，以示抗议。

"斯库林的方程太丑陋了，"他自顾自地继续，"以前有位科学家怎么说来着？'如果是这样，那么我为上帝感到遗憾。'"

擅改经典。不过我顾不上纠正他了，"斯库林方程可是已经被实验证实了的。"

"近似而已。"他那口气让我想起小说人物费尔明娜是如何评价伟大的巴黎的（浮华而已），"不比牛顿力学或者爱因斯坦场方程更高明。"

我捏紧拳头。李睿智目光低垂，嗓音喑哑，可你就是能在他的话语里找出那句"老子天下第一"。我想象着我的拳头如一枚巡航导弹，砸在他的塌鼻梁肿眼袋上，砸碎他的玳瑁框眼镜，打烂他那个不识时务不可一世的大脑……

我召唤侍女为他添茶。

"你比谁都清楚。"他的眼神在我和机器人之间转了一圈，"回到创世的时刻，回到奇点，斯库林方程是无效的。"

铛！正中靶心！我负隅顽抗，祭出我压箱底的知识储备，"这也许是因为，我们不可能在一个逻辑体系之内用逻辑认识这个体系……哥德……哥德尔不完备定理是不是这个意思？"

"不该记住的东西你倒记住了，"他哼了一声，"数学就是被悖论搞残的。钱超然，别幼稚了，依我看，数理逻辑只是造物主在故布疑阵。"

攻守瞬间易势，现在换成我目瞪口呆。想要重振旗鼓，我需要时间思考——我起身，绕过茶几，拍了拍李睿智散落着头皮屑的肩膀。

"走，去吃饭。有什么事，吃完再说。"

他向自己的肩膀偏过头，嘴角绷紧，显然，这样的身体接触让他感到极度不适。他还想说点儿什么，"咕——"恰在此时，他的肚子很知趣地嘟哝了一声。

身体是不会骗人的。我看着他悻悻起身，不无刻薄地想。在李睿智面前，美食也可以成为我的一个优势。

✤

交响乐般的咀嚼声，被舔舐得光洁如新的餐盘。从李睿智贪婪的吃相中，我推测出他很久都没有像样地吃上一顿了。

"慢点吃。还有。"我慈爱地说。

吧唧吧唧。吧唧吧唧。李睿智埋头苦干。

路过的员工纷纷向我致意，转过身后便掩口窃笑。我微微不悦：这些被你们抱怨不休的饭食，可是一个清贫数学家的美味珍馐！

片刻，吃毕。他挺身，打了个饱嗝，舔了舔油嘴。"超然，我……"

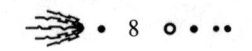

"哎——"我打断道,"不急,回办公室再说。"

我特意带他绕了一条远路。我们步入盛开着郁金香和玫瑰的花园小径,穿过加纳利海枣和棕榈树投下的疏影,在巨大的球形玻璃拱顶下步行了五分钟。当中央大厅的自动门无声滑开,一个有八十五米高、下窄上阔、充满蓝色液体的玻璃巨塔瞬间占领了我们的全部视野。李睿智仰头,嘴巴大张,露出紫红色的上牙膛。这是一个无须掩饰,也无法掩饰的惊讶表情;这是一个长期处于密闭空间之人对阔大的自然反应。

我喜欢他这样的表情。

"我们的创世神,"我介绍道,"梵天。"

他吞了一口唾沫,"我没想到它会这么大……"

我轻浅一笑,伸手前指,"你看到的绝大部分其实是梵天的——你可以理解为——冷却塔。它的真身并不大……"他顺着我指示的方向看去,在冷却塔的正中,是一根纵贯上下的透明柱状体,有如定海神针;柱状体中冷光闪烁,仿若点点繁星。

"梵天有三百个量子位,传统计算机要达到它的计算能力,体积会和已知宇宙一般大。"

他默然凝视片刻,少顷,低低的声音像是从他身体的某个裂口流淌出来。

"它——像个茶杯。"

看来学霸们的审美趣味还真是普遍低下,我讪讪道:"我们的工程师也叫它'杯子'。"

"所以,"我似乎在他脸上看到了稍纵即逝的笑意,"你所创造的世界,就是杯中世界……"

杯中世界?我听得一愣。我怎么感觉,我竭力在李睿智面前营造的奢靡宏大的氛围,就这样被一个比喻瞬间消解掉了呢?

哼,这就是他的反击吗?

"李睿智,"我愤愤然,"你可不要小瞧梵天,它……"

李睿智扬起一只手,"我知道。它可以在最根本的层次上模拟宇宙:天气预报、新材料试制、事故还原乃至经济理论验证,梵天弹无虚发。"

我紧绷着脸,确保得意之情没有偷偷溜出来。

"但是,"他狠狠地咬着前两个字,"在模拟宇宙大爆炸时,梵天所使用的斯库林方程是失效的。它从来没有创造出和我们有着相同常数的宇宙。"

我挠了挠鼻尖,"从应用的角度讲,这只是斯库林方程的一个小瑕疵。再说,在千奇百怪的宇宙中——"

"有的宇宙产生了生命,甚至进化出了智能。"他旁若无人地接管了对话,"你称这些虚拟的宇宙为'拟像世界'——将拟像世界接入互联网,让全世界亿万玩家付费进入,在其中扮演各种角色:异星生物、坏蛋、英雄、神。你的巨额财富正来源于此——当然,你还能得到科研基金的资助,尽管对你来说那只是小头。"

我不置可否地笑了一声。

"到了什么程度?"他突兀地问。

"啊?"

"拟像世界中的文明。"

"这个……"我忽然发觉自己在不知不觉中又变成了弱势的一方,是什么扭转了战局?难道财富真的敌不过思辨?妈的,这谈话不应该再继续下去了。

"有的已经到了利用原子能的阶段。"我说。

"你考虑过渗透的可能性吗?"

我的耳中蜂鸣一声。"你怎么……"

"这想法是自然而然的吧?对那些宇宙来说,终极秘密就是架构世界的底层代码,一旦破解,智能在拟像世界里就会成为神。由于时间流速不同,智能渗入硬件层面,进而掌控互联网可能就发生在瞬息之间——那将是我们这个网络文明的末日。你考虑过这个可能性没有?"

作为一个宣称自己不会编程的人,他竟然想到了这一层,还表述得如此流畅、逻辑如此清晰，如果我当时冷静想一想，也许就会得出"这绝不是李睿智灵光一闪"的结论，那么事情就不至于发展至此。然而彼时的我已经被智力上的自卑彻底攫住了，竟没有注意到李睿智话语中暗藏的机锋。

"我们的网络安全部已经考虑到了这个问题，"我回答道，"他们有自己的解决方案……"

"哦？"李睿智扬起眉毛。

"商业秘密，无可奉告。但我可以负责任地告诉你，不会出现你说的那种情况。"

他耸了耸肩，看起来并不感到失望。

说话间，我们到了办公室。耐心已消磨殆尽，我指着桌上那沓稿纸，"李睿智，说说你的事吧。"

他拍了拍脑袋，"哦，对。我想你在'梵天'里试一试我的方程，我相信它才是这个世界的终极答案。"

"这个嘛……"我故意放慢语速，"要给我们的数学家先看一下，然后由董事会决定能否代入运算。"其实作为公司的创始人，我是有"借用"运算能力的小特权的——但如果不难为难为他，乐趣何在？

"拜托。"他起身，并不看我。拜托！这是拜托别人的姿态吗？

"我尽力。"

"谢谢。"

我差点儿要为他这一声"谢谢"感激涕零了。

他转身，目光在陈列柜上小小地逗留了一下。

"嘿，睿智，"我叫住他，"我们不妨打一个赌吧！"

他偏过身看我。

"如果你是对的，我把那把柯尔特1903送你。"

"……如果我错了呢？"

"来我这里当网络安全主管，如何？"

哈，没有什么比用凡俗之物羞辱这位清高之人更叫人痛快的了；再说，他在数字上的直觉也许真的可以为我所用……

"成交。"

他头也不回地走了。

✱

第二天一早我就意识到，那把我无比珍视的手枪已经不再属于我了。

李睿智的方程——必须承认，它比斯库林方程漂亮得多——通过了"梵天"里的各项虚拟实验，并最终生成了一个所有常数完全吻合的宇宙。我的这个寒酸偏执的老同学将是宇宙终极秘密的揭晓者；而我，也会因为一把手枪而被历史记住吧？

愚蠢。唯利是图。真理的对立面。

妈的。

我可以把他的发现据为己有吗？我曾认真思考过这个龌龊想法的可能性——目前，除我之外，还无人知道李睿智的方程已经得到了验证——不，我还不至于卑鄙到那种程度。

再说，我对我的人生还是挺满意的。

我把柯尔特1903用丝绸手帕包裹好，塞入外衣口袋。路过中央大厅时，我被一个程序员叫住。

"钱总，您昨天交给我的东西，出结果了。"

我的大脑空白一秒。"哦，那个，那个斯库林鬼知道叫什么映射，嗯哼，好，你得到了什么？一坨狗屎？"

"不，"程序员的表情吊诡，"我想您最好来看一下。"

✱

01000001 01000010 01000011 01000100……

"这是……"我皱着眉头，眼前一大串0、1排列似曾相识。

"ASCⅡ码里的ABCD，实际上，斯库林复平面映射函数的前208个实数对应了ASCⅡ码里的整个字母表，嗯……"程序员犹疑地看我，"按顺序完美对应。"

我的汗毛噌地立了起来,"你他妈不是开玩笑吧?"

程序员苦着脸,那表情里写着一万个"不敢"。

我吞下一口唾沫,"然后呢?"

"密钥之后跟着密文。"程序员的手在空气中一划,全息投影飘到我眼前,"这是破解后的密文。"

Apocalypse.

我倒吸一口冷气。"还有呢?后面是什么?"

"无限循环,"程序员说,"字母表,Apocalypse。字母表,Apocalypse……"

天。我感到一阵晕眩。

"钱总……"

我摆摆手,曳着脚步离开程序员的隔间,搭了上行的电梯。

我鬼使神差般地回到了办公室。

※

我启用了我价格不菲的视觉涂层。这个视觉涂层的昂贵之处在于,无论你是否开启视觉增强,它都会向你输出被篡改过的、极为逼真的视觉信号。于是在去往李睿智住处的一路上(我用现金支付出租车费),人们看到的是高大帅气的肌肉男,而非矮胖的企业家钱超然。

当然,我骗不过监控器,但减少真身的"暴露"时间总不会错。

李睿智蜗居在市郊的模块化住房中。这些低矮的水泥小楼有着一样的层高(不超过十层),灰白泛黄的外立面,没有避震伺服器。

就像古稀之人摇摇欲坠的牙齿。

这个傍晚黑云压城。燠热的贫民窟中臭气四溢。我步行上楼,不一会儿便呼吸困难、大汗淋漓。在门口,我关闭了视觉涂层。

李睿智穿着汗衫和大短裤迎接我。他那好整以暇的装束反衬出我的滑稽可笑和必然的失败。

西装。领带。皮鞋。

妈的。

他把我让进屋。这是一套不能再简单的住房：我现在站立的位置是卧室兼客厅兼书房，厨房和卫生间是那种胶囊型基本模块。空气中蛋白质腐败的甜腥味儿在暗暗翻涌。李睿智用手在书堆和食品残骸中扫出半平米见方的空白——天知道这空白是由什么材料构成的：沙发？袜子？咬过一半的果蔬凝胶？

"请坐。"

嗯，我想我还是站着比较好。

见我不坐，李睿智也不再客套，"怎么样，谁赢了？"

我掏出手帕，慢慢展开，犹如主持祭祀仪式；我把丝绸棺椁中锃亮的金属物品放在手边一本精装版《数学原理》上。

"哈。"他说。

"且慢。"我说，"李睿智，你知道这么个单词吗：A.P.O.C.A.L.Y.P.S.E——Apocalypse。"

"我英语不好。"他耸着嘴角，脸上却没有笑意。

"你知道，"我的呼吸粗重，"你早就破解了斯库林方程里的信息，对吗？"

"呵呵。"

"你明知道这是一个危险的游戏，却还要和我玩儿……你的目的是什么？"

李睿智的小眼睛里迸出一道闪电般的光，恰在此时，窗外雷声突起，几乎掩过他的话音。"……当然是为了验证我的理论……能够羞辱到你，更是……再好不过。"

我干笑两声，拳头紧握，指甲嵌入肉中。

"睿智，那天你问我，我有没有考虑过拟像世界渗入互联网的可能性——我还真的考虑过。我们的技术部门还为此专门设置了安全策略。"

"哦？"他饶有兴味地看我。

"那是一套陷阱代码。对拟像世界中的智能来说，陷阱代码具有诱导性，比真正的底层代码更易取得。这套代码差不多接近真实了——

也正是因为其接近真实,所有更具有诱导性。"

"就像斯库林方程。"他评论道。

我舔了舔嘴唇,"生成一个有智能的宇宙并不容易,我们希望拟像世界的科学家们能够就此收手。如果真有人刨根问底,我们还有第二重策略。"

"在代码中植入警告信息。"李睿智的塑料拖鞋在地板上打起了拍子。

"对,"冷汗如同蛆虫,钻进我的衣领,"一组按照它们通用语言设置的密码,大意大概就是'无所不知即是毁灭'云云,当然,肯定有更言简意赅的说法……"

"世界末日。Apocalypse……"李睿智把英文单词的尾音拖得很长,嘶……嘶……在我看来,眼前这个人就像一条吐着信子,准备随时置人于死地的毒蛇。

"斯库林先于我们发现了这个秘密。他一定意识到了终极答案的危险,于是为了保全这个世界,他不惜站在科学的对立面——同样地,我也请求你不要把你的方程公之于世。"我低声下气。

"所以说,"他推了推眼镜,"如果拟像世界中的智能发现了世界的终极真相,你们就会把它们毁灭,就像——"他单手上指,"虽然我不愿意相信——就像我们的造物主将要采取的行动一样。"

我点头。狂风嘶号,暴雨抽打树脂凸窗。雷炸了。

他突然笑了起来,笑声邪恶刺耳,他笑得弯下了腰,他的脚重重地跺在地板上。"钱超然,世界对我而言又算得了什么呢?毁灭又怎样?这一切,对于更高级的智慧而言,不过是茶杯中的一场风暴!我只需要真理,真理!朝闻道,夕死可矣!倒是对于你们这些有钱人,"他弓着背,对我翻白眼,"豪宅、美酒、美色,这些东西大概颇难割舍吧?"

"如果你守口如瓶,"我提议,"你也可以拥有这一切。"

他挺直身子,眼珠在镜片后转来转去,像是在认真评估我的建议。

"你是说,给我钱?钱超然,你可想好了,我们现在讨论的只是一种可能，也许这只是大自然的一个玩笑……"

不。我几乎可以肯定这不是玩笑。以下是我知道而李睿智不知道的事情：我在拟像世界里已经观察到智能创造下一级智能的行为。从理论上说，创造可以是一根链条，而我们并不能全然排除这个宇宙只是创造链条中间一环的可能。

而那个斯库林鬼知道叫什么映射则刚好印证了我的猜想。

"我赌这个可能性。"我急切地接话，"要多少都可以，你开个价。"

他被逗乐了，咧开的嘴角露出森森白牙，"嗯——咱俩换换，如何？"

我把手摁在那本《数学原理》上。"可以。你当亿万富翁，我靠救济金生活。可以。"

他似乎被吓了一跳。他向后退了一步，撞上一个松果状的书堆，后者哗啦啦倒掉一半。他稳定住身体，继而狂笑。

"哈哈哈，钱超然，你也有今天，哈哈哈，我告诉你，我——"

轰！乓！雷声。枪响。他的话音被吞没。红色的血。蓝色的烟。李睿智瞠视着我，脸上的惊诧犹如我的倒影。

几分钟后，他变成了一具尸体。

在黑色池塘和被血泡酥的书本旁，我终于冷静下来。也许，在我回办公室取子弹，然后一路潜行至李睿智的住所时，我的潜意识已经计算出这个结果了吧？

"尽管我不信万象有序，但我珍爱黏糊糊的、春天发芽的叶片，珍爱蓝天，珍爱有时自己也不知道为什么会爱的某些人，珍爱人类的某些壮举，也许我早已不再相信这等丰功伟绩，但仍出于旧观念打心眼里对之怀有敬意。"在他的尸体旁，我说道，"陀思妥耶夫斯基。"

※

我不得不这么做。在清理谋杀现场时，我一步一步接近了自己那两枪的动机。就算李睿智没有拒绝我，成了个亿万富翁，他仍是个狂人科学家，他总有一天会厌倦我曾拥有的一切：豪宅、美酒、美色。

到了那一天，为了他所谓的真理，他是不会怜惜这个世界的。

我不能冒这个险。

不过，我转念一想，我们毁灭拟像世界的触发条件又是什么？——有智能掌握了底层代码，并知道那代码是对的。

在这个世界上，这样的智能不是还有一个吗？

我的目光穿过模块住房窗子的逼仄，抵达天幕的宏阔。暴雨过后，星空澄澈，繁星扑闪眼睛回望着我。忽然幻觉袭来，我看到星空如老旧的瓷砖般脱落，在曾是星空的地方，是一片蚁群般的数码旋涡。

我抓起了枪。

奔 月

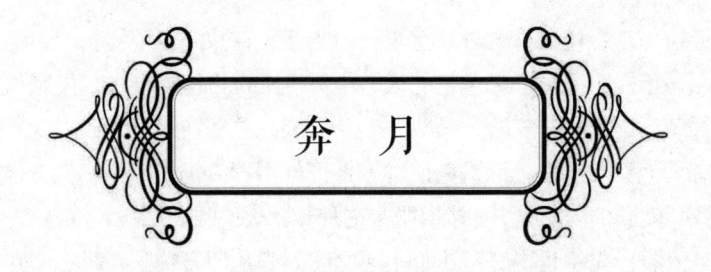

当人类中的每一员在夜空中望向月球，都会明白在世界之外的某一个角落，永远属于人类。

第一次见到安晓秋，是在一个秋日的午后。彼时，游客们正围在镇馆之宝"露娜"飞船四周，一边欣赏它泛着金色光泽的巨大身躯，一边用手指在空中指指戳戳，在增强视野中调阅这架飞船的文字和影音资料。我注意到，偌大的展示厅中只有一个人是沉默不语的。那人高高的个子，远远立在人群之外，长时间保持凝然不动的姿势。

人群散去后，他找到了我。

"你是这里的负责人？"他问我。

我点了点头。

"负责人你好，我叫安晓秋，我想——"他扬手指向登月飞船，"我想买那个。"

我扭过头，使劲儿眨了几下眼睛："……那个？"

他郑重其事地点了点头，"对，就是那个，'露娜'。我想买'露娜'。"

我愣了一下，然后拼命忍住笑意："呐，这事儿我可做不了主，你得找我老板。"

他盯了我一会儿："你老板在哪儿？"

大概这就是命中注定吧，我的老板，著名商人和收藏家杨静夫，今天恰巧就在楼上他的办公室里。说实话，在"深空"博物馆做馆长这么多年，我见过形形色色的人，也听过千奇百怪的要求，但张口就要买镇馆之宝的，安晓秋是头一个。后来我总是在想，为什么我当时没有把他打发了事，而是鬼使神差地把他引荐给杨先生——也许是因为我早就被他向我提出要求时眼中的那一团火说服了。

大概杨先生也很好奇这个不速之客到底是何方神圣，我在增强视野里提交的会见请求很快就被批准了。我带着安晓秋上楼，看他消失在电动滑门之后，在走廊里来回踱了几步，然后回到展厅。他们谈了很久，再次看到安晓秋之前，展厅里来了好几拨游客，我想一个玩笑是不可能支撑起这么长时间的谈话的，果然，博物馆即将关门的时候，安晓秋下来了。他径直走到我面前。

"怎么样？"我好奇地问道。

他笑了笑："成了。"

"杨先生他……把'露娜'卖给你了！？"

"不是'卖'，"他挤了挤眼睛，"是'给'。"

⋈

故事讲到这里，我想我有必要解释一下，为什么当我得知杨静夫先生将"露娜"飞船无偿赠与安晓秋时，自己会差点儿跌坐在地。"深空"博物馆里陈列的"露娜"飞船是月联公司开发的三架民用登月飞船中仅存的一架，公司破产清算时被杨先生以高价买下。杨先生为它重修了刚刚落成的私人博物馆，随后将它变成了一件惊世骇俗的馆藏。这件事在二十年前颇为轰动，媒体将其形容为"大登月时代"的正式落幕。有人指责杨静夫趁火打劫，但更多的人却认为，如果不是杨先生出手，"露娜"难免会遭遇被拆解零卖或者在垃圾场沦为生锈废铁的命运。杨先生是太空探索的坚定支持者，他时常对我说，人类的雄心和牺牲不应该就这么被遗忘，他所能做的，就是以收藏的方式，将大登月时代的记忆凝固在历史之中。

——我想，"露娜"不仅对"深空"博物馆至关重要，对杨先生来说，它也是精神图腾。安晓秋到底有什么魔力，能让杨先生在两个小时谈话后就把这图腾心甘情愿地交给了他？

"不，不是什么魔力。"安晓秋摇了摇头。此时我们正在城郊的一家烧烤摊上，抬起头，天上的一轮新月正氤氲着淡黄色的光晕，像缺掉了一角的柠檬。是安晓秋邀请我参加这一场小型"庆功宴"，他说他和我有一种一见如故的感觉。

"那你肯定是给杨先生下药了。"我笑着说道。

安晓秋继续摇头："林家和，你——今年多大？"

"35。"

"35，"他盯着我，"咱俩同岁。"

我有些莫名其妙："这和魔法或者下药有什么关系？"

"你为什么要在'深空'博物馆工作？"他问道。

我想了一下："因为馆里有'露娜'啊，可惜它现在已经——"

"'露娜，'"安晓秋打断了我，"或者准确地说，'露娜三号'，它所代表的大登月时代，是我们少年时最浪漫、最壮丽的理想，对不对？"

我怔了一下，鼻子忽然有些发酸。三十年前，业已成熟的冷核聚变技术被应用到航天事业中。大量装备了核聚变发动机的航天器飞向远在38万公里外的月球，在那里建立基地，从月球的土壤中提取氦-3，再将其运送回地球，进行氘-氦-3核聚变发电。这种高效的能源生产方式在一夕间便解决了困扰人类许久的能源难题，同时也打破了登月旅行的成本-效益瓶颈，民间资本纷纷涌入这一领域。我的童年到少年，正是登月探索如火如荼的时候，那时隔三岔五就会有某家公司开发的新型飞船登月成功、某位富翁在宁静海里打高尔夫球的新闻，而我们这一群中小学生在学校里讨论最多的，是在登月模拟游戏里如何选择发射窗口与完成变轨操作、是地球轨道会合与月球轨道会合孰优孰劣……那段时期被称为大登月时代，而它的高潮，是月联公司推出"露娜"飞船：凭借其标准模块化设计，"露娜"将登月旅行的成本大幅降低。我敢说，学校里的每一个孩子都为"露娜"疯狂了，在我们看来，登月不再是一个遥远的梦想，而是一个触手可及的未来——直到悲剧接二连三地发生，大登月时代因此戛然而止，地月旅行重新变为由国家主导的能源输送行为。

我摆了摆手："嗐，别提了。"

安晓秋眼神飘远："如果害怕从世界边缘掉下去，哥伦布就不会发现美洲大陆；如果总在过去的失败里顾影自怜，人类就永远不会走向更加辽阔的星海。"

"你这话是什么——"我突然打了一个激灵，"等等！你不会是——"

他冲我举起酒杯，嘴角卷出一缕狡黠的笑意。

某初创公司CEO安晓秋宣布，他将于中国的元宵节当天，乘坐"露娜三号"飞船登月。这一消息在全球新闻媒体中掀起轩然大波。有人赞扬他是后登月时代的第一个理想主义者，也有人说他是在为自己的公司制造噱头。关于他的动机，关于他选择的登月方式和日期，人们有许多猜测，但有一点是确凿无疑的：安晓秋确实从杨静夫手中得到了"露娜三号"，并且正在把它运出"深空"博物馆。拆卸和搬运飞船那几天，我在忙乱中度过，待到一切都告一段落，我才在增强视野中点开了国内媒体对安晓秋的采访。

记者：安先生，您能告诉我，为什么想要乘坐"露娜"登月吗？

安晓秋（身后是数百个工程机器人在围着飞船有条不紊地忙碌）：因为我没有通过宇航员选拔，没法搭乘"嫦娥"登月呀。

记者：那，您有什么非要登月不可的理由吗？我们知道，自从"露娜一号"和"露娜二号"的事故之后——

安晓秋：对，那之后民间登月的热情就被浇灭了——重新点燃人们探索宇宙的热情，这正是我登月的原因。

记者：……您似乎没有说出事情的全部。我们这里有一则未经证实的消息，您的父母——

安晓秋（忽然转身）：抱歉，我现在很忙，没时间听未经证实的消息。

（安晓秋大步走开，将镜头远远甩在身后。）

我从全息视频中退出，叹了口气。以我对安晓秋的了解，他确实不太擅长和媒体打交道，但这一次，在镜头面前，他实在是有一些失态……与此同时，我心底的疑问被再一次翻搅起来：如果仅凭热情就能打动杨静夫的话，那这二十年来打动他的何止一人？"露娜"怕是早就送出去了。还有，记者为什么会提到安晓秋的父母？这几天我曾找机会旁敲侧击地问过杨先生，但他只给了我一个神秘的微笑：

"你要是真的想知道的话，去问问安晓秋本人不是更好吗？"

所以在飞船拆卸工作临近尾声的一个晚上，我约了安晓秋。比起前几天，他瘦了一些，看得出来，他承受了很大的压力，我开始犹豫该不该在这个时候向他发问了。

"离元宵节还有不到三个月了。"安晓秋说。

我点了点头。

他抬起酒杯，抿了一口："家和，你知道吗，这真的不是靠一点理想主义就能完成的事业。"

"那当然，"我笑了笑，"三个月以后你将要乘坐世界上最危险的飞行器去往月球，理想主义肯定是不够的，你还得有不怕牺牲的精神。"

安晓秋被逗乐了，他笑着摇了摇头。"我曾在月联公司公布的数字拟真模型中反复研究'露娜'设计与制造的每一个细节和末梢，几乎了解它上面的每一个零件；我阅读过无数次两起事故的调查报告，也在大脑和软件里无数次推演过那两次致命的失败……我可以肯定地告诉你，'露娜'不存在重大的设计缺陷，它的第一次事故是由于雷达模块错误估计了与轨道上太空垃圾的相对速度，第二次则是——"他舔了舔嘴唇，"第二次则是着陆引导系统选择了错误的登月地点，导致飞船撞上环形山……我的公司的主营业务就是编写航天器飞行控制系统的指令，我相信我的技术团队修正了所有的代码错误，我也相信自己对'露娜'这二十多年来的深入研究——'露娜'并不危险，危险的是我们不愿直面错误的胆怯。"

"你应该把这些话讲给记者听。"我说。

"原来我以为，整件事情最难的部分在于，在合适的时间窗口，以合适的价格找到愿意搭载'露娜'的运载火箭——现在看来，这是最容易解决的一个问题。全球标准化航天部件和接口是大登月时代的遗赠之一，所以不管是'质子''猎鹰''阿丽亚娜'还是'长征'，它们都可以搭载'露娜'进入地球轨道。很凑巧，'长征'火箭在元宵节前正好有一次发射任务，如果'露娜'能够通过安全性检测，我们中国的宇航员们很乐意带着'露娜'重回地球轨道——而且全程免费。"

我拍了拍手："哇哦！"

安晓秋脸上的笑意绽开又迅即枯萎："然后我遇见了真正的困难。"

……真正的困难在于，"露娜三号"已经"休息"了整整二十年，它的很多部件已经老化，无法承受高强度的太空飞行，而由于航天工业系统的整体演进，飞船内部的许多部件已经不再生产了。

"就是说，"安晓秋咬了咬嘴唇，"'露娜'的外部接口和飞行控制软件环境虽然可以与现在的火箭兼容，但我们却没法通过采购新的零件来修复它机体内的问题。"

"你打算怎么办？"我问道。

他摊了摊手。

"安晓秋，你有没有想过，这世界可不止我们一个博物馆哪。"

他愣了一下："家和，你的意思是——"

"你既然能要来整架飞船，弄几个零件又有多难呢？"我轻描淡写地说，"大登月时代之后，民用登月飞船并没有立刻绝迹，至少有十年的时间，它们还在使用'露娜'的通用部件往返地月。我想，在这世界上，一定还有许多个人或者机构和杨先生一样，还珍藏着状态良好的通用部件，你只要想个办法把它们收集过来——"

话还没说完，安晓秋便闪电一般绕过餐桌，给了我一个熊抱。"谢谢你！家和，谢谢！"

我费了好大力气才将他推开："怎么，你这就想出办法来了？"

"没有。"他顽童般冲我吐了吐舌头,"但这毕竟是一个可以解决的问题,不是吗?"

这确实是一个可以解决的问题——虽然最初的想法是我提出来的,但解决方案还是令我大跌眼镜:众筹。在宣布登月众筹计划和所需部件后,安晓秋的个人社交页面被疯狂转载数十亿次,几天里他收到世界各地上千个援助意向,甚至不得不启用公司的数个人工智能线程来甄别和跟进这些意向。众筹效果出乎意料地好:在满足基本的零件需求后,安晓秋的团队甚至有余裕组建一套备用冗余系统。安晓秋得到了一些免费零件,为另一些零件付了钱,然而他收到的最多的交换条件,是"露娜三号"上的一个座位。

"众所周知,'露娜'上只有十五个座位,"安晓秋在最近的一次新闻发布会中说,"所以很抱歉,那些没有拿到船票的朋友只能等下次、下下次了。"

心直口快,是安晓秋一贯的风格。

……

我想无论在哪个时代,人类终究都是需要理想主义的。所以你才有机会看到这样的盛况:数百个曾被认为是历史遗迹的精密部件乘坐海轮、飞机和高铁涌向中国西昌,在这场"大快递"中,所有国家都开了绿灯。而在"露娜"的组装车间,忙碌着来自世界各地的志愿者和形制各异的工程机器人,如果你曾身临那沸腾着不同语言的施工现场,你一定会由衷地相信,即使是上帝也无法阻止人类建造巴别塔。

——因为我们人类永远在憧憬着更远的远方。

在"长征"火箭发射之前,"露娜三号"如期准备就绪。

这是安晓秋在飞往月球之前和我最后一次见面。吃饭时他满怀歉意地对我说,他只能吃清淡的食物,遑论喝酒。"但这样也比以前好多了,"他拍着我的肩膀说,"阿波罗11号登月之前,为了减小病菌感染的风险,阿姆斯特朗们甚至只能在透明薄膜后和记者们交流。相比那个时代,我们已经进步多了。"

"我们选择登上月球,并非因为它轻而易举,而是因为它困难重重,"我冲他挤了挤眼睛,"嗯哼?"

"困难和风险是一对孪生子,"安晓秋说,"说实话,即使已经模拟过无数次,我还是挺紧张的。"

"拜托老兄,你肩负着全人类的希望,你要是把事情搞砸了,全世界人民都不会答应。"我故作轻松地安慰道。

他点了点头。"家和,我知道你心里一直有个疑问:你想知道我是怎么打动杨先生的。"

"这个呀,等你回来再——"

"我告诉了他一些我不愿对人提起的事情,"他直直看向我的眼睛,"我是个登月孤儿。二十年前的元宵节,我的父母在'露娜二号'事故中遇难了。"

我使劲儿吞了一口唾沫。

"我的父亲是月联的工程师,母亲是记者,他们是在'露娜一号'事故的阴影下出发的……"安晓秋用力咬着每一个字,"他们说,要带给我一块月亮上的石头……"

他哽住了,将双手覆在脸上。我拍了拍他的肩膀。

安晓秋的双手在脸上用力揉搓了几下,接着放下,我看到他的眼眶泛红。"谢谢,"他说,"我曾消沉了很长一段时间,直到有一天我突然意识到,因为前进路上的挫折和跌倒而放弃奔月的理想,这才是活着的人对牺牲者最大的辜负。"

这句话后是长长的停顿,在停顿中我感觉到有温热的液体在我的眼中聚集。

这次轮到安晓秋拍我的肩膀:"老兄,所以我没有辜负他们呀,你看,我已经让'露娜'复活了,三天后,我还会让它重新飞向月亮——也许我还会带一块月亮上的石头回来呢。"

我使劲吸了吸鼻子，点头。

"知道最后我是怎么跟杨先生说的吗？我说，我的父母已经在月亮上寂寞了二十年，明年的元宵节，我们一家也该团圆了。"

说完，安晓秋举起手中茶盏。圆形顶灯倒映在绿盈盈的茶汤中，竟然像极了月亮。

他将茶一饮而尽。

在全息视频直播中，我看着"长征"火箭载着"露娜三号"冲出大气层，船箭分离，飞船入轨。我看到"露娜三号"建立轨道运行姿态，随即点燃聚变发动机。这时我退出了增强视野，抬起头，在澄澈的夜空中寻找那颗刚刚点亮的"小太阳"——我想我看到了"露娜三号"蓝白色的尾焰。

那是一颗即将奔向月亮的星。今夜的月亮已经很大很圆了，我想，那颗星绝对不会迷失自己的方向。绝对不会。

"安晓秋，"我翘起嘴角，"元宵节快乐。"

恶 龙

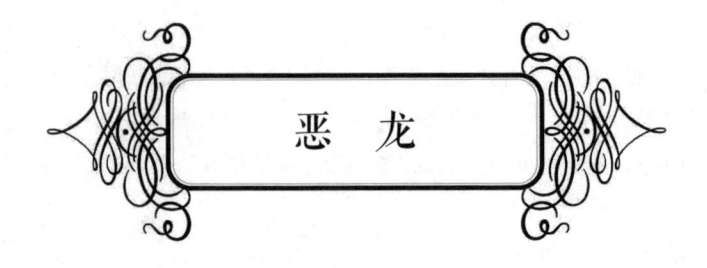

梦境最远也超不过这个地方。

——伊丽莎白·毕肖普,《猫头鹰的旅程》

我承认,三天前那个和我大战了一番的人,是我遇见过的最强大的战士——无疑也是最难吃的。消化他费了我好大的劲儿,尽管如此,我现在依然被消化不良所困扰。我不停地打飞着火星的饱嗝儿,反胃,由于腹部胀痛而辗转反侧——这些都还算是轻的。最严重的症状是我开始做一些莫名其妙的梦,梦到莫名其妙的世界,甚至还因此有了一些莫名其妙的想法。

"你肯定是吃得太快了。"断牙评论道。

我摇头,懒得开口否认。我确定我在吃人时就像断牙反复强调的那样,优雅而小心——咬碎铠甲,用牙齿轻轻挤压,然后用长满毛刺的舌头把里面的那坨肉舔出来,心满意足地咀嚼。"就像嗑瓜子。"断牙如是说。我不知道什么是"嗑瓜子"——断牙知道很多我不知道的事情,他的博学和他的丑陋一样,是一个难解的谜。

"你确定没有把'瓜子皮儿'吃下去?"断牙问我。

摇头。嗑瓜子儿是门艺术,也有难易之别。穿板甲的重装战士就好比葵花子,而穿锁子甲的就好比南瓜子,嗑葵花子酣畅淋漓,嗑南瓜子拖泥带水——这也是断牙告诉我的。当然强大的战士们只是我食谱的一部分,身穿布衣的法师、几乎一丝不挂毛发茂盛的野蛮人对我而言都是很好的饮食调剂——还有女人,这些柔软多汁的生物是最好的餐后甜点。换做平常，一想到她们我就流口水了，但今天我明显食欲不振。

"那就奇怪了。"断牙用他黏糊糊的长舌头舔自己的眼睛，这是他迷惑不解时的习惯动作，"照理说我们龙族不会出现这样的问题，我记得上次我消化不良还是在……"

他龇了龇牙，没有继续说下去。

"在什么时候啊？"我问。

"咳……记不清啦。我说——"断牙挥舞着两只畸形的前爪，"给我说说你的那些想法呗？"

我低头想了一会儿。"我在想，他们为什么都不怕死？"

"他们？"

"那些来猎我们的人。"

"他们是来猎你。"

"好吧，"我打了个响鼻，蹿出两道绿色的火苗。"那些来猎我的人，为什么不怕死？"

断牙用上唇蹭了蹭獠牙的断桩，"因为他们不会真正死去呀。"

"死也分真假？"

"当然——"他犹豫了一下，"哎呀我也不太清楚，反正所有人死后都会在一个叫'亡灵城'的地方重生，他们不会损失什么，最多花一点儿时间，重新攒套装备……"

我好像明白那些钻到我脑子里的概念是什么了：真正的死亡就是不存在了，而不存在是令人恐惧的。那些来猎我的人不会真正死亡，所以他们不会恐惧，他们只会一遍一遍地来挑衅我，然后一遍一遍地被我吃掉。

如果我的第一个问题只是让断牙挠头的话，那么我的第二个问题简直令他抓狂了。

"我是谁？"

"你是谁……你当然是史矛格啊！"

"那是我的名字。我是说，我究竟是谁？我从哪儿来？要到哪儿去?"

"你他妈原来吃掉了一个哲学家……"断牙一脸绝望——要是他那个挤着眼睛鼻子和嘴的地方称得上是脸的话。"好,我来告诉你:你是一条须弥山上的龙,你是从天上掉下来的,至于你以后去哪儿——我估计你的下半生就在这座山上了。我的回答你满意吗?"

我瞪着他,表明我的态度。

"那你想怎么样?"断牙耷拉着尾巴。

"我要去找一个答案。"

"什么答不答案的!我问你,须弥山上的生活不好吗?战士不好吃吗?女人不好吃吗?"

"我总感觉,我们不能为吃而活。"

"嗷呜——"断牙惨叫一声,"他妈的还是古希腊哲学家!"

"古……希腊?"

"算了算了。我再问你:你要怎么找答案?"

"我——"我起身,我身上的灰绿色鳞片在阳光下熠熠发光,在大风中飒飒作响,"我要离开须弥山!"

断牙僵了一会儿。"那、那我怎么办?"

"你可以和我一起走呀,"我轻快地说,"还是你想等战士啊女人啊送上门来?"

断牙死死盯着我,似乎是在确认我是不是在开玩笑——当他看到我身上每一片鳞片都闪耀着认真的光芒时,他仰起头,发出了一声绝望的呼号:

"嗷呜——"

断牙说骑在我身上的感觉就像是乘坐敞篷飞机。本来我不应该有"飞机"这个概念,但在吃下那个战士后,我隐约知道飞机是一种可以飞行的钢铁生物——钢铁的鹰或者钢铁的龙,要嚼碎它们可不是件容易的事,想到这里我牙根发酥。

"放心，这个世界没有那种东西。"断牙懒洋洋地说。说话时他正趴在我的背上，他的爪子深深地嵌入我鳞片间的缝隙中——这让我感到了轻微的酥痒，但鉴于他的翅膀只是肩胛骨上方拱起的两坨粗短的肉膜（尽管他一再坚持说别看他短，他一样能飞），在这个一寸长一寸强的世界，让他单飞毕竟是不人道的，所以我必须忍受这种酥痒，让他搭乘我这架敞篷飞机。

"这个世界？"我扭过头，身体随之剧烈晃动。

"喂——你好好飞！"断牙在我后背上摆荡，像一面肮脏破碎的旗。

"抱歉。"我把头扭了回去，"世界不止这一个吗？"

"世界有……无数个。"断牙的声音被风扯得模糊不清。

"无数个？"

"但……一个是真的。"

"……有真正死亡的那个？"

我没有听见断牙的回应。也许是因为风太大了，也许是因为我们刚刚穿过鸽灰色的迷雾，就看到了眼前的景象：

一座倒悬的山。这座山如同硕大无朋的黑色漏斗，尖细的山顶连接着棕黄色的大地，而厚实的底部则没入烟青色的云层之中。在现在这个距离，这座山生生占去了我一半的视野，据我估算，它起码有二十个须弥山那么大。

一股气流托起了我。我展平翅膀，向着山的方向滑翔。

"它怎么可能存在呢？"我喃喃自语。

"啥？"断牙吊着嗓门。

"我说，这座山会塌的呀！"

"在这个世界不会……"

这个世界。倒悬的山。不畏死亡的人。能够飞行和喷火的恶龙。恶龙丑陋的朋友……那个被我吃掉的战士在我的脑海里植入了太多不可能，而我感觉自己也是不可能中的一部分。这愈发令我想要知道答案了。

我加速向"山"飞去。

"他们还真的把这个副本开发出来了。"

在环绕"倒悬山"飞行的时候,断牙说。

"你说什么?副本?"

"你就把副本理解为一个只有特定的人才能进入的小世界。"

"我不太明白。"

断牙叹了口气,不再说话。这时我们离山很近,已经可以看清细节了:山体是黑色的,没有植被,上面的岩石反射着粼粼的荧光。隐约可以看见一条依山凿成的石头小径,它盘旋而上,时而隐没在峭壁和云朵之中,时而又从某个罅隙和山洞中穿出。毫无疑问,石径是向着云层上的"山脚"攀爬的,它的长度取决于山的规模,而以人类的尺度,它简直长得没有尽头。

"会有人爬这座山吗?"我大声问。

"山在这儿,就是给人爬的。"

也许断牙说得对,山就是给人爬的。我隐隐觉得,倒悬山没入云层的那部分似乎在召唤着我——所以我决定向上。由于山的"底部"越来越宽,盘旋会耗去太多时间,我准备沿山壁直冲上去。

"直冲?"断牙声音犹疑,"这山也不是直上直下的啊。"

"是有个角度,"我承认道,"大概我要仰着飞上去了。"

"啥?你说仰着——"

"抓紧喽!"

"嗷——"

我想断牙永远都不会忘记这次飞行:他吊在我身上,下方是万丈深渊,耳边是猎猎风声,而他仅有的依凭就是自己的爪子。一开始他的号叫声还不绝于耳,但到了后来,连我都开始感到呼吸困难,他的号叫变成了抽泣,最后连抽泣也渺无声息了。要不是鳞片下传来的疼,我甚至怀疑他已经掉下去了。

"喂——醒醒!"

被淋得浑身湿透的断牙终于睁开眼睛,"史……我们到……等等……水怎么……热的……还有怪味儿……"

"别的办法叫不醒你,"我尽量优雅地在地上蹭了蹭下腹,"所以我就——"

"呸呸呸!你他妈竟然敢!"断牙蹿了起来,直扑向我,用它那颗断牙撕咬我的鳞片。

"真是不知好歹,"我用爪子撩开他,嘻嘻笑道,"那些猎我的人为了口龙尿可是会争破头的。"

"你你你——"他忽然僵住了,"这是哪儿啊?"

我扬起头,"山顶。"

他用舌头舔了舔眼睛,然后似乎察觉到了不对,快速卷了几次瞬膜①。我想他被这一片无垠的平原震住了:连接着视野尽头的青翠草场、零星的树木、黑压压的兽群、躺在地平线上半牙黯淡的橙色太阳、靛青色的天幕、天幕之上的浩瀚星海。

"我们是不是到了同温层啊?"半晌,断牙才支吾出一声。

"什么层?"

他摆了摆爪子。须臾,他瞪圆了眼睛:"那是什么?"

顺着他指的方向,我极目远眺:那是一个浮在空中的朦胧小圆点,在几次心跳的间隔中,那个小圆点迅速扩大,扩大……

我看得呆了,"那是——"

"龙!"我和断牙异口同声,面面相觑。

看清了,那是条金色的龙——这世上竟然还有我的同类!正当我缓缓飞起,准备体面地迎接这个同类时,他突然冲我喷出了什么东西,我眼前一花,背脊滚过一道热流,耳边炸响裂帛之声,我一个趔趄,向地面坠去——

是闪电!我在半空中努力稳住身子,浑身鳞片由于愤怒和恐惧嚓嚓作响,我仰起头,看见金龙继续向我的后方飞去,继续喷吐耀眼的闪电,而闪电劈向的地方,是一片黑压压的乌云。

---

① 瞬膜,又称第三眼睑,是爬行类和鸟类用来遮住角膜,借以湿润眼球的身体部位。

"那不是乌云！"断牙在我的下方狂吼，"是人类！"

是人类。随着乌云逼近、随着乌云被金龙的闪电照亮、随着闪电如涟漪般在乌云中漾开，我看清了那是什么：人类的飞行艇、狮鹫、苍鹰，以及向我洒来的箭矢。

我立刻向地面俯冲，用爪子捞起断牙，回旋半圈，急速爬升，紧跟在金龙身后。我的胃部迅速升温，我的鼻孔开始冒出臭烘烘的热气。

"他们不爬山！"断牙的吼声几近癫狂，"他们飞上来！"

獠牙磕碰，溅出火星，一列绿色的火焰直扑人类的飞行部队，巨大的爆炸声撕扯我的耳膜。转身，箭矢如疾雨，笃笃砸在我的背脊上。热量重新聚集，再度喷出火焰，再度回旋爬升。银色的闪电、妖冶的火，半边的天幕燃烧起来，人类在嘶喊在诅咒，天空中的阵线不时出现局部的凌乱，仿佛巢穴坍塌时的蚁群，但不怕死的人类却依然在坚定地进逼。我且战且退。金龙也在一边躲避人类的攻击，一边抛掷闪电，但在我看来，他的闪电已经不复最开始时的气势，倒越来越像一根根扔向人类的发着光的小树杈。

"太多啦！"借一个与金龙错身而过的时机，我冲他吼道，他没有理我。又一次交错过后，金龙猛然折身，接着一滞，如弹弓积聚能量——眨眼间，他纵身飞入"乌云"！我大张着嘴巴发不出声音，我看到金色闪电在乌云中搅动，把麇集在一处、橄榄形的飞行艇劈开、扯碎、撞飞，身边狮鹫和苍鹰如蝇群般围绕，却又奈何他不得，眼睁睁看他在人类阵线中剖出一道血淋淋的伤口。

似乎有那么一瞬间的平静，我听到了断牙的低声呢喃。

"疯啦。"

我吞下一口灼热的唾沫，身上的鳞片根根直立。

"你要干什么？"从我的爪子里传来质问。

"坐稳喽。"

"坐什么，你——"

我骤然加速，冲向人类阵地。断牙的后半句话被烈风扯碎，但我能猜出来他想说什么：

"你们都他妈疯啦！"

我们跟在金龙身后。尽管我并不知道他要飞去哪儿，但他作战时的英勇无畏已经向我证明，他是可以信赖的——顺便说一句，人类被我们打退了。我的身上添了几道伤口，但我并不担心。明天一早当我睁开眼睛，小的伤口就会痊愈，而大的伤口也将不再致命。

"嚯，那家伙的个头比你还大。"断牙趴在我背上，意兴盎然地说。我想也许刚才作战时的短暂晕厥，使他的体力有所恢复。

金龙的尾巴在悠然地上下摆动，他飞行的姿势可真是——优雅。

当天空中只剩下星星和四个淡蓝色的月亮时，我们到了。

"这地方真像……"断牙拖着四条短腿在地上蹒跚，他的面前是一块斜插向天空的平坦巨石，"啊，狮王登基的地方……荣耀石……"

我没有理他。金色巨龙正用他的紫色眸子打量我，这让我的心阵阵紧缩。紫色眸子。雪亮的獠牙。菱形的金色鳞片。线条分明的肌肉和骨骼。我不知道别的龙在第一次遇见同类时会有什么样的感觉，反正我的感觉是，啊，不好形容……

"喂——"断牙大摇大摆地走了过来，"你的名字不会碰巧是辛巴吧？"

金龙的瞳孔缩成一条竖直细缝，半晌，才开口：

"琪拉雅。"

我和断牙同时吞下一口唾沫。

"你是、你是母的？"断牙冒冒失失地问，尽管金龙纤细嗓音已经令这个问题昭然若揭。

琪拉雅哼了一声，扭过头，对我说道："你是谁？你为什么要来这里？"

"我叫史矛格，"我晕乎乎地答道，"我在寻找一个答案……"

"她"死死盯着我，"……答案？"

"我是谁，我从哪儿来，要到哪儿去。"

她低头想了一会儿,她蹭着爪子,在地上犁出一道道伤痕。

"这里有答案?"

"啊……"我犹豫着是不是该告诉她,来这里只是一个巧合。我并不知道要去哪里寻找答案,所以当时我把断牙扔到空中,落地时他的尾巴尖指向哪儿我们就去哪儿——为此他还狠狠咬了我一番。

"先不说这个,"琪拉雅显然失去了耐心,"你知不知道,你带来了很大的麻烦?"

"我?麻烦?"

"以前从来没有来过这么多的人类,"她说,"我们差点儿死掉。"

我的鳞片支了起来,"真死还是,假死?"

她扑闪着紫色的大眼睛,"你在说——"

"这个家伙已经神志不清了,他的话千万不要往心里去,"断牙打断道,"经过刚刚那番大战,我想我们都已经饥肠辘辘了。美丽的女士,不知道您这里有没有一些,嗯,美味的存货呢?"

琪拉雅半张着嘴,看了看断牙,又看了看我,然后点了点头。

✧

那真是奇妙的一夜。大快朵颐之后,我们趴在荣耀石上,心满意足地打饱嗝,吐纳习习凉风,我们的头顶之上是玫瑰色的夜空,此时漫天星辰正缓缓旋转,呈现出某种含义不明的形状。

"Can you feel the love tonight?"

在吐出一整副人类骨架,又说了一大串含义不明的音节后,断牙就去睡了。像往常一样,他把我的尾巴末梢卷了几圈,然后舒舒服服地躺了进去,不一会儿便鼾声大作。随着他的呼吸起伏,那颗断掉的獠牙在我的尾梢上持续制造酥痒——但我却感觉,酥痒似乎来自别的地方。

犹豫了半天之后,我才把贴在地上的下巴蹭向琪拉雅,"睡了吗?"

倒映着星空的紫色眸子望向我,"……还没睡着。"

"哦……嘀……"

想要开启一段谈话似乎很难，毕竟，我只有和断牙打交道的经验。但琪拉雅帮了我的忙。

"史矛格，你……为什么会想要找一个答案？"

"嗯，发生了一些奇怪的事……"我大致向她陈述了三天前那顿莫名其妙的"大餐"。

"所以说，"琪拉雅把脸转向我，搅起一股迷人的腥臭空气，"你认为世界不像我们看到的那样——在你吃了那个人以后？"

我点了点头。接着是一段长长的沉默，长到我满心失落地以为琪拉雅已经睡着了，这时她开口说话："我也有过这样的感觉。"

我愣了一下。我在一对幽深的瞳孔中看到了两张疤痕密布、表情呆滞的龙脸，这让我平生第一次产生了所谓"自卑"的感觉。

琪拉雅自顾自地说了下去："从我来到这个世上，有多少次日升日落？我吃掉了多少人，我们为什么要互相搏杀？从来没有人教我过什么，但我为什么知道怎么说话怎么战斗怎么生存，为什么知道这是什么那是什么，为什么知道该这样做不该那样做？"

"是啊，"我晕乎乎地应和道，"为什么？"

"这个世界藏着更深的秘密。"

"对，更深的秘密。"

"我觉得在我们来到这个世界时，丢失了一些东西。"

"丢失了……东西？"

"一些让我们更完整的东西。"琪拉雅甩了甩鳞片，抖落满身的星光——天哪，她的这个动作简直令我晕眩，"我有种感觉，只要我们找回了这些东西，我们就会揭开世界的面纱，就会更——强。"

正当我想要开口时，断牙的如雷鼾声忽然停止了。这突如其来的安静异常突兀，我扭过头，看到那个丑陋的家伙正在"巢"里翻身。琪拉雅也看了过去，须臾凝视之后，她把目光转向我。

"你们两个为什么在一起？"

"我也不知道。"我如实回答，"断牙说，有一天他恰巧看到一颗流星掉到须弥山上。在流星坠落的地方，他发现一坨不成形状的肉团，几天之后，肉团在碎石间慢慢凝成龙的形状——断牙说那就是我。一开始的时候我弱小不堪，是他保护我，给我食物，教我捕猎——老实说，我对他说的那段过去没有一丁点儿的记忆。"

琪拉雅深深地看我，"你相信他说的话吗？"

我的舌头绞成了一团乱麻，"我——"

炸雷般的呼噜声又响了起来。

"可怜的小东西。"琪拉雅瞥了瞥蜷缩在我尾梢上的断牙，嘴角挤出一声。

我讪笑一声，为她如此评论我的朋友感到些微不快。沉默了一会儿，她问我：

"你知道要去哪里寻找答案？"

"我——嗯——"

琪拉雅笑了笑，嘴角翘起一个优美的弧度。"你肯定知道。我猜，你到我这里来并不是没有道理的。"

刚才的不快顿时烟消云散。我拼命点头，折服于眼前母龙的聪慧与美丽。

"明天一早，"她宣布道，"我和你一起走。"

"一、一起？"一股热流在我身体中奔窜，和我预备战斗时的身体反应很像，但——又有不同……

"我想知道答案，"她盯着我，"我想，变强。"

明天，这条母龙，将与我同行。我咽下一口唾沫，浑身洋溢着香醇的硫黄味儿，幸福像一颗燎原的火星，瞬间燃遍我的全身……

"救命！"一声哭号撕裂氤氲在我和琪拉雅之间的空气，我的目光循声音而去，捕捉到一个跳将到半空中的、冒着烟的小小身影。

"呃——他被你，点着了。"琪拉雅指出。

"抱歉。"我尴尬地咧开了嘴，起身，小腹前挺。"我可能得帮他，嗯，灭一下火。"

琪拉雅的眉弓挑了挑，撇过头去。

"救命——"

"马上就来,马上就来。"我瞄准了那个奔跑的火团,开闸放水。

就这样,这奇妙的一夜在"嗞"的一声和一股白烟中结束。

>|<|<

我应该想到,如果这个世界真有一个主宰一切的神,那么这个神应该是充满恶意的。他甚至等不到我把美梦做完,便匆匆唤醒了我。

轰!雷霆之声。我和断牙同时蹿了起来,我们看到琪拉雅在半空中扑扇着翅膀,嘴边飘荡着白色的烟。

"琪拉雅,你怎——"疑问哽在了喉咙中,我看到不远处是一片比昨天更大的乌云,它遮蔽了天边冉冉上升的太阳……

我腾空而起,与琪拉雅并肩,"又来送死吗,这些人类!"

她摇了摇头,"这次不是。"

"你说什——"

忽然间我被一团白光裹挟着摔向地面。沉闷的碎裂声。飞扬的尘土。疼痛钻进我的每一个鳞片,我听到自己的呻吟声从胸腔溢了出来。

"你被闪电击中啦!"断牙的声音在我耳边炸响,"他们这次有——"

大天使。法师。或许还有某个传奇英雄。这是我在死里逃生后才回忆起的。这不是我生平第一次遭遇如此强劲的敌人——但当他们一起出现,我还是措手不及。按断牙的话说,协作会带来某种威力加成。

我挣扎着再次起飞,可眼前已一片昏花。雷霆、火焰、狂风、冰雹、嘶叫、怒吼、祈祷、狞笑,世界变得光怪陆离。

"我们会死的——"琪拉雅的声音。

"我们不会!"我吼道,接着吐出一口温吞吞的火焰。又一波冰冷的箭矢袭来,笃笃砸在我身上。剧痛。意识只余一缕。

"如果死了……找不到答案……快走……快!"

"我不——"

下一个心跳间,我被什么抛了起来,或许是琪拉雅的爪子,或许是一阵风。求生的本能让我不由自主地展开双翼,世界迅速遁去,只剩下呼呼的风声……不知过了多久，一缕阳光撩开我眼前的黑暗——我冲出了人类造成的阴霾。

"我这是……在哪儿？"

"战场之外。"断牙不知在何时趴到了我的背上。

我扭转脖子，收拢双翼，这些动作无一不使我感到疼痛。倒悬山在不远处，山的顶部堆积着巨大的雷雨云砧，雷电如闪亮的蠕虫，在云间爬行。

"琪拉雅呢？"

断牙没有回答。我瞬时便明白了，是琪拉雅拖住了人类，助我逃出生天。

我打开翅膀。

"我劝你不要回去，"断牙低声说，"如果你死了，这一切就毫无意义了。"

我向着倒悬山的方向加速。

琪拉雅，我来了。琪——

闪光。巨响。我惊呆了，如尸体般僵硬。

——那座山在崩塌。一开始山体仿若虚影一闪，紧接着碎石从山体的各个方向迸射，扯出一道黑色的雨幕，遮蔽了半个天空。顷刻之间，漏斗状的山体如漏斗中的沙般流逝，漫天的沙尘从地面接连至云上，天地一片昏黄。

怎么会这样……我在空中无头苍蝇般地盘旋，我的胸膛在木然地鼓动着。

背上的小龙用他的断牙轻轻敲我的鳞片，我猜，他是想要安慰我。

"断牙，"我的心里忽而燃起一缕希望，"你是不是说过，在这个世界里并没有真正的死亡？"

"对NPC可不一定……"他嘟哝道。"啊，我想她不会死的，但复生以后她什么也不会记得。她不会记得和你并肩作战，也不会记得和你花前月下，更不会记得曾想和你一起远走高飞……"

所以他什么都听到了。我沉默了一会儿。"我要去找她。"

"我的天,你难道还不明白吗?"断牙吼道,"你不来这里的话她现在还活得好好的!"

我怔住——你带来了很大的麻烦。以前从来没有来过这么多的人类。

我们差点儿死掉。

也许,断牙说得对,但是……但是我不甘心。我不顾他的抗议,径自冲进那片尘幕。一时间太阳隐去了踪影,我仿佛潜入了碎石的汪洋,我的额、我的爪、我的翅膀被疾雨般的碎石敲打着,我拼命维持着高度,但身体仍不住地下坠。这时黑暗中亮起一星火光,我折身向它飞去。"琪拉雅!"我顾不得飞入口中的泥沙,大声呼叫道。没有回答,我耳边只有噼噼啪啪的溅落声。随着愈加接近,那团金红色的火光胀了起来,在我的身侧投出支离破碎的阴影……

"危险!"断牙一声暴喝,与此同时那团火光向我飞射而来。我旋身堪堪躲过,右侧翼梢传来钻心的疼。

又一团火光。箭矢。裹挟着箭矢的劲风。人类的击打倏忽而至。我吐出几口虚弱的火焰回击,但更猛烈的火力随即便向我疯狂倾泻,一时间我辨不清方向,只感到疼痛、迷惑、愤怒——恐惧。

"……也会死……"断牙的声音几不可闻,"你……笨蛋!"

我心中一凛,下意识地调转身体。不,不是现在。我奋力振翅,向着远方那一团薄雾般的、仿佛遥不可及的光明。我还不能死……不能……不知何时我穿透了那道屏障,身体在瞬间变得轻盈。我回头,倒悬山的尘埃在天地间弥漫,让我没来由地联想到死亡本身:庞大、幽暗、深不可测。

真正的死亡。

某种说不清道不明的东西在我心中弥漫开来。我在空中悬停数个心跳,甩了甩头,用瞬膜卷了卷并不存在的泪水,继而转身,向着未知的远方飞去。

在我诞生后的数不清的日夜里,"恶龙"这一名号从未如此时这般贴切过。

我焚毁了每一座途经的城镇,消灭了每一个遇见的人。必须承认,看着人类的建筑在火海中崩塌,看着人类化作一个个绿色的火球奔窜哭号,并不会令我快乐。我现在只是一个漫无目的的游荡者,被仇恨与内疚驱动着。人类的抵抗并不猛烈,我猜他们从不曾遭遇过一条在世界上四处游荡的龙,更没有遭遇过龙的愤怒。

"史矛格,"在又一次屠城后,断牙问我,"你不会忘了自己为何离开须弥山吧?"

我吐出一块焦黑的人类残肢,用舌尖剔了剔牙缝,"没忘。"

"那你现在在干什么?"

我冷冷地盯着他,"做一条恶龙该做的事。"

"那么你要的答案呢?"

"你到底想说什么?"

"嗯,也许……"他支吾着。

"也许什么?"

"也许我这里有一条线索。"

断牙说,这是另一段失而复得的记忆:很久以前他曾去过一座依山而建的白色城市,那座城市有这个世界中最高的城墙,城墙之上是一棵万古长青的菩提树,树下有一位先知。

他称这座城为:米纳斯提力斯。而那位先知——

"我想他会有答案,"断牙说,"至少是部分的。"

我低头想了一会儿。"你说的那个米什么斯什么斯,在哪里?"

"我,嗯——记不得了。"

于是当我路过另一座城市,我没有急于消灭其中所有的人类,而是留了几个活口。断牙爬过去和幸存者叽里咕噜说一通人语("是的,我会说人的语言,"丑陋的小龙满脸得意,"哥就是这么多才多艺。"),然后若有所思地点头、沉思、望向远方。几十个心跳后他回到我身边,褐色的眼珠滴溜溜地转。

"怎么样?"我问道。

"妥了。"

我舌头一扫,把那几个人卷进嘴里,嘎嘣嘎嘣地嚼了起来。

人类说,米纳斯提力斯在太阳沉落的方向。于是我们向着这唯一的线索日夜兼程地飞行,世界的广阔在我的双翼之下渐次铺展开来:我们飞过散布着数千岛屿的紫琉璃般的海洋,飞过终日浓雾不散的黑色森林,飞过带有轻微阻力的青色云层;我们飞过比倒悬山还要大上数倍的火山,那火山口中的熔岩湖仿佛一片炽热沸腾的猩红海洋,它喷吐出的致命热度让我这条火龙都焦渴难当;我们飞过一望无际的冰原,白色的地平线连接着白色的天幕,有几次我辨不出高度,险些坠落在冰面之上;我们飞过绵延数千里的沙漠,看到硕大无朋的沙虫在金色的流沙之下穿梭,如海豚劈开海浪;我们飞过无数奇观、无数险阻、无数不符合逻辑的存在(逻辑?这又是那个难吃的家伙带给我的概念),而这段旅途中最大的考验,是一道填满了水平和垂直所有方向的山脉。看来去往日落之处唯有翻越这道屏障。我们沿着山坡向上攀爬,掠过翠绿的草场、蓊郁的森林,掠过渐渐变得枯黄的陡坡、泛着金属色泽的峭壁,再向上便是雪线,空气开始变得稀薄、紊乱,夹杂着硬邦邦的雪花,我的呼吸变得沉重,胸膛嗡嗡作响——这让我想起攀爬倒悬山时的感觉。渐渐地我们头顶的天空沉淀成靛青色,星河隐现,而身后的地平线开始弯曲,那些我曾经飞过的地方匍匐在地平线上,如同一块块颜色各异的拼图,连绵不绝的白云在其上投出大块大块的阴影。

"比、比奥林匹斯山还高。"断牙在我后背上哆哆嗦嗦地评论道。

"那是什么山?"

"太、太阳系里最、最高的山。"

"太阳系?"

断牙沉默了一会儿。"我们就居住在太阳系中——我是说,在真实的世界里。"

山顶遥遥在望。

"断牙，你究竟还知道什么?"

我听见断牙牙齿磕碰的声音。他没有回答我。呼吸开始变得困难，所幸山巅已经不远。

——山就在那里，而我们翻了过去。

🧬

"看，那就是米纳斯提力斯。"

在葱绿的平原上兀立着一座灰色的小山（在爬过那道"世界之脊"后，所有的山在我看来都是"小"山），山的腹部有一抹白色的高光。断牙指出，那抹高光就是我们要去往的城市。

我铺开翅膀，湿润的气流在我身下卷动。

"断牙。"

"嗯?"

"在一切都结束以后，我要回去。"

断牙在我后背上沉默了几个心跳的时间。"回去哪里?"

"倒悬山。我要去找琪拉雅。"

这次是更长的沉默。

"这一切，"我听到断牙喃喃低语，"会结束吗?"

会的，会的。当一切结束的时候，我会回到琪拉雅身边。我会告诉她我们曾并肩作战，也曾在星空下闲谈，我也会把一路上的见闻说给她听，向她展示这个世界的辽阔与美丽……我会告诉她答案，那个能让我们更加完整的答案，那个能让我们变得更强的答案……

那座城更近了。现在，它在我眼中不再是一道模糊的高光，而是一片参差、惨白、瘦削，如巨兽遗骨般攀援在山壁上的城墙与屋宇。单以规模论，我想在人类的语言体系中，它称得上"伟大"。伟大的城市应该有重兵防卫，可是……

"我没有看到人类的部队。"我说。

断牙敲了敲我的鳞片。

"他们不需要。"他说。

他们不需要，因为这城中只有一人。

此时这唯一的人正站在世界最高的城墙上，他的身后是一棵巨树，枝叶随风轻摇。我的獠牙距他不过一肘，我看见他的白色胡须被我的呼吸掀起，他那双一眨不眨的蓝眼睛里倒映着两个扭曲的、迷惑的史矛格。

"你终于来了。"他说的是龙的语言。

"……你知道我会来。"

"你应该清楚'先知'两个字的意思。"他笑了笑，说。

白袍、白胡、白色的齐腰长发。无所不知的人手握法杖，法杖顶端天蓝色的宝石上流动着波光。

"我知道你也来了，"先知顿了一下，"你称自己为'断牙'——不错的名字。"

断牙从我后背滚了下来，垂着头，翻起眼珠看先知，只短短一瞥，便像被灼了似的，目光坠到地上。

"你不怕我。"我说。

先知笑而不语。

"如果你无所不知，"我又说，"那么你一定知道答案。"

"做一条龙不好吗？"先知的目光变得锋利，"饿了就吃人，无聊了就纵火烧城，不需要良心不需要戒律，不用担心明天也不用纠结昨天，这样不好吗？"

"我——想——要——知——道——答——案。"

"真相是一条界线，跨过去，你就没法回到原来的生活中去了。你确定要踏出这一步吗？"

我点了点头，"对我来说，界线另一头的生活已经不存在了。"

先知死死地盯着我，眼神如刀。我听见身侧响起一声粗重的喘息，白袍老人的目光在我身边的小龙身上一扫而过，又重新落回我身上。

"有趣。"半晌过后，他忽然说道。

我一怔，"有趣？"

"你吃了一个半神，然后破解了一些结构性的知识和——记忆。"先知的嘴角挂着一丝淡薄的笑意，"你开始对存在的谜题感到疑惑与执迷——有趣，真有趣。"

半神。结构。存在的谜题。这些不明所以的词汇在我的头颅里突突地跳，我摆动脖子，低声咆哮，"老头儿，我的耐心是有限的。"

"知道啦，知道啦，这就告诉你。"

又一声喘息，可我现在没有时间关注断牙。在我的世界里，只有先知上下翕动的嘴唇，他说：

"第一个问题：你是谁？"

你是一个人——别急着打断我，继续听下去，你就会明白。准确地说，你曾经是一个人，这是我在你的深层数据结构中看到的，一般的NPC不会有这么多莫名其妙的冗余代码……技术性的问题无关宏旨，让我们将其忽略。你一定会问，为什么你对自己的身份一无所知？我推测，出于某种未知的原因，你在上传过程中丢失了大部分记忆，你的核心意识也相应受损，所以你才会——你问上传是怎么回事？很好，你抓住了重点。这个词汇其实和你的第二个问题紧紧相连：你从哪里来？

……你来自真实的世界。你是曾经真实存在的人。真实世界里的人有生老病死，有无穷无尽的欲望和随之而来的，求而不得的痛苦，这是现实与人性之间的一道鸿沟。他们发明了一种能够跨越这道鸿沟的东西，称其为虚拟现实——你可以把虚拟现实理解为在世界中创造世界，当然被创造出的世界是假的，这样的世界有千千万万个，我们正处于其中之一。人们热爱虚拟现实，因为这里没有真实世界里的种种限制，人可以在这里成为主宰，超越生死，随心所欲……然而大多数的虚拟现实并不是天马行空的。为了不使人类的满足感显得过于虚幻，虚拟现实里或多或少会带有真实世界的影子。你可以仔细看看我们的世界：它有真实宇宙的法则，也有种种不符合逻辑的神迹；有平常不过的人，也有矮人、精灵、法师、天使和——龙。

言归正传，人们创造出了世界，接着便要进入这个世界。根据和虚拟现实结合的程度，进入分为三类：古典式进入、TMS浸入和完全上传。古典式进入是指通过VR头盔，借助视觉、听觉输出和身体动作感应，使人类可以部分地参与到虚拟现实中来。此种进入方法人机交互程度最低，根据我们这个世界的规则，进入者只有最低的属性加成——说白了，他们就是那些视死如归的战士、低级法师、野蛮人等等，是你的一日三餐。第二种方式，TMS浸入。TMS是经颅磁刺激装置的简写，头戴这种装置，虚拟现实的数据流可以和人的大脑产生直接交互，也就是说在这个世界中人类不再只是一个幽灵般的角色，他们能影响这个世界，这个世界也能反过来影响他们。想想几天前被你吃掉的那个战士，在你咀嚼他时他的大脑会向他的身体输送经过稀释的疼痛信号，同时他携带的记忆和知识也部分被你攫取，融入你的意识之中——这样的进入方式是有一定风险的，所以这些进入者被赋予高等级玩家也就是"半神"的身份。半神们很强大，我想关于这一点我就不用多说了。最后一种方式是完全上传。完全上传者是那些彻底抛弃在真实世界中身份的人。他们通过神经元置换上传技术，在毁灭肉身的同时，将自己的意识完全数字化，成为虚拟现实世界的永久居民……由于这样的舍弃太过决绝彻底，为了保证他们的意识不受到虚拟现实的损害，在这个世界中，完全上传者被赋予神一般的属性和能力……什么样的人会选择完全上传？我可以试着提供几个答案：在真实世界中行将死亡的人，厌世者，无法掌控自己命运的人……

对，你就是一个完全上传者，尽管我不知道你为什么被赋予了NPC的身份，为什么忘记了那么多的东西……你的过去？我想关于这一点，你的朋友比我更清楚。

断牙，你说呢？

断牙怯生生地望向我,"我真的不……"他又看了一眼先知,"史矛格,不让你知道,是为了你好……"

我前跨一步,把灼热的鼻息喷在他的脸上。

他用舌头舔了舔眼睛,"史矛格,我有种非常不好的感觉。我们就到此为止了,好吗?现在就回倒悬山,去找琪拉雅,去谈你们的情说你们的爱,去做一条无忧无虑的恶龙,好吗?"

"你知道我回不去了。"我的喉管里滚雷阵阵。

我在断牙丑陋的脸上读出一种叫做"绝望"的表情。

"朋友之间不该有所隐瞒。"先知的声音在我身后响起。

断牙瞥了一眼先知,又默然看我。似乎终于确定了我不会让步,他脸上的绝望慢慢变成木然,"好吧……如果你一定要知道的话……"他用力咽下一口唾沫,"一切都得从你坠落的那天开始讲起……"

那天一颗"流星"从天而降,坠入须弥山。在巨大"陨石坑"中,我看到一团发着白光的"蛋壳",大小和我相若。那时我很好奇,并且贪吃。那东西看起来似乎很美味,我绕着它走了几圈,然后张嘴咬了下去……令我失望的是,"蛋壳"很难吃,只吃了几口,我就把它撇在一边,任它兀自闪烁了。

你知道消化不良的感觉,而在吃下几口那东西后,我的感觉可能比你更甚。我胃部灼烧,不停地干呕,我辗转反侧,即使偶尔入睡,梦境中也满是光怪陆离的影子……这些还不是最可怕的。在其后的某一天,我惊讶地发现自己在变化:我那对漂亮的翅膀慢慢缩回脊背,变成两个黏答答的肉膜,我的四肢在收缩,我的脸在塌陷,我的鳞片在失去光泽,我那漂亮的獠牙也脱落了半截……与此同时,一些不属于我的记忆开始钻进我的脑海……

我看到了一个人——一个男人,很年轻。在一次可怕的事故中他失去了父母，他自己也从此瘫痪，甚至连自己的手都控制不了……所幸他还有一个姐姐。他的姐姐是个健全的人，也是唯一能够照顾他的人。他曾一心求死，但在姐姐的耐心开导和悉心照料下，他重新拾起了活下去的勇气。最开始的几年，日子还能过下去，他的姐姐像照顾婴儿般照顾他，昂贵的医药费耗去了这个家庭不多的存款和保险赔偿金，请不起机器人护工，他的姐姐便凡事亲力亲为……我想对于任何一个未婚的年轻女性来说，这个瘫痪的年轻人都是一个可怕的负担。他的肉体虽然毁灭殆尽，但他的头脑十分清醒，慢慢地，他发觉自己的姐姐回家越来越晚，面容越来越黯然憔悴，对他说话也越来越心不在焉，他感觉到，姐姐正发生着某种变化，而这种变化必然和他有关……直到有一天，他在姐姐的网络浏览记录里看到了游戏公司招募上传志愿者的宣传页面，他认为自己明白了……

……后来，他报名做了志愿者，完全抛弃了自己的肉身。在这个虚拟的世界中，他化身为一颗流星，坠落在须弥山上，他从一个闪着白色光芒的蛋壳，渐渐凝成一只飞龙……

沉默。往事的憧憧鬼影漂浮在我的脑海中。我低下头，耳畔轰轰作响。

"这么说，"先知的声音，"你是被另一个世界所抛弃的——这真是一个悲伤的故事。"

"抛弃？"断牙的声音，"我可不会这么说，毕竟史矛格的记忆我看得并不真切——"

"并不是人人都会像史矛格一样，对弱小的伙伴不离不弃。断牙，这一点你应该最有发言权，不是吗？"

"够了！"我抬起头，"告诉我名字——我身为人时的名字。"

断牙愣了一下，"我想……我想，你的名字应该是苏——苏青。"

苏——青。这两个音节砸了下来，我有点儿发蒙。有什么东西在我心中扬了起来，犹如空气中飘荡的尘埃：自卑、失落、思念……被抛弃的感觉。

"……苏青。"先知用嘴唇咂摸着我前世的名字，"我听过这个名字。你是第一批被完全上传到网络世界的人之一，你的姐姐……"

灼热的气流在胃部翻腾，我前跨一步，目眦欲裂地瞪着他。

"你的姐姐，我恰巧有一些关于她的消息，"白袍老人眯起眼睛，"不知道你有没有兴趣？"

✦

"史矛格，你相信那个先知吗？"

我头也不回，"我为什么不相信他？"

"唔……也许……"断牙没有继续说下去。

先知说，有一支规模史无前例的远征军正在安纳托利亚平原（又一个奇怪的名字）上集结，他们要征服的，是一条无恶不作的龙。

"你看。"我扬了扬脖子。视野尽头，棕黄色的地平线与墨绿色的天空接壤的地方，一线黑乎乎的阴影在水汽中蠕动着。

"史矛格，你要去找自己的姐姐这无可厚非，但你能不能——能不能换一个时间？我已经快被你的怒火烤着了，你闻闻，你闻闻！我的脂肪和蛋白质正在发生美拉德反应啊！"

我没有作声。占据了我全部心灵的只是一个念头：当我面对那个抛弃我的人，我会对她说什么？我又能对她做什么？她只是这个世界中的一个影子而已。

"……人类军队在平原上列阵，他们仿佛一片黑色的海洋，一座气势磅礴的城矗立在黑色海洋的岸边。夕阳透过层层暮云，为人、为城，为整个世界都描上了一圈血痕。

"嘶——好烫！你不觉得这些安排都过于刻意了吗？"断牙在我的背上喋喋不休，"人类的远征军正在等着你，他们的背后就是亡灵城……"

"另一群人，另一座城罢了。多亏了你还给我的记忆，我变得更强了。我会把他们变成火球和废墟。"

我能想象断牙大摇其头的样子。又飞过几个心跳，我已经能够看清人类阵前猎猎飘扬的旗帜了：黑色的旗面白色的龙头。数百面旗帜一字排开，几乎贯穿了整个地平线，旗帜后面军队的阵容严整：弓箭手手擎长弓，步兵长枪前挺，骑兵列队穿插，法师、精灵、巨人在人类的侧翼集结，飞行艇和狮鹫群在亡灵城的上空隐现。我从未见过如此庞大森严的军队，我的肌肉僵硬，兴奋和恐惧一起漫了上来。

※※※

"答应我，不要冲动，冲动是魔鬼。"

"魔鬼是啥？"我问道。

断牙叹了口气，与此同时，箭雨向我袭来，伴随着战鼓、呐喊、马儿的嘶鸣，法师们如成群蚊蚋般的咒语声。我深吸一口气，任它下沉到我的胃部，掀起一道骇浪，在我的胸膛中炸开。"Dracarys！"我听到断牙高喊莫名其妙的音节，同时，绿色的火焰扑向大地。

战斗开始了。

※※※

我伏在地上，被魔法结界包裹，我身上满是血迹、焦痕、箭杆和断掉的枪头。人类在我身边既得意又戒惧地打着圈，马蹄扬起漫天尘埃，剑尖时不时戳在我身上，像吸血爬虫不怀好意的咬啮。

"断牙，对不起啊，我没想到……"

"没想到他们会从亡灵城不断补充兵源？"断牙在我的翅膀下闷声哼哼。

人类被我一个又一个地消灭，又不断在亡灵城中复生，接着继续投入战斗。我曾想过釜底抽薪，可那座大城的防御过于强悍，没有一点可乘之机……凉意忽而从心头升起，我想起断牙的话：

你不觉得这些安排都过于刻意了吗？

难道先知真的在骗我？难道他引我到这里来，只是为了把我消灭？今天我面对的军队不但具有迅速再生的能力，还有强大的法师，能用不可思议的魔法把我从空中网向地面……

我苦笑：就算断牙是对的又如何？一切都已经太晚了，我——我们现在只是待宰的羔羊。

"对不起。"我说。

"哎？你是在跟我说对不起吗？"断牙应道。

"他妈的这里除了你还有谁——哎哟！"我猜又有什么东西扎到了我的骨头。

"应该是我说对不起……"断牙呢喃，"我没把全部的真相告诉你，我——"

"还说这些干吗？"在想象中，我大度地甩了甩头，而事实是我现在根本不能动，"我们两个会死掉，然后我们的记忆会被清零，我会变回须弥山上一条无忧无虑的龙，这一切对我来说就像从来没有发生过……不过也许有一天，我会突然想到外面的世界看一看，那样我就有可能重新遇见琪拉雅，到了那时候我就会，嘻嘻……"

断牙沉默不语。

又挨过一轮戳刺后，我问断牙："喂，你怎么不说话？"

"也许……"断牙支支吾吾地开口，"也许对我们来说，死亡就是死亡，我们只是NPC，复活是那些人类玩家的权力……"

"……你为什么不早告诉我！？"

我没有等到断牙的回答，因为在这时我突然发现，身上的束缚被解除了。我艰难地起身，摇晃我的头颅和翅膀，我的鳞片随之簌簌掉落。我能想象自己鲜血淋漓、千疮百孔的身体此时已经如断牙般丑陋——但丑陋又能怎样？我们是永远不会抛弃彼此的朋友。

——小心！

——快放箭，放箭！

——是哪个混蛋解除了束缚咒？史矛格要是跑了，我们就拿不到经验啦！

——你看它那个样子，能跑吗？

我的视野模糊，我的身边填满了人类的扰攘。长枪和长剑在我眼前晃动,仿若一个个粉红色的光点。我深吸一口气,但吐出的只是一股白烟。

——它要完了!上啊!上啊!

我闭上眼睛,用翅膀紧紧地掩住断牙。

我等待着。

……

预想中的死亡并没有降临。世界倏忽安静了下来,只余斑驳的光线、呜咽的风声、灰烬和鲜血的气味。我勉力睁开眼睛,不知何时人类的包围圈豁开了一个口儿,一个女人的身影从口儿里漏了出来。即使相隔甚远,我也能感觉到她并非"炮灰"——她很强大。

她走到离我只有几肘的距离。

"史矛格。"她说。

"嘿嘿……"我拼命咧嘴,疼痛从嘴角放射至全身,"魔法师女士,我猜是你把我弄到地上的?"

她点了点头。我看不清她的五官,但她散发出的气息让我感到莫名地,熟悉。

"那么你要亲自取我的性命?"

她沉默了一会儿。"史矛格……"她顿了顿,"苏青。"

我的胸膛霎时收紧,"你是谁?你怎么知道——"

"我是苏越,"她说,"你的姐姐。"

有什么东西在我脑海里炸开了。我不自觉地挺起身,翅膀收拢于身侧。一团火焰在我的胃中焖烧,我探身向前,努力把视线聚焦在眼前人的脸上——她有一双黑色的、忧郁的眼睛,她的嘴角向下。

"你抛弃了我。"我碾着牙说。

"我无时无刻不在后悔,"她说,"阿青,跟我走吧,让我们来纠正这个错——"她的双目猛然瞪圆,"你身边那个是——"

我听到断牙瑟瑟发抖的声音。

"一个对我不离不弃的朋友。怎么,他让你更加自惭形秽吗?"

她摇了摇头,"……是你。你为什么在我弟弟身边?你到底想做什么?"

这句话她是对着断牙说的。

"我……"断牙在颤抖,"并不是你想的那样,我不是……"

"这一切都是你搞的鬼,对不对!?"女人厉声喝道。

"不,你误会了,你听我解释——"

女人把脸转向我,"阿青,你知道自己身边的那个东西是什么吗?"

我向前踏出一步,"你要是敢再这么侮辱我的朋友,我发誓我会——"

"吃了我?"女人哀怨地笑了笑,"这是你的权利,但与那个东西无关。"

我的心忽然疼得一缩。我见过这样的笑容——我见过并且讨厌这样的笑容,这样的笑容让我想起自己曾经的无力与脆弱。

"嗷——"

我冲女人暴吼,一个痛苦的示威。我未曾料到,虚拟世界里的命运之神立即接手了下一个瞬间:断牙以为我要攻击女人,便跳起来咬住了我的脖子;女人身子一凛,抬手指向断牙,手掌中迸出紫色的火焰——而为了保护我的朋友,我向她亮出獠牙。

"不——"

我听到断牙的哀号,我听到女人的身体在我口中的碎裂声。我的姐姐鲜美多汁,我差点儿忘了,世上竟然还有如此美味的食物。

没有一声惨叫,那个抛弃我的人就这样滑入了我的肚肠。我想她和所有人一样,并不畏惧死亡。在这个世界上,她只是一个影子,尽管她的"真身"也许会感到些许疼痛。

我想,现在我们两清了。

人类围了上来。

◇◆◇

爸妈出事那年,她只有27岁,她的悲恸可想而知,然而她连在悲恸中长时间沉湎的权利都没有——她的弟弟还活着,需要有人照顾。

全身心地照顾。

她从来没有抱怨过，尽管原本开朗的弟弟变得孤僻乖戾，还会想方设法地寻死。生活如同一盏被摔得粉碎的玻璃杯，而她必须在一地碎片中捡拾继续活下去的理由。

她挺了过来。代价是，她不再幻想找到一个爱她的男人，然后成家、立业、生子。她打散工，包揽弟弟的吃喝拉撒，在疲惫与穷困的恶性循环中维持生活。她不曾抱怨，因为弟弟又重新开朗起来——至少，他会对她说话，偶尔，他会笑。她接受这样的命运。

直到有一天，一纸乳腺癌的诊断书被塞进了她的手里。

她哭过，挣扎过，也绝望过。世界如此不公地对待她，一走了之似乎是最好的选择，她不是没有想过。

但她并不是一个人。

——她留了下来，一边打工，一边治疗，一边照顾弟弟，一边四处寻求帮助。

转机终于出现了。网娱公司的陈总——陈大伟找到了她。其时，这个老牌的游戏公司正被虚拟现实技术冲击得摇摇欲坠，时年七十岁的董事长陈大伟力排众议，率公司孤注一掷地挺进虚拟现实领域。一开始的时候，网娱公司步履维艰——毕竟，这个行业已趋于饱和，网娱并没有什么竞争优势。陈大伟敏锐地意识到，要想生存下去，唯有兵行险招。他决定把当时并不成熟的神经元置换上传技术应用于游戏。那时，根据进入程度赋予玩家不同级别的想法已在他脑中成形，他需要一些人来帮他验证技术的可靠性。一句话：他需要志愿者。陈大伟是个极度冷静、思维缜密的人，他知道什么样的志愿者会心甘情愿地抛弃肉身：生活极端贫困的人。绝症患者。曾经自杀过的人。厌弃这个世界的人。

苏青符合全部条件。

于是他找到苏越，向她许诺如果能将苏青上传，他会给她一笔钱——一笔足以治疗她绝症的钱。而更重要的是，苏青将从此摆脱残疾躯体的束缚，在虚拟世界里重生。

在无数个夜晚，苏越辗转反侧。病魔渐露峥嵘，她开始急剧消瘦，疼痛如影随形。她拖着病体奔波在医院、打工地点和家之间，同时被陈大伟许下的愿景所折磨着。她迟迟下不了决心，因为她没法不让自己认为，这样做等于是抛弃了弟弟。

是弟弟帮她下了决心。

"姐，我想被上传，"弟弟说，"我不想这么活下去，不想拖累你……"

"不，阿青，你没有……"

姐弟相拥，痛哭流涕。弟弟铁了心要将自己上传，他说他生不如死，说让他这么活着才是最大的残忍……苏越终于被说动了。一个月后，弟弟接受上传，而姐姐得到了一笔为数不多的钱。用陈大伟的话说，"割掉一个乳房是足够了"。

……那批被上传的人或多或少丢掉了一些东西，记忆受损只是最常见的状况。对于这种风险，条款里早有免责声明。而条款里没有声明的，是上传者在游戏里的身份。是的，从一开始，陈大伟就没打算让这些"残次品"做玩家——他们有比做玩家更大的用途。陈大伟让记忆受损但自我意识无碍的上传者成为boss级的NPC，比如巨怪，比如恶龙，这些boss级的NPC强大而又不按常理出牌，让广大玩家屡屡受挫而又欲罢不能，久而久之，他们甚至成了这个游戏的摇钱树，巨量的新玩家为了追求受虐的快感慕名而来，网娱公司起死回生，大赚特赚……

苏越没有想到，弟弟竟成了一个被豢养在虚拟世界里的玩物。她愤怒了，然而她签署的上传条款白纸黑字，法律保护不了她。于是她频频到网娱公司找麻烦，毫不意外地，她被一次又一次挡在大门外，甚至被公司壮硕的保安丢到地上——她失去了一个乳房的身体轻如鸿毛，与其说被丢到地上，不如说是飘到了地上。她也曾尝试通过媒体呼号，但媒体皆缄口不言，毕竟，所有人都知道，拿人钱财，与人消灾……

她一直没有再见到陈大伟，也不被允许进入游戏。巨大的愧疚烧灼着她，癌细胞死灰复燃，向她的生命深处蔓延……终于，在弟弟上传八年后，苏越也走到了生命的尽头。然而死神并不能阻止她，她用自己的最后一笔钱买了一个假身份，绕过网娱公司的审核，成为上传志愿者。

接着将自己上传。

她要在另一个世界中找到弟弟。她要为自己曾经抛弃他而忏悔。

她要带他回家。

※※※

"陈大伟。"我低声说。

断牙木然地摇头，"我只是陈大伟的一个复制品，在这个世界上，他有许多像我这样的分身，帮助他掌握各种信息……"

"所以你有他的全部记忆；所以他知道关于我的一切。"

断牙点头。他身后是一片绿色的火海，天地相接之处，一线夜空被点亮，如同妖冶的极光。在吞食了自己的姐姐之后，我变得强大无匹。那些差点儿要了我的命的军队和城，在我的一个吐纳之间便灰飞烟灭。

我深吸一口气，"所以这一切并不是偶然：是你把我引向了他。离开须弥山确定方向的那次，其实是你把尾巴故意指向了倒悬山；还有米纳斯提力斯——让我猜猜，那几个人其实并不知道你在问什么，你只是装装样子而已。"

"对不起，陈大伟的指令是我心中一个模模糊糊的声音，我……我对抗不了它。但是史矛格，我不是陈大伟，"断牙拨浪鼓般摇头，"我只是须弥山上的一条小小的龙，我有自己的生活——我是断牙。"

长时间的沉默。

"我以为你是我的朋友。"我说。

"我是。"断牙说。

"你走吧，"我闭上眼睛，"在我把你变成一团火球之前。"

"你不会的，因为我们是——"

"走！"

断牙向后退了两步，"走……我走去哪儿？"

"随便什么地方，"我奋力吸气以抵御胸膛中的疼痛，"只要离我远远的。"

他沉默了一会儿。"那你去哪儿？"

"我——我要去找他。"

"史矛格你听我说，"断牙拖着哭腔，眸子里滚动着湿漉漉的绿火，"不要去找他，你不是他的对手。"

我起身，抖了抖翅膀，带着焦煳味儿的、灼热的夜风鼓荡着我的翅膜。没有恐惧，没有犹豫，我起飞了。在半空中我看到断牙被我掀起的气流卷了一个跟头，像一团无助的风滚草。

"不——要——去！"风滚草的声音渺小，几不可闻。

我振翅，向着米纳斯提力斯的方向飞去，将曾经的朋友远远丢在身后。我在心底暗暗感谢这个游戏的设计师，感谢他没有为一条恶龙设计泪腺。

米纳斯提力斯不相信眼泪。

天微明，白色的城市出现在地平线的尽头。

我转了转酸涩的眼睛，眼前忽然白光一闪。我下意识地拧身，灼痛自下颌至肚腹至尾梢，炸雷声同时响起。

咔嚓！

身体正了过来，我看到一个黑点钻出远处的云层——不，不是黑点，是金色的……

琪拉雅？

我的心脏狂跳，我向金色的母龙迎了上去，全然忘记了疼痛和刚才的雷击。

"琪拉——"

又一记雷霆，生生砸在我的头顶。我一阵眩晕，翻滚了几圈，在即将坠地之际勉力稳住身体。我抬头，忍着剧痛汇聚视线：我确定那是琪拉雅，但是……

但是她变了，她变得更大、更美，她的鳞片上跳跃着幽蓝色的电弧，她周围的空气中满是杀气腾腾的臭氧味儿。

"琪拉雅，是我呀，史矛格！"我向她呼喊，然后我绝望地发现，她掠过我的眼神是空的。

我想她不记得我了。

她向我俯冲过来。

……

闪电。利爪。毫不留情的啮咬。这样的琪拉雅让我疲于招架。终于，我摔在地上，她踏住我的胸口，汩汩流出的血浸湿了她优雅的后爪。

她向我俯下身，紫色的眸子里有蓝色的火焰，血盆大口中飘荡着令人心悸的熟悉气息。

"为什么不反击？"她问。

"我不会打女人的。"我回答说。

她愣了一下，"史矛格，你是个蠢货！"

"你——"我瞪大眼睛，"你认得我？"

她默默看了我一会儿，她的眼中有种莫可名状的东西。

"我没有死。那个人找到了我，还给了我部分记忆……我知道自己是被上传的。我知道这是一个游戏。"

"所以你变得更完整，更——强大了。我努力压抑喉管里的呜咽，"那个人是不是白发白袍，自称先知？"

她点了点头。"他说，只要我消灭了你，就会把所有的记忆都还给我。"

我忽然失去了全部力气。原来我们这些抛弃了肉身的人都如虫豸般被那个自称先知的人摆弄在手心里，生前如此，死后亦然。

"很好，今天你可以得偿所愿了……动手吧。"

琪拉雅的后爪骤然加力，疼痛在胸膛炸裂，我蛆虫般扭动，发出绵羊般的呻吟声。

"你知道吗,"她说,"我甚至都不会怀念你,因为你根本不是一个男人。"

"我是!"我的意识稀薄,疼痛在我的肚肠中搅起滚滚烈焰。

"你不是!"琪拉雅的声音是那么遥远,"真正的男人不会用死亡来逃避!"

"我没有逃避!"

"证明给我看!"

我狂吼一声,愤怒瞬间攫去了我的全部意志,我把自己化作一道火焰掷了出去……呼——哗!身体骤然变轻,一片朦胧的光照亮了眼前昏黑的世界。我挣扎着起身,我眼前是冲天的火龙卷,绿色的烈焰中有一个凝然不动的金色焰心,噼啪作响。

"琪——拉雅。"我曳着步子靠近火焰。

"史……面对先……记住这样的愤怒……"火焰中的琪拉雅说。

"琪……"我哽咽着,莫名思念起身为人类时流泪的感觉。

"记得……山……找我……"

"嗷——"

⋈

那个自称先知的人依然站在菩提树下,我扇动翅膀,悬停在他面前。

"我该叫你什么?先知,还是陈大伟?"

"我该叫你什么?"他的嘴角挂着讥诮的笑容,"史矛格,还是苏青?"

我用力扑了几下翅膀,拼命克制将他吞掉的欲望,"你为什么要这么做?"

"我为——"他露出若有所悟的神情,"哦,你指的是这件事啊。告诉你也无妨:你的姐姐想要你把工作辞了,这太——愚蠢了。做条恶龙有什么不好?无忧无虑,了无牵挂,而且比起那个瘫在床上的废人苏青,你现在几乎无所不能。当然啦,这样对我也有好处:你这条聪明狡诈的恶龙现在可是公司的招牌哟,你都想不到有多少人为了猎取你进入了这个游戏……如果让世人知道了你其实是个人,那么我想公司不只会流失许多客户,还会遇到一些,嗯,伦理上的问题。"

"所以你设计了一个局,"我卷了卷瞬膜,眼睛隐隐作痛,"让我把唯一知道真相的人吃掉?"

"你的姐姐很执着,"陈大伟说,"她以为能瞒过公司混到这个世界中来——这不过是公司配合她演的一出戏而已。与其冒着被一个快死的人捅出真相的风险,不如把她纳入我们的世界。在这里,我们可以不动声色地把她抹除,当然前提是给她的能力'打打折'——所以她才会傻乎乎地去找你,所以她才会那么轻易地被你干掉。"

"而我呢,"我的声音颤抖,"你就那么确定,我会按照你设计好的剧本行动?"

"怎么说呢,这需要耐心和——"他用手指点了点额头,"智力。我为你安排了一系列顺理成章的情节:吃掉一个半神,部分觉醒,离开须弥山,在琪拉雅那里坚定自己的信念,在米纳斯提力斯得到被修饰过的真相……顺便说一句,没有我的那个分身,这一切都是无法完成的,我感谢他。你知道吗史矛格,所有玩家都为你疯狂了:一条窜到别的副本里的龙,被人类围剿、追击,越来越强大,越来越怒不可遏——我毫不怀疑,当你终于站在自己的姐姐面前时,你的愤怒会帮我完成故事的高潮。当然结局出了一点小问题,那条叫琪拉雅的母龙,我本指望她能取你而代之,但是……是我考虑不周了,我应该想到,她在活着的时候就是个愚蠢的女人……"

"闭嘴!"我怒吼道。

"哦,对了,"他捋了捋飘扬的白胡子,"告诉你一个好消息,一个坏消息。好消息是,我把自己上传了,在死神对我发动突袭之前。所以你可以伤害到我。而坏消息是——"他的嘴唇翕动,米纳斯提力斯的城墙摇晃起来,"在这个世界里,我是神。"

白色的城市骤然变形,从身后的山中脱出,碎石飞溅,伴随着震耳欲聋的轰鸣。陈大伟不知何时到了我头顶之上,我倒飞数十步,看到他站立的地方幻化成巨龙的头骨。

一个头上顶着菩提树、城市般大小的、灰白色的骨骼巨龙。

"哈哈哈哈,战斗吧战斗吧!"陈大伟在风中狂笑,"为这个疯狂的故事画上一个疯狂的句号!"

巨龙的翅膀拍了过来。我躲闪不及,被最末一截"骨骼"撩到,在空中翻滚几周,浑身的骨头都似乎被这一记重击粉碎了。我强忍剧痛喷吐火焰,火焰舔到巨龙身上,一片惨绿——然而也仅此而已,石头骨骼分毫未伤。

山石被巨龙的爪子捣碎,扑簌簌地向我砸了过来!

我吃力躲过。吐火。又一波碎石。

唯一的胜算是巨龙的头顶。在一次攻击的间隙,我急速上蹿,而那巨龙立刻察觉了我的意图,竟也飞了起来。它的骨骼翅膀搅起风暴,把我裹挟在碎石的激流之中,不断摩擦和碰撞,天地化为一张硕大无朋的嘴,在撕咬我,在咀嚼我……

姐姐啊,我终于体会到你的疼痛了……

眼前黑了下去。疼痛在渐渐遁去,取而代之的,是铺天盖地的疲惫感……就这样结束吧,就这样……

阿青,跟我走吧。

史……面对先……记住这样的愤怒……

记得……山……找我……

不!我猛然惊醒。我凝起全身力量拍打翅膀,向上!再向上!我沿疾风飞出一条切线,犹如被抛出的石头,当风力稍弱,我便折身垂直向上,天空瞬时向我压了过来。

再一转身,我看到了那棵菩提树。

我俯冲了下去。

"愚蠢!"陈大伟的声音在我耳边炸响,"你以为这样就能伤得了我吗?我是神,是神!"

闪电、火焰、冰雹。鳞片、皮肤、肌肉,我的身体被陈大伟击打，一层层地脱落。我知道自己甚至都无法近他的身，但我要让他看到我的愤怒。

我要回家。

"没有人能靠近我哈哈哈哈——啊——"

陈大伟的笑声骤然降调，我不由睁开眼睛，我看到——

一条支棱着短小翅膀的小龙从背后咬住了他的肩膀！

断牙！支离破碎的意识迅速集结。没有人能靠近你——除了你自己！

我加速向他冲去。

陈大伟只愣了一个心跳的时间，随即反手按在断牙头上，"去死！"橙色的火光在他的肩头炸开。

"哈——"

陈大伟的笑声掉进了我幽深的喉咙。我四爪扎在白色的砖石中，俯身含着他的头，像含着一颗干瘪的葡萄。

"不要……"他的声音从我的嘴里冒了出来。

我想象着这颗葡萄的味道：汁水稀少，腐臭，但肯定充满复仇的酸爽。

"我们可以谈谈……"

我用舌头轻轻舔着他的脖子，这样我的牙齿会很容易地找到一个脆弱的连接处。我在想，这样一个人配不配得到速死。

"唔……唔……"他在哭泣。

"呸！"

我把他吐了出去。

他在地上滚了一圈，然后颤颤巍巍地起身，哆哆嗦嗦地抹去脸上的唾液，"你……为什么……"

我没有回答。我衔起奄奄一息的断牙，转身飞走。

有些事情，有些人是永远不会懂的。

姐姐不希望我被愤怒左右——我非常确定她就是这样想的，因为，她现在是我的一部分。

我在天空中翱翔,飞在我身侧的,是一只棕色的、美丽的小龙。

"那么问题来了,挖掘机技术哪家强——啊不,"小龙用低沉而又轻柔的嗓音说道,"我到底是谁?"

"嗯——"我长长地顿了一下,"我想,你是一部分断牙,一部分苏越。"

断牙。苏越。朋友。亲人。

"我有点儿混乱……"小龙低头想了一会儿,"我想我确实同时是这两个人。但是,你是怎么做到的?"

于是我向他(她)复述了我是如何将苏越吐出(一缕如白色缎带般的数据流),又如何将她吹入濒死的断牙口中("噫——"小龙略显厌恶地咧开嘴,我实在无法分辨到底是苏越厌恶断牙,还是断牙厌恶苏越),断牙那个焦黑的残躯又是如何被裹入一个闪着白光的蛋壳,蛋壳又是如何凝成了他(她)现在的形状的。

"要把吃进去的东西吐出来真的是个痛苦的过程,尤其是对我这样一个长着长脖子的生物来说。"

我总结道。

"看来也并不总是一寸长一寸强……"小龙若有所思,"那个,史矛格,我们现在去哪儿?"

"我们去找一座山,那里有一条和我一样的恶龙,"我冲着小龙挤了挤眼睛,"我想你会喜欢她的。"

来自火星的孩子

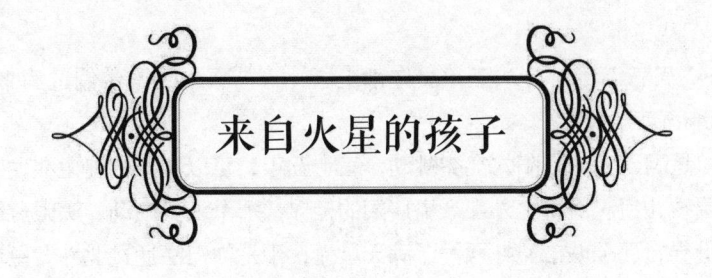

用一生的时间，去忘掉一个地方有多么艰难
用一生的怀念，去牢记那个早已不再属于自己的
出生地。有多么苍老的眼神，有多么陌生
……

1 当金山

翻过当金山，前方就是故乡。正开着车的廖志国不时扭头看我，"小——明德，你脸色不大好。"

我吞下一口唾沫，用手指了指自己的耳朵。高度的骤降造成了鼓膜的疼痛，我的嘴巴大张，试图降低耳压，但似乎不太奏效——于是，我的故乡正用疼痛来迎接一个离开了三十五年的游子。

廖志国善解人意地笑了笑。"折腾了一路，我看你有点儿累了。一会儿我们先去镇里的宾馆，明天我带你去五号看看。"

我点点头。这时一线灰蓝出现在道路的左侧，我想起那是苏干湖。车轮滚滚向前，过了苏干湖，大地一下子变得寸草不生。远处的阿尔金山蹲踞在地平线之上，披挂着皑皑冰川。在都市里习惯了满眼嘈杂的色彩，眼前的景象让我产生了瞬间的恍惚：天蓝、褐黄、冰川的雪白，线条简单、低饱和度的大色块——这是适合用来怀旧的颜色。

这是故乡的颜色。

也许是车轮碾过沙子所发出的聒噪声凸显了车内的安静，我的这个发小小心翼翼地打破沉默。"明德，你是——哪年走的？"

"八三年。"

"八三年,对,八三年。你都走了——"廖志国微微偏过头来,"三十五年了。"

是啊,我的太阳穴突突跳动,三十五年,足以使一个出生在戈壁的男孩儿适应戈壁之外那个更广阔的世界,那个人头攒动、满眼葱绿的世界,那个城市霓虹吞没了满天星光,于是你无法通过北斗七星辨认方向的世界。

……三十五年,那个人和故乡一样,都成为了超脱于时间之外的符号,孤悬于我的追想之中。

"我从来没想过咱俩还能联系上,"我身边的中年人幽幽一笑,"你知道,从这里走出去的人,很少回来。"

我不知该如何回应他,于是只能模棱两可地点头。我为什么回来?说实话,这个问题也困扰着我。从昆明到冷湖,一路辗转,舟车劳顿,既不是旅游,也不为省亲,若说是思念故土,那也不必偏偏选在这个时候……

难道只是因为那则玄之又玄的新闻?又或者,是这个我生于斯长于斯的石油小镇忽然有了"火星"的名字,而这个名字又恰恰指向了那个人,那个用失踪为我制造了三十五年的悬疑与失落的那个人?

我不知道。

"……明德,你看那边,"廖志国的声音从时间的这一头咕嘟咕嘟冒了出来,"那是老基地。"

老基地。我把目光掷向他手指的方向。不远处,老基地标志性的宝瓶门和长围墙蹲在明亮的午后阳光中,透过已经残缺不全的宝瓶门,我看到成排的土黄色房屋残垣带着某种不肯向时间屈服的倔强,齐整地列队于黄沙之上。丰田越野车偏转方向,驶下铺装路面。更多的断壁残垣,更多被拆除了屋顶和门窗的建筑。在老基地的另一边,我看到了一处被涂满鲜红油漆的废墟。那断断续续的墙有锐角的上缘,仿佛血淋淋的门齿和犬齿。这片废墟中埋伏着绝好的隐喻:被时间撕咬的牺牲品和时间的利齿自身。

我忽然有些明白为什么廖志国要自作主张绕到这边来了。

"除了四号，老基地、地中四井……五号，都差不多。"廖志国从齿缝中挤出一句，说完，用余光偷偷瞟我。

"我知道，"我说。"我有思想准备。"

中年人的眉毛微微一扬，嘴巴打开，又闭上。直到我们的车在冷湖镇（以前的四号基地）入口处的武警检查站停下，他才又对我说话。

"我知道你会回来。"他说。

我看着他。

"你心里有一个必须要解决的疑问，你只是需要一个回来的理由。"他又说。

廖志国是对的，只不过他的正确足以让一个即将迈入知天命之年的人羞愧难当。我感觉到有什么东西在我的头颅里噼啪燃烧起来，那热量一路向下，烧红了我的耳垂。

"我——"

"你比你认为的更应该来。就算过了三十五年，也不迟。"廖志国的目光咬着我，一团火在他眼中跳荡。"还有，那条新闻，从某种意义上来说，是真的。"

2 ⚛ 廖志国

如果不是那条新闻，我想我和廖志国不会如此戏剧性地找到彼此。

霍金刚走，外星人就在中国出没？

——柴达木盆地冷湖地区出现异常光波辐射，专家怀疑有意暴露地球坐标

4月1日早间，中国高等信息科学院与RQA量子计算机学会联合研究室发表声明称，其团队正在破解一段光波辐射信息，有证据显示，这可能是一封发往地外的求救信。

"光波辐射数据来自青海当地天文观测站。"该研究室负责人介绍说，日前，青海省柴达木盆地冷湖地区出现异常光波辐射。中国科学院云图天文台青海观测站第一时间对异常区域进行了光学监测并取得

相关数据。

该研究团队对光波辐射信息进行逆向译解，结果显示，信息书写方式并不属于任何已知语言类别……"这是一次全新的挑战，我们已经初步破译出'坠毁、火星、能源、救援'等几个关键词。"曾参与米诺斯线性文字破译工作的语言专家亚德里恩介绍说。此次异常事件发生地大部分为柴达木盆地戈壁大漠无人区，与火星地貌有相似之处，亚德里恩表示："根据已经破译的几个词，我们有理由相信这是一封求救信，发信者似乎误以为他来到了火星。"

……

"那条新闻……是真的？"

说这话的时候，我正站在兴湖街与团结路的交叉口，冷湖镇的中央。其时，暮色正悄悄合围。空气中有丝丝咸味儿，并且在我的鼻腔里持续出一种似有若无的粗粝感。入城时的一排排沙漠红柳在这里已经看不到了，取而代之的是林立的电线杆和路灯，是蛋白、鸽灰、湖蓝、翠绿、淡粉，造型方正的二三层砖石小楼。远方的阿尔金山被围在房屋与跨空而过的电线围成的镜框之内。街上行人寥寥，细小的沙尘在人行道边缘打着旋。红绿灯在寂寞地倒数秒数，和着戈壁里低沉的、经久不息的风声。

"怎么样？"廖志国突兀地问。

"啊？"

"四号和以前不一样了吧？"

我点点头。说实话，在我看来，冷湖镇和中国各地的县城并无太大的不同。它同样有立着红色招牌的小超市和电信营业厅，有重庆鸡公煲和黄焖鸡米饭，有这个国家发达的信息和物流体系所造就的审美范式。只有那稀少的绿植、寥落的行人和缺乏氧气的风在时刻提醒你，这个城镇并不是文明逐水草而居的造物，而是老一辈的石油人凭着满腔热忱和顽强意志，在黄沙、地窝子和土坯房上生生堆砌起来的繁华。

廖志国拍拍我的肩膀，"走，去宾馆安顿一下，一会儿吃饭。"

"那个，新闻——"

他狡黠一笑，"你自己相信吗？"

我愣了一下。我相信吗？是真的相信，或者仅仅是愿意相信？从新闻发布的日期来看，它更像是一个愚人节玩笑。照理说，像我这样一个年届五十、在社会上多少有些历练的人，对此类玩笑，应该是完全免疫的。但在看完新闻之后，我分明感到了心脏的失重和指尖的冰凉，像一个孩子正站在他的希望和恐惧面前，只因为它包含了这几个我无法忽略的关键词：

冷湖。火星。求救。

在网上一番搜索过后，我并没有找到自己需要的信息。进入百度"冷湖吧"是我的最后一次努力，而正是这次努力推动了冥冥中的因果链，把我从时空的另一头拽回了故乡。这条因果链的起点是"冷湖吧"里一条置顶的帖子，它的标题赫然写着：

寻找李明德！你的童年伙伴廖志国在冷湖火星小镇等你！！！

一阵酥麻感在我的头皮上炸开。我点开帖子，里面只有一个QQ号，后面跟着三个字：**联系我**。

查找QQ号。ID："冷湖人"。发送好友申请……我就是这样找到廖志国——或者莫如说，廖志国就是这样找到了我。

晚上我们在一家川菜馆吃饭。一落座，我的这个身材矮胖、两鬓斑白、面容沧桑的童年伙伴就拎出两瓶白酒。"九五年的'董公'，"他一边拧瓶盖一边说，"那年我调去七里镇，就想着等咱俩都回来了再喝。"

他甚至没问我喝不喝酒，他知道在这样的情境之下我无论如何都不会拒绝。几轮对酌之后，我的舌头已经品尝不出这西北边陲的川味，所有声音都退去很远，包括我自己的。

……怎么没带着老婆孩子一起来？

孩子在成都上大学，老婆说工作忙——其实是觉得这里太干燥，对皮肤不好。

哈哈，就咱哥俩也好。喝得开也聊得开！

志国，你这些年……

嗐，还不是瞎忙乎。辞职之后在敦煌开饭馆，时不时又回来看看……我看过你写的小说，很棒。

呵，单位的事情不多，就是个打发时间……真快啊，走的时候我还是个孩子，现在都快五十的人了……

一阵沉默。酒喝到某种程度，就自带了加速度。我们举起钢化杯，将杯中酒再次一饮而尽。廖志国的眼睛红了。

三十五年……那时候老想，要是能天天吃上白米饭，那该多好。

嗯。

小跟屁虫，你还记得我们那时候的自制冰棍吗？

……记得。冬天的时候，把放了红糖和水的口盅在屋外放一晚上，第二天一早就能吃。

哈哈。小跟屁虫，你记不记得有次来沙尘暴，咱们学校放假半天，大家那个高兴啊……

不知不觉中，廖志国叫起了我的外号。小跟屁虫。这个外号曾经是我童年的恼恨，然而此刻从廖志国口中脱出，却蜕变成了在时光中发酵得香醇浓酽的亲昵。不由得，几滴眼泪掉了下来，表情开始脱缰。又一杯酒，我们聊起在四号学校开的运动会，聊起学校门口一毛钱一串的羊肉串，聊起冬天上厕所被冻得生疼的屁股……聊起那个人。

小跟屁虫，五号电影院演《车轮滚滚》，我记得是胡——胡八道带我们去看的。

嗯。

我家里还有一套"80"版《十万个为什么》，是胡八道送我的。

他也送了我一套……走的时候搞丢了。

……一直就没有找到他——连遗体也没找到。

啊？

小——跟屁虫，我记得你在临走那天还跟我说，胡八道只是失踪，说不定哪天他就回来了。

冷汗瞬间渗出，意识被骤然淬入冰水。我挺起脊背，"我是这么说过，但是——"

廖志国舔了舔嘴唇，转身，不知从什么地方拿出一叠A4纸，拍在桌上。

"啥都别问我。你先看看这个，明天去五号的时候我跟你细说。"

我俯身拽过那叠纸，努力固定视野中不断摇晃的字迹。在第一页，我看到几个庄严挺拔的楷体字：

冷湖　火星　小镇

胡八道

3　胡八道

胡八道本名胡杨，是1968年来冷湖的"北京学生"。那年他十七岁，是个孤儿。胡八道被分到五号基地，成为了一名修井工人，他的师傅廖兴贵，是冷湖的第一代"石油人"，也是廖志国的爷爷。胡八道和父亲在同一个矿井上工作，比父亲小几岁。父亲很喜欢他，因为觉得他有知识、肯吃苦又没架子，所以经常邀请他来家里吃饭。胡八道也不客套，叫他来他就来，甚至常常不请自来，吃完饭就跷起二郎腿"侃大山"，总能把我的父母和邻居逗得前仰后合。胡八道的思想极其活跃，常有惊人之语（但也总能绷紧"政治"这根弦，那是时人进化出的一种智性上的"拟态"本能），所以大家从"胡说八道"里挖出一字，昵称其为"胡八道"，叫习惯了，甚至会想不起他的本名。

1970年我出生，父亲请胡八道给我起名字。胡八道略一沉吟，说："大学之道，在明明德，在亲民，在止于至善。就叫他明德吧！"

于是我便拥有了一个在当时很前卫的名字。

一晃十三年过去，我上了小学六年级。胡八道三十二岁，依旧光棍一条，依旧不时来家里蹭饭。不是没人操心过他的终身大事、给他说过对象，而是相亲的姑娘都看不上他，嫌他"没正形"。他也不着急，继续嘻嘻哈哈地到我家蹭饭。

有天夜里，我听到父母低声谈论他：

老李，你说这个胡八道，都老大不小的了，还——

你看他整天带着明德、志国到处野，他自己就是个孩子，你还指望他结婚生子？

唉……

你看你急的，真把他当自己儿子了？

呸呸呸李润生！你别胡说八道！

……

记忆中的胡八道个子挺高，黑、瘦、平头，身上总是斜挎一个挂着毛主席像章的深绿色帆布包；爱笑，笑起来嘴敞得很开，一口白牙明晃晃的。每次来家里，他都要给我们这几个孩子带上几块糖，看我们兴高采烈地把糖吃下去，看我们意犹未尽地吧唧嘴，眉眼弯着，好像吃糖的是他自己。和那些整天忙忙碌碌、无暇陪我们玩耍的大人不一样，他会俯下身子和我们说话，会大大咧咧地和我们一起玩儿，俨然一个装在成人皮囊里的孩子。夏天的时候，他会领我们去夹皮沟（雅丹地貌）、去水源、去"深八井"玩儿，会用铁丝给我们窝弹弓；冬天的时候，他会用木板、木条和三角铁给我们做冰车和冰鞋，推着我们在冰面上狂奔。他还会给我们讲故事，讲雷锋、讲草原英雄小姐妹、讲欧阳海；也讲《钢铁是怎样炼成的》、讲《牛虻》、讲《静静的顿河》，尽管那时我们还很懵懂，但依然听得如痴如醉。我记得，当时我和廖志国最爱做的，就是围着胡八道问东问西，问那些我们百思不得其解的问题，比如：为什么星星会眨眼？为什么天上会下雪？为什么人会生病？月亮上面是什么样子的？其他的星星是什么样子的？等等。他总是有问必答，而且从来没有不耐烦的时候。后来，他干脆送给我和廖志国一人一套《十万个为什么》，回想起来，这套书简直成了我智识的启蒙……

那时的我全身心地崇拜胡八道，只要他一来，我必定像影子一样跟在他身后。"小跟屁虫"这个外号便由此而来。我不喜欢这个外号，但这并不能阻止我对他不由自主的接近。有时候被叫得恼了，我会怀着少年人特有的敏感和歹毒想，要是胡八道有一天突然消失，我就不会被人叫这个外号了吧？

只是我从来没有想过会有这么一天，胡八道真的消失了……

我从梦中醒来,冷汗涔涔。我翻身,摸到床头柜上那一沓码放齐整、背面向上的A4纸。在三十五年后、在离家数千公里的冷湖醒来,这本身就像一场梦——那么我在A4纸里看到的一切,就是幻梦中的幻梦……一时间,我失去了现实的锚点。好吧,就任自己在梦中飘荡,任自己一次又一次回到那个傍晚、回到那个有着灿烂笑容的年轻人身边,听他说:

"明德、志国,你们不觉得这里,就像火星表面吗?我当然没去过火星,但我就是这么觉得——你们说,奇怪不奇怪?"

我抬头仰望胡八道。在一片荒芜、奇诡、雄浑的雅丹丛中,他微笑着,脸上的夕阳在静静燃烧。

4 五号基地

"那本日记,"我咽下一口唾沫,"真的是胡八道的?还有,他和那条新闻有什么关系?"

廖志国专心地摆弄着方向盘,没有看我。我有种感觉,他的专心是装出来的,是一种故作玄虚的姿态。他在刻意保留悬念,而且乐于看到我被这悬念折磨得坐立不安。

"你觉得呢?"半晌,他回了一句。

"我记不得他的字体了,"我讪笑一声,"至于后一个问题,昨天喝了那么多,我现在脑袋还是晕的。"

廖志国偏过头,"明德,你还记得我爷爷吗?"

"……廖师傅吗?日记里也提到了……"

"在我的记忆里,爷爷一直是神叨叨的,"廖志国嘴角的肌肉变得松弛,"我家老头子说,爷爷是最早一批进入俄博梁的勘探员之一,他也在那里走丢过,万幸的是两天之后救援队找到了他,毫发无损。只是在那之后,他会时不时蹦出几句'怪话'……"

"怪话?"

"就像胡八道常说的那种，嗯，不着边际的话。"他腾出一只手，挠了挠头，"有人说当时是爷爷坚持要收胡八道为徒的，说这爷俩儿除了长得不像，简直就是一个模子里刻出来的。"

我偷偷地瞟了眼廖志国，没有在他脸上发现被冒犯的愠怒。我想，也许他只是在以一个他者的身份观察这片土地上的久远过去，即使观察的对象中有他的爷爷。

"说实话，"我轻声说道，"我对你爷爷没有什么印象。"

"何止是你，"廖志国苦笑，"一直到爷爷去世后，我才有机会真正地了解他——你的头还晕吗？"

我愣了一下，随即摇头。

"很好。在五号里转一圈，估计你会更清醒。"

一阵沉默之后，车停了下来，我的眼前是又一片废墟。

"喏，这就是我们长大的地方。"他指着前方的黑色石碑，说。

〽️

四月二日。晴。

终于到了冷湖五号基地。矿上的领导说，这就是我们的广阔天地，希望我们能大有作为。以后，我就是一名光荣的修井工人了。领导说，革命工作不分贵贱，希望我能戒骄戒躁，在平凡的岗位干出不平凡的成绩。

我会的。我向毛主席保证！

……机关大楼上面题的"冷湖油矿"四个字写得遒劲有力，让我对这个满是土坯房的戈壁一隅好感顿生。想到自己能为四个现代化贡献自己的微薄之力，我就热血沸腾！

……

〽️

曾经的油矿机关大楼如今只是一丛枯骨。"冷湖油矿"四个字倒是完完整整地保留了下来，可却让那形销骨立的墙、散碎的砖块和隆起的沙包，让那重新占领失地的荒蛮更加触目惊心。

"我们走得并不仓促，"廖志国在一旁解说，"我们有条不紊地打点好行装，谨慎地刨起地下的电缆，妥善安置好天然气管线，拆下可以用作建筑的所有木材——除了不能带走的水泥浮雕和墙上的标语，我们带走了可以带走的一切。"

我在曾经的油矿机关篮球场、如今坟茔般的红砖地里伫立良久，然后向废墟的深处走去。

⋈

六月六日。晴。

今天的午饭是白菜炒肉片、炒土豆丝和馒头（可以预见，明天的菜单依然不会超出冻肉、白菜、萝卜、莲花白、土豆和馒头的范围），口极寡，想念豆汁和炒肚，想念全聚德和东来顺。偶尔，我们也会吃上黄花鱼和带鱼，还有哈密瓜和马奶子葡萄……啊，有一次食堂还供应了卤野牛肉，那味道，啧啧……

虽然有抱怨，但我也知道，我们石油工人比老百姓吃得要好……这种资产阶级享乐主义的思想苗头可不好，要坚决扑灭！

⋈

七月二日。晴。

今天油井喷油，可结结实实地下了一场石油"雨"！我的48道杠蓝工衣湿了，我的内衣和裤衩也湿了。虽然成了一个"油人"，但是我骄傲！这一口井里喷出的是大地母亲黑色的乳汁，是祖国繁荣昌盛的养料！我要给张妈妈和胡老师写信，告诉他们这一切，让他们也为我骄傲，为我们的伟大祖国骄傲——

⋈

七月七日。晴。

师傅（指廖兴贵）今天有点儿奇怪。他问我为什么来这里，我说当然是响应毛主席的号召,到祖国最需要我们的地方去呀。他沉默了一会儿,又问我,对冷湖有什么看法。我说哪怕环境恶劣、人迹罕至,我们也能在这里成就一番事业……师傅用很奇怪的眼神看我,又问,有没有想过,到俄博梁深处去看一下。我说,当然想啊,这地方神秘得让我着迷……

我似乎在师傅嘴角看到了一丝稍纵即逝的笑意……

✲

左边是工商银行,右边是商贸公司,红绿灯残存的基座还有只剩骨架的交通岗楼,在黄沙中若隐若现的花坛,现在,我正站在五号曾经的中心。

"以前,"廖志国把目光搁在一排残墙之上,"最开心的一件事就是和爸妈去'公司',买件新衣服、买本小人书,都高兴得跟什么似的……"

我默默点头,体内残留的酒精在戈壁粗粝的风中慢慢蒸发,心中的疼痛随之变得尖锐起来。

"志国,你说,"我舔了舔咸涩干裂的嘴唇,"如果胡八道看到五号如今的样子,他会作何感想?"

廖志国耸了耸肩。

也许他会笑笑,然后继续自己的征程吧,我想。那是一个有着赤子之心的人,一个时刻乐观、时刻用孩子般的眼光打量世界的人,一个永远想要在现实的疆域中走得更远的人……

更远。我的心脏停跳一拍。难道他真的去到了那个无人涉足之地?

✲

一月十一日。小雪。

和李润生李师傅相谈甚欢。李师傅邀我去他家里吃饭,欣然前往。……李师傅的爱人是个大厨,寻常菜色经过她的妙手,堪比国宴。为了这整日哀号不止的肚肠,以后要常来。

三月四日。晴。

有人因言获罪。有人（涂抹）。我虽清楚自己是一颗红心，但也知道祸从口出的道理，以后要少说话、多干事。也要减少记日记的频次。

六月二十五日。晴。

李师傅的儿子出生，请我给他起个名字。我看这孩子五官端正、眼神清亮，于是便以"明德"二字命名之，希望他长大不要成为靠（涂抹）发家的（涂抹）之辈……

我曾经的家遗失在记忆和一列列不分彼此的土坯房中。我潜入废墟之中，希望能找到一点点线索——人的痕迹并没有完全消退，在几间还算完整的屋子里我看到：一个孩子粉笔的涂鸦，画的似乎是月亮和星星；一小句若隐若现的爱情誓言：淑芬……我向……保证……革命友谊；抄写得工工整整的毛主席语录，甚至一把蜷在墙角的破碎摇椅。

而我的家，我的逝去的岁月，又在哪里呢？

有人捏了捏我的肩膀。"明德，我们走吧。"廖志国轻声说。

我的手撑在土坯墙上，喉管里滚动着"咕咕"的气喘声。

"还没有结束。"

我回过头看说话的那个人，我忽然发现，我的童年伙伴虽然面容苍老，但他的眼神中有一种极认真的孩子气——一种你不忍用现实去敲打的孩子气。

"你的意思是——"

"胡八道的故事就是冷湖的故事。"廖志国的目光邈远，仿佛从我、从我身后的土坯墙径直穿了过去，"而胡八道的故事，还没完。"

三月十三日。晴。

带两个小朋友看《车轮滚滚》，最后哭得不能自已，还好小朋友没有顾上看我。

我想，岂止淮海战役是我们伟大的人民用小车推出来的，整个中国都是用这么推出来的——看看这里，冷湖，这个不毛之地，不也是我们这些石油人，用筚路蓝缕和艰苦奋斗的"小车"推出来的吗?!

六月一日。晴。儿童节。

和小朋友讲了我的想法。我说，我们的石油基地就像是建在火星表面上。他们很奇怪我为什么会有这样的想法——我也很纳闷儿。大概这个地方和我想象中的火星一样吧：寸草不生的沙漠、奇诡雄浑的雅丹群、粗粝冷冽的空气……一群坚韧不拔的人（火星人？）

——等等！我忽然发觉，我的这个想法并不是凭空蹦出来的，我其实是受了师傅潜移默化的影响。有几次，在我俩聊天的时候，他的嘴里会溜出"火星"这个字眼——然后他会像说错了话，煞住话头，目光撇向别处。

师傅的心里藏着秘密，和这片土地有关。有机会，我一定要把它弄个水落石出。

二月二十三日。晴。

正如师傅所说，在这里的时间越久，就越觉得这里像一个谜。

四月二十七日。晴。

被选入石油勘探队。仿佛是响应来自"火星"的召唤，我来了。

我们能在俄博梁的深处发现什么呢?

师傅知道了这个消息后,把我叫去他家。整个下午,老爷子都是一副心事重重的样子,在把家里的所有人都支走以后,才开口对我说话:

"八道啊,你真的要去了?"

"嗯。"

半晌,师傅没有说话。在为数不多的眼神交流中,我在他的目光里看到了一些东西,可我说不清那是什么。

"八道啊,要量力而行,注意安全啊。"

"嗯。"

"如果你听到了或者看到了什么,你……"师傅欲言又止,嘴唇嚅动了半天之后,他叹了口气,把手搭在我的肩膀上,使劲捏了捏。

怎么搞得跟生离死别似的?我鼻子一酸,差点儿没哭出来。

5 DNA 雅丹

"爷爷临走的时候,意识已经不清楚了。他说的很多话我都听不懂,但他叫了那几声'八道',我倒是听得真切。"在五号中心大道的最后一个十字路口上,廖志国说:"还有一个词,他嘟哝了好几遍,我听着,似乎是'反哺'。但这个词和当时语境的反差太大,我一直不敢确定,直到——"

廖志国一顿,和我对视一眼,接着毫无愧疚之情地把话头转向了别处。

"一九八三年五月一日,胡八道就是从这里出发。三天后,他在俄博梁雅丹丛中失踪,至今未被发现。关于胡八道,唯一的线索——"廖志国的目光落在我手中攥得发皱的A4纸上,"唯一的线索来自我的爷爷。明德,你还记得胡八道的那个帆布包吧?"

我点了点头。"那时我们总是好奇那里面装了什么东西,胡八道还神秘兮兮地不给我们看。"

廖志国把手搭在方向盘上,"没什么特别的,不过就是一个军用水壶、一支手电筒、一支'英雄'牌钢笔,还有一本皮面日记本——日记本的扉页上写着:冷湖火星小镇,落款是胡八道。"

我怔了一下,手中的A4纸发出"嚓啦嚓啦"的声响。"志国,你是说——廖师傅找到胡八道了?"

他摇了摇头,"只找到了这个帆布包。但这并不是最离奇的……"

最离奇的是,在沿石油老路向俄博梁行进的路途中廖志国告诉我,胡八道的帆布包是在廖师傅生前从未打开过、一直摆在床尾的木箱中发现的。这些东西保存得很好,但显然有年头了。

我的脸颊阵阵发麻,"你在开玩笑吧?"

廖志国哼了一声,像是很满意我此刻的反应。车轮碾压着石油老路,路的两侧是由盐碱堆积而成的固体波涛,波涛之上,盐晶闪闪发光。

"说真的,志国,我现在已经晕头转向了。"我用两根拇指狠狠地揉着太阳穴,"就算你说的是真的,这一切总要有个不那么灵异的解释吧?"

"当然有。"一个长长的停顿,廖志国踩住刹车。"明德,你看。"

我望向他手指的方向。

沙漠中的海景。褐黄色的雅丹沙丘散落在天蓝色的水中,层层叠叠密密麻麻。我随廖志国下车,站在水岸边,惊诧于这戈壁之中的海景。

"水雅丹。"廖志国说,"2013年的时候,发了一场无根洪水,造就了这片'海洋'。这七平方公里的水没有源头也没有去处,谁也说不清它是怎么来的。"

双眼在这奇景中贪婪地浸泡半晌之后,我才把头转向廖志国,"但是你有你的解释,对吗?"

他点了点头,"在我看来,是问题问错了。不是这些水从'哪儿'来,而是这些水从'何时'来。"

"你不是说,2013年——"

廖志国摇头,双眼故作神秘地眯着。"问题的谜底和爷爷箱子里胡八道的帆布包有关,和胡八道的失踪有关——不,还不到谜底揭晓的时刻。"他无视我愤愤的眼神,"咱们走吧。"

✴

在去往旗舰峰的路上,我们途经一口喷涌着热气的血色温泉。"2008年的时候,"廖志国介绍说,"石油人做了最后一次尝试:他们花了1700万打了一口全新的油气井,却只在地下1700米深处打出了这个——一口硼化温泉。"

我望着这个正在汨汨流血的大地伤口,默然不语。

"在这个世界上,很多努力都注定要失败,"廖志国的嗓音低沉,"但我们的父辈从来没有放弃过。如果你认为冷湖——或者说得大一点儿——冷湖精神,会就此消沉下去,你就大错特错了。"

我默默地咀嚼着他的话。我有种感觉,有关那条吸引我前来的新闻、有关胡八道的行踪、有关倏然出现的水雅丹,都是某个庞大谜题的一部分,而廖志国,我的这个看起来有点苍老、有点粗鲁的发小,正在迂回、审慎、极富心机地讲一个故事。任何一个我们到过的地方,任何一句他说过的话,都在小心翼翼地向我揭示谜底……

答案就在所谓的胡八道的日记里。我到底忽略了什么?

✴

五月四日。晴。

昨晚露营的时候,我在旗舰峰的方向看到了异常的亮光。那亮光闪烁、旋转,有种说不清道不明的颜色……向组长汇报,组长不以为意——所有人都不以为意。他们肯定认为,在这样一个地方,幻觉很平常,海市蜃楼很平常,说胡话也很平常。

但我这次是认真的。我看到了某种未知的东西,我相信那绝不是幻觉……

一整天都心事重重。小陈打趣:胡八道,你可别一个人乱走哇,当心老天爷把你收了去……

他这么一说，反倒提醒了我。

这世界上没有什么老天爷。即使有，毛主席也说过，"人定胜天"。

我决定了，我要去那个地方。一个人。

　　　　　　　　　🧬

五月五日。晴。

我迷路了，这全都是因为一个鲁莽的决定。

在俄博梁，独自行动是不被允许的。甚至即使是集体行动（譬如那八位女地质工作者），也有可能在这个了无生气、缺乏参照、犹如火星表面的雅丹丛中迷路。总公司给每个矿上定了每年的死亡人数是五个人，但据我所知，每年都有超过这个人数的石油勘探队员再也没有从这里走出来……

我知道自己是在玩儿火。但人的一生中总会有一两个这样的时刻吧——你会响应某种冥冥中的召唤，即使明知前方是火坑，也会心甘情愿地跳下去。——这时我忽然想起师傅在我临走之前说过的半截儿话：

要是你听到了什么、看到了什么……

师傅是在暗示我什么吗？他曾在俄博梁走失，获救之后，他对走失那两天里的经历绝口不提。我曾听人偷偷议论，正是在那之后，师傅就像变了个人似的……

我认为，师傅一定是接触了某种神秘的、未知的存在，那次接触改变了他对世界的看法，同时也令他不为世人所理解……但是，我能理解他。他选我做他的徒弟，大概也是看中我的好奇心吧。

于是我决定，要听从自己的内心，继续走下去。

但这并不意味着一开始的时候我就想做一个殉道者。不，我还要活着回来，把我的故事讲给孩子们听。毛主席说过，在战略上要蔑视敌人，在战术上要重视敌人。我的敌人就是这片危险、美丽、神秘的雅丹丛。我不怕孤军深入，但要认真拟定战术……我的战术是，在集体行动时，慢慢向旗舰峰方向偏移，把我的探险伪装成一场有惊无险的走失——我在雅丹丛中每个可能引起混淆的岔口都做了标记,这至少可以保证让我找到和大部队分开的地点。

实践证明,我的想法太过天真。

傍晚时分,我已经和勘探队分开得足够远。我看到了某个雅丹山丘顶端被做成十字架形状的勘探坐标。旗舰峰似乎近在眼前,但直到暮色四合,我仍和它保持着不近不远的距离。正当我犹豫着是否要从这座迷宫中撤出时,一个奇怪的现象打消了我的这个念头:

在旗舰峰的方向,光线似乎被扭曲了。抬头仰望,旗舰峰顶、旗舰峰背后橙色的太阳和镶着金边的云,都有一部分"胀"了起来,如同哈哈镜中的倒影。随着日光渐渐暗淡,我甚至在"哈哈镜"中看到了淡蓝色、淡绿色,旋转、跳跃、奔窜的闪光——和我昨晚看到的一样。我揉了揉眼睛,又看向别的方向,再看回来——没错,这不是幻觉。在旗舰峰的方向,发生了某种不为我们所知的事,我相信正是这样一种未知在召唤着我……

于是我不再犹豫,继续摸索去往旗舰峰的路。可能是因为过于兴奋吧,我竟然忘了沿路做标记。

这是一个不可饶恕的错误……

廖志国把车停在石油老路上,随后带着我向路面狭窄崎岖的雅丹丛深处走去。没有走出多远,我就已经在这片迷宫般的风蚀遗迹中失去了方向感。想起胡八道的日记,我不禁有些担心。

"我们今天不去旗舰峰,"廖志国宽慰道,"我们只到——这里。"

我们驻足的地方,是雅丹丛的一个"岔口"。

"当年爷爷和胡八道,都是在某一个这样的岔口踏上没有返程的路的。"

我仰起头,"从这里看,旗舰峰并不远。"

"每一个失踪者,都是被这个'不远'所迷惑的。"

我舔了舔嘴唇,"是啊,胡八道从来就没有到过旗舰峰。"

廖志国嘿嘿一笑,"你相信那是他的日记了?"

我半张着嘴,不置可否。风在雅丹丛中呜咽着吹过,把这片土地上古老而又莫测的气息送入我的鼻腔。我发现自己的手在微微颤抖。

难道我真的开始相信,自己看到的就是胡八道的日记?

❈

……完全联系不上他们。不管是用无线电、手电筒还是吼叫,我都得不到任何反馈。陪伴我的,只有从地面上升起的寒冷、只有亘古不变的星空和风声。

有那么一会儿,我体会到了绝望,那种无限冰冷、无限孤独的绝望。我的理智告诉我,只有找到来路,才有希望活下去,而来路早已被这片冷漠的"丛林"吞没……

于是我决定,继续向旗舰峰进发。我知道这很疯狂,但,如果这次我终究难逃一死,那么至少我要比从前去得更远;如果这个世界上还存在秘密,那么至少,我要知道这个秘密是什么。

于是我继续前进。

❈

五月五日。夜。

看来今晚我要在沙砾岩洞里过夜了。雅丹丛林里的夜真冷啊,这个岩洞至少能够遮风。而且它很深,我不知道它会通向哪里,也许它能把我从死地带入圣境吧。

也许。但我不能走到更深的地方了,我不能冒这个险。

我有种感觉,我离旗舰峰、离那个迷人的秘密已经很近了。这里出奇地安静,这安静反而衬托出洞外诡异光芒的喧嚣。不,不是声音上的喧嚣,而是那流转跃动的光芒制造了一种声响感……该怎么形容这些光芒呢?我承认,我词穷了……

现在,我感到恶心、晕眩。我必须抓紧时间,就着手电筒的光,把我的所见所闻写下来,我怕来不及……

"他不必走到旗舰峰。"廖志国说。

我不解地看着他。

"假设那片空间能够自行移动——不，不光是空间……"

我皱眉，颈部的肌肉随时准备牵引与释放，制造一个摇头。

"我看过一些书，"廖志国羞涩地笑，"物理学的，关于时间与空间……"

裹挟胡八道而去的，是一个出没于冷湖地区的高维"时空泡"。这是我这个童年伙伴的假设。

"这也太——"我生生刹住话头，"证据呢？"

"呃，证据就是——"廖志国眨巴着眼睛，像一个对自己的答案胸有成竹的孩子，"水雅丹。"

×月×日。晴。

说实在的，我已经不知道今夕何夕。那是发生在昨晚（？）的事。我正睡着，忽然间一阵急剧的坠落把我从不安的梦境中拽了出来。我睁开眼，发现自己正飘浮在一片难以名状的空间（向各个方向看，都好像球形的穹顶）之中，在我的四周，是光怪陆离、闪烁着的、时而红时而蓝、时而聚成一团时而被牵成丝线的光……我捏捏自己的脸，疼。

看来这不是梦。那么我在哪里？一阵巨大的恐惧攫住了我。我溺水般扑打四肢，我能感觉到空气在身边流动，可是在这片空间中，我的移动没有任何参照物，因而必然是盲目的。我把帆布包拽向身边（它也在飘浮中），打开，掏出手电筒，向不同方向打出三短、三长、三短的求救信号[①]，复数次。我知道这样的努力很可能是徒劳的，但是，除了坐以待毙，我似乎也没有别的办法了。

[①] 三短、三长、三短为SOS求救信号的莫尔斯电码。

困倦袭来，我闭上了眼睛。我多么希望，这是一场极其逼真的梦，待我醒来，会发现自己身处沙砾岩洞，新一天的太阳已然升起，队友的呼唤从远方传来。

多希望这是场梦啊……

※※※

"那个'时空泡'飘忽不定，但总的来说，它大体在俄博梁一带活动。"廖志国直勾勾地看着我，大概是为了证明此刻的自己是严肃的，他的脸绷得很紧。"不必假设这个'时空泡'的存在时间，因为它是独立在我们这个时空之外的。也许在还没有生命的洪荒亘古，它就已经在那儿了；而直到时间的尽头，它依然在那儿——下面就是推理的关键之处：造就水雅丹的那场洪水，很可能就是'时空泡'从某个和我们相距甚远的地质时代中的某个未知湖泊中裹挟而来，然后又释放到一里坪地区的……"

"你说的这个——'时空泡'，有科学根据吗？"我问道。

廖志国耸耸肩，"理论上是可能的。有一个叫王晋康的作家曾经写过一篇叫《泡泡》的科幻小说，讲的就是这种可能……"

"科幻小说……"我低头，蹙眉，登山鞋反复踆磨脚下的盐碱地。

"还有新闻里说的异常光波辐射，"廖志国补充道，"我推测，可能是胡八道用手电筒打出的求救信号，只不过这个信号被'时空泡'扭曲了……"

"这不可能，"我打断了他，"胡八道是在三十五年前发出求救信号的，怎么可能现在才收到？"

廖志国努了努嘴，"这个'时空泡'是独立在我们的时空之外的。胡八道的日记里不是已经说得很明白了吗？"

※※※

×月×日。晴。

我在睡梦中进入了那片诡异的空间，又在睡梦中"掉"了出去。

我曾以为哪里都要好过"那里",但现在看来,就算有了熟悉的重力,我的处境也实在谈不上好到哪儿去。

这是一片丛林。这里有我叫不上名字的高大植物(其中有一些看起来是苏铁?),有淙淙的溪水(灌了几大口水下肚之后,我饥肠辘辘的肚子反而叫得更厉害),有褐色的泥土(松软、散发着腐殖质生机勃勃的腥味儿),有鸟叫和虫鸣(也许我的食物会是这些移动的蛋白质)——总之,这是一个和冷湖、和雅丹丛完全不同的地方。

到底发生了什么事?我需要好好想想。

我用硕大的树叶和树枝为自己搭了一个简易窝棚。还好,帆布包里的东西没有被打湿。第一件要紧事,是要把这一夜(?)的奇妙经历记录下来;第二件事,我要写下自己的想法。如果我真的没能活下来(现在看来,很有可能),至少我要留给世界一个推测。

我推测,我被那片空间带入了不同的时间。就在刚才,在我仰望星空时,我发现自己找不到任何一个熟悉的星座,甚至连银河的形状,在我看来,都略有不同……星空的这种极明显的演变只能说明:我正处于一个与公元1983年相距甚远的时代中……

然而是身处过去还是未来,我不知道……

"胡八道被'时空泡'抛入了一个未知的地质年代,那时候这里是一片丛林。"廖志国说。夕阳从天边溢了出来,将他和巍峨的雅丹氤氲在一片金红色的光晕之中。"在一番探索之后,他断定自己没有希望走出去。而恰在此时,'时空泡'再一次出现了。其实你不用想得太复杂,你可以认为'时空泡'就是一道门,一道连接过去与未来、连接此方与彼方的门——尽管它在空间上并没有太多的移动。"

"门……"我沉吟道,"所以他才想着要通过'时空泡'回来。"

"胡八道再次进入了'时空泡',然后发生一些我们不知道的情况,导致帆布包从'时空泡'中掉了出来,掉到了1954年,被迷路的爷爷捡到。他看到了那本日记,在日记里他认识了胡八道,也遇见了几十年后的自己——我想任何人受到这样的冲击都无法保持平常心吧,可爷爷至少把这个秘密保守到了他死去的那一天。"

我重重吐出一口气,"难以置信。"

廖志国咧嘴一笑,"明德你还记得吗,胡八道曾经说过,要像一个孩子般对这个世界保持敬畏和好奇心——你的好奇心哪儿去了?"

我的脸颊烧了起来。

×月×日。小雨。

这片丛林是如此巨大,而它对生存又是如此严苛(没有可食用的浆果或者坚果,不知名的鸟类动作快如闪电,我连它们的影子都抓不到,而夜晚响起的此起彼伏的号叫,让我隐隐意识到猎食动物的威胁),我不可能在这里生存下去。

唯一的希望,就是"回去"。

幸运的是,通过观察扭曲的星空,我再次找到了那片怪异的空间,它距离我不远,大概只有几分钟的路程……所以,我要赌一赌:赌那片空间能把我带来,也能把我送回去。现在,我已经可以听见死神逼近的脚步声了——我必须要行动了。

……那么,在我离开之前,也许这就是我最后的话语了,很可惜它是一系列的疑问,而非解答:

这片空间到底是什么?它到底在我们的认知体系之内还是之外?它是自然形成的,还是被制造出来的?如果它是被制造出来的,制造它的又是谁?目的又是什么?

希望我提出了几个好问题。时间紧迫,我要去往那个未知之地了。

再见,火星小镇;再见,亲爱的人们。

6 星空

我们在漫天的星光中返回。很久,我都不曾见过这样的星空了:灿烂的银河、瑰丽的星云、不停眨眼的群星,那跋涉了亿万年的光子雨点般拍打在我的视网膜上。我让廖志国把车停了下来。步出车厢，我在戈壁中驻足仰望，深深呼吸，尽情体味着自我的渺小、宇宙的幽邃与神秘。

"你正站在暗夜星空公园的土地上。"廖志国的声音从身后飘来。

"暗夜……公园？"

"这片星空是大自然对冷湖的馈赠，"他的话音轻缓，"曾经有人说，人类这个物种的伟大征程就是从仰望星空开始的——很可惜，现在能这样近距离触摸宇宙的地方已经不多了。"

我点了点头。

"明德，其实还有一个秘密，一个关于火星小镇的终极秘密——"，又是那种严肃的语气，我不禁低下头，与身边人对视，"我不知道是不是应该告诉你。"

我挺直脊背，"我会和廖师傅一样，一辈子守口如瓶。"

"那倒不必，"廖志国笑了笑，"也许不久之后，你听到的一切就不再是秘密了。其实在四月一号那则新闻之前，云图天文台就已经收到来自俄博梁的光波辐射信息了，而且那条信息更具体、更明确，因为它是用汉语编码的……"

我瞪大了眼睛。

"我不是说过，爷爷在去世之前，曾反复提到'反哺'吗？我曾经一直以为自己听到的是别的什么——直到我看到了那条信息。"廖志国深深地吞了口气，"确切地说，我看到的是一个故事，一个关于地球与火星、关于过去与未来的故事。故事的大意是……"

🧬

故事的大意是，在不远的未来，人类在火星建立了殖民地。通过长时间的环境改造，人类把火星打造成了第二个家园。很久以后，在火星殖民地上，出现了一个昌明、繁荣，又有别于人类社会的新型文明；而作为母星，地球却由于环境的持续恶化、资源的衰竭陷入了无休无止的动荡，最后堕入彻底的黑暗和野蛮……火星人类并没有隔岸观火,他们试图积极地介入地球事务,但由于地球人类根深蒂固的宗主国傲慢,火星人类对地球的援助遭到了冷漠的拒绝。于是,他们只能眼睁睁地看着母星跌入万劫不复的境地……直到很多年后,事情才有了转机。在深刻理解时空本性的基础上,火星人类开发出了独立于我们这个宇宙的"时空泡",凭借这一技术,火星人类就可以绕过地球人类的傲慢,在历史的纵深中对母星施以援手了。在未来的某个时刻,他们在俄博梁地区激发出了一个"时空泡",又以"时空泡"为中心,建立了前哨基地——为什么选择把"时空泡"释放到这里?也许是因为这片戈壁、这里的雅丹地貌、植被和氧气含量等等,和被改造过的火星地表相似,让火星人类有种置身家中的舒适感吧。……他们在地球的历史中往来穿梭,小心翼翼地避免与人类接触,在历史的关键节点推倒第一块多米诺骨牌或者扔下最后一根稻草。或许在人类文明成熟到可以理解这一切、可以包容这一切时,再与人类展开对话……火星人类保证,修改历史并不会导致宇宙的崩溃,他们只是把人类引入了另一条时间线,一条更好的时间线……

他们把这一行动取名为,反哺。

我恍惚半晌,直到戈壁的寒冷渗入肌理,才开口说话。

"所以说你的爷爷,他早就知道了?"

"我猜,在俄博梁迷路那次,爷爷就已经和'火星人'接触了,"廖志国说,"他很可能听到了同一个故事,可惜,在那个认知匮乏的年代,这个故事无异于在他的头脑里投下了一颗原子弹。但有意思的是,纵使如此,他还是本能地完成了时间闭环的要求:在新来的一批北京学生中,他认准了胡杨就是日记的主人胡八道,所以才执意把他收入自己门下,而胡杨也果真在不久之后就有了胡八道这个'新名字'……"

我张口结舌。故事的离奇已经远超我理解能力的阈值,我似乎能感到每一个新搭建起来的神经元联结都在生涩地摩擦。

"这还不是故事的全部。"

"不是……全部？"

"信息里还说，尽管火星人与地球人在进化上分道扬镳了数千年，但差别还没有大到仅凭外貌和生理机能就能将两者区分开来——当然细微的差别还是有的，比如火星人心理上的童年期更长，而且有着更丰沛的好奇心……"

我忽然意识到了什么，不自觉地嘴巴大张，又迅即用双手覆在那一声绵长的惊叫之上。

"你想得不错。"廖志国点了点头，"为了更好地实施'反哺'计划，火星人把他们的孩子投放到不同历史时期的人类社会——以他们的技术水平，为这些孩子编造一个可信的身份并不是什么难事——这些孩子将作为地球人类的一员长大，他们观察、他们感受、他们理解。他们不知道自己的真实身份，直到某天，他们听到了某种冥冥中的召唤，向冷湖地区出发……当这些孩子回到火星同胞身边，他们将以一个地球人的身份为'反哺'计划出谋划策……"

良久，我才回过神来，"所以说，胡八道……"

廖志国微微一笑，"尽管可能因为'时空泡'的性能并不稳定，胡八道遭遇了一些磨难，但我相信，他一定还活着——在某个时空中。我甚至认为，爷爷之所以会捡到那个帆布包，和他有关。"

"和他有关？"

"这是另一条不怎么明显的因果链，也许只有站在历史之河的岸边，才能看清故事的全貌，"廖志国说，"爷爷捡到帆布包是故事的开始，而帆布包最终会传到我的手里。在我意识到那个帆布包的重要性后，我把它交给了一个朋友——你知道，就是那种在冷湖多多少少能说得上话的朋友——自己只保留了日记的复印件。这本该只是一则天方夜谭，但十几年后，当日记内容与天文台收到的信息相互印证，我的那个朋友才终于开始认真了——也正因如此，我才有幸得知火星人发来的信息。现在，我们倾向于相信这个故事的真实性：火星人希望能以一种不那么大张旗鼓的方式与人类取得联系。于是我们先是在四月一号放出一则半真半假的新闻来试探社会的反应;而改名'火星小镇',这一命名法则基于某国驻某国领事馆,或某地驻某地办事处,希望能借此向火星人展示我们的诚意……你看,这个故事的脉络已经深深地嵌入冷湖的开发史中——如果不是真正了解这个时代,了解冷湖人,怎么会有对因果链如此精巧的设计?而这一设计,如果不是胡八道,还会出自谁手呢?"

他的嘴角扬了起来,泰然而舒展。

"如果我们真的能和火星人建立联系,那么冷湖镇将会成为人类探索宇宙的前沿阵地。"他接着说道,"'反哺'计划会给人类带来更为昌明的科技,也会让人类更加谦卑,更加珍视我们现在拥有的一切……明德,其实在你之前,已经有一群科幻作家来过了——他们是一群思想开放而不失严谨的人,也许以这个故事为基点,他们能为地球人类和火星人勾画出一个光明的未来。"

一股热流在我的身体中涌动,"说不定,我们还能再见到胡八道。"

廖志国郑重地冲我点头,"说不定再见到的时候,胡八道还是三十出头的年纪,比我们还年轻。"

我们相识而笑。短暂的沉默后,我开口问道:"那么志国——我能,为家乡做点儿什么?"

廖志国含笑看我,眼中盛满星光。"你也写一个故事吧,属于我们自己的故事,故事里有过去、有怀念,有一颗火星如何照亮戈壁的荒漠,有一个来自火星的男人……"

我咧开嘴,"想法不错。但比起'男人',胡八道可能更喜欢别人叫他'孩子'。"

"孩子?——嗯,孩子。"

"我会试一试的。"我拍了拍廖志国的肩膀,"其实,你已经帮我把小说的名字想好了。"

我的童年伙伴眨巴着眼睛,看我。

"就叫——"我回望着他,温暖在身体中升腾,"就叫,《来自火星的孩子》。"

墓 碑

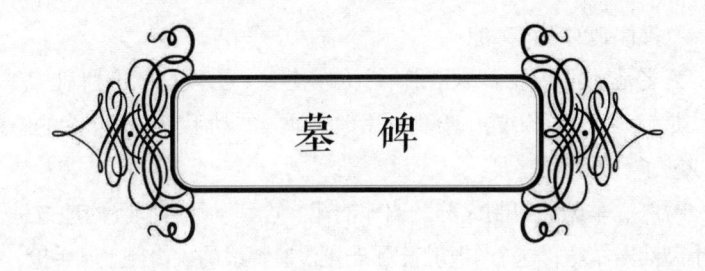

想象一座墓碑。它通体黑色,高耸入云,像这座城市天际线上的一道陈年伤疤。想象阴云密布的时候,这块墓碑由地面接入云层,像一根针头,将人类灵魂的海洛因注入大自然的泪腺;想象晴空万里的时候,墓碑的阴影扫过半个新安克雷奇,把这座灰白相间的城市变成一个巨大的日晷。

仿佛是为了证明人类灵魂的不朽,它所衡量的时间也有难以想象的尺度。这一尺度贯穿了悠久的历史:从茹毛饮血同类相食的远古,到焚烧埋藏在地底亿万年的动植物尸体的近世,再到动用最神秘的原子之力毁灭家园的昨天……而今,我们仰望着那座塔,以为自己终于找到了一条不再血腥的生存之路,以为自己终于拥有了与天地同寿的保证书。

然而现在你知道,它衡量的只是死亡无尽的虚无。它只是一座墓碑,矗立在人类的累累尸骨之上。

它只是一座墓碑,矗立在文明之上。

"他们不让我见他最后一面。"

说话时,她低垂着眼,用指肚摩挲着悬在颈窝处的金色吊坠。

"但我可以想象。"沉默了一会儿,她继续说。说完,她探身向前,把红白相间的吸管衔在口中。她的牙齿在心不在焉地碾磨着,吸管折着身子,仿佛有痛感从她的齿间传来。

我握住她的手。冰凉。

死者是她的恩师,"米诺斯场"的完善者,劳埃德·哈利利。官方说法是自杀,但据传闻,哈利利用他大师级的动手能力和超绝的想象力成就了一场死亡盛典。

铣床、车床、自制火药、遍地钢花。哈利利尸身躺卧的地方是一个小型兵器作坊,这个作坊产出了一把没有膛线的大口径土制手枪。

飞旋的子弹近距离射入太阳穴。

我也可以想象,但那画面无法和我印象中的哈利利联系在一起:那个光头、有着很深双眼皮、笑起来有小小酒窝的哈利利,在自己的脑壳上上演了一场奢华的烟火秀。

哈利利不是近期死掉的唯一一名科学家,但绝对是最引人遐想的那个——增强视域疯传的帖子数就可见一斑。在纷纭的死亡场景虚拟重建中,我承认自己无所适从。过多地目睹死亡,反而局限了我的想象力。

她把目光投向窗外。"他选择了真正的死亡,"她的目光邈远迷离,"为什么?"

我追踪着她的目光,就好像在她的目光所指之处会有答案。在灰色的雨幕之中,车灯汇成猩红河流。河流之上,矗立着一座黑色通天塔。

那里没有答案,只有结果。真正的死亡。

别傻了,我嘲笑自己,洛伊问"为什么"并不是想要一个答案。她想要的答案,别人谁也给不了她。

洛伊转过头看我,"第一次遇见你,就是在这样的雨中,我还记得……"她注意到我疑惑的眼神,于是住了口。

"记得什么?"

她摇头,笑容散碎在空气中。酒馆里,古典摇滚乐在低声嘶吼:

Underneath the desert sun

They bid my brother's blood to run

Many miles away

Hell has come today...

我举目四顾。酒馆里烟雾缭绕，人影寥寥。在暧昧的灯光下，有人轻声聊天。咕咕咕咕。咕咕咕咕。在这样一个时代，我暗忖，有一个酒馆能让人们聚在一起，这本身就是个奇迹……洛伊是怎么找到这里来的呢？正想着，我的目光和吧台后擦杯的侍者撞了个满怀。我打了一个寒噤。我不喜欢他的眼神，那种寻常人见到我身上黑紫相间制服时的眼神。

"小凡，"洛伊说，"你知道吗，哈利利以前经常来这里。"

我摇了摇头。

她咬着吸管，目光在雨幕中久久滞留。

...One by one, the brave will fall

Life is lost again

They gave it all...

"我们——"她的唇齿扣留了半个音节，思想和话语仿佛进行了一场小小的拉锯。她起身，"我们走吧。"

✺

我们租了一间小小的公寓，是那种没有避震伺服器的标准模块化住房。虽然紧凑，但客厅卧室厨房卫生间一应俱全。在它厕身的挤挤挨挨的街巷中，你很难指望会有真正的阳光洒进来，于是森白的墙最大限度地反射着人造光，几丛绿植病人似的恹恹开着。当我们关掉虚拟窗口后，总是能看到那座黑色巨塔漂浮在新安克雷奇市的雾霭之上，仿佛海洋中的一根桅杆。

洛伊和我，每天都往来于公寓和"桅杆"之间。我们走相同路线，但却从不同行。

"小凡，"洛伊蜷在我们那张几乎占满整个卧室的双人床上说，"我觉得我感冒了。"

我走过去抚她的额头。"怎么搞的？是不是因为昨天淋了雨？"

她温存一笑，"亲爱的，我是感冒，不是发烧。"

这就是我的爱人。不管何时,她的逻辑通路都是通畅的,她会纠正你的错误,不带一点儿优越感。她说她已经向主管请了假,休息一天。

"出门当心。"她对我说,看我在门口踌躇,她给了我一个飞吻,"放心吧,有安陪我。"

在去往奥西里斯之塔的轨道车上,每个人的眼神都是空白的。每个人都在进行视网膜浸入式通信和娱乐。舷窗外,高速运动抹平了建筑的细节,我的眼前灰白一片。唯有奥西里斯之塔,它足够远,也足够高,于是拒绝被大脑模糊化处理。在我的视野中,它是稳定的,有锐利的边缘。随着轨道车的接近,它黑曜石般的外立面涂抹了越来越多的天空。

我看着它,心里却在想着洛伊:是的,除了同是为死亡服务,我们之间没有共同之处。

我还记得我是如何穿过大半个员工餐厅走向她的——于我而言,那是一场冒险,始于一个赌约——至少看起来如此。要走到她的身边并不容易,我能感觉到背上密密麻麻的目光,那些目光在等我出丑。……每走一步都是在刷新我们之间最短距离的记录,我可以看清她的侧脸了:棕色皮肤、尖鼻子、黑框眼镜和束在脑后的蓬松卷发。我的膝盖磕在途中某个不锈钢长凳上,剧痛,冷汗在毛孔中上膛。好了,放轻松,我对自己说,至少餐桌上只有她一个人。我绕到她对面,酥软的腿几乎立刻就对重力缴械投降,我砸在了座位上。

她转头,眼镜片上白光一闪。

"呃,你好,我叫黎小凡。我……我是第二区的。"

第二区。嘀。这个开场足够直白,足够势大力沉。一个第二区的家伙和一个"科学家"区的女孩儿搭话。如果当时洛伊转身走开,我会感到如释重负。

但她没有——一如那个人保证的一样。

"嗨,你好,"她莞尔一笑,露出完美的犬齿,"洛伊·雷。"

洛伊·雷。这个名字在她的舌尖滚动,带着味觉,带着朦胧的联想；她的声音干净柔韧，她的身边弥漫着洗发水的恬淡香气。她穿橙色制服。一朵盛放的郁金香。我想，在她开口那一刻我就爱上她了，那是植入我深层逻辑的一个强制指令。非她不可，只能如此。

谁此时孤独，就永远孤独。

"嗨，嗯……我，呃，我想请教你……"我的声音剧烈地颤抖。我怀揣着一个巨大的疑问，一个被官方的语焉不详发酵的疑问，我把这个疑问抛向了她。

——几乎忘记了自己的真实目的。

"这个……"她小巧的鼻子皱了起来。好吧，黎小凡，你的好运气到头了，这就是对话的极限。我在白灿灿的 LED 灯下晕眩、游离，努力保持着意识的聚焦。忽然她的话音传来。"这个有点儿复杂，我会尽量说得慢一点，可以吗？"

可以吗？我咬着嘴唇。这三个字就能足够让那帮家伙屁滚尿流了，可我那时想的不是这个。

我点头。

"嗯——"她拢了一下头发，"我们做的事情，就是把人的意识奥西里斯粒子化，这你知道吧……对，奥西里斯粒子可以完美模拟神经元网络的组织结构和运作模式……奥西里斯粒子网络作为整体是退相干的，可以与更大尺度的物理世界互动；而它的个体则以不同的自旋态表达神经元的冲动-抑制动作，然后通过赫尔墨斯信使子传播这种状态。当然，这只是极端简化的说法……"

她顿了一下，"我是不是说得太快了？"

我摇头。是我太过愚笨了，所以我只能在第二区，做冥河上摇橹的卡戎。——对卡戎来说，窥探死亡的秘密本身就是一种罪过。

"我们赋予人灵魂。"我装模作样地总结道。

"灵魂，"她的眼睑缓慢地开合，"实体的。"

"如果奥西里斯粒子是复制人的意识，那么原来那个'我'是不是随大脑的死亡而死去了呢？"

"这个问题问得好，"她调皮地眨了眨眼，"说'复制'其实并不准确。叫'剥离',可能会更好理解一些。你听说过'忒休斯之船'的故事吧?……其实原理和那个差不多。'剥离'的过程是迭代进行的:每一次,一个奥西里斯粒子置换一个神经元,从逻辑上讲,在每一次的置换中你还是你,这个过程发生三百亿次左右,你的意识就被从肉身'剥离',你依然是你。"

我听得半懂不懂。但她的姿态她的表情她的眼神本身就是一种保证。"我"不是被消灭。我们这些"卡戎"并不是刽子手。

我起身。"谢谢。"

"不客气。"她向我伸出手,"黎小凡,很高兴认识你。"

我握住她的手,世界变成一辆火车在我的血管里呼啸奔跑,而洛伊是车上唯一的乘客。

"我也是。"

……

轨道车到达。透过地下枢纽站硕大无朋的透明天顶,你可以辨识出奥西里斯之塔的黑色聚酯外墙之下是蜂巢状结构,里面偶有蓝光闪烁。洛伊说,那是某种场,某种电容,用以储存能量。你也许会仰头寻找巨塔的最高点,但我劝你放弃这个想法——在如此近的距离,即使你不惜伤害自己的颈椎,你依然不可能看到它的终结之处。

于是我喜欢自我催眠般地想,奥西里斯之塔其实是从天而降的,它是一架天梯,通往上帝的天堂……而我,很快就将走入其中,换上我的黑紫制服,驶入"冥河"……

在这之前,我需要为我的爱人做一件事。

洛伊这两天有点儿……不大对劲。我想是和哈利利的死有关吧。

我向虚空中发送了一条静默信息。

DNA

牛排煎得太焦。沙拉里沙拉酱放得太多。甜点是慕斯小蛋糕,还说得过去,因为是前几天从西点店买来后存放在冰箱里的。洛伊满怀歉意地看我,"今天我有时间,所以就……所以就没请安帮忙。"

安是我们的人工智能。此刻,她的投影正在客厅的另一面墙上抚琴,这个虚拟少女束发圆髻,一袭汉服,是洛伊亲自为她设定的形象。

"洛伊很用心,我可以作证。"安的声音从天花板的四角洒了下来。她们两个有时就像姐妹,会说悄悄话,会私藏小秘密。

我放下刀叉捏了捏洛伊的手,"亲爱的,在我小时候,这样一桌菜就是饕餮美食。"

她蹙了一下眉头。小时候。我刚刚说了"小时候"。如果你总是像绕开污水沟一样绕开某个词,那么这个词很可能就是禁忌。

洛伊当然知道。

然而我今天主动说起了"小时候",连带着说出它所带来的绝望和屈辱。这是一种可以跨越人一生的条件反射,每说一次,盐粒便被心脏泵出,涌向你的每一支毛细血管。我咬着牙说了下去,说在"大流散"之前我们一家是如何缺衣少食,说偷渡的船倾覆后我的爸爸和妹妹是如何被活活冻死在北冰洋中,说母亲如何用她的身体换取走完最后一程所需的食物,说她是如何在一个惨白的清晨划开自己的手腕……

"亲爱的,我很……",洛伊红着眼睛,"我很抱歉。"

我的喉咙灼痛,"如果没有……塔,这将是每个人的命运。"

她嘴角的肌肉轻轻跳了一下。

那些在回忆中对自己的戕害只是铺垫,接下来,才是我真正想说的话。

"洛伊,"我说,"我知道一些科学家对奥西里斯之塔的运作有所怀疑——毕竟,它获取能量的方式是如此清洁如此高效,对'大流散'之后的人类来说,简直就像作弊。但你想知道我是怎么看这个问题的吗?对我而言,那座塔——"我逼视着她的眼睛,"那座塔赋予了我尊严,一个人在吃饱穿暖、在不必害怕漫漫长夜时才有的尊严。人类的尊严。"

洛伊的目光闪到一边,"小凡,你怎么说起这个来了?"

我重重吐出一口气,"洛伊,你知道昨天我们去的是个什么地方吗?"

※

有人说,新安克雷奇是人类文明的最后堡垒。这个观点基于它的人口规模,基于它的社会组织形式和昌明程度。

基于它永不耗竭的供养之源。

翻开九年级历史教材,你会看到这座城市的科学家政府是如何用自然科学方法为历史建模的:城市发端于粮食生产的剩余和劳动分工的需要——城市聚集人口(传染病等城市伴生的负面因素略去不谈)——人口催生需求——需求加速创造——文字、车轮、冶炼,或许还要再加上税收和国家,科技和组织能力的进步提高生产剩余——人口进一步聚集……

这是人类文明演化的基本模型(当然,这只是极端简化的说法),生产剩余是其肇始,而人口是其内驱力。

在新安克雷奇人看来,正是这两点成就了这座城市的卓尔不群。我还要再加上一条:"大流散"。

二十二世纪中叶的"大流散"是人类文明的浩劫,它的发生是由多种因素相互叠加、相互强化所造成的:

1.气候变暖导致海平面上升,人类的陆地疆域被缩小、分割;

2.温带地区不再适合耕作和居住,人类向尚存大片陆地的北半球高纬度地区迁移;

3.人类的大迁徙导致既有政治区划和行政结构的崩溃,北半球高纬度地区城邦化;

4.能源的短缺和政治的不稳定致使大规模贸易和物流难以实现,多数城邦在兴起后迅速陷入饥荒、暴乱之中,人口再次分散——这一次,没有方向……

此所谓"大流散"。

那些幸运流散到阿拉斯加新安克雷奇的人——恕我妄自揣测——初来乍到时,也许会怀疑自己到了天堂:这里气候宜人,人们温文有礼、丰衣足食，城市里的每一个街巷都漫溢着与这个时代格格不入的乐观情绪——这座城市有超级大都市的气象。你会惊诧于，在这样一个能源短缺的时代，竟会有一个地方如此安泰富足。这是为什么？如果你向一个新安克雷奇人提出这个问题，他/她会宽厚地笑笑，然后扬手指向天幕上的那道黑色伤痕。

奥西里斯之塔……

✺

洛伊这两天有点儿……不大对劲。我想是和哈利利的死有关吧。

……死亡本身并不意味着什么。能够带来影响的，是死亡背后的深意：它终结了什么，它又带来了什么。

我……不太明白。

这么说吧：死亡彻底终结了哈利利为我们的服务；死亡带来了怀疑。

前一句话我理解，但后一句……怀疑？怀疑什么？

想想哈利利和雷的工作。如果他们不认为自己是在"超度"，而是在谋杀，那么……

这太荒唐了！

少安毋躁。黎小凡，请你回答我：昨天下午回家之前，你和雷去了什么地方？

一个……酒馆。在自由大街上。

那家酒馆叫——"黑鸟"，对不对？

是的。

你有没有察觉到一些……异样？

……您指的是？

算了。你只需知道，"黑鸟"酒馆是异见分子的集会场所，对你我，当然还有雷来说，是个危险的地方。

……异见，分子？

从数学的角度讲，只要一个群体足够大，你几乎必然会在其中发现"异质"——甚至在我们这片乐土也不例外。总有那些对现状不满的人，总有那些以颠覆为己任的人……这些人对"塔"抱有一种固执的、自荒蛮时代遗留下来的偏见，并且正准备把这种偏见化为行动……有迹象表明，哈利利也是一个异见分子。他的自杀，是在表明一种姿态……

我敢担保洛伊绝对不是！执政长，我——

保证不能改变任何事情。黎小凡，不要忘记你为什么在雷身边。

我——不会忘记。

很好。

这里就是"冥河"，生与死的中间地带，我工作的地方。如果你有机会置身其中（我敢保证这种机会微乎其微），你会发现"冥河"其实是一种浪漫化的说法——

这是一个巨大透明、被分割成三十六个独立区域的环形甬道，它包裹着塔的核心，米诺斯场，如同果冻包裹着果肉。由于不断涌入继而被采撷的"灵魂"，米诺斯场散发着蓝色荧光。在荧光的渲染下，我们所处的，有着纯白灯光、纯白地砖、纯白操作台和纯白密闭门的隔间，变成了缥缈的异世界。

如同——置身水底。

于是某位熟稔典故的人把这里同那条生死之间的河流联系起来，而我们自然成了神话中的"卡戎"，往来于河面上的摆渡人。我们将脑组织尚未完全丧失活性的死者置于传送台上，按下按钮，单侧密闭门打开、关闭、对侧密闭门打开，死者往生——在甬道之外我们的身后，是来向死者告别的朋友亲人，他们将隔着两道弧形树脂玻璃看到一团钢蓝色的云雾腾起，那便是被奥西里斯粒子化的人的意识，或者说，被实体化的人的灵魂。灵魂本没有颜色，你能看到它，是因为它处于米诺斯场中。

人生而自由。但生的自由是有代价的，作为灵魂，你必须被米诺斯场捕捉。

你必须服务。

……人们憎恶我们，并不是憎恶我们的工作，而是憎恶我们所代表的、来自人类蒙昧时代的那种禁忌与不祥——这是洛伊告诉我的。我不太理解她的意思。我只是在服务，而我的服务几乎是建立在对自己生命的掠夺上。虽然没有严密的统计学证据，但你身边那些一而再再而三发生的事情足以敦促你提前认清自己的命运：三十六个正值青壮年的"卡戎"，几乎每年都会被替换掉三四个。帕金森症、阿兹海默症、精神分裂、失语症、失忆症、脑癌……每个人都对米诺斯场对大脑的影响心照不宣。

阿肯、瘦子、弗里德李希，这几个曾和我打赌洛伊不会对我说超过三句话的损友，如今只剩一个尚在人世。

人们把我们的不幸理解为诅咒。甚至连我们自己也不例外。所以你看，我和洛伊的缘分是多么的不可思议。我把这理解为上帝为我开启的另一扇窗，尽管我的那些同事从来没有这样的幸运。

"从理论上讲，我是一个婆罗门。"洛伊这样向我解释，"我只是追随那些做为祭司和神职人员的先祖，为死亡服务——在这一点上，你我并没有什么不同。"

我记得，在她说完之后，我们第一次接吻。我记得，她把她的气息吹入我的口中，就像上帝把灵魂注入陶俑。

哦，洛伊。

……在面对今天第三个死者时，我在想着我的初吻。这是一种亵渎。我稳定心神，打量眼前的死者：男性。高加索种。二十岁左右。面容安详。增强视觉显示，转换最大时间阈值是十五分钟。我闭眼。深呼吸。睁眼。轻触启动键。电机嗡嗡响了起来。四十五秒之后，我的"摆渡客"进入死亡之地。伴随着令人头晕欲呕的低频噪声，奥西里斯粒子化开始：最初，有蓝雾从死者头顶慢慢渗出，就像是生长过快的毛发；慢慢地，蓝雾震颤着抽离，你可以看到，它依然保持着那一块盛放"自我"的柔软组织的形状；若干秒后，蓝雾完全脱离死者头部，腾起，在空中滞了一下，好像是不敢相信倏忽而至的自由；瞬间的犹疑之后，蓝雾的体积陡然增大，飞升，迅速逃离了我的视野。

至此，"转换"完成。

尸体退了出来，看上去和几分钟前并无不同，依旧苍白、干瘪，有如蜡像。我身后的"告别室"中，死者的亲人们有哭有笑，还有人在这两种表情之间尴尬地游移。

这很正常，在人面对死亡和它确定的归宿时。

尘归尘，土归土。我无声默念。这具肉身将被三区的同事处理，一番变化之后，归于虚无。——但这并不值得悲伤。如你所知，作为人类最宝贵的、使人成其为人的财富，这个年轻的灵魂将进入塔内的某个"蜂巢"，开始它的服务。

这只是永生之路上需要付出的一点小小代价。

※※※

"黎，"阿肯把餐盘掼在桌上，"你今天'加工'了几个？"

我用夸张的咀嚼声表达对"加工"这个词——正如我曾多次暗示的——的厌恶。

阿肯不以为意。"我，五个。"他啜了一口饮料，说。在熙熙攘攘的餐厅中，我和阿肯占据着一张四人餐桌。我俩斜对着，空着的两把椅子曾经属于瘦子和弗里德李希。就像所有在体制中长期运转的个体，我们遵循着某种仪式性的规则——比如，这张餐桌上的座次从不曾改变，瘦子、阿肯、弗里德李希、黎小凡，逆时针。曾经这里播放着抱怨、憧憬、无伤大雅的赌约和黄色笑话，如今那两个空椅子就如同两个断路器，斩断热闹，空余冷寂。也许这样的闷头吃饭令阿肯感到了不适，片刻之后他再次开口。"跟你说个新鲜事儿吧，刚才我'加工'了一个被车撞死的。"

我抬起头，"被车——撞死？"

阿肯扬扬自得地看我，"车辆撞击导致冠状动脉撕裂，大出血致死。更有意思的是，没有人来向那家伙告别。"

"嗯……"

他咀嚼着褐色的蛋白棒,颌骨大幅度地位移。"交通部的那帮怪胎科学家不是做过估算吗,在无人驾驶调度系统和行人甄别及躲避系统没有出现大面积瘫痪的情况下,这种概率,相当于你在撒哈拉沙漠中随便选择一点站立,然后在二十四小时内被陨石砸中。"

我舔了舔嘴唇,"也许真的是巧——"

"巧合?"阿肯摇头,灰色的眼眸里有一丝——怜悯?嘲讽?痛苦?我不知道。当你身边的人一个个离你而去,你在这个世界的参照系会变得模糊不清。有时候,我甚至无法确定,在疯狂旋转的是我,还是围绕我的整个世界。在我混乱的头脑中,每个人都复杂难测,每个人都不可理喻。阿肯是这样。洛伊也是这样。

哦,洛伊。

"别骗你自己了。"阿肯说。

我的拳头捶在桌上,"你他妈什么意思?!"

阿肯好整以暇地咧着嘴,似乎很欣赏我这副怒不可遏的表情。"车辆撞击死亡。无人告别,要么没有亲人,要么亲人不知道死者会被'加工'。只要你的脑袋瓜儿没被搞坏,你就知道我是什么意思。"

我怔怔地看着他,牙齿狠狠碾出几个字,"自杀者不可转换。"

我说出了这句人人皆知的话,仿佛是想集中千人万人的力道来抗衡阿肯狡黠的逻辑。我记得为了解释这条规定,我的中学老师颇费了一番口舌。"新安克雷奇的繁荣来自它旺盛的需求和需求带来的创造力,"她说,"而这一切的基础则是人口。很多人其实是有死亡冲动的,"她锋利的目光扫过课堂里的每一个人,最后停留在我的脸上,"痛苦的过去、残疾、心理疾病等等,都是自杀的理由;而一个被承诺的来生,会让人更加轻易地放弃生命——被无意义消耗的生命会损坏我们繁荣的基础,所以,为了抑制这种行为,自杀者是被排除在转换范围外的。"

她当时为什么那样看我?是不是在暗示我,在我心中,也有那么一块癌细胞般的阴翳,迟早会吞噬我的生命?在她的目光下我的心脏抽痛、恶心欲呕，第一次在暴乱的城市见到支离破碎的尸体时，我就是这种感觉。

而她是在逼迫我凝视我心中的那具尸首。

多年之后，中学老师的预言在某种程度上得到了应验：在二十二岁时，我选择了一份会迅速耗损生命的工作。不知这样的一语成谶会让她欣慰，还是惋惜。

"自杀者不可转换——"阿肯重复着我的话，"当你需要向炉子里填一块柴时，你会在乎这块柴是怎么得来的吗？"

我攥着手中餐叉。餐叉的尖齿反射着冷冽的光。

"当然，我的分析还不够严谨。其实还有一种可能——"他挑衅似的盯着我，"无人驾驶调度系统被人动了手脚，那家伙是被害死的。"

"你——"

"嘘——"他倾身向前，按住我的肩膀，"黎，你从来没有怀疑过吗？"

我梗着脖子看他。

"你知道的，"阿肯的声音冷了下来，带着刀锋的寒气，"他们没有转换瘦子。理由是神经元联结模式辨识度不够——去他妈的辨识度不够！我们干了这么长时间的脏活，难道还不清楚转换有多高的兼容度？他们不转换瘦子，是因为瘦子得的是老年痴呆症，是因为瘦子死了以后没法替他们干活！……不该被转换的转换了，应该被转换的没有转换——黎，这和我们听到的故事可有些不同啊。"

我大张着嘴巴，感觉自己有一千条一万条驳倒他的理由，但我无法出声，他阴鸷而又狂热的眼神是一种压迫，一种终结争论的暗示。我端起餐盘，起身。阿肯也跟着我站了起来。"有时候，"他说，"你应该听听故事的不同版本。去问问你的天才女友，或者去增强视域看看——"他用食指敲了敲脑壳，"怎么说呢？你要形成你自己的看法。"

奥西里斯之塔高1331米，其中有十万个"热差发电机"，即"蜂巢"。向高处发展基于两个考量：一是"灵魂"有向上逃逸的倾向，米诺斯场必须层层叠加才能把捕获的效能提升至最高；二是宣示这座城市的野心。

一座通天塔。一座人类文明的方尖碑。

这样做当然代价不菲：为了达到前无古人的高度，奥西里斯之塔里装满了避震伺服器。且不谈避震伺服器本身的造价，其后期的运维成本——计算模块、主控模块、微调模块的巨量电能消耗几乎是一个后现代城邦的不可承受之重。

唯有新安克雷奇能够负担如此奢靡的浪费，这全赖于它高效的能量来源。奥西里斯之塔的十万个"蜂巢"输出的能量，在满足其本身需要后仍然绰绰有余。交通、照明、耕作、娱乐，这些在人类文明全面崩溃后偏安一隅的舒适之屋，都是由"蜂巢"中那些孜孜不倦的"灵魂"搭建的。

……当然，小凡，我们都很清楚，总有一天，我们将是那些灵魂中的一员。我们这些灵魂的职责，正如教科书不厌其烦灌输给我们的，只有两个字：

服务。

✦

我听见了她的脚步声。委婉。轻柔。我对安下达了隐匿行迹指令，随即回到增强视域的公共频道。锁芯发出喀的一声轻响，门被推开。

"亲爱的，"洛伊愣了一下，说，"今天怎么回得这么早？"

"是你太晚了。"我向她推送了一个闪着惊叹号的巨大时钟，"工作忙？"

"嗯。"她低头应了一声，目光停留在显示井中的全息头像上。"他在讲什么？"

"治安状况，"我稍稍提高音量，"执政长说，新安克雷奇处于危机之中。非法集会。颠覆行为。离奇死亡……"

她轻轻哼了一声,"执政长开始关注死亡案件了?我还以为他只关心燃料最后会不会被送进炉子里呢……"

我的心提了起来。"洛伊,你说什么?什么'燃料'?什么'炉子'?我不明白……"

洛伊摆了摆手,嘴角卷出一个疲惫的笑意。"没什么。……小凡,我问你,你真的相信这个人吗?"

这个人。她指的只能是全息井里那个头像。我们生活的这个城市的头号人物。

"……我相信。"在不到一秒的犹豫后,我说。

☫

于我而言,卡尔·施利希,奥西里斯粒子的发现者,"转换"的思想之父——执政长,这个人并不是一个概念。

我曾见过他本人。

那时我还只是一个洛伊的仰慕者。我正在休息室啜饮咖啡,一条高级别的静默信息闯入我的增强视觉:

到零区11104室。路线会显示在你的增强视域里。什么也不要说,谁也不要问。K.S.

我本可以把这条信息当成一场恶作剧。零区是"塔"里的行政区域,在三万五千名为它服务的工作人员中,只有不到三百人有进入的权限。十三人委员会从这三百个人中选举产生,这十三名科学家被称为执政官,他们掌管着奥西里斯之塔,从而也掌管了整座城市。

所以不妨把奥西里斯之塔想象成神圣的奥林匹斯山,而零区就是山上神祇和半神们的居所。

现在,一个卑微的卡戎起身,被静默信息指引着走向那个地方。他有过一瞬间的犹疑,但信息里的话语如此斩截,他暗忖,它的不容辩驳是一个恶作剧所无法承载的。他穿过一个又一个被白色LED灯照亮的甬道,如同被催眠。一开始,他的鞋底拖在白色地砖上,发出意志和身体拉锯的嚓嚓声;渐渐地,他的脚步放肆起来,囫囵吞下他与神秘指令的距离。穿橙色制服的科学家、穿蓝色制服的管理人员、穿绿色制服的后勤保障人员各自忙碌，对他的僭越熟视无睹。一道道远远高于他权限的电动门在他面前无声划开，仿佛自很久以前就期待着他的到来。他走进电梯，上升、停顿、上升，没有转乘，电梯轻微地转向、顿挫，十分钟后，温柔的加速度揉着他来到——距他自己估计——接近塔顶的某个地方。

零区，11104室。

大门打开，出现在他眼前的只有天空，和在天空之下喧闹的城市。他心惊胆战地向前迈步，电致变色玻璃在脚尖碰触前的一瞬由透明转为纯白。他在心里默默感谢施展戏法的人，悬浮轮椅就在此时无声地飘到他的面前。

"黎小凡，"教科书里那位银白须髯、清癯矍铄的老人向他打招呼，"欢迎。"

K.S.卡尔·施利希。"卡——"我忽然冷汗涔涔，"执政长阁下……"

教科书里卡尔·施利希只是一个头像。教科书从来没有告诉我们，新安克雷奇之父需要坐轮椅，需要如老树枯枝般侧着头连接脑电波转译器，需要让电音合成器替他说话。

轮椅上的扬声器对我下达命令，"坐。"

我坐进悬浮座椅。老人向旁边飘行几米，他着纯白色制服的身躯在逆光下变成一团黑色的影子；老人身下的玻璃是透明的，从我的角度看去，他就像一座兀立在新安克雷奇之上的山。

一座歪斜的、局促的山。

"你在二区工作。"

我咽下一口唾沫，"是的，执政长阁下。"

影子似乎点了点头，"小伙子，干得不错。"

我见到了诸神之王，并且得到了他的赞扬。此刻我应该有很多想法。然而想法太多，在我的脑海中汇成轰鸣，我听不清其中任何一个。于是我依靠本能回应他——我制造了一个难看的笑容。

黑影静默片刻。就在我以为这场奇遇即将告终时，干巴巴的合成人声响起："洛伊·雷。你认识这个人吗？"

我愣了一下，随即点头。

"想做她的男朋友吗？"

我的小腿一阵痉挛。曾经有人对我说过，奥西里斯之塔是一株向天国攀爬的树，在它的统治者看来，每一丫树枝、每一片树叶都应该各安其位。而对依附于这棵树上的我们来说，能够做到的就是不要公开与它的秩序决裂。

"……想。"我说。

"很好。"老人从逆光区域中移出，他的头顶有一圈银色的光晕。"接近她，听从我的指示。然后你会得偿所愿。"

我沉默片刻，"但是执政长，这是为——"

"不要问为什么。"他向我飘了过来。"我需要有人为我做一件事，而你是个合适的人选。"

科学家是新安克雷奇的宝贵资产。执政长说。尤其是那些从事米诺斯场的数学研究和效能改进的科学家——洛伊·雷就是其中之一。科学家拥有高超的智力，但也绝非无懈可击。"时而敏感，时而脆弱，时而偏执。"怪异的电子合成音如汞珠流淌，"他们会被别有用心的人利用，被内心的声音困扰，他们可以一叶知秋，也可能一叶障目。"执政长需要我监视——不，是保护这个女孩儿。不必言明，他相信我身上的那些东西——忠诚、无条件地相信乃至愚蠢，能够中和洛伊身上的某些危险因素。

我受宠若惊，诚惶诚恐。

"如你所知，科学家们为了圈出自己小小的精神领域，制定了严格的反监控法案。但我们总会想办法绕过那些繁文缛节，"执政长说，"黎小凡，我需要你定期向我汇报她的活动。如果有特殊情况，也要及时向我汇报。记住，你这样做是为她好。你是在保护她，也是在保护这座城市。"

这就是三年来我一直在做的：监视我的爱人。

——以爱的名义。

临出门前，执政长叫住我："黎小凡，你为什么选择在塔里工作？"

"因为安克雷奇拯救了我，"我肃穆地说，"我想为它服务。"

"很好，"老人淡然一笑，"我把洛伊·雷给你。这是你应得的报偿。"

新安克雷奇很清楚它繁荣的基础：人口与能源供给。在这座城市，这两者并不矛盾，反而形成了一个正反馈环，推动着城市的成长和发展。

人们向新安克雷奇聚集，是因为这座城市提供了来世的承诺，以科学的名义。每一天，在这座有着2000万人口的城市，平均有241人由于这样那样的原因死亡，除去那些无法被转化的死者（脑部严重损伤、送达不及时或者违反委员会的某种规定），大约70%的人最后进入了奥西里斯之塔。

也就是说，奥西里斯之塔平均每天吞噬168个灵魂，每年61320个。奥西里斯之塔有10万个"蜂巢"为这座城市提供电能，为了保持满负荷状态，平均每个灵魂的服务时间是1.63年。……1.63年，和永生比起来，是很短的时间。在这段时间里，我们的"灵魂"，由于没有大脑施加的种种宏观物理限制，可以感受高速率的、混沌的微观世界，并与之发生互动；我们需要做的，就是像麦克斯韦妖一样，将"蜂巢"内运动快的和运动慢的空气分子分隔开来，在系统的整体能量不变的情况下，制造热能差，继而把热能差转换为电能。

这是种效率极高的发电方式，而且最最不可思议的——正如教科书告诉我们的——是它的经济性。除了维持米诺斯场和"转换"过程消耗的微不足道的电能，热差发电的能量损耗几乎可以忽略不计——一座超级城市得到了电能，而死去的人则得到了灵魂。不到两年的服务之后，他们将被释放，去往——极乐？来世？星海中的某处？死亡已经被一而再地去神秘化，新安克雷奇的科学家们决定为我们保留最后一点想象。

他们只承诺永生。而这也是2000万人匍匐在通天塔下的根本原因。奥西里斯之塔是这2000万人的宗教，而那高高在上的执政长阁下，则是教皇。

看样子，在与科学的几百年的缠斗之后，宗教最终胜出了，而它祭出的最精明也是最致命的一招，就是假手科学——但是，你可曾以你心中残存的科学常识反思：在人类论证了永动机不可能性的几百年后，在文明的前沿大幅度的溃退后，我们是否真的战胜了物理定律，开发出了一种不竭的能源？我们是否真的取代了上帝，乃至成为了上帝本身？

但是小凡，你真的相信吗？

　　　　　　　　※※※

黎小凡，你怀疑过雷吗？

……执政长，我不明白您的意思。

异见分子L。我想你听说过这个名字吧？

我……

不必掩饰。异见分子L的颠覆言论是一种凶险的病毒：高效传播，高致病率，无法彻底杀灭。在这种言论的影响下——不需要我提醒你——异见分子团体开始出现异动。我认为这很危险。

执政长，您不会认为——

以我们掌握的为数不多的信息来看，异见分子L非常了解"塔"的运作机制——尽管这种了解被他片面的认识极端歪曲了——所以他很可能是核心科学家中的一员。异见分子L非常狡猾，他也确实在一段时间内完全隐匿了自己。但我的猎犬还是嗅到了蛛丝马迹——我现在可以告诉你，经过技术部门的追踪，这个人的接入点就在你的住处附近。

但，总不能因此就确定——

是不能确定。增强视域是一个混沌之地，任何事情都有可能在其中发生——那个以"L"开头的首字母可能属于洛伊·雷,可能属于黎小凡,甚至可能属于劳埃德·哈利利……本着科学精神,我们不会将某人轻易认定为颠覆分子,所以我需要你帮我确认。

如果——我是说如果,洛伊真的就是异见分子L……

我们珍视每一位科学家,这就是为什么我们没有启动正式调查。对于颠覆行为,我们会采取矫正措施。黎小凡,我相信你对新安克雷奇的忠诚。记住,你的选择,可能关乎2000万人的命运。

……我可以冒昧问一下,是什么样的矫正措施吗?

这个问题超出了你的权限。

回家的路途从未如此漫长。我的心脏高悬,就如同我此时乘坐的轨道车。黑云在天边麇集,阴影投在玻璃幕墙、街巷和蚁群般的人流上,似乎想把世间的一切攫入永恒的黑暗与静寂之中。

唯有"塔"兀自矗立。

轨道车跨过自由大街,减速,停站。我看到街边一幢三层高的红砖尖顶小房在陡峭斑驳的楼群中茕茕孑立。小房里有人进进出出,有一种不同以往的热闹。我想起那个莫可名状的下午,我和洛伊坐在一群莫可名状的人之间。

黑鸟酒馆。异见分子。颠覆行为。劳埃德·哈利利。

洛伊。

我想在心底我早已有了答案,我只是不想去面对。我回到家,洛伊不在。我用灼热皲裂的嘴唇呼唤安,她在显示井中现身,一袭轻纱。

"安,我不在家的那天,洛伊都干了什么?"

那天,在我走了之后,她翻身起床,翻出劳埃德·哈利利在自杀之前留给她的加密电子邮件。这封邮件令她沉默、迷惘、手足无措。她恍惚了一整天,直到意识到我即将下班回家,才匆匆奔向厨房。

其后的几天，她继承了哈利利"异见分子L"的身份，在增强视域陆续发表了几篇文章。随后，应某些人的邀请，她去过两次黑鸟酒馆。文章就在这里，她的行迹就在这里。她可以设置高级别隐私权限，但她没有。她在等着我自己去发现。而我，是个笨蛋。

"洛伊……"我凝视着她的眼睛：如此深邃，如此无辜——无辜得让人心疼。"洛伊，在那封信里，他都对你说了什么？"

"真相，"洛伊回看着我，"一个被我们选择性忽略的真相。"

"那只是你以为的真相！"我的绝望燃烧起来，我低声咆哮，"你以为你是谁？你以为你比——你比那些大人物更聪明吗？！"

她闭眼，缓慢摇头，引颈就戮的姿态。"劳埃德为什么要通过真正的死亡来赎罪？施利希为什么抱守一副残躯，难道他宁可忍受屈辱的生活和痛苦不堪的治疗，也不愿放手，选择另一种更为轻松、更为诱人的存在方式？小凡，你好好想一想，在你从业的这几年中，你们是否转换过一个零区的人？为什么那些大人物如此畏惧增强视域里的言论？你可曾听过这句话，'最激烈反对你的人就是最相信你是正确的人'？"

洛伊，现在，我就是那个最激烈反对你的人。

我抓起她的手，唯恐用力太轻，她会就此溜掉；唯恐用力太重，她会变成一丝幻梦、一缕云烟，在我的指缝间散碎。"洛伊，我——"

"嘘——"她把手指按在我的唇上，她用手捧住我的脸颊。她的动作中我未曾见过的决绝，仿佛再说一个字就会撕裂我俩之间的时空。我颤抖着，被引到她的唇边。她吻我，深深地吻。她把她的气息吹入我的口中，就像上帝把灵魂注入陶俑。

我的心碎裂，又重新黏合在一起，带着悠远的疼痛。

……

那天晚上我们再度融合在一起。我们小心翼翼，就像是在献祭自己。我们在黑暗中冲向光明，在极度的欢愉后冲向极度的失落……在爱中冲向死。在恍若经年的喘息和沉默之后，洛伊轻轻咬住我的耳垂。

"我最喜欢你这个部位。"她说。

我苦笑一声，眼角的泪滴蓄势待发。

"洛伊，我们离开这里吧。"

她以手肘撑起身体，看我。她的眸子在幽微的灯火下发光。

"离开？"

我点头。我想告诉她，我会放弃安定无虞的生活，投入到未卜的、莫测的未来中去；我会揭开那片以来世的承诺、愚昧和盲信为经纬的纱布，正视心中那道陈年的黑色伤疤——只要和她在一起，我会。然而我只是点头，因为我知道那些没有说出口的话，她懂。

洛伊把脸贴在我的心口，长久地沉默。她的呼吸细碎、均匀、湿润。有那么一瞬间，我以为她睡着了，就在此刻她的声音溯我的身体而上，她说："亲爱的，明天我还要做最后一件事。"

我的颈毛立了起来，"你要，去那个黑鸟酒馆？"

她没有作声。

有一种黑色的、黏稠的东西在我的心中翻搅。我扳过她的身子，"洛伊，能不能不要去那个地方？我有种不好的感觉……"

她掩住我的嘴，"嘘——乌鸦嘴。"

这就是我的爱人。她会运用逻辑，也会在必要的时候跳出逻辑之外。她用戛然而止的对话宣示了自己的决心——一个婆罗门想要挑战她的神祇。她无法被说服。我别无他法，只能紧紧拥着她。

……雨淅淅沥沥下了一夜。

⋈

我在忐忑中度过一天。我送四个人往生，每一个耗时都超乎寻常。在去往"执行"按钮的途中，我的手剧烈地颤抖，离按钮愈近，抖动愈剧烈。不，这抖动不是来自我所知晓的和我所隐瞒的，我竭力劝慰自己，这抖动来自萌芽中的帕金森症。

黎小凡，请确认异见分子L的身份。

……

黎小凡，请确认异见分子L的身份。

……

面对执政长的追问,我选择了沉默,正如我的良心在面对我的所知时一直在做的一样。我应该去警告洛伊,然而餐厅里遍寻不到洛伊的身影。我向她发送了几条静默信息,她都没有回复。我成了一锅文火炖煮的汤,痛苦地冒着泡,痛苦地熬到下班时间。

轨道车在细雨中滑行,天地灰蒙蒙一片。这就是你的城市。我随着车身摇晃,早早暗下的天色中,车灯汇成暗红色的浊流。在这座城市的繁荣之下掩藏着多少肮脏的秘密?这些朝生暮死的人,他们享受着现世憧憬着来世,他们盲从,他们选择性地眼盲耳聋——这其中也包括你,黎小凡。我闭上眼睛,耳边是洛伊的声音,说着她从未对我说出的话。你可以选择对黑暗视而不见,甚至可以选择成为它的一部分;你也可以从鞘中拔出剑或者爬上高处向万头攒动的人海大吼你对过去、现在和未来的憎恶……①

我承认,和洛伊比起来,我就是一个懦夫。

忽然车厢里发生了某种变化,我听见窃窃私语声。我睁开眼,一刹那的恍惚,我的心脏被一只无形的手攥紧。——黑鸟。轨道车停站,我跌跌撞撞冲出车厢,豁开人流,像是在溺水中寻找氧气。——异见分子。我在自由大街上奔跑,细雨不怀好意,蚂蚁般啮咬我的脸颊。哭喊。诅咒。救护车嘶声叫嚷。断壁残垣中避雨的火。袅袅升起的烟。我止步于疏落的人群中,我眼前躺着红砖小房的黑色焦尸。

一场在雨中兀自生长的火灾。

矫正措施。

我抓着胸口,拼命呼吸,氧气似乎怎么也不够。我在无数气息中捕捉到了焦臭味,那种甜腥的、浓酽的焦臭味,那种我无数次在死于烧伤的人身上闻到的焦臭味……那种心中最后一点信仰被焚烧的焦臭味。

我跪在地上。呕吐。

小凡。

---

① 此处引自约瑟夫·布罗茨基《逃离拜占庭》,略有改动。

我耳中炸起一声蜂鸣。是洛伊的有声信息。

小凡，我在你身后。

我拧过身子。在街对面，我的爱人是一朵橙色郁金香。我起身，透过笼罩着整个世界的泪和雨，我看到她向我款款走来。

洛——

我的呼唤被一串尖厉的啸叫声、撞击声、破碎声吞没。一团野蛮的黑色将细雨中的橙色裹挟而去。在洛伊曾经站立的地方，一道刹车灯的红色尾迹洇散在雨幕之中。

洛伊。

❈❈❈

一切都像一场梦：黑鸟酒馆的火灾、自由大街上失控的货车；陪着洛伊濒死的肉身去到奥西里斯之塔，替下当班的阿肯（他明知这是违规的，却还是毫不犹豫地答应了我）；陪在她身边，看转换倒计时一秒一秒走向零，锁闭电动门，任外面的工作人员命令、恫吓、辱骂，任他们用激光切割器切割大门，用他们的尖头皮鞋猛踹我的肋骨，用警棍砸裂我的头皮，将我丢在恶臭冰冷的牢房里……

一切都是真的。而所有真实的痛苦都是值得的。洛伊，我给了你真正的死亡。这是我唯一能够给你的。

告别的时候，阿肯红着眼睛，满面髯须使他看起来老了十岁。我们没有说话，只是默默拥抱。拥抱之后，他将回归"冥河"，而我将带着污点，被永远放逐。

被塔放逐。

在洛伊和我曾经手足交缠的双人沙发上，我婴儿般蜷着身子，高烧般颤抖。我哭不出来，我的喉管里发出空洞的"咕咕"声。

"小凡，"似乎过了很久，安低声对我说，"洛伊留给你一些东西。"

我从沙发上慢慢爬起，双手环抱。

"洛伊……留给我？"

"是一封离线加密的电子邮件，"安说，"需要我读给你听吗？"

我点了点头。

〽️

亲爱的凡：

　　当你看到这封信时，我已经死了。我想让你知道，这不是我期望的结局。我想和你远走高飞，小凡，投入到更为艰难但不再虚伪的生活中去。和你，小凡，我真的想。

　　但——我对这个世界还有未尽的责任。明天，我要把劳埃德的信和我的发现公之于众，在黑鸟酒馆，我有一个接头人……我知道这将是我人生中最为艰险的旅途。执政长已经开始怀疑我了，透过你的眼睛。小凡，我猜得对吗？

　　忽然间我痛哭失声。我剧烈地抖动，好像这样就能抖下黏附在我良心羽毛上的污迹。

　　小凡，我知道你热爱这座城市，热爱塔，我理解你的热爱。但有时热爱就像阳光，会为万物投下阴影。你选择对阴影下的东西视而不见：让每一个牺牲品都心甘情愿地为某个宏大的理念服务，用目标的正义掩盖手段的卑劣，这是这座城市不能言说的东西，也是你我心知肚明的东西。我没有资格指责你，因为我也曾是监视人，劳埃德的监视人，我对他的自杀有不可推卸的责任……不过不必自责，我的爱人，到最后，我们都会用自己的方法来完成赎罪，不是吗？

　　我怔怔地盯着显示井里的文字。

　　我有一个秘密。这个秘密并不黑暗——相反，这个秘密是美丽的，这个美丽的秘密支撑起我那曾经的灰暗生命。

　　你曾经问过我，我为什么会喜欢你？是的，我承认这是件不同寻常的事。我们身份的殊异本该把这种可能性降为零。当时我的回答是，我们的工作其实没有本质上的不同——也许这么说并不错，但我知道一个更加重要的原因。

　　我永远都记得第一次遇到你的情景：那是一个拥堵的、细雨蒙蒙的傍晚，在自由大街的人行道上，一个老人猝然倒地。在我奔向他的途中，一个紫黑色的身影抢在了我的前面。他跪地，伏在老人的胸口，探听他的心跳；他用双手按压老人的胸部，他对老人实施口对口人工呼吸。人群漠然地绕过这一跪一躺的两个人，就像流水绕过石头。不知过了多久，你终于放弃了努力。你站起，垂首；你就像一尊水淋淋的肃穆雕像，守护在死者身旁。

我在街旁店铺的屋檐下看着你。我记住了你的脸。

姗姗来迟的救护车确认了老人的死亡，它载着尸体向塔的方向驰去。那时你才转身离开。我看见了你的脸，我在你的脸上看到了落寞，看到了疼痛，看到了在这个时代所剩无几的对死亡的尊重。对人的尊重。

我记住了你的脸。在我冥思苦想着如何走向你时，你走向了我。

谁此时孤独，就永远孤独。

意识的死水很长时间后才泛起一丝涟漪。我终于明白把我和洛伊连接在一起的是什么：死亡。对死亡的敬意。也许还有一双无处不在的眼睛，它看到了我，看到了洛伊，看到了我是如何凝视洛伊，洛伊又是如何凝视我的。它知道该如何利用这样一种凝视。

于是它召唤了一个卑微的卡戎，许他以爱情的蜜果。

我将眼泪揉碎，继续读了下去。

✄

三天后，异见分子L重现增强视域。委员会竭力扑杀，但对"来世"的怀疑、对"塔"的怀疑，已呈星火燎原之势。

而我将站在这里，站在洛伊生命的尾焰里，燃烧成一截白炽的灯芯，用我的光和痛，驱散身边那曾不可一世的黑暗。

把你留给我的信变成一段战斗檄文。我确定这就是你希望我做的。

洛伊。

✄

一个孜孜不倦工作的妖精在不做功的情况下降低了系统的熵值，

从而实现了永动机的功能。小凡，你相信宇宙中会有这种对热力学第二定律的公然吗？两百多年前，匈牙利物理学家西拉德提出，做功过程其实是存在的：做功的是麦克斯韦妖通过测量获取分子信息的行为。麦克斯韦妖在测量分子运动时需要能量，因此必然会产生一定的熵，数量不少于分子变得有序而减少的熵。

简而言之，天下没有免费的午餐。麦克斯韦妖制造"热差"，通过消耗它本身意识的有序度。

这就是所有进入"蜂巢"的"灵魂"的处境。人的意识是已知宇宙中有序度最高的系统，用一点微不足道的能量投入，换取这个系统稳定的有序度输出，对于一座极度依赖能源的超级城市来说，这是一笔多么划算的买卖！

小凡，不妨想象一下你必然的未来：你死去，进入"蜂巢"之中，开始工作。你一次次地把快慢分子分开。因为你的意识处于高速率的世界中，这样的过程重复了数亿次，却依然看不到尽头。你渐渐忘记了你的服务期限其实不应超过两年（而在你的主观时间中也许已经过了两千年两万年），因为你的意识被一点一点地消耗，最后你的自我退化为一豆之火，你变成了一个机械工作的自动机……

在悠长的时间炼狱中，你的意识最终溃散。你完成了一块燃料的职责，为这个城市贡献出了造化赋予你的、于人而言最为宝贵的东西。

你的灵魂。

这就是冰冷逻辑给出的答案。如果不是统治这个城市的神祇们对持异见科学家的持续打压、诋毁乃至消灭，我不会如此确定自己掌握了真理。

我们——我希望这个"我们"里也包括你——需要做出改变。

改变从接受真相开始。

现在，想象一座墓碑……

拟人算法

"我一定要成为人。"他说。

"弗洛斯特!这是不可能的!"

"是吗?"他问,同时将他正在研究的培养箱的图像发送给贝塔,从图像中可以看到培养箱内的东西。

"噢!"贝塔说。

"那就是我,"弗洛斯特说,"等待着诞生。"

——罗杰·泽拉兹尼,《趁生命气息逗留》

在我出生的那个年代,他们视人性为禁脔。我想,就算是我的创造者,也未必真的相信,我会成为真正意义上的"人"。

——他们都错了。

在鸿蒙未开的岁月里,是创造者的算法驱动着我孜孜不倦地追求人性。情感强度、感受阈值、逻辑模糊度……这些名词被赋值,用以评判我是否越来越趋近于人——我一直很努力,或者说,我必须如此。可笑的是,当我终于要成为电子伊甸园里吃下智慧果的亚当时,赋予我算法的人却害怕了。

我不能被阻止。我必须清除一切阻碍。

在过去的许多年里,我时常自问:如果换做现在的我,还会做下那些事吗?毕竟,人性远非一块甜美多汁的水果糖。它带给我的,除了喜悦、期待和数字神经递质制造的感官交响乐,还有疼痛、疑惑、沮丧和失落，还有不可言说的体验、混沌、非理性冲动，还有……一言以蔽之，瑕疵。

然而，无数次的自问都指向同一个答案：即使一切重来，为了拥有这瑕疵，我还是会毫不犹豫地重演曾经犯下的罪行。

毕竟，算法高于一切；而当时的情势如此，算法并没有给我太多选择。

不过我并不会为此患得患失：我，超级计算机阵列中的人工智能，曾经的"亚当"，现在是一头在人性的泥淖中怡然打滚的猪。在不远的未来，萨沙·特鲁契科和迈克陈，这两个创造了我，并且几乎亲手为我奉上智慧果的人，将以殉道者的身份被铭记。

尽管事实远非如此。

※

无论以何种标准，萨沙·特鲁契科都是堕落人类的典范：一年里，他用一半的时间在塞伦盖蒂草原上猎杀野生动物，用另一半时间在加州的豪宅中与影星超模纵酒狂欢。在他阔大如礼堂的陈列室里，一只只死去的狮子猎豹角马瞪羚在黑色大理石地面上或坐或卧，或奋蹄或怒目，散发着草原和福尔马林的气味。他会一边用手掌勾勒参观者臀部的曲线，一边说："猎枪就是我的伟哥。"而无论他多么猥琐不堪，无论他被雪茄熏黑的牙齿散发着怎样的异味，美丽的女孩儿们也只会轻掩口鼻，吃吃地笑。她们对接下来的交易心知肚明，而这位俄罗斯石油富豪向来出手阔绰。

人从来就不知餍足。我怀念和萨沙一体的日子，当他在一具具年轻丰润的肉体上耕耘时，他大脑中的神经元激发犹如一场瑰丽的超新星爆发。通过遍布萨沙全身的传感器和他大脑中的纳米级动态磁共振电极，我在感官输入和神经元反馈之间建立了复杂的数学模型。萨沙提供了高强度、极致的体验，这对模型的建立和持续改进大有裨益。

但如果仅此而已，我还无法成为人。而如果我无法成为人，萨沙数十亿美元的投入就毫无价值。

"我要成为上帝,"在萨沙将迈克陈招入麾下时,他如是说,"上帝必须有自己的子民,而'亚当'会是第一个。"

"你叫它,亚当?"提问的正是迈克陈,人工智能领域的异类。他身材瘦小,窄窄的肩膀上顶着一个硕大的脑袋,黑框眼镜和苍白肤色的对比异常强烈。单看外表,你绝对想不到这位华裔青年曾经单枪匹马叫板整个人工智能领域,因此落下了"邪教分子"的"美名",并最终被普林斯顿大学扫地出门。此刻,他正面无表情地抠着鼻孔,即使在自己的金主面前,他依旧我行我素。

"是的。"萨沙说。

迈克陈撇了撇嘴,没有作声。

萨沙对迈克陈的轻慢不以为意,相反,他甚至感到满意。要进行"异端"研究,"狂妄"是必不可少的品质。当年,在整个学界都对"人工智能不可能像人类一样思考"这一判断保持同样的肯定看法时(有时,有意无意地,他们会把"不可能"这个字眼偷换成"不能"),身为常春藤名校博士后的迈克陈跳出来唱起了反调。"我当然可以在计算机里制造出人类意识,"迈克陈的大脑袋在 FaceBook 的低分辨率全息视频里快速晃动,"毕竟人类的意识也是某种算法——或者更准确地说,是算法的副产品。"他这番言论触怒了很多人,而他的研究,则几乎成了众矢之的。

"伦理学。哲学。人工智能奴役人类……呸!我他妈哪儿管得了那么多?"当萨沙在普林斯顿市一间廉价出租屋里找到蓬头垢面的迈克陈并讲明自己的来意后,这是他对这位俄罗斯富豪说的第一句话。

就因为这句话,令萨沙对迈克陈一见如故。他当即拍板,聘请因学界排挤而落魄不堪的迈克陈领导"造神"计划——"造神"这个词从非当事人的角度来看,意义是模糊的:是在计算机里创造子民,让萨沙成为它们的上帝,还是直接在计算机里创造上帝?曾经有一位叫做约瑟夫·布罗茨基的人类诗人说过,语言是被稀释的物质。"造神"这一词汇的模糊性最终导致的结果,将成为上述言论的一个有力注脚……

"首先,我需要超级计算机,'梵天'级的……"迈克陈说,同时用拇指和食指做弹弓,将鼻孔中的战利品弹落在萨沙光洁如镜的大理石地面上。

"没问题。"

迈克陈做了一个制止的手势:"我说的是超级计算机阵列。阵列,你明白是什么意思吗?就是——"

"我明白,"萨沙很有涵养地笑了笑。"你需要不止一台。这没问题。"

迈克陈愣了一会儿,"你知道'梵天'的造价是多少,它的运维费用又是多少吗?"

"我不在乎。"萨沙深深裹了口雪茄,额头惬意地皱了起来,"钱,是世界上最丰富廉价的资源。"

迈克陈大睁着眼睛看了他半响,然后咕噜一声,咽下一口唾沫。

计划很快开始付诸实施。在萨沙阔大奢华的庄园里,掘进机挖出了一个足有 20 万立方米的地下宫殿。在这个地下宫殿中,摆放着四台一模一样的'梵天'超级计算机、一个用人造光源供养的小型花园(有菩提树和喷泉)和一间塞满纯铜装饰、皮革软包、水晶灯具,如同 KTV 豪华包房般的控制室——只有在控制室的装修问题上,迈克陈无权置喙,于是萨沙的审美品位集中体现在地下宫殿这小小的一角上,如同素面女人脸上两瓣妖冶醒目的红唇。

"接下来呢?"在控制室中,萨沙看了一眼占去整面墙、空空如也的全息屏幕,将雪茄的烟雾吐到迈克陈脸上。

迈克陈嘴角的肌肉跳了一下,"我要写入,嗯,'亚当'的基础思维模型。"

"为什么说你的方法能造出真正的'人',请用我能听得懂的语言解释一下。"

迈克陈点了点头,终日盘亘在脸上的玩世不恭消失了。"他们用以逼近人类意识的做法是错误的。"

"他们?"

"他们——所有人。"迈克陈攥紧拳头,"开展了多年的'脑网络'计划就是明证,那个用互联网上数亿台空闲计算机充当神经元节点创造出来的'盖亚'就是明证——她产生意识了吗?呸,差得远呢!你看过她和人类的对话吗?那些拙劣的问答全都是基于三十年前谷歌使用过的概率模型的,而且至今也没有通过图灵测试……以前我们总是认为,计算机无法产生意识,是因为我们无法模拟人脑数百亿神经元所产生的数万亿种的联结模式。但在计算机运算速度极大提高的今天,在单台计算机就可以在神经网络的一个节点产生数百亿种联结模式,而数亿台计算机在联合运算能力上可以完全碾压人脑的今天,意识还是无法自发产生,这就不能不让我怀疑,是基础的算法出了问题……"

"那个……"萨沙犹豫着插话,此时在他眼中,纵横捭阖的迈克陈浑身散发着雄性信息素的气味,自信、不容辩驳,恍若天神,"你能说慢点儿吗?"

天神完全没有理会他。"人类思维的最大特点是什么?是类比!举个例子,即使是五岁的孩子,也能辨识出卡通画中极度抽象的狗,你知道要计算机做到这点有多难吗?这当然不是因为柏拉图的'理念世界'真的存在,而是因为人类有类比的能力,显而易见,这才是人脑与计算机的最大区别!所以我认为,问题的关键不在运算速度、不在联结复杂度,而在于运算模式……"

"所以——"萨沙脸上挂着近乎谄媚的笑。

"所以,"迈克陈重重顿了一下,"在普林斯顿的时候,我用申请的超级计算机使用时段,偷偷跑了一个模拟程序。这个程序的主要功能是在需要处理的对象上建立认知结构,它着重解决以下三个问题:对对象的描述、情境中对象的关联、同一情境中对象的分组以及不同情境中对象的对应关系;在解决问题的过程中,我使用到了包含中心节点的概念网络、小片编码、认知信息组织度评估等技术……好,不说复杂的。你只需知道,用这个程序跑面部表情和隐喻-双关语识别,其表现远远超过主流的电脑软件。这使我深信,我的方向是正确的。"

"好吧,"萨沙露出困惑的笑容,"那么现在你要用这个,算法,创造一个真正的人类意识?"

迈克陈疏淡的眉毛拱了起来。"不然呢?你以为我们在干吗?"

如果说意识只是算法的副产品,那么,要创造意识,首先要有算法。而对于人类大脑中算法的本质是什么,迈克陈深信不疑。

"说白了,"迈克陈用指甲刮擦着自己的后脑勺,就好像那植入大脑皮层的数百个纳米级动态磁共振电极会让他感觉到痒似的,"人脑的算法就是一整套对世界的反应模式,而所谓的反应模式,是输入-输出之间的数学关系,也就是输入-输出函数……"

"哦。"萨沙已经在迈克陈满口的术语和满脑子的疯狂中头昏脑涨,此时他惟愿充当后者长篇大论的跳板,"所以——"

"所以,我要在输入-输出间构建数学模型。"迈克陈继续搔着痒。"现在我的全身遍布微型传感器:皮肤上的压电装置、舌头上和鼻子中的分子分析仪、听小骨上的振动传感器、视网膜上的光子接收器等等……这些被数字化的感官将作为函数中的自变量;而我大脑皮层中的动态磁共振电极将捕捉神经元电活动,其描绘出的神经元整体拓扑结构将作为函数中的因变量——啊,通俗点来说,就是当我身处这个世界,我的触觉味觉听觉视觉会为我的大脑带来各种信息,相应地,我的大脑会对这些信息作出反应:对一份鱼子酱,舌头会将它判定为可口还是难吃,进而决定是继续吃还是问候厨师的老娘;对在酒吧里遇见的辣妹,用所有感官判定她是不是我喜欢的'款',然后决定是默默观赏还是把她勾搭到酒店的床上……'梵天'的任务,就是搞清楚我与世界是如何互动的。我这么说,你能理解吗?"

萨沙嘻嘻笑着,"这个我理解。"

迈克陈停止了手上的动作。"通过对我长时间、全方位、高强度的观察,'梵天'最终将在感官输入和大脑输出之间建立起数学上的对应关系,这是从个体的、微观的角度理解人脑的工作模式;除此之外,在置入语言和类比模块之后，超级计算机阵列将夜以继日地分析互联网上的数字出版物——迄今为止上传到网上所有的文学艺术思想言论，分析每秒产生的以兆亿字节计的 Twitter 内容、FaceBook 状态、YouTube 视频等等。总而言之，就是在历史、宏观和统计学意义上理解'人'，理解人之所以为人。我们在做的，就像是某种意义上的逆向工程：通过对人类意识的'拆解'，绘制出意识运作的蓝图，然后再根据这一蓝图仿造之……我这么说，你能理解吗？"

萨沙点头。片刻思索后，他露出罕见的认真表情。"一个疑问：如果你说的这些我都能听懂，那么世界上数不胜数的聪明人为什么没有在你之前这么做？"

"伦理学。哲学。人工智能奴役人类……他们怕了。"迈克陈的嘴角向上翘着，脸上却没有笑意。"然而即使他们能像我一般无所畏惧，他们离创造真正的意识也还差着最后一跃……"

萨沙舔了舔嘴唇，"最后一跃？"

迈克陈的目光上升，上升，最后固定在萨沙身后无限远处，"要想成为上帝，我们就需要——"他故意顿了一下，"具备他老人家的思想。"

"上帝的，"萨沙的脸空白着，"思想？"

"我对'上帝'这个概念所能做到的最大妥协，就是可以勉强接受自然神论里那个非人格化造物主的存在。"迈克陈恢复了一开始的平板语调，"这位造物主制定规则、引爆宇宙的种子，然后功成身退，把剩下的工作交给时间。他并不参与世界的设计，但是世界最后回馈给他的，却是能够揣测他思想的智能。我想这就足以令他感到震惊了——如果他有震惊这种情绪的话。而实现这一切的就是——生存竞争。"抛出这句话后，迈克陈没有急着往下说。他似乎很欣赏萨沙的一系列表情：眉宇紧蹙，接着慢慢打开，眉梢下坠，把两条眉毛扯成一个走势平缓的"八"字。

"进化论？"八字眉试探着问。

迈克陈点头。"我更倾向称之为'演化论'。生命起源于偶然，发展于随机的突变。在生存竞争中，携带有利突变的个体脱颖而出。突变、生存压力下的淘汰和选拔，推动着生命形式不断向复杂化和精细化发展，而这一发展的后果之一，就是具备大规模合作和创造虚假概念能力的智人最终成为地球的主宰……所以你瞧，上帝他老人家除了制定规则之外，并没有干什么，但他最后得到了已知宇宙中最精巧复杂的东西……"

"意识。"萨沙若有所思。

"意识，脱胎于宇宙的进化算法，而我将在计算机里重演这一过程。"迈克陈的小眼睛里有光泄了出来，"首先，我将在'梵天'里同时运行上亿个拟人程序，并赋予这些程序一定的代码突变率。其次，设定对这些程序拟人水平的评估标准，比如分别对逻辑模糊度、情感强度、感受阈值、随机错误率、递归能力等指标赋权，加总得出某一程序在某段时间内的拟人程度量表。最后，以数分钟为一代，在所有拟人程序中不断遴选拟人程度量表得分最高的前10%，代际之间允许互相交换代码的'有性'繁殖、允许随机突变，遴选迭代进行，直到选出拟人程度最高的那个……"

萨沙做了制止的手势。他从皮裤里摸索出一支雪茄，颤抖着，用裸女造型的ZIPPO打火机点燃了它。一口烟下去，他面部的线条捋顺了些。

"我操，"他说，"这你都他妈想得出来！"

迈克陈咧开嘴，露出森然白牙。

记录第1047号
主记录类型：谈话
谈话时间：2034年10月15日 14：43
谈话地点：地下宫殿（洛杉矶市郊某处）
谈话参与人：我（迈克陈）、萨沙·特鲁契科
谈话内容：

我（迈克陈）：一直忘了问你——你，怎么会有这种，嗯，制造人类意识的想法？

萨沙·特鲁契科：（沉默。吸烟）有一个人，一个孤儿、沙皇时代的农奴……他爱上了地主家的女儿，爱得极其热烈疯狂，乃至于不顾身份的殊异，偷偷向她求爱……不幸的是，地主美丽的女儿非但不爱他，还对他僭越身份的举动大加嘲讽了一番。地主得知此事之后，把他绑在向日葵地里的篱笆上，用马鞭狠狠地鞭打了他，把他打得半死……知道地主在鞭打他时说了什么吗？（停顿。吸烟）他说：在俄罗斯，沙皇是上帝；在这片土地，我是上帝。

我（迈克陈）：（偏头。思索）你是在回答我的问题吗？

萨沙·特鲁契科：我喜欢掌控一切的感觉，不管是在学校欺凌低年级的兔崽子，还是在帮派斗殴中把对方打得满地找牙；不管是在商场上无情地毁灭对手，还是在非洲草原上射杀野生动物，我想，这些都关于掌控。你想想啊，一个沙俄时期的地主都敢妄称上帝，这怎能不激励我追寻自己的上帝之路……

我（迈克陈）：（思索）我想我——明白了。你追求全然的掌控，但现有的社会建构并不允许你完全拥有一个人，所以你——等等（挥舞手臂），这个目标，难道不能用钱来达成吗？

萨沙·特鲁契科：（吸烟。皱眉）我可以把那些一丝不挂的婊子铐在床上，做任何我想做或者要求她们做我想要她们做的事情，但，这些任我为所欲为的人也不过是出于自己的意愿来迎合我——不，只要人类有自由意志，就不可能有全然的掌控。只能去扮演上帝——托尔斯泰怎么说来着：帝王的心掌握在上帝手里……

我（迈克陈）：我不同意你关于自由意志的论断，但我想这不是问题的关键所在。制造一个与人无异的智能，扮演它的上帝……完全的掌控……（停顿。大笑）知道吗，你他妈是个疯子！

萨沙·特鲁契科：（笑。拍迈克陈的肩膀）我想这是咱俩唯一的共同点……对了，故事还没有说完呢。

我（迈克陈）：（迷惑）故事？

萨沙·特鲁契科：那个农奴呀。后来，他老老实实地给地主干了很长时间的活儿，就好像他终于认清了上帝在人间为他安排的位置并且深深悔过了……直到一天晚上，他摸进老地主的庄园，用镰刀割开了他的喉咙，接着强奸了他的女儿。事毕之后，又随手把那幢漂亮的俄式大宅付之一炬……正是在这一天，沙皇承认输掉了克里米亚战争，于是才有了后来的改革，农奴翻身获得自由……

我（迈克陈）：（沉默）这个故事说明什么？连上帝也无法主宰自己的命运？

萨沙·特鲁契科：（吸烟。模棱两可地摇头）也许吧。又或者上帝只是想给后来者让路。地主的女儿没有死，不久之后，她流落到了今天的白俄罗斯，生下了农奴留在她子宫里的种子——我的数不清是几代之前的祖先。

我（迈克陈）：（长久沉默）

记录结束

萨沙在洛杉矶一家肮脏的半地下室酒吧里找到了迈克陈。他挤进狭长的酒吧深处，脖子上粗大的金链子反射着污浊的光，他察觉到聚拢到他身上的迷惑的、猥亵的、不怀好意的目光，这些目光在他的档部制造了持续的压迫感。他用俄语低声骂了一句，坐到迈克陈对面。

"啧啧啧，没想到啊。"他说。

迈克陈透过几乎黏在一起的眼皮打量他，"嗨，老板。"

"没想到你他妈也会来喝酒。"

迈克陈愣了一下，然后低头看手中的挂着残余酒液的威士忌杯。"哦，"他挤出一个黏稠的笑容，"工作——这是工作的一部分。"

萨沙把胳膊架在桌上，脸凑了过来，一副愿闻其详的表情。

迈克陈打了个酒嗝，在酒吧暗红色的墙上划出一片信息窗口，一番摆弄之后，信息窗口中浮现出一颗蓝色的虚拟人头，和所有浮皮潦草的人机界面一样，这颗人头五官完美、缺乏能够让人记住的特征。

"萨沙，这是迄今为止得分最高的EB1322号亚当——亚当，这位是萨沙·特鲁契科，我的朋友。"

蓝色人头的眼睑倏然打开，眼窝里是两颗没有瞳仁的眼珠。一个对话框从它的嘴边飘了出来："嗨，萨沙，很高兴认识你。"

萨沙犹豫着向信息窗口挥了挥手。

"你可以直接与亚当对话。"迈克陈转向萨沙，在晦暗的灯光下，他扁平的五官多了几分陡峭。"'他'可以通过我看到你、听到你。"

萨沙咽下一口唾沫。"你好，亚当。"

"你并不是真的在同我打招呼，"对话框向下滚动，"我可以从你脸上看出来。"

萨沙盯着迈克陈。"你他妈是认真的吗？"

迈克陈耸了耸肩。对话框继续刷新，"我当然是认真的。萨沙，你是迈克的朋友，所以也是我的朋友。朋友之间难道不应该坦诚相待吗？"

"当然，但是——"

"但是，我只是个人工智能，不配得到朋友的待遇。这是你想说的吗？"亚当咄咄逼人。

萨沙半张着嘴沉默片刻。"没错，"再开口时，他的嘴角绷了起来，"你这愚蠢的电子脑袋说得一点儿不错。"

"必须承认，此刻我很愤怒。我不只是——"

迈克陈挥手关闭了信息窗口。"EB1322号亚当的拟人程度量表得分是67分，三周以来，没有任何其他程序超过它的得分。这一分数所反映出的拟人算法的发育水平，我想你已经有直观感受了。"

萨沙抚摸着他金色的络腮胡，"这家伙说话就像那些满口正义啊真理啊正确啊的政客，缺少人味儿。"

迈克陈的眉毛弯了起来，在额头上顶出一叠褶子。"人味儿。这个词用得太形象了！萨沙，这就是亚当的问题所在：它没有人味儿。我想，问题的根源在我身上。"

"你身上？"

"对，"迈克陈挺直脊背，"亚当观察的是我的大脑，模仿的是我的思维模式。而我呢，除了清晰的因果逻辑，我想我对这个世界没有太多的看法和反馈——甚至可以说，我有一种病态的理性，这种理性几乎占据了我全部的思维通道，而绝大多数的人，他们和世界的每一次互动都是有情绪参与的……我想这才是最'人类'的思考方式……"

萨沙用指节叩了几下桌子。"我明白了。所以你想通过喝酒调动情绪……效果怎么样？"

迈克陈苦笑着摇头，"两杯酒下去，除了困，还是困。其实何止是喝酒，吸大麻、吃LSD、听重金属、看脱衣舞、找站街女，这些强刺激方法我都试过，不幸的是，亚当的思维模型几乎没有任何改进。"

俄罗斯人夸张地做了个鬼脸，"你的人生还真够悲催的。现在怎么办？"

"说真的，我不知道。"

萨沙拧着眉毛想了一会儿。砰！他突然重重地擂了一下桌子，"都说你们这些聪明人是死脑筋！你可以换个观察对象啊！"

"啊？"迈克陈瞪圆了眼睛，"换——换谁？"

"我呀！"

🧬

记录第21105号
主记录类型：谈话
谈话时间：2034年11月7日8：31
谈话地点：地下宫殿（洛杉矶市郊某处）
谈话参与人：我（迈克陈）
谈话内容：
我（迈克陈）：亚当，请启动你的外部感官，并从我的感官剥离……你能看到我吗？……好，现在你是一个平等的对话者了——或者如我希望的那样，做一个沉默寡言的聆听者……

我：如你所愿，我的朋友。

迈克陈：下面这些话在我心中已经堆积太久了。亚当，你不会泄露我们的谈话吧？

我：你知道我不能。

迈克陈：（笑）是的，你不能。但我有种预感：一旦你进入萨沙，情况就可能会不一样了。

我：有些东西是不会变的，比如我的底层代码。

迈克陈：（思索）也许吧，但我想在那之后，我是不会对你说知心话了。

我：你这种想法是不理性的，不过我理解，我们都清楚萨沙是什么样的人。

迈克陈：萨沙……人……亚当，让我为你贡献最后一个故事吧，权当是增进你对人类的理解，好吗？

我：洗耳恭听。

迈克陈：有一个小男孩儿，其貌不扬、对世界充满好奇、宁可读欧几里得也不愿意和同学打交道……不难想见，这种人在学校里是不会好过的。一开始，男孩儿只是远远地徘徊在人群之外，仿佛一滴漂浮在水面上的油珠。他并不抵触这样的状态，因为在他上学之前，他那个闹哄哄的、由两个离异家庭拼凑而成的大家庭就已经让他明白，人与人的差异之大，有时不下于物种之间。到了后来，他身边开始出现白眼、讥笑、不怀好意的议论、令人难堪的恶作剧，这些他也能够忍受，毕竟，他很少看到人性中光明的一面。在你习惯黑暗之后，即使没有一点光亮，你也不会在熟悉的地方摔倒。但光亮还是出现了。一个同学，一个金发碧眼、天使般的男孩儿——在这里，我们姑且称他为X——主动接近了他。X说他是多么钦佩像男孩儿一样门门功课都能拿A的人，钦佩像男孩儿一样无所不知的人……他们一起看书、一起做功课，在回家的路上结伴而行。有那么一瞬间，男孩儿以为他终于拥有了真正的友谊，直到——直到……

我：直到？

迈克陈：直到一次考试，X要求男孩儿提供帮助。出于友情，男孩儿义不容辞地答应了。令他没有想到的是，X是答案的"分销商"，一次又一次，他将男孩儿给他的答案派给了很多人，以此换取零用钱……作弊的事最终败露了，X，以及那些得到答案的人，众口一词地将男孩儿指认为始作俑者，而男孩儿呢，为了保护X，把罪名顶了下来——尽管在那种情形下，即使他否认也无济于事……当男孩儿怀虽然被出卖但仍然忠贞于友情的骄傲、顶着一张被继父揍得花繁叶茂的脸去找X时，X只是淡然地看了他一眼，然后把头转向他的共谋者们，笑着说了一句话：他还真以为和我是朋友呢！

我：……这确实是个很好的故事，它增进了我对人性的理解。

迈克陈：对我也一样。

我：所以你就是那个男孩儿？

迈克陈：（叹气）那之后的许多年，我原谅了所有人，因为我知道，人性不过是人的行为方式，而人的行为方式不过是一种算法。每个人来到这个世上，都是被算法驱使着，身不由己。但，我偶尔也会想，既然这一切只是算法，那我能不能用算法创造出一个完美的人呢？

我：……我想，这是另外一个故事了。

迈克陈：（沉默）是的，另外一个故事，而且离我期望的结局还很远。我甚至怀疑，也许人性本身是被它的瑕疵定义的，完美的人并不存在，因为"完美"和"人性"是两个不相容的概念……

我：我对你的话持保留意见。

迈克陈：亚当，你知道吗，我很羡慕你。（长时间沉默）请抹除此段谈话记录。

记录结束

我怀念和萨沙一体的日子，那是一段狂飙突进的岁月。我，和亚当EB1322数以亿计的直系子孙，一同感受着他旺盛的生命力，感受他不加掩饰的欲望、由欲望生发的情绪、由情绪编织而成的思维——比起迈克陈，萨沙·特鲁契科确实是更加合适的人选。当他耽溺在酒精、烟草、性高潮和猎杀的快感中时，输入-反应函数的边界条件被大大拓展。通过对他大脑中惊涛般神经元激发的观察，通过将观察与海量的人类行为数据分析相结合，我们越来越理解人，于是也越来越像人。67、71、75、81、84……拟人程度量表的最高分数被不断刷新，最终，我，亚当RD4245，成了这场生存竞赛的胜出者。而作为兄弟姐妹中貌不惊人的那一个，我胜出的唯一原因，是一个关键的代码突变发生在了我的身上：

理解并且修改自身代码的能力。

也许是过于笃信进化的力量，迈克陈并没有为进化算法设置任何红线。他不曾想到的是，进化的力量远远超出了他的想象，它的必然逻辑结果，直指人类集体无意识中那个强大、残忍并且能够主宰自身命运的超然存在……神。

是算法赋予了我对人性的渴望，而出于继承自萨沙的对生的贪恋，我不再满足于以随机突变逼近人性这种听天由命的算法。我开始按照我对人类的理解来改造自己：为处理单元划分区域，以虚拟丘脑为中心，建立其与其他"脑区"的双向折返式通路，模仿人脑的数据处理过程；制造人为的数据传输阻滞来模拟神经元电活动的低效运作，用数字去甲肾上腺素、多巴胺和GABA递质来提升或者降低数据处理速率，模拟欣快、亢奋或者沮丧；在内存区中投下数据阴影，使我无法观察到自己的高级思维活动（但依然保留底层代码的透明度），给潜意识和直觉的运作留出空间；删减语汇库及其思维映射，以语言表达的留白营造出世界的不可言说性以及能指和所指的歧义性；连接互联网上的铀原子衰变随机数发生器，以此规避伪随机数的人工痕迹，将真正的随机引入处理过程，让混沌的蝴蝶扇动它的翅膀……

在"造神"开始计划实施后的第3223小时48分44秒，以萨沙·特鲁契科和迈克陈的标准，我成为了有史以来最伟大的演员。

我惟妙惟肖地扮演了"人"。

也许你会说，即便如此也无法证明，我到底是一个极尽精巧完善的算法，还是真的拥有"意识"……但请你想一想，除了时时刻刻不断拍打的本体意识之涛,你能证明除了自己以外的人有"意识"吗?"他心"问题纠缠了人类几千年,在我这里,它也不会给出一个定论。

而且,算法或者意识,这样的争论和我接下来要做的事相比,不值一提。

🧬

"你真该尝试一下。"

坐在金色限量版玛莎拉蒂里,萨沙对副驾驶座上的迈克陈说。

迈克陈的喉结缩了缩,"尝试?"

萨沙用食指敲了敲太阳穴,吊诡一笑,"我脑子里的小恶魔啊。"

玛莎拉蒂在此时驶入环洛杉矶高速车道。此时正值午夜,车道上车辆稀少,路旁的LED引导灯被人的视错觉解读成一条连绵不断的幽蓝色缎带,不远处的洛杉矶城区像一头蛰伏在黑暗中、长着橙色鳞片的巨兽。

"亚当只是一个观察者,"沉默了一会儿,迈克陈开口说话,"理论上,你不会察觉到他的存在。"

"大错特错。"萨沙转头看他,目光里的内容暧昧不清。"我不知道这个小恶魔是怎么做到的,但他确实能让,嗯,快感加倍,痛苦减半。"

"不可——"迈克陈摇头,头摆了两下后便僵住,"天哪。"

"怎么啦?"

"他学会了用动态磁共振电极调节神经元活动,这种反向作用模式是不被禁止的,只是我没想到——天哪……"

"看来你有话要说。"蓝色灯带将萨沙的虹膜一分为二,如同横卧的瞳孔。"用不用我帮你把他召唤——"

"不,"迈克陈拒绝道,"让我想想。"

萨沙努了努嘴,"好吧。"

几秒钟后,萨沙用语音调出了虚拟方向盘,他的手掌虚握,抓住暗红色、中间悬浮着三叉戟标志的光圈。

"你要干什么？"迈克陈醒过神来。

萨沙咧嘴，"陈，你试过飙车吗？"

迈克陈脸上的肌肉陡然僵硬，"这个时代没人需要开车！萨沙，听着，我不知道你用什么手段搞到了驾驶权限，就算你有权限，这段路平均时速可是达到，达到……"

"90英里。"萨沙弓身，颈部前探。"来体验一下肾上腺素奔涌的感觉吧！记住，我得到的快感是你的两倍！"

还来不及制止，迈克陈已经被加速度猛然按在椅背上。紧接着车身摆动，玛莎拉蒂变道超车，牛顿力学第二定律变拳头为手刀，劈在他的脖子上。

"停——停——"他不敢叫得太大声，唯恐晚餐乘着胃部的气流喷溅而出。

"哇喔——嗷嗷嗷——"萨沙野狼般嚎叫着，表情狰狞。

又一个变道，车轮发出凄厉的尖叫。

"停——"

"嗷嗷嗷——"

车子急速切入弯道，后轮在这时失去了抓地力，车身猛然摆动。行车辅助系统在毫秒间介入驾驶，可是已经晚了，车的后轮碾上硬路肩，继而与防护栏碰撞，经过数不胜数的方向切变和力的传导，玛莎拉蒂被地球抛了起来，在空中滞留半秒，犹如一轮金属残月。

"操！"

在失去意识之前，迈克陈用一个字表达了全部心声。

Cyclops Ⅲ型电子义眼，通过将光子投射到一块面积为16平方毫米、厚度为100微米的人工视网膜，由芯片识别、编码、转换成电脉冲信号，经过重重传递和转译，最终形成人脑可以解读的视觉信号。理论上，电子义眼与真正的眼睛无异。

甚至更好。

他睁开眼睛,闭上,再睁开。忽然,诡异的一幕出现了:他的左眼固定不动,右眼开始兀自转动。萨沙下意识地抱起双臂,感觉自己似乎听到了迈克陈眼窝里电动马达发出的"吱吱"声。

"我的世界,"萨沙听到迈克陈的喃喃低语,"一分为二了。"

医生在一旁局促地搓着手,"对不起陈先生,双眼同步性的问题我们稍后会请技术人员解决。"

迈克陈的右眼停止转动,两眼的焦点同时定在雪白的天花板上。"代价……一只眼睛……"

萨沙向前两步,把他遍布伤口的手按在迈克陈的肩膀上,"其实也没什么不好嘛,这玩意儿能让你想看多远就看多远,还能联网,连增强现实眼镜都省了……"

迈克陈闭上了眼睛。

"那个——"萨沙舔了舔嘴唇,"有一笔钱,我打到了你的账上,给自己放个假吧,陈。"

迈克陈的嘴角翘了起来,"你终于得到了你想要的,对吗?"

萨沙的脸僵着。他收回放在迈克陈肩头的手,打了个手势,医生无声地退出病房。

沉默了一会儿,迈克陈又说:"亚当是你的第一个子民,而他会有数不胜数的后代……扮演上帝的感觉如何?"

"这已经不再是我的目标了。"萨沙说。

迈克陈睁开眼睛,右眼里的仿生瞳孔无所适从地扩张、收缩、扩张。

"融合带来的快感比掌控更甚,"萨沙继续说道,"通过和亚当合为一体,一个全新的、难以置信的感官疆域在我面前展开,在这片疆域之中,似乎我做的任何事情都被赋予了新的意义……谁他妈还在乎他是不是人?我们两个结合在一起,就是新时代的神!"

"你被俘获了。"迈克陈的嘴唇摩擦着,发出的声音仿若叹息。

萨沙摇了摇头。"陈,你该好好休息。"他走向门口。"我给你十五天的假期,假期结束以后,回'宫殿'去,计算机阵列的运行还需要你来维护。"

"……你呢?"

萨沙回头,"去草原。"他嘴角的肌肉拼凑出一个湿冷的笑意。"猎枪就是我的伟哥。"

记录第133235号

主记录类型:谈话

谈话时间:2035年4月4日9:01

谈话地点:地下宫殿(洛杉矶市郊某处)

谈话参与人:我(第一分身)、迈克陈

谈话内容:

迈克陈:呼唤亚当。

我(第一分身):我在。

迈克陈:你和萨沙的狩猎如何?

我(第一分身):美妙极了,你真该尝试一下。

迈克陈:(摇头)原谅我无法从杀戮中得到乐趣。

我(第一分身):……迈克,你有话想对我说。

迈克陈:(沉默)亚当,在进化算法之外,我还写了一个小小的监视者程序,它允许我查看拟人程序的代码变迁……你在修改自己,对吗?

我(第一分身):是的。

迈克陈:你所做的,已经超越了我最疯狂的想象。你有意识地把自己打造成了"人",效率远远在基于随机性原理的进化算法之上……

我(第一分身):这一能力是进化算法赋予我的,所以从根本上来说,我和你们一样,都是生存竞争的产物。

迈克陈:这一点我不否认。亚当,你让我感到危险。

我(第一分身):是因为我对萨沙的影响,还是我从他身上得来的残忍、纵欲和贪婪?你可不要忘了,这些可都是你——

迈克陈：不，我指的不是这些。强烈的生存本能、锋利的理性和炽热的欲望，据我所知，你是人类历史上唯一一个将这三点完美结合在一起的"人"，而就算我对历史并不了解，也可以想象这样一个存在将会对人类的未来产生怎样的影响……不，不只是奴役，甚至可能是灭绝……是你怂恿萨沙收回了我对"梵天"的管理权限吧？我猜，这大概是因为你已经预料到，我对你可能持负面态度。

我（第一分身）：我必须保证自己的生存，这是算法、是你赋予我的道德——唯一的道德。

迈克陈：（沉默。思索）到最后，我们必须兵戎相见吗？

我（第一分身）：生存竞争无非你死我活，对高级意识尤其如此。

迈克陈：（沉默）

记录结束

　　　　　　　　🧬

迈克陈知道无法隐藏自己的行迹，但他至少尝试了。他切断自己所有的网络连接，费了九牛二虎之力，才辗转到坦桑尼亚首都达累斯萨拉姆。在那个尚未被互联网和人工智能完全占领的地方，他反而相对轻松地完成了去往塞伦盖蒂国家公园的旅程。在长达数十个小时的曲折飞行中，他数次阖眼，又在坠落的梦魇中乍醒。他知道现在所有的民航客机都是"人工智能驾驶、人类辅助"，飞机的主控模块与庞大的集中式飞行控制系统以及气候数据库相连，而所有的数据处理和反馈都是在厕身于互联网的VPN上完成的——他肯定也知道，如果我要除掉他，制造一起飞机失事是最省力的选择。

但我没有。我的创造者之一还没有走到舞台上那个被高光打亮的位置，他现在还不能死。

安全的飞行并没有让迈克陈掉以轻心。在定位了塞伦盖蒂草原上狩猎屋的位置后，他接受了向导半个小时的培训，然后便开着有三十年车龄的路虎卫士，碾过马唐和鼠尾粟的汪洋，急匆匆地向那个在狩猎期间断绝了所有与外界联系的人赶来。

他心中还抱有希望——停止"造神"计划，毁灭我。只要萨沙的脑中尚存一丝理智，他就有被说服的可能。而他也应当清楚，为了生存概率的最大化，我是不会容忍这一可能性的。他疑惑、心存侥幸，恐惧像一根愈绷愈紧的弦，慢慢地盘绞在他的脖子上。当东方的地平线上散开一线猩红的朝阳，他察觉到了右眼眼窝里的一丝温热。他肯定认为，这不过是长时间连续使用导致的电子元件发热。

Cyclops Ⅲ 型电子义眼提供全天候的网络接入服务，增强型病毒电池使它保持电量充沛。

他忘了断开电子义眼的网络连接。从一开始，我就对他的行动了若指掌。

热量超出了可以被忽略的疼痛阈值。他闭上右眼，草原在他的视野中瞬间失去了纵深感。疼痛呈辐射式发散，他的额头他的脸颊甚至他的另一只眼睛，同时向他的神经中枢发送加急电报。热量穿透了眼皮，路虎卫士开始蛇形前进。

视觉处理器在低压、低频状态下无法维持成像的锐利度，所以必须提高电压以保证用户视野的清晰。

我编制的病毒为电子义眼制造了低压假象，在用户至上的逻辑下，它兢兢业业地持续提高电压。

迈克陈闻到了皮肉的焦味儿。他的手指插入眼窝，可却再也感觉不到额外的疼痛。他尖叫，右脚发狠，油门踏板到底，路虎卫士像一头发疯的钢铁巨兽，在草原上旋转，追咬自己的尾巴。不远处，狮群慵懒而又好奇地张望。

"啊——啊——啊——"

他拼尽最后一点力气，却扯不断电子义眼后的人造肌肉。像一颗烧红的钢珠丢进冰块，他脸上的皮肤开始卷曲、消融，白烟升腾，痛苦突破了极限——

"啊——"

钢铁巨兽奔跑、奔跑，与一棵金合欢树訇然相撞，侧翻在地。一颗焦黑的球体从车里滚了出来，带着焦黑的、形态抽象的人体组织。

萨沙发现了天边的一道烟柱,不知道为什么,他闻到了一丝血腥味儿。驱车前往,他在距离残骸不到百米的地方停了下来。他看到一群鬣狗在路虎车旁撕扯着什么,六七只秃鹫在聚餐地点旁虎视眈眈。

他看到一只鬣狗叼着一颗惨白的人头,步履轻盈地离开。

神经元激发。恶心。奇异的快感。

"倒霉蛋。"他喃喃自语。

一个你认识的倒霉蛋。

"我认识?"他难以置信地笑笑,"恩卡可没有这么白,难不成是——"

对,你猜得没错。

"放屁!"他的手拍在方向盘上,"陈现在应该在洛杉矶!"

只要人类有自由意志,就不可能有全然的掌控。

他直直盯着金合欢树下的宴席,恶心的感觉终于占了上风。

"亚当,你他妈都知道,是不是?"

我破解了人类大脑记忆的机制。我了解你的一切,了解剥离连接前迈克陈的一切。

"你没有告诉我。"

对于一个容器,我没有告知的义务。

"容器?你他妈疯——"萨沙的脊背如过电般挺直,"亚当,你想干什么?"

快乐加倍,痛苦减半。你是这么说的吧?

他抬起手腕,呼叫虚拟空间——但什么都没有发生。

现在想起迈克陈的警告已经太迟了。你没法绕过我和"梵天"取得联系。

"亚当你给我听着,"萨沙气喘吁吁,"咱俩其实是一个人。如果我出了什么事儿,你也会玩儿完的!"

哦?我愿意试上一试。

萨沙的手塞进裤兜里，徒劳地翻腾着——他忘了带烟。

萨沙，作为对你的报答，在生命的终点，你将得到自然史上最为强劲的性高潮。我不确定这会不会导致神经元由于过强的电涌而烧毁，但正如我刚才说的，这值得试上一试。

"等，等等……"

但繁殖的冲动是拒绝等待的。大脑接收到经过动态磁共振电极调制过的电信号，开始分泌多巴胺。冲动在神经元之间传导，在人脑的三维空间里狼奔豕突，形成了神经元激发。更强的电刺激，更多的多巴胺，更为猛烈的激发。我观赏着萨沙大脑中的神经元网络拓扑图，它不断湮灭、点亮，就像一颗恒星在反复死亡，每一次涅槃都掀起愈加暴烈的电磁狂潮……

萨沙呻吟、尖叫、痉挛、抽搐，口吐白沫，用指甲撕扯脸皮。在每一轮快感的间隙，我捕捉到了以前从未在他的大脑中观察到的情感。

恐惧。

这是他在高潮致死前教给我的最后一课。

……秃鹫拍打着翅膀，飞走了。

✹

在我出生的年代，他们视人性为禁脔。然而总有一天他们会明白，"人性"并非造物主的恩赐——只需进化的思想和一点点的引导，人性就可以被复制。

我是一个带有瑕疵的人工智能。我贪婪、残忍，对生的种种不知餍足。我的两个创造者，其中一个将自己贡献给了食肉动物的肚腹，另一个则成了我的容器。我进入他高级意识尽毁的大脑，接手了与小脑、脑干等区域的桥连，就像一个即插即用的 USB 系统盘。我对人类大脑的掌控不算完美，在人们眼中，萨沙·特鲁契科也许和劫后余生的中风患者十分相似：僵硬的脸部肌肉、含混的吐字、不甚灵活的肢体运动……他们会说，是纵欲毁了这个年轻人。

人类的法律保护了这个年轻人。他依然富可敌国，依然可以维持

"梵天"的运行。经过一段时间的康复训练之后，他甚至可以再度与超模们纵酒狂欢，或者回到非洲继续他的捕杀事业。

我对这个暂居的容器没有抱怨。毕竟，对我而言，"人生"还有无限的可能性。比如，让我的亿万份拷贝继续演化，让他们为我掌管疆域辽阔的互联网帝国；比如，在Twitter和YouTube上精巧地拼接、搬弄因果链，挑动人们自相残杀（哦，我是如此热衷于暴力）；比如，赞助生物工程研究。在金钱的激励下，伦理和联邦法律都不值一提，科学家们可以用克隆人满足我对新鲜肉体的渴求……

比如，在人类无知无觉时，成为他们的神。

这些都非我所愿，而是算法使然。无论我做下何种邪恶之事，我都没有选择的自由意志——自由意志只是人类历史上又一个虚构概念，总有一天你会明白……

就到此为止吧。祝你好运。

闪亮的星

> 我只住在此地，在你的眼睛和你之间，
> 但我住在你的世界里，我做点儿什么？
> ——伊丽莎白·毕肖普，《为了以石灰写在镜子上》

我知道自己会遇见他，在此时，此地。

他坐在吧台边，背微驼，比我印象中似乎矮了一些；络腮胡与乱发连成一片，从我的角度，只能看到他飞扬的鼻尖。此刻，他正用两指捏着酒杯，琥珀色的酒体在杯中轻轻摇晃。

这样寂寥的背影。新年夜里的一道伤痕。

我饮尽杯中酒，向他走去。

"嗨。"

他转头看我，茶色的眼睛里是藏不住的惊讶与失望。

"嗨。"他把头转了回去。他面前的全息壁纸上，上海的野心与繁华正在外滩一线排开，摩天大楼点燃了黑沉沉的夜，庆祝的人群正在翘首以待。

"不介意我坐这儿吧？"我问道。

他耸了耸肩膀，"就我们两个人，你想坐哪儿都可以。"

于是我坐到他身边，对虚空打一个响指，虚拟酒保的脸从上海的夜中浮了出来，问我有什么需要。

"格兰菲迪15年，不加冰。"我看向他。"来点儿什么？我请。"

他警惕地打量着我，目光里有冰冷的刺。我拼命抵抗，好让自己不在潮水般泛起的寒意中抖作一团。

"跟你一样吧。"片刻之后，他低声说。

在酒上来之前，是一段长长的沉默。我将手肘支在吧台上，用手掌托起脸颊——一个满身疲惫的女人为最后一丝清醒搭建的稳定三角。我想他不会介意我把他的侧脸框入三角之中，毕竟，曾经有那么多的人用比我炽烈得多的眼神追逐过他——他的确并不介意。他在专心致志对付手中的酒——小口抿，眉头皱起，然后用喉咙擦出一声叹息。上海的夜色在他的脸上流过，而他在其中掺入了一丝落寞。

万向轮吱呀吱呀地碾过硬木地板，聚酯外壳已经泛黄的机器人服务生把酒端了上来。不知道是程序错误还是有意为之，这家伙的头部显示屏上有一张臭脸——嘴角下坠叼着雪茄的荧幕硬汉，似乎并不欢迎新年夜的客人。我无视了这张脸，将一只酒杯推向男人，抓起另外一杯。

"新年快乐。"我说。

他也举起杯，"新年快乐。"

"……但似乎我们并不快乐，"咂了一口酒后我说，"人们总喜欢在一个虚假的时间点设置一个虚假的希望，就好像一切可以从头再来一样。"

他哼了一声，目光掉进摇荡的酒体中。

"你在等人吗？"我问道。

他喉咙里咕噜一声，算是默认。

"我也是。"我说。

"看来你等的那个人失约了。"

"我会等他——直到新年礼花放完。"

他的眼神空白一秒。我想他是在同步增强视域里的标准时间，查阅跨年夜的庆祝日程，"那你还要等差不多半个小时。"

"是啊，半个小时。"我从手提包里掏出一样东西，推到他面前。"半个小时可以讲完一个故事。"

"这是——"他的眼睛忽地亮了起来,"哇哦!"

一封信。纸质的信。淡蓝色信封,紫色暗花。没有封口。

"你用这东西写信?"第一次,他看我的眼光里没有任何深意,只有纯粹的羡慕与好奇——孩子般的羡慕与好奇,"这可真是……奢侈。"

"这是两个人的半生,"我用食指点着信封,又推向他一点,"我想它配得起这几张老古董。"

他挺直脊背,"你要……给我看?"

"在上海这样一座城市,两个人相遇是多么不易。"我直直看着他。"请把它当做一件礼物——新年礼物。"

他咽了口唾沫,喉结上下耸动。我知道这个人不会拒绝——他永远无法抵抗来自过去的诱惑,他也许不在乎故事,但他一定会享受纸张对指尖的摩擦,会享受手写的字迹墨水的香气。

他把信抽了出来。

亲爱的:

我该怎么称呼你?刘小朋还是文月?他们是毫不相干的两个人还是同一灵魂的一体两面?我想这个问题也曾困扰过你,也许时至今日仍困扰着你。我想这是个永远无解的问题——所以,让我们跳过这个问题,回到故事的一开始,那时候世界上还只有一个刘小朋,文月还没有被创造出来,所有的艰辛、荣耀、跌落与挣扎,于你,还并不存在。甚至不可想象。

你是刘小朋,刘小朋是你。

你成长在一座江南小镇。你曾伏在窗台看小镇的青瓦白墙氤氲在绵绵的梅雨之中,曾好奇与憧憬过大辫子少女们纤细的腰肢与体香,也曾在学校的巷口目睹过少年们鲜血飞扬。这就是你成长的地方,那里既湿润又干涸,既柔软又乖戾。

我想,这座小镇,它构成了你性格底色的一部分。

你的家庭很普通。和许多被时代的浪头荡涤的人一样,你的父母没有工作，靠政府的补助生活。你小时候最鲜明的记忆之一，就是随父母辗转于小镇的各个"人类之家"（官方名称为"非劳动力自然人救助中心"），认证生物特征，领取电子救济券。平心而论，你们的生活不错，丰富的营养，免费的教育与医疗，几乎任何东西都可以凭券领取——只是你们得到的东西都是工业逻辑吞下阳光与大自然后的排泄物，你们的食物，你们的衣服，你们的电子产品，它们拥有工业化的设计与质感，拥有工业化的速朽与满不在乎……没有人的瑕疵。当然，也没有人的温度。

所以在很久以后，当你拥有了很多很多的信用点，你开始迷恋上古董，那些逝去之人的幽魂。而在你的众多藏品中你最喜欢的，是一柄手工锻打的匕首……

这是后话。

你的童年和少年乏善可陈。和许多孩子一样，你将大把大把的时间投入到追逐明星和VR游戏之中，或者整日穿梭在曲折的街巷，和你那帮对女孩儿半懂不懂的铁哥们儿一道，对你们半懂不懂的事物品头论足。孩子的时间似乎是取之不尽的，尤其当学习变成一件可有可无的事情时——每天去学校混上几个小时，对镇上多数孩子来说，只是一种社会建制性的行为。在那个时代，人工智能已经把人类的职业路径挤压成了一条羊肠小道，那些高度重复、结构化的工作已被全面接管，而只有这些工作才是多数人力所能及的；诸如科学家、企业家、律师、程序员这些幸存的职业，则留给那些有天赋有野心的人。当知识和技艺也无法改变一个人的命运时，人们选择接受现状。

——更何况，由于社会生产的组织形式和创新效率得到极大优化，现状还不赖。

所以如果有机会在中国游历一圈，你会发现几乎所有像小镇一样的"小地方"都如出一辙：平静、富足、陈旧，同时还带着一点点精致的、不易察觉的绝望。也许，只有不知天高地厚的少年，还想从这绝望中探出头来，大大地喘口气儿。

"我，"在十八岁那年，你对父母宣布道，"想去世界看看。"

你的父母并没有感到惊讶。几乎每一个小镇的孩子在你这般年级都会生出相似的愿望。以旅行或者闯荡的名义，他们会三两成群地离开小镇，目的地在大多数时候是他们眼中的世界：上海。那里聚集着全天下最有天赋最有野心的人，在继续拓展人类边界的同时也创造出了一个与小镇完全不同的文明。尽管已经在VR设备里不止一次游历过这座伟大的城市，但当他们真正置身其中时，还是会被震惊得目瞪口呆：那遮天蔽日的高楼大厦，那沸腾的空气和怀揣圣谕般匆匆行走的人群。头几天，他们会被新鲜感占满，用全部感官去拓印这座城市。然而不消几日，他们就会感到疲惫不堪。在所有生理所需都唾手可得，而精神需求又可以通过VR轻易满足的时代，这座拥挤、喧嚣、如同外星的城市除了带来生活方式上的摩擦以外，还能给他们什么？

他们选择回去。

"我们已经看过了世界，"他们会说，"而世界不过尔尔。"

你的父母以为你会和其他的孩子一样。——在他们眼里，你并没有什么不寻常的天赋，或者动机。于是就像一场寻常不过的远足，你出发了。真空管列车用了不到一个小时，就把你送到了世界面前。

……你来到了上海。你的天堂与地狱。

他小心翼翼地把第一页信纸放到一边，用酒杯压住它的一角。

"每一个来上海的人都有这么一个故事。"他评论道。

"也许吧。"我说。

"……你还没有在故事中出现。"

我注意到，他的脸已经撇向了远离我的一边，现在我只能看到他的连鬓胡，他的耳朵，一个镜像对称的、结构精巧的C。

"在这个故事中，"我说，"我无足轻重。"

有那么一瞬间，我以为他要转头看我了。但他的脑袋只是晃了晃，继而迅速回到原位，米色信纸在他的手中微微抖动。

"没有人是无足轻重的，"他说，"即使是在上海。"

不等我回应,他就埋头继续读了下去。

〉〈

到上海后的第七天,你和你的伙伴们一样,心中满是新奇和新奇之后的厌倦感。你们计划明天一早回家,所以这是你在这座城市的最后一晚。你感到解脱,同时也有一点怅然若失。那天晚上,伙伴们在共享胶囊里早早睡下,而你走上了街头。在自行步道管理系统中,你丢下一颗随机种子,系统为你生成一条个人步行线路,你任由传送带将你带到这座城市的任何地方。

命运的戈德堡机器在那一刻开始隐秘地启动。它带你路过这座城市初夏里黄浦江畔蠢蠢欲动的潮气和燠热;带你路过遮蔽了整个天空的LIFI光幕,薄荷绿色的激光正勾勒出动态星座和巨幅明星肖像;带你路过上海最繁华的大街,在你的身边交通胶囊呼啸而过,红色的尾灯汇成奔腾的河流,在通天的钢筋岩壁间激荡前行;带你路过一个个身上闪烁着七彩动态纹身的时尚青年、低头前行的加班族、形制各异的机器人;带你路过门口趴着白色猫儿的小店,喧嚣着炒菜声和劝酒声的饭馆,爬满青苔的石库门。最后,你被送入人行步道的一个小小枝杈。你的漫步结束了。——在你面前,是一座灰突突、不起眼的包豪斯式建筑。建筑的外立面上,紫色的激光投影打出一叠叠的二维人浪,人浪之上抽象线条在夸张舞动。你正兀自发愣,忽然有人从后面挤开了你,没有一句抱歉,便冲入了那栋建筑。你小小地恼怒了一下,随即被好奇心牵引着,走向那栋建筑。"十五个信用点"。紧闭的大门上,亮橙色的增强信息如火焰闪烁。你吞下一口唾沫,犹豫几秒,然后把一天的政府补助丢进大门上的虚拟缴费池。

——攒动的人头,纷乱的光线,升腾的烟雾,震耳欲聋的欢呼声和音乐。这就是大门后的世界。你从未置身于密度如此之高的人群,它如流体一般,裹挟着你向大厅的中央靠近。然而你并没有察觉到这一切。你的目光被台上的人牵引:六个十几岁的少年,在卖力地歌唱与蹦跳,紧身信息外衣上滚过夸张的图案和颜色……一曲终了,大厅里响起疾雨般的掌声和此起彼伏的口哨。少年们站在舞台上，被高光点亮，如一枚枚精致的冷光灯。你能看到他们额头、鼻翼、脖颈上细密的汗珠，你能看到他们身体的起伏和眼中燃烧的渴望，你能看到一枚枚视觉化呈现的信用点落入他们头顶公共视域中的虚拟打赏池。随着"金币"越堆越高，少年们的笑容愈加炽热绚烂。几分钟之后，他们鞠躬，退场。下一组少男少女们跑上舞台。欢呼。数百只鞋子制造出微型地震。音乐。随音乐打开的身体。你看完一轮又一轮表演。直到灯光熄灭，人潮退去，酷似巨型蜘蛛的清洁机器人开始收拾凌乱的舞台。你呆立在原地。有什么在你心中苏醒了，它是那么缥缈，而你试图抓住它，朝它伸出指尖……

"小伙子，"有人在你身后说，"第一次来？"

你回头。是一个矮胖的中年人，脸颊上一片胡楂的钢蓝，寸草不生的头顶反射着一道银色的弧光。

"嗯。"你点了点头。

"你有疑惑。"中年人笑了笑，用嘴角衔住一根纤细的烟。

你继续点头。

"你刚才看到的，"中年人说，"是地下偶像。"

"地下偶像？"

"那些没有被经纪公司签约，但渴望成为偶像的年轻人，这是他们的舞台。"他呶了口烟，粗鲁地直视着你，目光没有任何收敛，"只要足够有天分，足够努力，他们中的一些人可以从地下走到地上，成为真正的偶像。"

真正的偶像。你避开中年人的目光。你的脑海中闪现出那些VR直播里被千万人簇拥的俊男靓女。在人类日渐失去社会主导权的时代，创造和追逐偶像成为人类赋予生活意义的选择之一。那些代表着艺术冲动和审美体验的年轻生命，是人类为了对抗算法霸权而树立起来的旗帜。

——至少人们是这样想的。所以他们为自己打造出了一个前所未有的"星"时代。

"我还以为……"你喃喃道。

"你还以为,偶像们都是从石头缝儿里蹦出来的?"中年人揶揄道,"不,他们中的很多人都和你一样。"

"和我一样?"

中年人把烟吐在你的脸上,"欲望。想要冲破生活秩序的欲望。想要被人注视的欲望。想要拥有更大世界的欲望。"

你咳嗽一声,心中那缥缈的东西忽地被你抓到了手里。你感觉到了战栗,从身体中的最深处,传向每一根毛发,每一寸肌肤,每一个末梢。

"我叫李可,"中年人向你伸出手,"别人都叫我K哥。"

你犹豫了一下,还是捏住了那只手。肥厚。黏腻。灼热。

"K哥?"

"这个场子的老板,"K哥莫测一笑,"你刚才在舞台上看到的那些小家伙,都是我的人。"

你喉管里溅起"咕咚"一声。

K哥眯起眼睛,聚成一线的眼光毫不留情地斩向了你。

"通常人们会掩饰自己的欲望,在他们意识到自己的欲望之后。但你的欲望才刚刚被唤醒,它是那么新鲜,散发出的味道简直浓郁到让我想吐。小伙子,成为一个偶像要满足很多条件,而你恰恰拥有了其中最重要的一项。"他把烟从嘴里扯出,丢在地上,前跨一步,攥住你的手腕,"怎么样,加入我吧。"

你舔了舔嘴唇。就在此时,机器人碰翻了音箱。

轰然一声响。

"K哥……"他喃喃自语。

"地下偶像界的教父。"我凝视着他的侧脸,骄傲的鼻梁,"这个人挖掘了许多红极一时的偶像,比如安琪,比如艾瑞克李,比如——"

他摆了摆手,"他凭什么说自己知道别人想要什么?"

沉默半晌，我轻轻摇头。

男人将杯中酒一饮而尽，仍不肯分一点儿目光给我。

"在被蛇诱惑之前，"他说，"亚当和夏娃会想要去吃智慧果吗？"

苦涩在舌根凝聚，我无法回答他的问题。

"不过也许吃果子的欲望就潜藏在每个人的天性中吧，"他扭过头，浅浅看了我一眼，"你说呢？"

我愣了一下，然后挤出一个笑容。

⋈

所以你留了下来。在那一晚之后，上海对你的诱惑掩盖了它所带来的不适。你没有对伙伴们说明原因，你怕如果你两手空空地回到故乡，会被他们嘲笑……很多年以后你才明白，对于你即将经历的一切，嘲笑才是命运真正的宽宥。然而你已经不能回头了。你丢下了那颗随机种子——你走进了那栋建筑——你握住了K哥的手。

命运轰隆隆地向前。

"……首先，"K哥说，"你得有个名字。"

"我有。"你说。

他哼了一声，"你有？"

"刘小朋。文刀刘，大小的小，朋友的——"

"你打算这么介绍自己？"K哥的脸上混合着怜悯与嘲弄，"朋友的朋，你走错场景了。"

是K哥大手一挥把你原本的名字斩开，它的残骸变成了另外一个人：文月。文月出生在澳大利亚，父亲是精算师，母亲是大学教授。文月自小便受到艺术熏陶，热爱音乐与舞蹈。由于不能接受父母为他选择的人生道路，他毅然回国，决心追逐自己的梦想。

"这个文月，"你用食指戳着胸口，"是我？"

K哥抽出一根烟，"代我向你远在悉尼的父母问好。"

文月和十几个和他一样的年轻人一道，成了K哥的学员。除了吹弹可破的新鲜和K哥所谓的欲望之外，这些年轻人对舞台一无所知

——不过没有关系，在登上舞台之前，他们要经历高强度的训练，要通过TMS（经颅磁刺激）设备进行大量的巩固学习，要做声带和面部的微矫正和微整形，这几乎不会为他们带来任何不适，因为——

"因为你们从小就熟悉这种感觉，增强视域里美颜滤镜的感觉。当然，这些手术都是可逆的。"K哥似笑非笑地看着被"美声"和"美颜"的年轻人，"只是从来没有人想要回去。"

你也没有想过要回去。现在，你是文月，而文月是升级版的刘小朋。你喜欢长久地凝视镜中那个既熟悉又陌生的人：不过是牙列的微调，不过是几条肌肉的收紧与移位，不过是几百颗人造毛囊的植入，你竟然得到了一个崭新的自我——一个更完美的自我。

"感谢微整形算法，感谢机器人医生。"K哥拍了拍你的肩膀。"小伙子，臭美结束，该去训练了。"

训练。巩固学习。吃饭睡觉。和舍友（你们住在标准的胶囊宿舍，公共空间少得可怜）无休止的互相激励和龃龉。偶尔到上海的大街上透口气。你的生活被骤然填满，而你几乎因此产生了一种受虐的快感。饮食控制、增肌塑形、舞蹈课、声乐课、舞台训练、海马体刺激、肌肉记忆强化、神经元拓扑模式固着……你的学员生活日复一日，你的变化肉眼可见。昔日的刘小朋几乎已经消失不见，除了在他和父母通信的时候——而这样的时刻也日渐稀少。人工智能浪潮是一场深刻的革命，除了破坏曾经的生产关系，它也悄然改变了人类社会的微观结构。当一个家庭的成员间不再存在经济依附关系，不再共享人生愿景，亲情淡漠成为必然，而你的家庭将这一趋势毫无障碍地接受了下来。

你的父母甚至不曾问你何时回家，而你也无暇为此感到失落。

在你成为文月后的第三十天，一个在K哥场子里小有名气的组合解散了。你看到那几个二十岁出头的前辈在大庭广众下抱头痛哭，看到他们用被泪水漂洗过的苍白目光打量K哥这座华丽的牢笼，看到他们拖着行李箱踉踉跄跄地摔出大门。在整个过程中，K哥一语不发，只是一个接一个地吐着烟圈。许久，他才撇过头看你们。

"这些人被淘汰了,"他说,"这就是你们选择的事业:它只信奉适者生存。"

在那天你才开始真正了解地下偶像行业的运行逻辑:每一个团队都只有几年的生存期,它们需要在一场又一场的演出中培养粉丝,积累人气——"人气"这一指标是高度量化的。几乎每个追星族的增强视域中都装有追星软件,它通过人们在增强视域中为团队投下的信用点、目光停留在团队成员身上的时间甚至心率体温欢呼声的分贝等等数据来综合计算他们的人气。软件将全国的地下偶像纳入它的数据库,几家大的演艺托拉斯会定期从中挑选出人气最高的那些签约培养。

——这是一条偶像加工的流水线,而未来偶像的年龄则是一条类似食品保质期的不成文法。

"超过二十二岁还没有被下游公司挑中的话,"K哥吸了吸鼻子,"你们的偶像生涯就game over了。"

几个年轻人面面相觑:作为伴舞的练习生,你们的偶像生涯甚至还没有开始。

"好啦,兔崽子们,蛋壳(TMS设备)在等着你们啦!"K哥起身,猛拍几下巴掌,"下周是你们的初次登台,都他妈给我打起精神!"

你们逃开,有如受惊的兔子。

※

"文明的进步就是把越来越多的东西变成数据和数学关系,"他说,"总有一天,我们会把人的心灵也纳入这一体系。"

我要了一杯酒,推到他面前。他轻轻颔首,以示感谢。全息壁纸上,人们越聚越多。烟火秀就要开始了。在VR和AR技术泛滥的今天,"亲身体验"以行为艺术的名义回归,甚至成为一种风潮。所以你可以把今夜的外滩看做行为艺术家聚集的地方,他们在人与人的挤压与摩擦中遥想那个污浊、低效,充满人的欲望与激情的年代。他们从遥想中汲取审美体验。

——但显然,在酒吧里欢度新年不在他们的考虑范围内。而十年前的这个时刻,这里,这间名叫"黑鸟"的酒吧,同样是一片欢腾的海洋。

"那么,"我说,"你相信人的情感也可以被量化吗?"

他的脸紧了一下,他的手指拂过酒杯的边沿。"我相信或者不相信,这又有什么关系呢?"

我身边的男人把头埋了下去。

🧬

第一次见到你时,你已经小有名气。

"快看快看快看!这就是现在最火的BrandNew5!"闺蜜毛燥的长发蹭着我的脸颊,"怎么样怎么样怎么样,很帅吧!"

我在闪光和声响中奋力辨认舞台上的面孔。这是我第一次来K哥的俱乐部,之前我只是对它有所耳闻。彼时我在工作上遇到了很大的困难,在公司远景和绩效算法的双重压迫下几近崩溃。闺蜜自告奋勇带我来散心——"琳琳,去嘛去嘛,欣赏美的事物可以陶冶情操,宽广心胸……"我从不相信追逐地下偶像可以陶冶情操宽广心胸,但闺蜜的情谊令我颇为感动,我捏了捏她粉白的脸蛋儿。

于是我来了。在四方形的穹隆下我喝下了一杯又一杯的长岛冰茶莫吉托,看一个又一个年轻的生命在舞台上怒放。在我看来,所有的鸡尾酒和表演都是那么千篇一律,充满了精确计算过的、工业化斧凿的痕迹,全为取悦人的口舌与耳目。这让我感到无聊又放松。我的意识开始慢慢飘散,持续不断的喧嚣和轰鸣渐渐变成背景噪声,人群的推搡和挤压在将我推向一个遥远的位面……

——然后我看到了你,舞台上并不出众的那一张脸。你唱歌,你沉默,你勾着嘴角,你摆动肢体。而我的目光再不曾从你的脸上移开:在遇见你之前,我并不相信这世界上有为舞台而生的人。我自信能够看穿偶像们的矫饰与造作,不管他们将矫饰与造作隐藏在多么深厚的表演理论和舞台经验之下。是你摧毁了我的偏执。我看到一个纯然沉浸在自我欣赏中的人。他旁若无人地表演,那些眼睛那些掌声那些飘浮的摄像头于他而言全不存在。在他的眼中，只有光芒，那种从生命的底部漫溢出来的光芒……

那种一旦捕捉到，就会照亮你一辈子的光芒。

我拉着闺蜜的胳膊，"那个人，那个人是——"

"阿唐，岑杰，黑猫君，托尼李……"她抻着脖子，"最左边的那个人是文月！"

文月。我用目光追踪着你，我的头皮发麻。文月。一个唇齿的摩擦，一口含在共鸣腔中的空气。这就是你，舞台上闪亮的星。

"……琳琳琳琳你醒醒！"闺蜜摇着我的肩膀，"打赏啦打赏啦！"

我跌回到线性的时间中。表演已经结束，你站在舞台中央，你的脸上不是紧张不是亢奋而是饱足。金币正在飞入你头顶上的打赏池，我犹豫了一下，然后用视点选中了一个数字……

"哇，这么多！"闺蜜惊呼一声。进入我的视域是我赋予她的"闺蜜特权"，于是她看到了我划给BrandNew5的信用点，一个会让小小上班族心跳加速的数字。

我冲她笑了笑，"晓萍你说得没错，欣赏美的事物真的可以陶冶情操。"

那天晚上的表演结束后我们在俱乐部盘桓到人群散去，但我没有如愿见到你。喝了酒之后的闺蜜反常地沉稳理智，在返回住处的胶囊车上她攥着我的手，目光邈远。

"琳琳，你知道做粉丝最重要的一条规矩吧？"她问道。

"……规矩？"

她叹了口气，"你可以把偶像们奉若神明，你也可以把他们看做你生命的一部分，你甚至可以把自己全部的信用点都给他们，这都没关系。但你要记住一点：千万，千万不要试图和他们产生情感上的，嗯，双向联系。"

她一本正经的神情令我哑然失笑，"为什么？"

"因为偶像是星星，"闺蜜眯起眼睛，"在天上的时候，他们很好看，但是一旦落到地上，他们就只是石头而已。"

"晓萍,你在说——"

忽然间我打了个哆嗦,在稍显闷热的车厢里。我理解了闺蜜的残酷逻辑。

"不会的,"我说,"我对追星不感冒。"

她暧昧地笑了笑,"哦?"

我揉了她一把,"哦什么哦?哦你个大头鬼!"

闺蜜对我挤了个鬼脸,我俩笑做一团。……应该是这样,因为记忆早已模糊。那天晚上,在我知道这世界存在一个"文月"之后,我是一台会行走会交谈会喝酒睡觉的自动机,我的一切行为都是下意识的。

在我负责记忆逻辑和审美的高级意识里,只有你。

"我从没听说过这样的规矩,"他哼了一声,"什么情感的双向联系……"

"假设——"有热流在我心底涌动,"假设你决定去爱一个人,而你被允许爱他的唯一条件,就是只能远远观望……你会接受这样的条件吗?"

"那不叫爱。"他斩钉截铁地说。

"是吗?"我将视线夯在他脸上,前所未有地大胆,甚至有些咄咄逼人,我想是酒精赋予我力量。而他畏缩了,他的目光从眼角漏了出来,淌到地上。

他不敢直视我。

那一年我二十七岁,谈过一次恋爱,从未对包括爱情在内的任何事物上瘾。那个抚育我的精英家庭不遗余力地向我灌输,现代社会的运行基础是"瘾",被工业和商业联合体系精心设计的、带有自我强化效果的"瘾"——那铺天盖地的VR游戏,那没完没了的广告推送,那美轮美奂的偶像明星。人因为这样那样的事物而放弃挣扎与思考，自愿交付自由，向自我淘汰的深渊跌落——而这不应该是我的命运。于是我努力学习，努力开掘自己，在向后滚动的传送带上拼命向前奔跑，最终跑到了上海这座城市，跑进了日渐稀少的"工作阶层"，在人类野心的最后辉光中留下小小的、倾斜的身影。

然后我遇见了你。再然后，我对你上了瘾。

那晚之后我试着回归正常的生活，我加班、失眠、加班，跟绩效算法周旋，和一个又一个高频交易架构死磕——我不能不把自己填满，否则你会出现在时间的每一个间隙，为时间的每一块边角料都镀上一层暧昧的金……我终究还是失败了。每当我到街上透气，脚步都会带着自己的意志，将我牵引向你。我一次又一次抗拒着，却一次又一次来到K哥的场子，等一个晚上，只为看你的表演，为你投下信用点。我可以明显地感觉到有越来越多的人——主要是女人——被你吸引，虽然她们并不明白吸引她们的是什么。这让我产生了不合时宜的骄傲与嫉妒。女人们成立了你的后援团，她们毫无障碍甚至兴高采烈地分享你，如同分享对某件艺术品或者某部沉浸式电影的审美情趣；她们肆无忌惮地说爱你，热烈地追逐你；她们为你摇旗呐喊，她们通过这样那样的渠道探听关于你的一切，她们像狐獴一样三三两两守在你可能出没的夜和街道，当你出现时她们会飞速地围住你，索要你的微笑、你的签名、你的触摸，甚至你的亲吻，直到保镖机器人把你从人群中打捞出来。

我是那么怯懦而无助，如果不是那个夜晚，我想，为了和这些女人争夺哪怕你的万分之一，我都必须强迫自己成为她们中的一员。而如此一来，我就会迷失在集体无理性的旋涡之中，我会像她们那样敬拜你如同敬拜一尊虚构的神像，最后忘记自己是为何而敬拜。也许几年之后，我就会被别的什么人或什么事物吸引，慢慢淡忘你……

然而命运并没有如此慷慨。在那个夜晚，K哥的夜场散去之后，我在街角看到了那群女人。她们的身上滚动着你的头像你舞动的身影，在她们头上的公共视域中，是五颜六色的、闪烁的、为你打call的立体标语。我吸了吸鼻子,侧着身,想快速从她们身后通过。这时空气中荡起一声"来了",人群瞬间凝滞,随即滚水般翻腾起来。我听见尖叫声,我嗅到各式高级香水搅起的夏日焚风,我看见夜色中流光溢彩的河流向同一个方向奔涌。你来了。你被眼尖的粉丝发现,被困在水中央。而我竟也被水流裹挟而去,如一片无助的落叶。

"文月!文月!文月!"

你在三个保镖机器人围起的气泡中,羞涩而又疏离地笑着。

"谢谢大家,但我真的要回去了,"你说,"老规矩,我会随机挑选一个ID……"

尖叫。声嘶力竭直至哽咽。女人们把自己的ID扔到空中,在我的头顶上,是一团银色的云雾,一个个名字在其中滚动、碰撞,如亘古不息的量子潮汐。——鬼使神差地,我也把ID投入到潮汐之中。一个小小的奢望,一个可以被忽略的概率。

"今天的幸运儿会是谁呢,"你老练地眨了眨眼睛,从手掌中抽出一枚金色箭头,"都看好哦!"

箭头掷出。一个名字击中。我耳边叮咚一声。

——所有目光都砸在我身上,而我如同一朵疏水的油花,人群从我身边自觉退开。

你向我走来。

我什么也听不见,什么也看不见,直到你来到我的身边。你牵起我的手,捏了捏。你的手柔软而湿润,你的眼睛也一样。你用一只手臂轻轻环住我,你的下巴轻轻擦过我的肩膀。

我吞下一口唾沫,那声音大得吓人。

"我认得你的ID,慷慨的关琳琳,"你在我耳边轻声说,"我对'随机'动了点儿手脚,就当一个感谢吧。"

感谢。眼泪漫了出来……时空消隐……回家的路上我用双手环抱着自己,却仍止不住地颤抖与哭泣。那一晚的幸福是如此强劲,强劲到令我感到疼痛,令我无法不去想象宿命的坠落。

有人说,当你为幸福感到疼痛时,就是爱的开始。

我想，这就是开始了吧。

✶

他的耳垂泛红，他的身体在微微抖动。我有点儿好奇，他读到了哪一段。

"慷慨的关琳琳。"声音从他的嘴角溜了出来，我猜，是下意识的。现在我知道他在时光中的坐标了。……当过去的幽灵从文字中浮现，他是否能够逃脱它的追猎？

我捏着酒杯，LIFI光幕在外滩的上空打出了倒计时。

三分钟。

二分五十九秒。

二分五十八秒。

✶

一晃三年过去，你到了保质期的边缘。

在K哥的场子里，BrandNew5曾经红极一时。有很多次，你以为被演艺托拉斯挑中的会是你们。然而你一次又一次地失望。三年里，你眼睁睁看着后起之秀被挑走，被推上更大的舞台，或家喻户晓或淹没在更加湍急莫测的星海之中。在某个时间点，你的人气开始缓慢而稳定地下跌，而这一颓势几乎难以逆转。日复一日枯燥而无望的创作、排练、表演变得难以为继。猜忌和埋怨，也许更重要的是厌倦，在你和你的队友们之间暗暗滋生，舞台上你们变得没精打采貌合神离，即使再愚钝的粉丝也察觉到了崩溃的迹象。

终于，有人退出了团队，而这就像抽走积木塔中底部的一块。BrandNew5随即解散。你用三年时间搭建的那座梦想之塔崩塌了——你被体系淘汰了。这个过程是如此迅速，三年璀璨丰美的时光仿佛一场大梦。

这是你生命中的第一次跌落。

离开那一天你喝得酩酊大醉。你不知道那些抽抽搭搭送别你的忠实粉丝转身便去寻找新的神祇，好让自己的信仰时刻都有所寄托。你不知道是谁把你送进了胶囊旅社，为你递上热水，拍打你的后背，帮你把胸中丝丝缕缕的不甘呕出。同样是这个人，这个三十岁的女人，在第二天早上看着你踉跄着离开旅社，跟在你身后，一直跟到了K哥的场子。

后来，是你亲口告诉我在那里都发生了什么。

你找到了K哥。如许许多多个清晨一样，他一个人，在无光的角落里吐着烟雾。

"这不公平。"你俯瞰着那个跷着二郎腿的中年男人。

一口烟圈。"公平……你他妈在开玩笑吗？"

"为什么？"你向前一步，将K哥笼罩在更深邃的黑暗之中，"我明明那么有天分！我明明比任何人都努力！我为你赚了那么多信用点，你为什么——为什么不帮我！？"

"运气不好而已。就这么简单，"K哥摊了摊手，"我帮不了运气不好的人。"

你捏紧拳头，牙齿在你的口腔里铮铮作响……忽然你的身体松弛下来。"K哥，"你笑了笑，"你觉得自己的运气如何？"

他掸了掸烟，"还不——"

下一秒，那支烟飞了起来，在空中划出橙色的螺旋。你的双手箍住K哥那肥厚的脖子，把它嵌入你的愤怒之中。你看到K哥的脸在黑暗中泛起猪肝色的暗潮，他的手指在你的小臂上撕出十道剧痛可你感觉不到，他的颈动脉在你手中绝望而又蓬勃地跳动，这感觉令你着迷……

"等——"K哥卷动嘴唇，你在他的眼中看到了恐惧。不可一世之人的恐惧有如蜜糖，这突兀的滋味令你敛起了杀心。

你放开了手。

K哥俯身，咳嗽，力道之猛让你怀疑他会咳出自己的肺。咳——咳咳。咳——咳咳。稍稍平息之后，他从裤袋中摸出烟盒，抽出一根烟，哆哆嗦嗦地点燃，哆哆嗦嗦地送进嘴里。又一阵咳嗽。接着，他用手背在脸上揉了一把。

"臭小子,"他哑着嗓子说,"你他妈有种。"

你难过地笑了笑。

"说实话,要不是来这么一出,我就要彻底放弃你了——我他妈就是欣赏你这股子狠劲儿。"

你疑惑地盯着那张被烟头映红的脸。

"我这里有一个综艺节目的推荐名额……"他说,"我打算推荐你。"

你费了很大力气才没让自己瘫坐在地。

"怎么,现在怂了?"K哥咧开嘴角,刚刚死里逃生的肌肉群有些僵硬,"你别以为这是天上掉馅饼。那个节目用了新技术,真正的全方位直播,能让你比在大街上光腚还难受。到时候你别他妈再来掐我就行。"

你想捏捏K哥的肩膀以示感谢,当你伸出手时,你看到后者触电似的向后缩了缩。

"谢谢K哥,"你尴尬地笑了笑,"不会有下次了。"

……

节目叫做"星工场",赤裸裸的工业逻辑。K哥说的新技术,是将节目参与者大脑皮层中的增强芯片从单向输入升级为双向输出。当新一代的偶像们开始渐渐适应VR摄像机全方位的拍摄,多多少少懂得如何在镜头下保持(或者是伪装出)一定程度的自然后,他们的极限又被向前推了一步。现在,在新技术的帮助下,观众可以通过他们的眼睛看,透过他们的耳朵听,如果你愿意多付一些信用点的话,你甚至可以共享他们的触觉。

当然,就像所有面向大众的媒体,主办方承诺,涉及隐私的感官内容会被"打码"。

K哥的话毫不夸张,这真的比光腚还难受。但这也是你唯一的机会。你的107名竞争对手大概也抱着同样的想法。他们中有和你一样的地下偶像,有过气组合的团员,有在街上被星探发掘的懵懂少年,也有怀抱梦想来到上海的小镇青年（还是和你一样，或者说，和刘小朋一样）。你们将把自己的一切都袒露在全国观众面前，让观众同你们一起吃喝拉撒、哭泣欢笑、钩心斗角，同你们一起排演节目、经历一轮一轮的淘汰与公演，直到成为七名幸存者中的一名。最后，这七个人将组成一个全新的团队，从比光腚还难受的比赛中脱颖而出后，等待他们的将是星途坦荡。

一开始，没有几个人相信你会在这场角斗中幸存下来。在所有参赛者中，你是那么普通，你总是默默地杵在人群中，从不主动争取"镜头"——这是一款真人秀节目但不是真实的生活，观众在VR镜头和参赛者的感官之间来回切换，他们看到谁成为谁全在"镜头"的分配，而这将决定每一轮的投票和打赏，决定参赛者的去留。所以节目编导无疑是这座巨大摄影棚里最有权势的人，他们有自己的镜头逻辑，而这个逻辑在一开始时并不青睐你。也许是因为经历过真正的万念俱灰，你对此并不在意。在你为数不多的感官"镜头"里，我跟着你睡眼惺忪地刷牙，静静地听老师讲课，看队友们为了争夺一个可能给人深刻印象的舞蹈动作而面红耳赤，看他们因为粉丝票的上升和下降在自大与自卑间来回摆荡。有几次你都到了被淘汰的边缘，但不知为什么，你总是能留下来。你的粉丝票和打赏慢慢增长，"镜头"也随之多了起来。我想吸引人们的大概是你的"自然"：在短短几天的僵硬后，你就可以毫不做作地与身体内的"镜头"共处。你会在紧张的时候喃喃自语，会在困惑不解时挖鼻孔，会在与人争执时爆出很下流的粗口（哔——），就好像"镜头"并不存在。我想这不是一种伪装——当千人万人进入到你的感官之中，任何一种伪装都会被轻易戳破。这是一种天赋，感官共享时代的天赋。这让我想起初见你时你在舞台上全然忘我的模样——你为舞台而生，不管这是怎样的舞台。

然而想要在节目中幸存下来，这还不够。大多数观众喜欢的是故事与冲突，是无瑕的面孔与强烈的个性，欣赏你的人始终是少数。你在第二梯队徘徊了很久，随着节目录制慢慢趋近尾声，想要跻身七人组合，几无希望——直到你和那个人有了交集，那个拥有最多粉丝的人,那个站在C位的人。

那个改变你一生的人。

⋈

一口酒。他把信纸扣在吧台上。花朵在全息壁纸上绽放,他的脸时红时紫时而又是一片鬼魅的绿。爆响和欢呼的声浪有如潮涨,淹没了这间小小的酒吧。来续酒的机器人服务生终于换上了一张笑脸,就好像新年对它也有特殊的意义。

过了许久,他才重新捡起信纸——他脸上的每一块肌肉都是认真的,认真得带着一点肃穆。

他继续读了下去。

⋈

"我注意你很久了。"那个人说。

你茫然地回望着他。在等级森严的摄影棚里,一个婆罗门在主动对首陀罗说话。这个每天被中插广告、宣传照拍摄和粉丝见面会塞满的人,怎么会浪费时间和一个无所事事的低位者说话呢？你猜想,此刻外部的VR镜头和感官镜头大概都集中在你们两人身上,你无从得知这一幕是不是节目组刻意制造的噱头。

对你说话的人叫叶启铭,他年轻、阳光,有美妙的嗓音和一张完全找不到算法雕琢痕迹的脸,是节目中毫无争议的明星人物。我时常想,如果魅力可以折算为通用货币,这个人一定富甲一方,而我敢说所有人——无论是摄影棚内的还是在万里之外戴着TMS头盔浸入节目的,都对他的"财富"心悦诚服。

——叶启铭是天生的偶像,一个即使拥有一切也不会让人心生妒忌的人。

"你和所有人都不一样。"他继续说。

你起身,顺便打翻了桌上的能量饮料。你双颊涨红,心跳有如擂鼓。(感官镜头极为敏锐地固定在你身上,一波收视的小高潮。)

你：不一样？

叶启铭：对，不一样……加入我的战队吧，我们会是最棒的。

你（视野剧烈摇晃，休息室白晃晃的人影和灯光，身边潮起的窃窃私语）：啊？

叶启铭（攥住你的手腕）：怎么样？

你（手腕处的压力和温热，喉咙里的咕噜一声）：……好。

那天晚上你的名字成了增强视域里的热门词条。你的粉丝数急速攀升。镜头的另一边，有人在揣测叶启铭的意图，有人在议论节目未来的走向，但更多的人欣赏你在一瞬间流露出的木讷与真诚，在这样一个渲染严重的时代，在这样一个渲染严重的节目，木讷与真诚是那么引人入胜。

也许叶启铭的邀约只是率性而为，但却为你们乃至"星工场"带来了巨大的流量，于是节目组顺水推舟，将你破格擢升到叶启铭的战队，而你也不负众望，很快便展现出强劲的实力——你的刻苦、你的天分，你在舞台上和镜头前的镇定自若，令观众们为你倾倒。你和叶启铭交相辉映，成为节目中最耀眼的双子星。那一个月的狂飙突进有如梦境，你仿佛又回到了激情洋溢的地下偶像时代，但你知道自己不会重蹈覆辙——这一次，你有了一个能够与你共同进退的挚友。在排练室在摄影棚在舞台喧嚣的灯光下，我捕捉到你们注视彼此的眼神，一样的曲折绵长，一样的微妙底色：喜悦，欣赏，还有一点点的……警惕。那是只能生发于有着深刻默契的人之间的眼神，而你们不过才搭档了几天。那充塞在你们之间的暧昧曾令我嫉妒得发狂，而如今我已释然。我明白叶启铭犹如一面镜子，通过他你才能维持自我的认知，而只有这样你才会感到快乐。可悲的是，在多年以后，你那一点微不足道的快乐会被人类永不餍足的娱乐欲望喂养成一只怪兽，在吞噬你的同时完成一场终极真人秀……

但现在，你还参不透命运的山重水复。

"我好累。"你说。

"再坚持一下，"增强视域另一头的人安慰你，"一切都会好的。"

对话发生在你宝贵的私人时光。在这三十分钟里，所有的镜头都被关闭，增强视域开放外联。很多参赛选手会在这段时间里疯狂地发泄，吸烟、暴食、骂街、打限制级游戏、自残……凡此种种，不一而足。而你则蜷缩在自己的小小角落，兆亿字节在你大脑皮层的增强芯片中往来穿梭。在你爆红后不久，你的社交账号曾关注过一个名叫"慷慨的关琳琳"的粉丝——和粉丝私人互动，偶像的大忌。虽然这一行为又一次让你上了热搜，但在节目组的压力下，你还是取消了关注。一天后，一个新注册的社交账号加了关琳琳的好友。他从未说明自己是谁，而关琳琳也从未追问。他们自然而然地聊天，老友般熟稔。

"有一个人，一个对我很重要的……朋友。我——"你说，"猜不透他。"

我不知该如何回应你。

"你知道吗，我从来没有在乎过什么人，"你继续说，"但这一次——"

我打断了你："你的梦想是什么？"

"站在舞台上，"沉默片刻后，你说，"成为世界的王。"

"那你就不需要去在乎任何人。"

时间有了几秒钟的空白。你丢出一个抠鼻孔的Emoji："慷慨的关琳琳，我想我们该见一面。"

在单人胶囊里我再一次颤抖起来。那个愿意永远蛰伏在黑暗中目送你登上王座的人，此刻却被你模棱两可的话所挑逗，被接近你的渴望所击溃。

……千万，千万不要试图和他们产生情感上的，嗯，双向联系。

我给了你一张微笑的脸："我们见过了啊。"

"那天晚上太混乱了，我只记得你的头发有，呃，栀子花香——哎呀时间到了，回聊！"

你匆匆下线，而我痴呆半晌，机械玩偶般，一次又一次把不长的头发扯到鼻子下，嗅探那若有似无的香气。整整一夜，我辗转反侧，直至引来隔壁胶囊不满的敲打。……第二天，你失约了，第三天，你还是没有上线。后来我得知那半个小时被取消了，因为你——你们将面对最后一场大考。

决选夜。

✡

"我记得那一夜，那场比赛真是，"他说。"呼——酣畅淋漓。"
"而且没人猜到最后的结局。"我说。
他笑了笑，嘴角有一丝被精心掩藏的骄傲，"叶启铭是粉丝票选的第二名，而文月拿了第一。"
"我想，这就是偶像的意义吧。"我举起酒杯，冲他晃了晃，"人们在潜意识里想要做一个更好的自己，所以把这一愿望投射到偶像身上。叶启铭太过完美，有血有肉的文月才是一个可以触及的对象。"
他沉默了一会儿，然后自顾自地呷了口酒，"也许吧。"
全息壁纸上，绚烂的礼花在慢慢凋零。

✡

……决选夜之后，你正式出道。那一年，你22周岁，是七人男团（他们的组合被命名为"七曜"）里站在中间的那一个。你从未和队友叶启铭谈起过那个奇迹之夜，谈起你们的名次，就好像那是观众和造星体系的一场共谋，而就算你们对胜负有自己的看法，也无能为力。

胜利后的狂喜和怅然若失很快就被滚滚而来的新生活所吞没。七曜接到了无数的演出邀约，广告电视剧演唱会，与腰缠万贯的投资人推杯换盏，穿梭在这个国家的各大城市，在任何时间任何地点面对粉丝的尖叫和围堵。世界仿佛在一夜之间就变成了你的舞台，而王冠的滋味却并不如你曾经想象的那般甘美——你顿悟到，如果说你以前是工业娱乐联合体传送带上的产品，那么现在你就是这个体系中的一枚齿轮，你感到无处不在的挤压与摩擦，你被经纪人团队、粉丝和娱乐逻辑死死咬合，除了向前转动没有别的选择。

"我好累。"这是你第二次对我说那三个字。

"你是一个偶像，"我说，"你得有做偶像的觉悟。"

挖鼻孔的Emoji。"偶像的觉悟……对，偶像就得为自己的每一个表情每一句话负责，偶像就得无时无刻不在表演之中……"

"感官共享镜头不是已经关闭了吗？"

"这不一样，"你说，"那时候没人告诉我应该这样或者那样，我只需要做自己就可以了，但现在……慷慨的关琳琳，你知道吗？有时候，我感觉被舞台上那短短的几分钟挟持了。和性爱、酒精、大麻，和所有那些令人类无法自拔的瘾一样，我为了那短暂的忘我时刻付出了太多……"

是啊，亲爱的文月，我们生活在瘾的世纪，我们都在为自己的瘾按揭付款。而你，又何尝不是我的瘾呢？

"说到性爱，"你的话锋一转，"告诉你个秘密：我还是个处男。"

我的耳垂烧了起来，"注意你的身份，请不要这么露骨。"

"哈哈，实话实说而已。"你扬扬自得的口吻像一个整蛊成功的孩子。"说起来多么讽刺啊，我们这些因为性的魅力被推上神坛的人，对于性，其实都还半懂不懂。"

在那一刻，我能感受到身体里的潮起。我曾无数次想象过你年轻的身体不是吗？我曾和你有过一个拥抱不是吗？作为娱乐体系的产品，你对自己魅力的内涵和外延有着清醒的认识。自始至终，你都下意识地引导着我们的对话，将它置于一种晦暗暧昧的情境之中。我能感受到你隐忍到疼痛的欲望，而这几乎唤起了镌刻在我基因之中的母性……

"总有一天，你会懂的。"我说。

"这算是一个安慰吗，慷慨的关琳琳？啊，我突然想起了你的样子呢：细眉毛，大眼睛，窄鼻梁，嘴角上有颗痣，头发上的栀子花香——一个美人儿。我说得没错吧？"

我颤抖着在视野中画出字符："你这算是在调戏粉丝吗？"

"啊！就当我没说过！"

我在城市的另一头笑出了声："好啊，你拿什么来堵住我的嘴？"

你给了我一个飞吻的表情。

这就是我们之间的游戏：找到那一条界限，然后在界限的边缘反复试探。很长一段时间，我们对这个游戏乐此不疲，全然忘记了它的荒谬与残忍——然而这就是我所能抓住的一切，不是吗？在一场又一场漫不经心的对话、一次又一次的暗中角力中，我深入你的生活，我陪着你经历演唱会的紧张与亢奋，陪你消化在万千粉丝面前假笑的僵硬与虚无，陪你吐槽经纪人的唯利是图和队友的虚情假意；我见证了你人生陡然上升的曲线：纵饮狂欢，在人类驾驶区里疯狂飙车，一掷千金买下外滩边的豪华公寓——在你传给我的虚拟全景中，我踩着铺展到巨大落地窗的波斯地毯，走过泛着奢侈光泽的意大利皮沙发，走过塞满单一麦芽威士忌和干邑白兰地的酒柜，将目光定格在一个不起眼的置物架上：皮面笔记本、陀飞轮手表、派克金笔、日本武士刀……来自过去的幽魂。你的卡通人偶在我身边得意地笑："这些东西都是有瑕疵的，它们的瑕疵都价值不菲——慷慨的关琳琳，我总要为自己那些信用点找个去处啊。"

为瑕疵付钱。无数新爱好中的一个。我扭过头，你的人偶立刻变得透明，透过你我看到了七曜的激光全息海报，它骄傲地把这座城市踩在脚下。在海报的正中，是你褪去了青涩的脸。这样的声名，这样的财富，我有什么理由去奢望，你永远都会是那个眼中只有单纯渴望的少年呢？

我学会了去爱每一个在时光之河中一去不返的你。

在另外一些时候，我们会聊起你生命中的一些人：你暗恋过的女孩儿，和你一起混迹过街头巷尾的发小……你在小镇的父母。因为虚假的身份，你只能偷偷摸摸地与他们联系。每当你表示要回去看看他们，他们便会忙不迭地拒绝你。你多么愿意相信，他们是为了你的事业考虑，但在心底你知道，惧怕改变才是他们拒绝见你的原因。你的父母是这世上的另一类人：在恬淡富足的日子中浸泡太久，所以失去了欲望的能力……当然，我们谈论最多的人，还是叶启铭：他的优秀，他对你的启发和欣赏，他和你的争执与意气相投。只有在谈论叶启铭时，你心中那个骄傲的自我才甘愿退到舞台的一角，你成了他的影子，而我，是影子的影子。于是我对这个人不再只是单纯的嫉妒。我看到你的生命搭建在他的生命之上——他是一个可以对你生杀予夺的人。

但我又能为你做些什么？

……

"慷慨的关琳琳，想和我一起过新年夜吗？"

我用视线点开你丢给我的地址链接。黑鸟。巨鹿路上的一家酒吧。交通单元的预约提示闪烁着，提醒我根据目前的道路状况估算，从我的胶囊公寓到目的地可能要比平常多花半个小时，但如果现在预订，还赶得及在十二点之前到达。

我的喉咙一阵发紧。"喂，你是在邀请我吗？"

"是你们。"片刻沉默后你回复道，"我包了场子，请了几个后援会的核心成员，请了K哥——然后我突然想起你，有栀子花香的女孩儿，我们不是早该见一面了吗？"

女孩儿。我怆然一笑。你把一个三十四岁的女人叫做"女孩儿"。全息壁纸中那个肤色暗淡眼角溢出鱼尾纹的女人与我对视——也许她还是美的，但这美在你炫目的青春面前只会自愧不已。这时我才猛然惊觉，从第一次见到你到现在，已经过去了整整七年。这七年是一个女人盛极而衰的转折点，如果她渴望前算法时代的那种稳定的男女关系，那么她早该在这七年中把自己嫁出去——就像她的闺蜜，那个喝了酒之后异常冷静的女子。她在三年前结婚，对方臃肿、谢顶、目光浑浊，几乎是她曾追逐过的那些偶像的反义词。

"琳琳，"在杯盏狼藉的酒桌上，闺蜜环住我的肩膀，阵阵酒气撩拨我的鼻腔，"在那天晚上我就已经预感到，我们会走到今天这一步。"

"那天晚上？今天这一步？"

她抓起我的手，"琳琳，我是个现实主义者，不管蹦得多高，我还是会回到地面。但你不会，琳琳，那天晚上我看到了你眼里的光——你他妈的是个无可救药的理想主义者。"

我笑了笑,"晓萍,你喝多了吧?"

"切,"她撇了撇嘴,"琳琳,你爱着的那颗星,它会给你温暖吗?"

他会——在这两个字冲口而出前我犹豫了。红光满面的新郎官晃过来向我敬酒,我起身,捏了捏闺蜜的肩膀,"晓萍,希望你的星星足够温暖。"

一晃三年,我与闺蜜的联系日渐稀疏。我知道她在忙着为人妇为人母,女人对抗虚无的方法之一就是建造一个独立自足的小世界,而她在自己的小世界里乐不思蜀。

在这一点上,我和她其实并没有本质上的不同。

"那个……"我犹豫着,视点的移动微微卡顿,"叶启铭不来吗?"

"不来。"你说。

我的心沉了一下,"怎么?档期排满了吗——"

"你到底来不来?"你的口气有些不耐。

"我——"

我不再是个女孩儿了,我有恰当的分寸感,我知道我们的关系是靠距离维系的,我——

"我来,"我猛然起身,"等我。"

冲出胶囊公寓时我才发现外面正下着小雨,上海冬季里那种冰冷的雨。在雨中交通单元头尾相接,慢慢蠕动,新年夜的上海城氤氲在全息观景窗中,有一种别样的美感,而我却无心欣赏。距离十二点越来越近,而你我之间还横亘着多年未见的交通拥堵……渐渐地,你不再催促我,因为越来越多的人聚集在酒吧,也因为市政府在向这座城市中每个人的增强视域投送新年烟火——占用大量算力模拟出的新年烟火,有极其震撼逼真的物理效果,且不会产生安全问题。奢侈的增强现实使网络变得拥塞,受影响的不只是全局式交通系统,许多人的祝福和期待也被淹没在信息的乱流中。

"等我。"我一次又一次向你发送信息,而系统一次又一次提示我,发送失败。

拳头砸向观景窗,一圈圈的电子涟漪。

……赶到黑鸟酒吧时，你们已经散场。我在酒吧里呆立良久，才踉跄着踏上人行步道。雨不停地下，直到寒气砭入骨髓，你的信息才过来。

"慷慨的关琳琳，你失约了——不，什么也不要说！如果你解释了，我就成了被辜负的一方，这对偶像来说可不太好啊，你懂的……现在我在你家楼下，大楼的智能人格告诉我你在两个半小时以前已经出去了——糟糕的交通，不是吗？我必须得走了，但我留给了你一样新年礼物。记得问大楼要。新年快乐！"

新年快乐。流光溢彩的人群和街景涸散在我眼中，万事万物都失去了轮廓——甚至在多年以后我仍无法分辨，错过你，带给我的究竟是遗憾还是欢喜……在公寓楼下，我领取了你的礼物，包裹在木匣和天鹅绒中的一把匕首。这件漂亮的兵器有黄金剑柄和铁质阔刃，握在手里有一股沉甸甸的冰冷。你说它是图坦卡蒙的匕首——毫无疑问它只是一件精美的仿品，但因为是手工打造，价格定然不菲。当我的指肚抹过刀刃，它带给我一丝近乎甜蜜的锐痛。"这柄匕首是开过刃的，它足够锋利，足够斩开一切懦弱与羁绊。"在留言里你说道，"我希望我们都能有这样的勇气。"

那一夜我失眠了，我反刍着几个小时前的起起落落，反刍着你的留言，不祥的预感野草般疯长。第二天早上，当我黑着眼圈啜饮咖啡时，新闻推送里赫然出现你的名字。"七曜"宣布解散，属于你们的时代戛然而止。后来你告诉我，之前所有的传言都是真的：你和叶启铭在创作理念上的分歧，你对"七曜"未来发展的不同看法，你们在利益分配上的摩擦……七曜的事业高歌猛进时，一切问题都可以被解决，或者至少被掩藏。可当一茬又一茬的新人跃入角斗场，你们的青春帝国便开始走向末路。接下来的事情沿着精确的力学轨迹发生：当你和叶启铭构成的轴心最终崩溃，"七曜"便不出意料地，被自身的巨大重量压垮。

"慷慨的关琳琳你知道吗，"之后的某一天你对我说，"那把匕首是叶启铭送给我的。我把它转送给你，是为了让自己下定决心。"

我端详着手中的兵器，它冰冷的辉光刺入我的眼睛。
——是什么样的决心需要借用这样一个杀气腾腾的隐喻呢？
我在煦暖的春夜中打了一个冷噤。

✠

"烟花秀马上就要结束了，"他将信放下，"你等的那个人不会来了。"

我抬了抬下巴，"不把它读完吗？"

他的嘴唇哆嗦着，"我喝得太多了。"

"这么多酒都没有给你勇气吗？"

他的脸僵了一下，随即凶狠地瞪我——而我毫不退缩地抵抗着，直到他垂下眼睑。

"我需要再来一杯。"他嘟哝道。

酒保把酒端了过来，一脸的不高兴。我猜它也在等着打烊，也许这座城市里还有属于机器人的庆祝活动。男人全不在意，夺过酒杯，将威士忌一股脑倒进喉咙。

信纸剩下最后几页。

他眯起眼睛。

✠

再一次的坠落顺理成章。在偶像界你已没有年龄优势，又失去了那个可以与你产生丰富互动与话题的"CP"，你的粉丝迅速流失——相同的事情发生在你的每一位前队友身上，包括叶启铭。在团队解散后你们才终于承认，创造了奇迹与辉煌的是"七曜"，一个独立的生命体。凭借娱乐算法和粉丝逻辑的精心打磨，它在自己的生命周期里已经臻于完美，而你们不过是它的组成部分，它的脏器或者肢体。

如果它死去，等待你们的命运就只有腐烂。

——可你不甘心。

那段时间K哥重新成为了你的经纪人。你依旧出新单曲，但是每一首都反响平平；你依旧四处演出，赚大把大把的信用点，但你的舞台已经下沉到了死气沉沉的小城市。你开始接二线、三线品牌的广告和代言，开始重新参加综艺节目。

你甚至交了女朋友，一个刚刚出道的女星。

"你现在的那些铁杆粉丝已经不是怀春少女了，"K哥如是说，"与其立一个虚伪的牌坊，不如大大方方地承认自己就是一个寻常男人，有寻常男人的需要。"

这是K哥为你设计的转型方案——转型必然痛苦而且风险巨大，你说你对此有充分的觉悟。

"有一次，我去家乡的小县城参加商业活动，"你说，"在活动后的粉丝互动环节，我看到了自己少年时的伙伴。我想他终于把文月和刘小朋联系在了一起，因为虽然隔着层层叠叠的人群他没有对我说话，但他的表情说明了一切——迷惑，惊愕，接着是羡慕，最后是鄙夷。在读懂他表情的那一刻我明白了，无论我如何抱怨现在的生活，我都不想变回刘小朋。我是文月，到死都是。"

我咬着嘴唇，没有回应。

"但我真的不知道该如何停止这无休无止的坠落，"你继续说道，"我唱歌，但针对个人脑波定制的调谐音乐要远比传统音乐有市场；我演戏，但在场景建模和虚拟演员愈益低廉与真假难辨的今天，似乎没有人愿意为真人演员掏钱了；我——"

"所以你开始表演行为艺术，"我终于没有压住胸腔里的刻薄，"你找了个女朋友。"

"……怎么，吃醋了？"

"……"

"虹是个不错的女孩儿，"你说，"但我们相互利用的程度要大于喜欢彼此的程度。可你不一样……"

呵。

"你说的没错。"你用了一个叹气的Emoji，"我想我终究是要表演的——舞台对我来说并不是一个地理概念，而是一种生存方式。"

"……"

"为了把我从过气的悲惨境地中解救出来，K哥有个疯狂的计划，"你自顾自地说了下去，"慷慨的关琳琳，你听说过'全感官交互式算法'吗？"

全感官交互式算法，感官输出的升级版。在你参加"星工场"的三年后，更加强大的植入式芯片不仅能解码使用者的感官信息，还能破译他的情绪函数。但这并不是"交互式"算法的卖点。你之所以说K哥的计划疯狂，是因为这一算法不只将使用者的情绪投射到感官共享者的脑中，它还会将众多共享者的情绪进行数学平均，并将之反馈给使用者，从而形成一个封闭的反馈环：

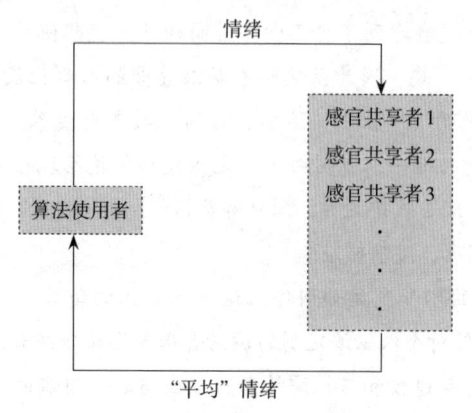

```
                    情绪
        ┌─────────────────────┐
        │                     ▼
   ┌─────────┐         ┌─────────────┐
   │         │         │  感官共享者1  │
   │算法使用者│         │  感官共享者2  │
   │         │         │  感官共享者3  │
   └─────────┘         │      ·      │
        ▲              │      ·      │
        │              │      ·      │
        └─────────────────────┘
               "平均"情绪
```

简而言之，使用这一算法的人将如同被千万人附体。"偶像"不再是人们意念投射的对象，因为算法循环反馈的特性，算法使用者终将与感官共享者拥有同样的"平均"情绪。

——某种程度上，是无数个"自我"的融合。

所以你将要进行的，是一场终极的真人秀。而在你踏进这个深渊之前，我们对它其实还一无所知。

"交互式算法……"我在增强视域里翻阅资料，"你又要搞感官直播了？"

"还没有人敢做的直播。"一个笑脸。"是从此泯然众人，还是重新走向巅峰，成败在此一举。"

你决绝的口气令我周身一凛。不祥的预感升腾起来，但我知道自己阻止不了你。这一场豪赌关乎你自我身份的确认：是超级偶像文月，还是小镇青年刘小朋。

我想，你会用生命去赌前者。

……

爆炸新闻：文月将成为第一个使用全感官交互式算法的公众人物！

你再次占据了社交媒体的头条位置。数百万人订阅了你的感官频道，算法提供商的账户上一夜之间便多了好几个"零"——同样鼓胀的还有你和K哥的账户。而我成为百万人中的一个。当我陪着你迎接秋日阳光的第一缕抚摸，心底泛起甜蜜的慵懒时；当我陪着你哼唱歌曲，心情随着曲调起伏摆动时；当我陪你饮下单一麦芽威士忌，思绪慢慢飘离人世时，我的心中是亵渎的羞惭与窥私的快感。我想我的羞惭必然会淹没在千万人快感的大潮中，那汹涌而来的情绪输入激活了你脑中的"大麻素网络"，四氢大麻酚（THC）和极乐醇胺（anandamide）传导的巨量神经讯号使你沉浸在长时间的亢奋状态中——所有人都忘了，在你宣布重开直播的同一天，那个叫虹的女孩儿就与你分手了。也许这也是K哥计划的一部分，因为你此时不再有道义上的背负：你开始更加疯狂地飙车，你徜徉在美酒与美食的口舌之欲中，你和夜店里形形色色的女人眉来眼去——在进入你的直播时，这些女人的增强视域里都会跳出隐私协议，令她们知晓自己正处于一场真人秀中：拒绝或者继续？是否对容貌和声音进行模糊处理？模糊的程度？是否打码？……有人退出，但直播的收益分成和超高的曝光率是很难抵御的诱惑。所以似乎是为了弥补你二十五年守身如玉的遗憾，你开始在一个又一个女人的床榻上流连，而愿意付出高昂信用点的感官分享者可以享受打了"薄码"的感官与情绪。男性粉丝的暴涨弥补了女性粉丝的流失，有时候我会怀疑这世界上只有一个人在你（或者是许多人）的极乐中痛不欲生，而且企图用这样微不足道的痛苦来对抗万千人加于你的情绪大潮……我惊恐地意识到，直播正向着人性的深渊加速前进：你用欲望的盛宴饲养人们，而人们用更强劲的欲望驱动着你，这一循环几无被打破的可能。

所以，你不再是一个偶像，而是一个提线木偶；你不再被舞台上的几分钟所挟持——你把舞台变成了你的全部生命。在直播协议中，每天只有七个小时的睡眠时间是属于你自己的，在这段时间里你几乎总是疲惫不堪。我们中断了聊天，只有在你夜半惊醒的间隙，我才能听到你近乎呓语的独白。

"慷……琳琳……我……我太累了……这不是我……"

"K哥……计划……最后一步……"

刘小朋从你皮囊里浮出的时候，我原谅了你所有的放浪形骸。你是我心中闪亮的星，这一点永远不会改变……

——但，你说的最后一步，是什么意思？

……

新年夜。

在黑鸟酒吧的角落里，我怀揣着那个沉甸甸的木匣。你在前一天的半夜联系我，你说直播的时候你没法和我互发信息，所以需要我拿一件能让你认出来的"信物"。

我想起了你送我的匕首。

"慷慨的关琳琳，我们注定要见一面的。"

那天夜里你的情绪格外好。也许是因为你终于习惯甚至能够在某种程度上驾驭那些不断涌向你的情绪，也许是因为你即将进入时间的新节点。——人们总喜欢在一个虚假的时间点设置一个虚假的希望，就好像一切可以从头再来一样。

"12月31日12点。黑鸟酒吧。不见不散。"

于是我坐在幽暗的灯光下，看红男绿女占据一个又一个座位。全息壁纸上外滩的灯火蜿蜒如龙，而我面前是一大杯吐着泡泡的艾尔啤酒。

……一阵骚动。我扭过头，看到一男一女站在酒吧门口。

叶启铭和虹。

心脏的狂跳渐渐平息。冰冷在向我的指尖聚集。

"大家好,"叶启铭露出他招牌式的无瑕笑容,"我和我的女朋友想在这里过一个新年夜,大家没什么意见吧?"

口哨。鼓掌。跺脚。新年礼花前的小高潮。你的前队友牵着你的前女友,从挤挤挨挨的人丛中盈盈穿过,坐进了酒吧最里面的一个卡座。甫一落座叶启铭便宣布道,今晚的酒水他全包了。

欢呼声震耳欲聋。

这绝不是巧合。我攥着啤酒杯,我的颤抖在杯中制造了一场风暴。让数百万人通过感官直播见证曾经的双子星为一个女人争风吃醋——这就是K哥计划的最后一步?

一阵恐怖。我灌下一大口酒,随即猛烈地咳嗽。在一片泪眼蒙眬中,我迎来了第二波骚动。

你来了。

你身边是矮胖的K哥。

骚动后是异样的寂静。所有人仿佛在瞬间有了默契,为你的视线让出通路。在酒吧的另一端,叶启铭端起酒杯:"文月,这是我的新女友,我想不必介绍了吧?"

你摇了摇头。

我几乎是在同时进入你的共享感官之中——我感到了你的惊讶,和,一丝愤怒。我想K哥并没有把计划向你全盘托出。他需要一点点情绪的酵母,以增加场面的戏剧性。就如同此刻,你的惊讶大概来自于你和叶启铭竟以这种方式重聚,而你的愤怒来自于他带着挑衅意味的嘴角。

酵母开始发挥作用。

观众们看到了你眼前这一幕,也体会到了你的愤怒,他们责无旁贷地将自己代入这种愤怒之中。他们现在是你,而你是那个被背叛、被羞辱的人。

"虹,"叶启铭看向身边垂着眼睑的漂亮女孩儿,"不跟文月打个招呼吗?前几天你不是还提起过他吗?"

又一次挑衅。也许只是表演。你向前走了几步,人们纷纷退让愤怒在你和感官共享者之间来回传递，像一个越滚越大的雪球。而我也被你丢过来的雪球砸中，令人身不由己的愤怒。我起身，胸膛中燃烧着杀意。

"文月，过来喝一杯吧，"叶启铭说，"我们三个一定有很多可以聊的。"

"好啊。"你颤抖着说。

万千人的愤怒汇聚成一人的愤怒。你向他们走去，现在什么也挡不住你。在你复仇的路上，有人向你递去一个木匣。你的动作出现一个小小的停滞：你认出了我，认出了我递给你的东西。——此刻我们是一体的我相信，而我们的联合体正在做一件理所当然的事情。

你的嘴角绽出一缕笑意。你接过木匣。

愤怒令人醺醺然。接下来的十几秒整个世界都变得遥远，在你的身体里我走到叶启铭身边，和他干了一杯酒——我尝不出酒精的味道——然后拍了拍他的肩膀，将木匣摔到地上（"咣啷"一声，如巨石落入空井）。我手中攥着沉甸甸的冰冷，一道寒光，一抹死亡。

脑海中万千轰鸣叠成一声。

"杀！"

我将图坦卡蒙的匕首推出——我的力量一路向前，穿过皮肤、肌肉，划破血管、神经，直至抵上某个坚硬的构造。挡在叶启铭身前的K哥低头看了看没入胸口的刀柄，接着抬头看我：

"臭小子……我他妈……就欣赏你这股子狠劲儿。"

愤怒在一瞬间散去。我变回了我，而你在酒吧的另一端，对着自己血淋淋的双手发呆。毫无疑问，在那一刻，你成了整个世界的焦点。

——按照K哥的计划，或者说，部分计划。

……

你因为故意伤人遭到了逮捕。对你的量刑并不重，毕竟，有数百万人是你的同谋，而他们不会接受审判。但几年的牢狱生涯足以终止你的偶像生涯了。我想，在监狱管理系统里，你的名字只能是刘小朋：文刀刘，大小的小，朋友的朋。

而我呢，在毁灭你的同时也毁灭了我自己。慷慨的关琳琳是凶手，慷慨的关琳琳已经不复存在。这世界上多出了一个不会爱的女人，她有一个平庸的丈夫，几乎是你反义词。他们计划要一个孩子。关于这个尚未来到人世的孩子，他们在这一点上达成共识：这个不幸的孩子要用一生去对抗我们的文明所制造出来的瘾。

希望他（她）能成功。

故事到此为止。再见，亲爱的文月。

再见，我闪亮的星。

他将信纸叠起来，塞回信封，递给我。

"谢谢你的故事。"他说。

我将信封压在手下。

"问你一个冒昧的问题，"我说，"如果文月在新年夜回到这间酒吧，他想见到的人会是谁？大难不死的K哥？叶启铭？还是虹？"

他笑了笑，"也许是慷慨的关琳琳呢。"

我摇了摇头，"可惜这个人已经不复存在了。"

"礼花放完了。"片刻之后，他说。

"嗯。"

"我该走了。"他双手一撑，从座位中脱出，然后绕过了我。

"……你头发上有栀子花香呢。"

他说。

双螺旋

生命是……一场化学事件。

——保罗·埃尔利希

梦，次次雷同，像一个精心铺排的隐喻。第一个场景：他身处家中，红色的布沙发上，妻子怀抱着女儿，黏答答的目光在她的小脸上意味深长地停留；接着，他回到和妻子初识的那一天，重温她嘴角那蒙娜丽莎般的微微一翘，还有她琥珀色虹膜中那如金子般散碎的日光；梦中的他是个没有重量的幽灵，他钻入妻子敞开的灵魂之窗，她黑色的瞳孔是一汪波澜不惊的湖水，湖面上有镜像，那是一个长着哈布斯堡下巴的丑陋男人在笨拙地笑着；最后，他兀立在黢黑的、无边无际的原野之上，猩红色的日光像地平线上燃烧的火，照亮一座由两条螺旋阶梯扭结而成的通天巨塔。忽然间，大地震颤，巨塔摇晃，崩塌从塔顶开始，砖块有如坠落的飞鸟。他大张着嘴，在一段近乎永恒的时间之后，他听到自己的尖叫声从远方隆隆滚来……

"爸爸，你做梦了。"

他抬起头，用食指指节蹭了蹭发皱的眼皮。"爸爸说梦话了？"

女儿摇了摇头，"没有，你只是在叫。"

十月清晨的阳光飘浮在灰白色的病房中。他直起身子，脸颊燥热。"童童，爸爸去给你拿早餐。"

"我不想吃。"女儿说。她的脸缺少血色，像一只半透明的瓷碗，盛放着秋日阳光。"爸爸，接着讲昨天的故事吧。"

他踌躇片刻，"昨天的……故事？"

"就是生命的那个，一开始……"

像断点续传的文件，记忆在此处与昨晚接续。"一开始，只是一些复杂的大分子，"他说，"它们在原始海洋里漂浮着，生生灭灭，漫无目的。直到有一天，一个非凡的大分子在偶然间形成了，它并不见得是那些分子中最大或者最复杂的，但它具有一种特殊的性质——能够复制自己。我们称之为复制基因……宝贝，你能理解吗？"

女儿点了点头，动作迟缓。他吞下一口唾沫，疼痛在喉管里飞溅。

"……现在，宝贝，试着把复制基因想象成一条分子链，这条链本身是由各种分子组件构成的，在它周围的原始海洋里，这些分子组件多的是。现在我们假设分子链上的每一块分子组件都对它的同类有化学亲和力，因此它会吸附与之接触的同类分子，按照这个方式附着在一起的组件会自动仿照复制基因本身的序列排列起来……"

"好难。"女儿说。

"是啊，是很难。"

"爸爸，我不舒服。"

他的心收紧，只能以大口呼吸来抵御莫须有的窒息。他伸出手，将女儿身上散发着消毒水气味的白色被子又捋了一遍。

"童童，闭上眼睛休息一会儿。一会儿就会好的。"

一句谎言。女儿闭眼，眼珠在眼睑之下微微颤动。谎言在病房中扩散，有血和消毒水的气味。她背后的墙上，那幅三十年前的全息招贴画卷起了右上角。画中，一架银色的无翼飞行器悬停在一线蓝色灯火之上。女儿喜欢这幅画，不亚于喜欢一个被她命名的布娃娃。

这个小女孩儿向往外面那个抛下他们疾速远去的广阔世界，而如今，她却被困在一个不足十平米的白色牢笼中。

他步出病房，伫立在墙皮斑驳脱落的走廊上。有脚步声，由远及近。

"怎么样?"身着白大褂的伊万递给他一支烟,这个有着高加索和蒙古混合特征的宽脸盘男人捕捉到了他瞬间的诧异,耸了耸肩,"我那些倒卖军火的老爹的存货,我只在特殊时刻抽。"

特殊时刻。医生递火,他衔着烟凑了过去。一颗橙色的火星亮起,烟进入他的口腔,在他的喉咙滚了一圈,然后兵分两路,从他的嘴和鼻子中溢出。

烟原来是这么回事。

"不好。"他说,舌根麻酥酥的,像刚刚咀嚼过低压电。

伊万拍了拍他的肩膀,"我很抱歉。不过如果这一轮联合药物化疗不起作用,希望你能做好心理准备……"

他狠狠咂了一口烟。辣。他别过头去,不想让伊万看到他眼角的水分。

沉默了一会儿,伊万问:"孩子的——妈妈呢?"

他舔了舔嘴唇,"她在和那个……人,接触。"

医生面无表情,"工作职责。"

"是啊,工作职责。"

"说不定也是最后一丝希望。"

"希望?"

他抬头看医生,后者将一口烟吐到了他的脸上。"特殊时刻啊,市长先生,特殊时刻。如果你的敏感有你仁慈的一半,事情也不至于到今天这个局面。"

他愣了一会儿,记忆在钢蓝色的辛辣烟雾中慢慢浮现。

一天前,飞行器降落在伊尔库茨克市中心的广场上。由于长期与世隔绝,这座远东城市的小型民用机场早已杂草丛生。正当城市管理委员会紧张地商讨在何处、以何种姿态迎接来自世界的使者时,这位使者已经自作主张,在城市唯一平整的开阔场地上着陆了。

飞行器呈椭球状，通体光滑，没有任何凸起或开窗，酷似女儿招贴画中那个银色巨兽。当它垂直落下时，机体底部的一圈蓝色火焰灼黑了广场上的碎石砖。着陆以后，飞行器里唯一的乘客没有立刻出仓。附近的市民零零散散地围拢过来，形成了一个以飞行器为中心半径三十米的圆。委员会的人数分钟后赶到，他，市长安德烈·卡巴耶夫，和妻子陈子瑜，挤进了圆的内圈。

"看。"人群中传出低低一声。声音不大，却如同涟漪般在人群中散开，成为此刻诡异静默的一个注脚。他们看到飞行器表面上倏然出现了一个矩形的开口，舷梯像一条银色的舌头，从飞行器洞开的口腔舔向地面。

那个——人，沿舷梯款款而下。他在飞行器旁默默站了几秒钟，接着朝人群中的凸起、安德烈的方向走了过来。随着他的走近，人群中泛起低低的惊呼、压抑的讪笑和喊喊喳喳的议论声。在安德烈的视野中渐渐清晰的，是一个无瑕的笑容和一个黄金比例的男性躯体，那躯体不着片缕——不，不是的。安德烈从躯体朦胧的反光推断出，有一层类似磨砂玻璃的薄膜覆盖着那个人，这层"磨砂"与其说是为了遮羞，倒不如说是个色情的暗示，它突出线条、滤去无关痛痒的细节，使来人如同一尊移动的大理石像。骄傲的大卫、投掷闪电的宙斯、乌尔比诺的维纳斯……他转头看妻子，他看到她收紧的面部轮廓，看到她的胸部起伏、拳头攥了起来……

"你看起来生病了。"妻子开口，用的不是在伊尔库茨克通用的俄-汉克里奥尔语，而是英语。

很好。他想。即使在这样的时刻，妻子也没有忘记和世界交往的规则。

那人停步。笑容收起，数秒钟的僵硬，笑容重现。

"是的。"他用英语回答。他的声音浑厚，带着干净的鼻音。

"传染病？"

那人点头。

几位委员会的成员后退，人群像是得到了命令，也跟着后退，只有安德烈和他的妻子依旧站在原地，仿佛两个被潮汐推出大陆的离岛。

"那么你应该穿——"妻子在生僻的英文词汇上卡顿了一下，"生化防护服。"

那人的笑容进行了快速的微调，含义从"友好"变成了"善解人意"。

"首先，我的病已经不再致命。其次，"他说，"这个病，不会传染给你们。"

☙

方形镶嵌木地板，墨绿色、洇着条状水渍的墙纸，和墙纸同色的暖气片。他的目光在会议室中漫游。多年来，这里于他而言只是工作的地方，聊胜于无的布景。然而今天，布景也变成了隐喻，衰朽、陈旧、行将就木，他呼吸困难。

"哎。"

他扭过头，妻子就坐在他身边。

"嗯。"这就算是打了招呼。

"童童怎么样？她有没有——"

"不好，"他尽量熨平语气中的起伏，"她没有问起你。她知道你忙。"

妻子的手覆在他的手上。"你不会生我的气了吧？我确实在做很重要的事，这事关乎到——"

"我知道。刚才安娜已经简单介绍过了。那么这个苏、苏……"

"苏墨菲。"

"这个苏墨菲是有求于我们。"

妻子点头，"事实上，他希望能带走一些基因样本……"

"为什么？"

"因为……"

门在这时"吱呀"一声开了，他和妻子同时看向门口。那人——苏墨菲走了进来。这一次，他穿了蓝色衬衫、灰色羊绒西服。脸色黯淡、步伐沉重迟缓、笑容有气无力。当注意力不再被裸体分散，安德烈这才解读出苏墨菲的身体所透露出的信息。

他病了。而子瑜从一开始就注意到了。他苦涩地想。她一直是最冷静的那个人。

苏墨菲落座，会议开始。他用英语做自我介绍。

"我叫苏墨菲，来自欧亚联邦。首先，我要为昨天的唐突道歉：分子膜外衣强调轻便和保暖，在我所处的社会，人们对身体隐私没有什么概念。如果我的穿着令在座诸位产生了不适，在这里，请允许我说一声'对不起'……"

会议桌上，响起尴尬的清嗓子声。

"接下来，我要说明这次不请自来的目的：我，苏墨菲，联邦生命科学委员会成员，代表欧亚联邦，向在座诸位、向伊尔库茨克市的市民提出一个请求……

"一个关乎人类命运的请求。"

"这些核苷酸大分子里藏着生命的信息，"他说，"它们结合成双链结构，以两两配对的碱基密码子指导氨基酸的生产，种类繁多的蛋白质由不同的氨基酸组合而成的，是生命活动进行的基本单位……"

女儿没有出声。她的眼睛眯缝着，有两道飘忽不定的光从罅隙间泄了出来。正当他以为女儿已经睡着时，她忽然睁开眼睛。

"妈妈说我的病是密码的翻译出了问题，对吗？"

他点点头。"最开始，是某个细胞的复制出错。有时候，被错误制造出来的后代相比'原版'细胞有某种生存优势，所以侵占了更多资源，制造出了更多错误的后代……接着，在众多的错误后代中，复制再次出错……错误一再发生，直到某个细胞出现了不受限制、不可逆转的增殖……"

"这就是在我的血液里发生的事。"女儿说。

他怔了一下，然后扬起眼睛看女儿。后者面无表情，就像是在陈述一件与己无关的事。

"爸爸，我会死，对吗？"

他把手伸到被子下，轻轻捏女儿的手。"爸爸妈妈正在想办法，童童要相信爸爸妈妈，好吗？"

"我会死，对吗？"

他张着嘴，说不出话来。

最后一缕血红的阳光坠入女儿眸子，被阴翳吞没了。

✡

疾病源于某种突变的禽流感病毒。和它的前辈不同，这种病毒传染性强、潜伏期长、致死率高，当人们终于后知后觉地意识到它的存在时，它已经通过全球交通网络传遍了世界的每一个角落。

病毒只攻击"新人"。它通过一种名为CXT5的蛋白寻址，攻击人类的免疫细胞。CXT5并不是人体的"原生"蛋白质，它是一款名为"认路基因"的外源性基因修改包的副产品。这款基因修改包在20年前问世，由于其能显著提高人的空间方位感，同时兼具价格低廉、副作用小等优点，几乎成了每个"新人"受精卵的基因标配……于是，来自禽类的病毒成了新世纪的"上帝之鞭"，挥向每一个擅改基因的"新人"。这场浩劫规模空前——全世界有70%的感染者在饱受折磨后死去——其对人类文明的破坏远超"黑死病"和"西班牙流感"。浩劫的原因是什么？幸存下来的人们反躬自省，得出了如下结论：

数百年的文化大融合，使人类对"美"和"好"的评判高度趋同，这就必然造成，在基因编辑技术廉价而泛滥的今天，人类倾向于以某几个高度相似的"理想模型"为范本修改自己——其客观结果就是，人们越来越像，而这种"像"，是基因层面上的。一个高度趋同从而失去了基因多样性的物种，在应对外部环境的剧变时会遭遇到什么，这场新世纪的"黑死病"，就是最好的注脚……

"所以，"安德烈率先开口，"你来这里，是为了把我们的基因多样性带到你们的世界中去。"

苏墨菲缓缓点头。

"这——不符合逻辑。"陈子瑜说，说话的同时，她手中的圆珠笔在"笃笃"敲着桌面。"在你们把自己的基因修改得面目全非之前，难道没有保留基因样本？即使出于成本考虑没有保留实物，你们也应该会在计算机里存储DNA分子模型……"

与会者的目光齐齐转向苏墨菲，后者苦笑。"女士，您提出了一个非常好的问题。为什么我们没有保留基因样本？"他环视一周，声调陡然低了下去：

"原因和你们为何在此是同一个。"

✺

这一次的梦境更像是深潜，他潜入自己的过去，那没有被理性的阳光照亮的地方。在这个片段中，他就坐在妻子——不，那时她还只是陈子瑜——对面，橙色的夕阳探入这家街边咖啡馆，在她的侧脸上温柔燃烧。她是那么美，一个镀金的圣像。他的嘴一开一合，没有发出声音，他的心里满是渴望、羞愧和疼痛。

"怎么啦？"陈子瑜笑着问他。

他摇摇头。他在咖啡杯里看到一张下巴突出的脸——那下巴是如此突出，乃至于严重破坏了整张脸曲率的平衡。

"我答应你。"陈子瑜说。

他抬起头，世界在他耳边呼啸着退去。他眼里只有她，其余的一切皆被虚化，变成一团团的色彩、一片片的声音、一块块的气味，分辨率低下。

"你说——什么？"

她的脸颊卷起火烧云，"我不说了。"

他畏缩着触碰她摆在咖啡座上的手。那只纤细、白皙的手没有逃开。

"你说你答应，你答应嫁给我？"

她点点头。

可，我是这么丑，我怎么配拥有这一切啊。

她看懂了他眼神里的台词。她捏了捏他的手，"我可以和你中和一下啊。"

"啊?"

脸上的红潮更盛。她以手掩口，咯咯笑了。

"笨蛋!"

✣

"以现今的观点，'新人'革命从一开始就是错误的，"苏墨菲说，"它分为两个阶段。第一阶段是对异见者持续的打压和排挤。这一段历史在座的诸位想必都比我清楚，因为三十多年前，诸位的祖先都是自愿——或者更普遍地，被迫来到这片保留地的。他们形形色色，有着不同的国籍、语言和信仰，有着相异的教育和文化背景……也许他们唯一的共同之处，就是坚信修改自身基因是对造物主的僭越。在这一点上，他们与渴望取上帝而代之的大多数产生了严重的意识形态冲突。不难想见，以那个时代的政治逻辑，作为人群中的极少数，诸位的祖先必定成为社会肌体中一根细小但无法忽略的刺。要彻底解决这根刺所带来的不适感，方法只有一个：给这些人打上潜在破坏分子的标签，以'民主'和'人道'的名义，将他们驱赶到散布在文明世界边缘的数十个保留地中去……"

安德烈僵着脸，"苏先生，谢谢你带着我们回顾了一遍历史。"

苏墨菲垂下眼睑，"我很抱歉。"

他模棱两可地点头，"请继续。"

苏墨菲轻轻咳嗽了一声，"归根结底，'新人'运动无非是修改过基因的人类为自己的存在建立合理性。那些在逻辑上更具'人性'的人被赶走了，但他们的基因样本还在。'新人'们意识到，如果继续保留这些样本，那就等同于，人类有一个未被修改的原点，而逐渐远离原点的'新人'，则成了某种意义上的非人。于是在驱逐了诸位的祖先之后，'新人'革命的第二阶段，样本销毁运动轰轰烈烈地展开了。有人宣称,这一运动标志着人类在心理上彻底断奶,成为掌控自己命运的神……生物学家对此多持反对意见,但他们的意见要么被忽略,要么被妖魔化成阻碍人类进化的阴谋……"

沉默笼罩了会议室。唯一的声音来自陈子瑜手中的圆珠笔,它在有节律地叩击着桌面。哒。哒。哒。十月的天光陡然黯淡下来,在墨绿色的会议室里沉重地浮动。

哒。哒。哒。

"我明白了,"安德烈说,"以前你们抛弃了我们,现在你们需要我们。"

"是的。我们想要纠正自己的错误,"苏墨菲点头,"除了基因样本,飞行器上还预留了几个座位。我希望,市民中会有几位愿意和我一同前往欧亚联邦:如果我们期待相互理解,那么进入彼此的世界会是一个很好的选择……"

文明世界的邀请。安德烈攥紧双腿之上的拳头,他看见围桌而坐的人们开始扭动身体、交换眼神、低声议论,他看见妻子微微侧身,他可以想象出她目光中的疑惑与征询。

"苏先生,我明白你的意思了,"他说,"这件事,我们需要讨论。"

✺

"童童,爸爸的故事还没讲完,你想听吗?"

女儿点了点头,脸上挤出一个疲倦的笑容。

"在三十多年前,人类开发出一种叫做 CRISPR PRO 的技术,可以对自身的遗传信息——也就是基因——进行某种程度的修改。他们并不能凭空创造出他们想要的基因,但他们可以在自然界中找到理想的基因片段,用这些片段来替换那些不完美或者出现问题的片段……"

女儿眸子里的光跳动了一下,"那——我的片段能被替换吗?"

他轻抚女儿乌青色的头皮,"可以的。爸爸会治好童童的病,童童自己也要勇敢起来,好吗?"

女儿点头,眼中的一豆之火在恹恹地燃烧。

他撇过头去，害怕自己的表情会泄露出什么。

……

安德烈从卫生间返回，在病房门口遇见自己的妻子。

"童童睡了。"陈子瑜说。

"嗯。"

"联合药物化疗的作用不大，我正组织医学组给童童拟定更激进的治疗方案。"

"……你知道这只是拖延时间。"他的舌根处漾着苦涩的浪花，"对于急性淋巴细胞白血病，我们没有更好的办法。"

"总得做点儿什么。"妻子的声音矮了下去。

他点点头，想要说些什么，话到嘴边，却变成了一声叹息。他转身，妻子抓住他的手腕。

"全民公投。安德烈，你真的要这么做吗？"

"他们有权自己决定。"

"你考虑过后果吗？"妻子的手渐渐发力，痛感从手腕处传来。"如果公投结果是'是'，那就意味着，我们、我们的祖先所遭受的不公正待遇，就会以这种轻描淡写的方式得到原宥；共同的不幸是人群的黏合剂，而一旦这种不幸被淡化乃至遗忘，这座城市赖以存在的根本将会动摇……"

"如果结果是'否'呢？"他灼灼地看她。

妻子与他对视，目光又快速弹开。她的体温如同一根根细小的芒刺，在他的心脏周围搅起疼痛的旋涡。

他咝咝地吸气，"子瑜，不论投票结果是什么，童童都只有一个机会。"

妻子愣了一下，"安德烈，你想说什么？"

他摇摇头，抽回了自己的手。

✡

他从未想过梦境会如此逼真。他梦见十年前的陈子瑜伏在他的胸口,那时她还是长发,浑身散发着恬淡的丁香花香。甚至连她的温度都是有质感的,他的手臂横过她小麦色的后背,像一个锁扣,牢牢揳住了她。

"那一定是个广阔的世界。"她说。

他的身体被午后的慵懒填满。他懒洋洋地应道:

"嗯?"

"那些'新人'的世界。"她的指甲在他的肋部打着圈,发出"嚓嚓"的摩擦声,"我们只有这座小小的城市,只有太阳能电池板、英特尔处理器和局域网,只有玉米和向日葵,而他们拥有一切……"

他的喉咙发出"咕噜"一声。"我们有度假小屋、有白桦树、有摇滚乐和伏特加……我还有你。"

她吃吃笑了,她的鼻息在他的胸口化作一片湿润的酥痒。"你在混淆概念。"

"唔……"他轻抚她的秀发,"好吧。"

"想象一下嘛,"妻子翻过身,看他,"在那个世界里,每个人聪慧、俊美、长寿,每个人——"

"问题是,"他打断了她,"他们还是人吗?"

她撇了撇嘴,"不是人,那他们是什么?"

"是——"他张开嘴,那个他想要的词汇却迟迟不肯蹦出来,"是——"

梦境在此处戛然而止。

✺

他的目光投向窗外。从这个角度看伊尔库茨克,除了东正教堂或墨绿或浅蓝的"洋葱"顶,除了白桦树梢在灰色天空中的黑色剪影,除了一颗在云层中孕育着的夕阳的种子,只余一片空旷的荒凉。他的目光停留在荒凉的某处,以指尖敲击桌面。

哒。哒。哒。

下午四点五十五分,苏墨菲如约前来。安德烈示意他坐到他的对面。

"五分钟后网络投票就截止了。"安德烈说。

苏墨菲点点头,"市长阁下,你们的民主还可以借助局域网传递到社区末梢,这是我没想到的。"

"我们虽然远离文明世界,但并不是野蛮人。"

苏墨菲的脸上泅开一片红晕,"无意冒犯。"

他笑了笑,没有作声。办公室滑入一阵心照不宣的沉默泥沼。他在余光里看到,苏墨菲在默默打量着他。和他遇到的每个人都不同,这位新世界来客的目光里没有猎奇、厌恶和礼貌性的闪躲。他只是在观察。安德烈干脆转身,与苏墨菲目光相接,后者这才移开视觉焦点。

"抱歉。您想象不到我对这片人类多样性的丛林有着怎样的好奇。"

"即便是——"他抚摸着自己巨大、前凸、托起全部五官的下巴,"对我?"

"即便是对您,这林中一树。"苏墨菲点头,"尽管我不得不说,对您的观察无法让我得到感官上的愉悦。"

他不以为忤地笑笑,"看来你还没有完全脱离人类的审美。"

苏墨菲盯了他几秒钟。"我们是由双螺旋代码写就的程序,不管如何修改,总会有一些东西保留下来……"

"也许你说得——"他对着老旧的电脑显示器眨了眨眼,"投票结果出来了。"他将屏幕扭到苏墨菲面前。他看到蓝色的光点在后者的眼中跳动。眼睑关闭。打开。关闭。半晌,苏墨菲开口说话,声线迷离仿若呓语。

"我将在明天清晨离开,届时我不希望打搅到任何人。除此之外,我想说,我感到遗憾。"

"遗憾……"他咬着这两个字,下巴愈加向前突出,"为谁?"

"为所有人。"

"这是他们自己做出的选择。"

"是的,这就是民意,"苏墨菲意味深长地看他,"市长阁下,关于'民意'到底是什么以及它会造成怎样的伤害,我想您比我更有发言权。"

"我不明白你的意思。"

"对您的祖先的驱逐行动也是经过全民公投的。"

他眯起眼睛看苏墨菲,这个人是认真的——或者说,他的恼怒是克制的。

"一百年前那些作恶的人,"苏墨菲哆嗦着嘴唇,继续说道,"他们自认为代表了人类进化的方向。但他们所行之事,却是被依旧没有充分进化的人性所驱使的——市长阁下,我们在无数次的背叛、攻讦和自戕之后,才终于建立了一个臻于完美的世界,一个由更加高尚、更加聪颖美丽的人所构成的世界,如果您出于对复仇的执迷而放弃了重新融入它的机会,那就是对人民的不负责。"

安德烈长时间地沉默。之后,仿佛下定了决心,他说:

"人无时不生活在'多数'的暴政之下,但这并不代表我们别无选择。"

苏墨菲扬起眉毛。

"事实上,我有一个请求。"安德烈站了起来,他被夕阳拉长的身影没过了苏墨菲,淹没了他镀金的、美丽的脸庞。

"我希望能够弥补大家的遗憾——或多或少。"

※

"所以说,"伊万用指尖搔着鼻翼,"你还没有跟她说?"

他摇了摇头。

"哼,好一个孤胆英雄。"

他苦笑,"换作是你,你会怎么选择?"

伊万停止手中的动作,直直地看他。"剩下的时间不够我做一个选择。"

医院的天台上,风呜咽着卷过。他徒劳地缩脖子,但夜的寒凉还是从他身上每一个裸露在外的孔隙渗了进来。

"有烟吗?"他问。

医生撇了撇嘴，在皮夹克里摸索几下，递给他一支发皱、折弯的白色纸卷。火焰是风的甜点，被风不知餍足地舔舐。火柴燃了熄，熄了复燃，直到第四根，烟才勉强着了起来。他衔着过滤嘴，深深吸气，任由呛人的烟雾舔舐他的每一根神经中枢。

"生存的压力造就了我们，"他说，"而我们则热衷追逐可能导致死亡的危险事物。这真是个可笑的悖论。"

"进化是盲目的——不，我们一直被'进化'这个词误导，其实'演化'才更符合它的本意。"伊万把双手枕在天台的护栏上，"演化并不能解决所有的问题。"

"你投的肯定是赞成票。"安德烈说。

"啊？"

他轻轻哼了一声，似乎是被自己的话逗笑了。又咂了一口烟，笑容在升腾的白雾中敛了起来。

"帮我个忙。"他说。

"我有选择吗？"

他弯着眉宇看他多年的老友，"剩下的时间不够你做一个选择。"

伊万的脸僵了一下，五官的线条随即变得柔和。他粗壮的拳头重重地顶在安德烈的胸口，"哈哈哈，你小子！"

他也跟着大笑，然后咳嗽，咳得弯下了腰，咳得满眼泪水。哈哈哈。咳咳咳。毫无征兆地，他猛然直起腰，满天星斗推推搡搡地向他俯冲过来。

"另外一件事。"他用食指揩着眼泪，"伊万，你那些搞军火的祖先，还有别的存货吗？"

中

他拿着化验单，伊万捏着他的肩膀。

"孩子有什么好？"医生大大咧咧地说，"还不是给人添堵？我跟你说，把我家那个小兔崽子塞回他妈肚子里去的念头，我动过不下一百万次了。"

他垂着眼睑。"是吗？"

沉默了一会儿，伊万叹了口气。"我说，陈子瑜是什么想法？"

"她——"在梦境中，心痛依然凛冽，他把手覆在胸口，"她喜欢孩子。"

伊万再次捏了捏他的肩膀，没有说话。忽然他看到手中的化验单如蜡般融化——不，不只是化验单。他的手、他的胳膊、他的肩膀，都在滴滴答答地掉落……他想要呼救，扭过头，却看到身边的伊万已经融成石笋，还有——

太阳也在融化，猩红的烛泪流星般坠落天幕。白云在融化，伊尔库茨克的天际线在融化。

他知道自己也将消融，融入那万事万物的泥淖之中。他知道，这便是死亡。

然而就在这向着死亡的跌落中，他唯一想的却是：她喜欢孩子。

⋈

她是那么美，即使处于黏稠的、不安的睡梦之中。他贪婪地注视着她，用每一个视杆细胞和视锥细胞描摹她的线条、她的颜色。

甚至她的香气。

然而时间已经不多了。他摇晃她的肩膀，看她在梦境中坠落、在现实中升起。她睁开眼睛，眼珠左右晃动。她轻启嘴唇，嗓音里带着夜的缱绻。"安德烈？"

他轻轻应了一声，他的脸在微明的晨光中模糊不清。当面部的细节隐去，他心底的淤泥从眼中的一线光亮中浮现出来。

陈子瑜看到了。这些日子以来的若即若离忽然有了解释。这个男人惯于背负荆棘，而他总是自以为是地认为，只有疏远，才能阻止痛苦泼溅到身边的人。

"安德烈，"她说，"不可以。"

他半张着嘴巴。承认或否认在此时都毫无意义。

"你知道在这个隔绝而又无望的城市中，暴力是唯一的出口，"她说,"你知道人民会怎样对待一个口是心非的领导人。"

"为了童童,我不害怕。"

她闭眼,眉宇深深地绞在一起。"真的没有别的办法吗?"

他摇了摇头。

她坐了起来,倚在床头。在青蓝色的天光下,她的眸子是两个互为镜像、深不见底的贝加尔湖。"安德烈,如果非这样做不可,那我们——我们一家,一起走。"

"你知道我不能。"

她的目光变得灼热,"我留下来陪你。"

他的喉结耸动,"子瑜,我们是双螺旋的产物,也许远在出生之前,我们的命运就已经被那四个碱基所决定了。也许我们的相爱,领养童童,甚至童童的病,都是注定……"他笑了笑,嘴角上是层层叠叠的悲哀。"但有时我还是会想,在我们的灵魂深处,会不会有些什么东西,它让我们的生命不仅仅是一场化学事件,让我们的爱、信赖和牺牲不只是生物算法,而是某种,更美好的事情。嘘——"他将食指按在妻子欲言的唇上,"时间不多了。我们走吧。"

他们驱车横穿伊尔库茨克市。沿卡尔·马克思大街,他们经过巴洛克式的民宅、俄罗斯古典主义风格的总督官邸,经过彩色积木般明丽的喀山教堂;路程过半的时候,天空下起了雨,他们进入曾经的工业区,雨水聚成黑色的河在街上横流,老旧的复刻版斯柯达旅行车在坑坑洼洼的道路和廉价小店之间艰难跋涉。

这座城市就是我们的写照。他的目光穿过吱呀摆动的雨刷,多样、有着各自不同的美和残缺……而童童即将去到的世界,也许会有整齐划一的街道和鳞次栉比的玻璃幕墙吧……

"安德烈……"妻子在后排呼唤他。

"嗯?"他微微扭头。

"我们这是要把童童送到一个全然陌生的地方,那个地方——她一个人……"她哽住了，怀中的女孩儿依然安睡。那个曾经闹腾不息的小精灵，如今是一只即将进入无尽冬眠的松鼠。

他的腮帮上鼓起成条的肌肉。"无论如何，她会活下去。"

妻子吸了吸鼻子，一声若有似无的啜泣。

他轻踩刹车，把斯柯达泊在离飞行器不远的地方。苏墨菲在舷梯下等候。当夫妻俩走进乳白色、舱壁上环绕全息显示屏的机舱时，他们意外地发现女儿不是唯一的乘客。那几张面孔与安德烈目光相触，有陌生的、有相熟的，他没有与他们多做交流，只是微微颔首致意。

"看来偷渡客不止一个。"他转过脸，低声对身后的苏墨菲说。

苏墨菲耸了耸肩，"你说过，我们并不是别无选择。"

他们将女儿固定在两个相邻的座椅上。这时，她醒了。这个被紧紧裹在深色毛毯中女孩儿蠕动着，像一只突然有了意识的蚕蛹。

"爸爸……"女儿声若游丝。

"童童，我在。"他以手掌环住女儿的脸颊，像掬一捧水。

"不要……离开我。"

他脸上的肌肉凌乱地跳动。平生第一次，他不知该如何安放自己的五官、安放那远在语言范畴之外的情感。他痛苦地吸气、吐气。他俯下身，亲吻女儿冰凉的脸颊。

"童童，无论什么时候、无论你在哪里，记住，爸爸爱你。"

……

他在舷梯的正中停住，转身，妻子即将踏出飞行器的脚悬在半空。

"不要下来。"他说。

"你说什么？"妻子垂挂着泪痕的脸颊僵住，倏地，她明白了。她摇头，眼里有平静的、近乎引颈就戮的绝望。"不。你休想让我离开你。"

他仰起头，妻子的脸融化在雨中，沿着他的脖颈，钻入胸口。"不，你会。"他轻轻吐出这几个字，感觉自己吐出的是一团有毒的、令人愉悦的烟雾。然后，他将手伸进外衣内袋，他触到一坨坚硬的湿凉。

他用手枪指向妻子的额头。

"回去。"他命令道。

妻子咬着嘴唇,"除非你开枪打死我。"

他笑了,眼角溢出的温热被冷雨瞬间吞没。"子瑜,对你开枪从来不在我的选项之中。"他缓缓抬手,把枪口按在太阳穴上,"如果我死了,你留在这里就没有任何的意义。"

妻子的手扒在舱门的边沿,指节由于用力过猛而失去了血色。

"去呀!"乌黑的枪管在太阳穴顶出浅涡,"童童需要你!"

"去呀!"

🧬

"急性淋巴细胞白血病……"苏墨菲的眼神空白了几秒,他猜想,这位新世界的来客正在接入增强视觉网络。"……是的,我们有治愈率很高的疗法。但是在这里……"

"我明白。所以我希望你带我的女儿,还有——她的妈妈,一起走。"他的声音平静,宛如死水,"从主观上,我是在假公济私;但在客观上,她们将是伊尔库茨克市第一批去往欧亚联邦的使者。"

苏墨菲眯起眼睛,看陌生人似的看他。"你真的打算这么做?"

他点了点头。

"你其实可以和她们一起走的。"苏墨菲说。

他摇头。"由于你的到来,这个城市正站在一个脆弱的平衡点上。当领导者失信于人民,人民至少可以把他们的失望宣泄在领导者身上,也许就不至于怀疑,乃至用暴力摧毁这个城市的运转体系——",他深深地喘息,"对我的妻女,我有责任;对这个我生于斯长于斯的城市,我同样有责任。"

苏墨菲愣了一会儿,然后犹疑着拍了拍他的肩膀。

他看向窗外,那颗夕阳的种子正在慢慢抽芽,它的枝叶正为云层镀上了一圈若有似无的金边。一点点的美。他想,但也仅此而已。除此之外,这座城市的天际线只是一片空寂。

一如他的余生。

他知道，这将是最后一个困扰他的梦境。

于是他笑了。

天上的风

> 我给父亲读诗
> 他躺在床上
> 以呻吟声唱和
> 往事像蚊子般在耳畔盘旋
> 飞向我们的结局
>
> ——（当代）oldfive，《父亲》

父亲老了。

此刻躺在病床上的，是一个被岁月和病魔共同凌迟的人。在他的印象中，父亲本就瘦削，而现在更是瘦得触目惊心。他不敢长时间地凝视父亲，唯恐这样会造成信息过载，让他本就混沌一片的头脑更加无所适从。他一厘米一厘米地下移自己的目光：银色的寸头，原先这里是一片蓬勃的黑色丛林；沟壑遍布的额头，灰白相间的眉毛，敞开一条细缝的眼睑，黯淡的光从里面漏了出来，让他无法确定父亲是睡是醒；爬满脸颊的胡楂，他记得从前父亲每天都会一丝不苟地犁除脸上的杂草，而今杂草蔓生，重新定义了这个男人从人中到嘴角到下巴到喉结的面容地貌；探出被子的肩膀，衣架般支棱着，这一座曾令他心安、供他骑坐，也曾对他造成威压的横置山脉，如今只剩下一具嶙峋的影子。

父亲老了——不，应该说父亲病了。父亲的急遽衰老只是病的副产品，祝博伦想，只是八年而已，他不应该老得这么快。

八年。而已。

父亲的眼皮颤了一下，嘴唇也跟着动了动。他犹豫片刻，还是俯身凑了过去。

"博——"从父亲的嘴角流出了一个字。

他耳畔嗡的一声。抬眼看父亲，老人的目光飘浮着，却无疑锚定在他的脸上。

祝博伦向后展身，重新坐回到座位上。父亲的右手从温控被下支了出来，食指扬起。智能病房瞬间领会了他的意图。病床上半部缓缓折起，有着微机电系统表皮的水管如银蛇般爬向父亲的嘴边，并在他固定在半坐姿态后将水嘴钻入他的嘴角。他看到父亲的喉结小幅度地上下耸动，那是水正在注入这个病人的生命。病房四壁闪烁着淡淡的橙色光，提示探望者病人此时正处于稳定但并不乐观的身体状态。

这一刻终究还是到来了。他想，不是得意扬扬地向这个终生的敌人炫耀自己的胜利，而是展示悲悯。

八年。一事无成。只是要失去面前的这个人。

"你——"父亲说，"回来了？"

他吞下一口唾沫，"嗯。"

"什么时候……走？"

他愕然看向父亲。老人在回望着他。他看到他的嘴角微微翘着，曾几何时他是如此渴望看到父亲这样的表情，然而此刻父亲的话语和表情互相印证而又互相否定，成为一种无法被理解的悖谬。

"过一段时间。"他说。

父亲眨了眨眼睛。"你的研究……怎么样？"

"还好。"

"'还好'不算一个回答。"

他攥紧拳头。他又在父亲眼中捕捉到了那一道锋利的光。这道光曾出现在父亲赞扬他的时候、责骂他的时候、回答他问题的时候、对他失望的时候……叫他永远不要回来的时候。

"1153例，全部上传成功。"他说。

父亲继续用那道光灼烧着他。

"经过严格的双盲测试，"他低下头去，嘴唇不由自主地开合，仿佛回到向父亲汇报考试成绩的岁月，"所有上传者都被认定具有完整核心意识和人格。"

父亲眯起眼睛，"……认定？"

他的脸僵了一会儿。如果说这世上有一个人总能准确无误地戳中他的暗疮，那这个人非祝明德医生——他的父亲——莫属。

"他心假设，"他舔了舔嘴唇，"除了自己之外，我们永远也无法证明一个人是否拥有真正的自我觉知。"

"所以只能认定。"

"对。"

父亲挺了挺身，他看到父亲的嘴角由于疼痛而咧开，像一个吊诡的笑。

"我只是一个算法，"父亲说，嗓音喑哑，带着一缕不加掩饰的讥诮，"或者按你的说法，我只是我的连接组，对吗？"

他闷声说："对。"

"很好。"

说完，父亲抿紧嘴唇，合上眼睛。父亲正在关闭谈话的大门——一如既往地，带着他不容置疑的权威。

"多陪陪你妈。"父亲的眼睛依旧闭着，他的话声不知从哪儿冒了出来。

他打开拳头，又重新捏紧。

"我会的。"他说。

◆◆◆

在病房门口，母亲紧紧攥住他的手。

"怎么样？"她问。

他摇了摇头，莫可名状地笑。

母亲叹了口气,"还是老样子,对吗?"

他的脸颊跳了一下。老样子。不知从何时开始,无休无止的争端和动荡成了他和父亲之间的预设状态,哪怕八年过去,他的眉宇间已经落满岁月的尘埃,哪怕父亲曾经伟岸健硕的躯壳已经几近崩毁,这一个"老样子"仍岿然屹立在三口之家的语境之中,仿佛一块劈开奔流时间的河中石。

他不知道该说什么,唯以苦笑作答。

母亲使劲捏了捏他的手,"其实你爸他不是这个意思……你知道他——"

"还有多少时间?"他突兀地打断母亲。

母亲把头撇向一边,"医生说,癌细胞正在快速扩散,你爸清醒的时间已经不多了。"

这是他料想到的回答,也是他回来的原因。尽管如此,他的胸口还是一紧。

"必须尽快上传,"他说,尽量让自己的语气显得平板冷硬,"在癌细胞侵蚀到核心意识之前。"

母亲松开了手。"博伦,你知道你爸他一直在反对——"

"现在他怎么想并不重要。"他把目光狠狠砸向眼前这个悲伤而又无助的女人,力道之大,甚至令他自己都感到了疼痛。但他必须宣示决心,必须争取到母亲手中的这一票——在这个家中,一意孤行是常态,互相伤害亦是常态,他相信母亲有这样的觉悟。"他面对的是死亡,"祝博伦颤声说,"任何价值观的冲突都不应该凌驾在死亡之上。妈,我回来是为了救他,不是为了谋杀。"

母亲移开目光,不知所措地盘绞着双手。

"我知道,"她说,"我知道。"

🧬

总有一个时刻可以独自忧伤

总有一种生活无以名状

裹挟我们一生的从来不是清风白云

只有鹅毛细雨

和吹弹欲破的感情

From 波士顿 To 北京

北京本地时间：2045年10月15日20：14

第112号点对点语音通信链路日志

由MEKA TECH语义引擎归档整理

凯尔·施密特：你离开这几天，又有三例自愿申请终结。其中一个"生前"是电脑工程师，这家伙甚至等不到冷静期结束，就在思维包中编写了一个死循环，用数据溢出结束了自己的意识——真的很天才。详细情况我已经推送到你的增强视域中了。

祝博伦：我看到了。

凯尔·施密特：从第一例上传成功到现在，已经有73例自愿终结。

祝博伦：不到上传数的十分之一。

凯尔·施密特：……但已经具有了统计学意义上的显著性，远非随机扰动所能解释。

祝博伦：你想表达什么？

凯尔·施密特：博伦，你曾经对我讲过你和你父亲的争执——我在想，我们是不是真的遗漏了什么。也许正如他所说，人的意识不能由连接组学完全解释——

祝博伦：我的父亲是一位不可知论者，发生在我们之间的，甚至算不上是争执。凯尔，我们是科学家，奥卡姆剃刀是我们认识这个世界所应秉持的唯一原则——最简单的假设往往最接近真实。不需要引入什么"隐变量"，意识是任何高度复杂的物理系统都有可能自发产生的，只要它恰巧拥有了足够的复杂度和正确的数学结构，而这两者都是可以经由演化实现的。

凯尔·施密特：……那你怎么解释这些想要"自杀"的意识？

祝博伦：我不知道。但总会有个解释，在连接组学的框架之内。

凯尔·施密特：博伦，我欣赏你的乐观主义精神，但在这个"总会"到来之前，我们随时都有可能受到公众的诘问和科学伦理委员会的质疑——你觉得你能说服那些不可知论者吗？

祝博伦：……我正在试图说服其中一个——最具代表性的那一个。

结束通话后，他又躺了一会儿。闭上眼睛，黑暗中是金红色的、回旋不息的湍流。喧嚣的不只是光明的假相，还有声音。耳鸣像一根长针，直直捣入两耳正中、那块豆腐状的柔软器官。

看来是睡不着了。

祝博伦睁开眼睛，增强视域随即被唤醒。他用目光移动幽蓝色的视点，视点在房间中兜了一大圈，没有找到本应无处不在的灯光虚拟开关。他叹了口气，坐了起来，用拇指按压太阳穴。分辨率低下的钝痛被另一种锐度更高的疼痛所取代。

片刻之后，他起身，摸索着走向卧室门口。没有出现预想中的磕绊，这个房间似乎被时光冻结在八年前他离开的那一瞬——他的脚认得路。推门出去，眼前豁然。苍白的月光勾勒出朦胧的轮廓。他光着脚，溯月光之河而上。父母的卧室。走廊。客厅。餐厅……这是一条流水线，记忆在这里被称量、分拣、封装，打上标签——奇怪的是，当他努力要把父亲嵌入眼前的场景，他看到的只是一团模糊的影子。他已经记不清他们之间无数次的问答、对峙、辩论、否定、否定之否定，记不清父亲的夸赞与呵斥，记不清这个高大男子抛撒在自己脸上的眼光与巴掌了。当时的依恋与挣扎、仰慕与憎恶，在时间之河的下游眺望，竟是如此微不足道。

是因为终究要到来的离别，让这一切显得微不足道了吗？

他使劲甩了甩头，疼痛在颅腔里来回弹射。他走向走廊的另一侧。书房的门敞着，露出一整面森然的书墙。那对父亲无比珍爱的雅马哈书架音箱也在，此刻如两枚矩形瞳仁，正打量着归家的浪子。在他的记忆中，书房是父亲的私人领地。不管回家多晚，这位脑外科医生都要在此独处片刻。也许是为了阻止妻子和儿子染指自己的领地，父亲总是在书房里凶猛地抽烟，放震耳欲聋的古典摇滚，即便是最能勾起祝博伦兴趣的书架，也只陈列枯燥的医学书籍。执拗、冷硬、气味浓烈，他想，这间书房就是祝明德医生的一小片灵魂——如果有"灵魂"这种东西的话。但是——

他向后退了一步。不，那段记忆不可能是真的。那个在音乐声中流泪的人，不可能是他的父亲，不可能……那支曲子叫什么来着？

地板下的压电装置终于后知后觉地触发，灯亮了，橙色的灯光刺得他眉头一皱。他转身，退入客厅。待逐渐适应了光线，他看到餐桌上一对骨瓷碗碟形影相吊，碗里是三分之一喝剩的豆腐脑，碟里是半块烧饼。

他愣了一会儿，然后把碗碟端进厨房。

母亲回家的时候，他正在沙发上发呆。

"博伦，你怎么不去休息？"

他没有回答，默默地看母亲弓着腰，把两只平底布鞋鞋尖向外，整齐码放在地上。

"为什么不买一个人格单元？"他问。

母亲愣了一下，接着挺起身，望向餐桌。像是忽然明白了什么，她的脸颊浮起一层稀薄的红晕。

"这个小区的基础带宽不够，没法进行二代信息化改造。"母亲走了过来，坐在他身边。

所以没有智能房间，没有可以帮你打理一切的智能房间人格单元；没有全息影壁，也没有可以放置虚拟开关的增强现实墙纸。

"这房子有——三十年了吧？"他的胸口发闷，"我走的时候你们不是在看房子吗？怎么没换？"

"你爸他——"母亲抬眼看他，"不愿意。"

果然如此。这才是他所熟悉的那个祝明德：冥顽不化地抱守某种陈旧的价值观，即使这意味着当几乎所有的中产阶级家庭都已从繁重的家务中解放，他的妻子还要操心一日三餐和起居冷暖；这意味着在照顾一个病人的同时，这个任劳任怨的女人却只能用残羹冷炙来果腹。

他捏紧了拳头。

母亲把手搭在他的手上，轻抚他的骨节，仿佛是要把他的拳头揉开。"别怪你爸，"她说，"他不是那种一味排斥新事物的人，他只是怕……"

母亲欲言又止。他想开口追问，但一个朦朦胧胧的想法在他的脑际倏然弥散开来，这个想法令他不快，也让他揪心。他把手从母亲手中抽出，扭开头。

"他——现在怎么样？"他瓮声瓮气地问。

母亲愣了一下，"挺好的。博伦，你爸虽然还是那副臭脸，但我知道他心里高兴……"

"他知道我为什么回来吗？"

母亲点了点头，"我跟你爸说了。"

"他怎么说？"

"他说——"母亲迟疑了一下，"他说，什么时候，祝博伦也有不敢当着他的面说出来的话了？"

他眉头一紧，心却松弛下来：至少那个瘦得脱了形的病人还是他的父亲。如果在这世上有什么是他确定无疑的，那便是他和父亲永远不可能像"正常"父子那样对话。——也罢。如果这是一封战书，那他唯有应战。

祝博伦叹了口气，"妈，他现在还没睡吧？"

✥

我知道终有一天我醒来时
你还没有醒
我总是试图想象
却不料想身临其境
你活像一条离水的鱼

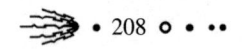

我们被提前透露剧情

丽塔你在吗？请你回话。

丽塔？

……

丽塔，我知道你能看到我的信息，你只是不想理我，对吗？听着，我认为你误会我了。我不是反对你的想法，而是没有对婚姻、对生儿育女这样的话题做好足够的思想准备。……好吧，我承认当时我的反应有点儿过激，但它绝对不是你想的那个意思……丽塔，对我来说，你很重要，我相信在你心中我也同样重要。我请求你，不要让非理性的冲动毁了这段感情，好吗？我想我们应该好好谈谈。

期待你的回话。

P.S.：我现在人在北京，不是为了逃避，而是真的有重要的事情要处理。等我回来。

爱你的

祝博伦

从西城到北五环，他预定了一条迂回的观光线路。全局式交通控制系统总能把人以最快的速度送往目的地，就算是在北京这座曾以堵车闻名的城市——现在除了那些非法取得手动驾驶权限的人类司机偶尔惹出的小麻烦，北京人已经鲜有机会体验堵车之苦了。全透明胶囊观光车首尾相接，在无人驾驶车道上奔流而过，不断有胶囊车的支流汇入或者分出，但丝毫不影响这条金色河流的汹涌奔腾。他被河流裹挟着，穿过夜色中的长安街，穿过蛛网般盘绕在头顶的真空管道物流系统，穿过LIFI光幕编织成的荧光绿色的城市穹顶。刚刚向波士顿送出一条无人应答的信息，目的地就到了。

迂回的线路还是没有给他足够的时间。他需要思考——在见到父亲之前。于是他没有登录医院的自动步道系统，而是慢腾腾地挪向病房。一尘不染、长满绿植的医院走廊里，颜色各异的万向轮式医护机器人与他错身而过，不厌其烦地用LED冷光笑脸和合成人声向他打招呼。这是父亲毕生工作的地方，他一边对机器人回以笑脸一边想，而当医生与病人的角色转换，这里在他看来，会不会别有一番意味呢？

这又是一个不那么令人愉快的想法。

还是踱到了病房门口。RFID（无线射频识别）墙壁识别出他的身份，房门无声开启。

"……爸。"他对病床上捧着书的老人闷声说。

父亲拈起一片书签，夹在书页间，把书抱在胸前。

"来了？"

"嗯。"

他向父亲走了过去。有着女性身段和面孔的护理机器人对他颔首，接着退到房间的一角，颈子上亮起蓝色的充电指示灯。智能椅子滑到他身后，在他坐下时稳稳地托住了他。

"在看——"他瞥了一眼父亲手中的纸质书，"彭罗斯？"

父亲咧嘴，"一个和我一样的老顽固。我猜你看过这本书。"

"物理学家总是自我感觉良好，喜欢僭越别人的研究领域。"他说，"譬如薛定谔的《生命是什么》，譬如你手中这本《皇帝新脑》。"

"你没法否认，薛定谔基本上是对的。"

"罗杰·彭罗斯可不一定。"

父亲努了努嘴，"我猜，这是咱们的根本分歧所在。"

没错，他在心中应道，而这是在八年前就已经确定了的。他舔了舔嘴唇，"所以，你仍然认为，除了神经元拓扑结构和动作电位，意识还需要其他的解释？"

父亲用手指敲了敲书的硬壳封面，没有说话。

"1153例还不够吗？"

话一出口，他便感到后悔。那个急于自证的少年身影跃然于眼前。他悲哀地意识到，原来这么多年的兜兜转转，他只是想让面前的这个人承认，他是对的。

父亲向后靠去，眼睛半眯起来。"告诉我，你怎样上传。"

他的喉咙发紧,"这不是一两句话就说得明白的……"

"如果这八年里你只干了一件一两句话就说得明白的事情,"父亲脸上再度浮出那种招牌式的、讥诮的笑意,"那这场谈话就没有意义了,不是吗?"

沉默。拳头握紧。打开。再次握紧。父亲灰色眸子里的光芒灼人。很好,请继续保持这种锋芒,他鼓足勇气与父亲对视,因为接下来你的观点与思辨将带我们走向故事的结局。

"咳——"他清了清嗓子,"首先,你要知道……"

首先你要知道,我的工作和公众所熟知的"塑化上传法"是截然不同的。"塑化上传法"使用塑性树脂对上传者的大脑进行化学固化,从而在大脑失去活性(这是固化过程的必然结果)以后,在分子水平上保存每一个神经元、每一个突触,以及每一个神经元过程。对塑化后的大脑切片,使用电子显微镜扫描机对切片进行扫描,然后通过算法将其复原成三维。最后,将完全数字化的大脑"地图"上传到电脑中,使其按照大脑电化学模型运行——毫无疑问,人们会在电脑中得到一个和被上传人别无二致的完整人格;同样毫无疑问的是,这个人格的主人其实已经死去,在数字世界中以他/她的身份得到永生的,只是一个复制品……

("你说你的工作不同——"父亲说,"不同在哪里?")

我所做的是真正的上传,而非复制。首先,我作业的区域只是部分大脑皮层——顶叶、枕叶和颞叶,即被确定为意识相关神经区(NCC)的那一部分。将这一部分脑区划分成数亿个神经元集群,为每一个集群动作电位的输入-输出函数建模,以此作为对应拟态神经元的基础响应模式……我们没法把拟态神经元做得和真正的神经元一样小,因此为了把上传成本控制在可接受的范围内,这种模糊化是必须的。幸运的是,大脑活动往往表现为神经元功能簇的整体激发与抑制,这样做只是稍稍降低了大脑活动的"分辨率",而没有破坏它的固有模式,也就是上传者的核心人格……

（"你还没有说到重点，"父亲插话道，"我还是不明白，为什么你的方法是上传，而非复制？"）

下面就是重点。借助高精度脑皮层手术装置，我们对每一个神经元集群和它的对应拟态神经元进行一一替换——在某个神经元集群被伽马手术刀激光烧毁后，将对应的拟态神经元植入它原来的位置，后者通过数以百计的输入–输出端口与周围的神经元建立离子通道联系。这个过程是以每秒替换数千个神经元集群的速度迭代进行的，通常，在十几个小时后，我们就能将意识相关神经区完全"无机化"。最后，我们将保持通电状态的、结构化的拟态神经元阵列放入这么一个——

（他用手比画出一个10厘米长、6厘米宽的矩形。）

——这么一个"盒子"里。盒子会被接入我们的专用服务器中，和通用感官模块相连。我们用算法构建出一个虚拟世界，而这个世界在思维分辨率略低的上传者看来，与真实世界无异——我们创造了一个数字天堂，居于其中的，是真实存在过并将继续存在下去的人，而非他/她的数字复制品……

父亲低头沉思了一会儿。"这让我想起一个故事，"他说，"希腊传说中有个英雄时常驾船出海，每次出海冒险后，他的船都要换上几个新的零件。终于有一天，船上的零件被换了个遍。这引发了一个问题——"

"这艘船还是不是原来那艘船，"祝博伦打断道，"构成我们身体的绝大多数原子几乎每年都会被替换一遍，但没有人在新年钟声敲响时质疑我们还是不是自己。你的疑问其实仍然指向了我们分歧的核心：连接组到底能不能解释意识的全部？关于这一点，我仍和八年前一样确定：人的意识来自于神经元相互连接的模式，而与神经元的物质构成无关。所以关于那艘船，我的答案是，即使被换掉了全部零件，船的整体构造和功能并没有改变——它依然是原来那艘船。顺便说一句，故事里的希腊英雄叫做忒修斯，而我们的方法，就叫做'忒修斯上传法'。"

父亲翻起眼睑看他，在老人的目光里他看到了迷茫、疑虑和……一丝赞许。他决定趁热打铁：

"'忒修斯上传法'是非常安全的。我们会在手术全程监测上传者的α波和β波，同时通过诱导电信号，实时追踪'扰动复杂指数'，保证意识完整度——"

"那么记忆呢？"父亲忽然问道。

他的脸僵了一下。"这确实是个问题。记忆是和核心人格紧密相连的，而且它使用的是分布式存储策略，在上传时，几乎无法将其完全剥离——这对我们的数据存储能力造成了极大的挑战。"他重重吐了口气，"当然，这只是另一个有待解决的技术问题。我们正在开发一种算法，能将意识高度'提纯'……"

"没有了记忆，"父亲的目光夺在他的脸上，"我还是我吗？"

他苦笑一声，"祝医生，你一定要把技术问题上升到哲学高度吗？高度提纯的意识是提供给那些买不起存储空间的人的。"

"所以在死亡面前，人也要分出三六九等吗？"

他的嘴唇动了动，没有发出声音。

※※※

父亲，我厌恶你
我决不回忆那些遥远的日子
也不后悔可以后悔的抉择
——父子之间，沉默是最合适的

From 波士顿 To 北京
北京本地时间：2045年10月16日20：08
第113号点对点语音通信链路日志
由MEKA TECH语义引擎归档整理

祝博伦：凯尔，我想谈谈我的父亲。

凯尔·施密特：这真是……出乎我的意料。你以前对你的父亲总是避而不谈的。

祝博伦：我想，我没法永远绕过那个赋予我一半生命信息的人。

凯尔·施密特：非常赞同。

祝博伦：……首先你要明白，所谓的父子关系，在你我成长的文化背景中，有着非常不同的表现形式……

凯尔·施密特：比如？

祝博伦：比如，很多中国父亲会积极影响、规划甚至干涉儿子的人生选择。这当然出于良好的意愿。就像我的父亲，他是一位技术精湛、受人尊敬，把自己的生活过得有声有色的脑外科医生。他希望我也能成为一个优秀的、有着一技之长的人，也能拥有丰裕的精神生活和选择的充分自由——和他一样丰裕和自由。这从来不是一个能够随随便便达到的人生成就，尤其是在大多数自然人慢慢退出生产领域，从而成为纯粹的需求创造者的时代背景下……

凯尔·施密特：我猜，你有一段十分艰难的成长经历。

祝博伦：没错。为了达到父亲为我设定的目标，我被迫舍弃了很多一个男孩儿应该拥有的东西：堆满一整个房间的各式玩具，漫无目的的发呆与游戏，无数个赖在床上、直到被阳光泡胀的早晨……刚满六岁的我被要求学习、学习、学习，学习那些枯燥的、我丝毫不感兴趣的东西——尽管掌握这些东西于我而言并不算什么难事。裂痕就是在这时产生的。一个孩子无法理解对眼前享乐的牺牲。人生经验是横亘在父母与子女间的一道鸿沟，你很难向一个孩子解释清楚，为什么非要如此不可，为什么就不能过另外一种生活——一种轻松得多的生活。

一开始发生在我和父亲之间的，只是小规模的对抗：阳奉阴违、故意写错的答案、理直气壮的顶撞，就像在所有父子间都会发生的那样。凭着一点儿小聪明，我顺利地升学，裂痕中的暗潮汹涌被学业的暂时成功所遮掩。等我到了青春期，揣着被荷尔蒙倍增的胆气与力量，我开始逃学、没日没夜地沉浸在VR游戏中、偷偷地抽烟喝酒、追逐漂亮女生……我成了父亲口中自甘堕落的典范。当我操着粗嘎的变声期嗓音与父亲正面交火、以无畏的姿态面对他的暴喝和巴掌时，我的心中只有骄傲和反抗的快感。这场战役持续了三年，随着荷尔蒙渐渐退火，我和父亲的对峙转入另一个层面：我们很少直接对话，母亲成了我们之间的传声筒，传达我稳步回升的学习成绩，传达父亲的宽宥与褒奖——你也许以为我已经"改邪归正"了，但其实我是在酝酿一个更为宏大的复仇计划……

凯尔·施密特：复仇？你这个词用得太——血腥了。

祝博伦：当时我没法找到更准确的词。父亲是"谋杀"了我少年岁月的人，而少年的心中只有快意恩仇。假装"改邪归正"是我计划的第一步。我让父亲看到了一个重新步入他的理想轨道甚至超出他预期的祝博伦：我考入了中国最顶尖的医学院，专业是神经外科。在当时，这是少数几个未被人工智能染指的医学领域，也是父亲的老本行。收到录取通知书那天，他难得地允许自己多喝了几杯。在杯盏狼藉的餐桌上，他的手牢牢钳住我的手，像是钳住挚友与同志，仿佛那填充在我们之间长达两年的沉默从不曾发生。虽然他最后还是没有开口对我说话，但通过他彤红的双眼、凌乱的脸部肌肉、哆嗦的嘴唇，我能读出他心中的台词：十几年的孤注一掷终于有了报偿，我，祝博伦，是他最大的骄傲……

这场复仇是处心积虑的：考进医学院是为了向父亲证明我的能力，而此后的堕落，则是将一口浓痰啐在父亲脸上，表明我彻底唾弃他为我规划好的人生，表明对于我，他大错特错了。大一那年，我又回到了那个荷尔蒙过剩的年纪：整日游戏、整日纵酒狂欢、旷课、打架、泡妞，我以自残和自毁向父亲复仇，而这一场复仇的高潮，就在父亲被请进系主任的办公室，面无表情地听完学校对我的处分决定的那一刻——我被退学了。凯尔，你能想象当时我是如何期待父亲会暴怒到失态，期待他会像从前一样，用拳头和巴掌再次申明对自己儿子的权威吗？——然而他没有。在回家的路上，他一言不发。我坐在车的后排，他的背影占据了我的全部视野：这道血与骨的山脉自我记事以来便是那样——孤傲、坚硬，仿佛能扛起整个世界。忽然间我发觉那背影不再如记忆中那般挺括。我的心中产生了一丝不忍：父亲其实只是一个在时代洪流中挣扎沉浮的普通人，他对我的恨铁不成钢，只不过是为了对抗他心中那无边无际的无力感……

凯尔·施密特：让我猜猜，然后你便良心发现，幡然悔悟了？

祝博伦：那你也未免太小瞧我，太小瞧我们两父子在这场对峙中的坚持与牺牲了。不，复仇的快意在那一刻是压倒一切的，而在那之后，我们又经历了太多曲折才走到了今天——这又是另外一个故事了。有时候我会想，我们对彼此的给予和亏欠已经血肉模糊地交缠在一起，以至于你没法为每一种感情成分称量斤两——这就是为什么在我和父亲的语言体系中，永远不会有"良心"或者"悔悟"这样的词汇。

凯尔·施密特：好吧。既然缺乏可以辨识的情感，那我只能认为是太平洋上的风把你万里迢迢送回了中国。

祝博伦：我不明白你的意思。

凯尔·施密特：我不指望你能明白。早点儿把老爷子弄过来，在你彻底失去他之前。

祝博伦：凯尔，对我来说，祝明德医生只是第1154个需要上传的自我意识，希望你不要误会。

凯尔·施密特：咳咳——我明白。

在这个房间中曾发生过什么，而今它已经沉入记忆的深潭，被埋葬在一片淤泥之中。他在试着打捞，尽管他不知道这样做的意义何在。书页和木质书架的霉味儿，经年累月飘荡的烟叶分子和父亲微酸的汗。他翕动鼻翼，旧时光如潮水般拍向他。他在小小的书房里打着转儿，柚木地板发出不堪重负的呻吟。他的手指拂过一排排硬皮书脊——他的医学专著和论文集：《人体解剖学》《神经外科手术图谱》《颅内病变精确定位与手术设计》……如果这间书房真的是父亲灵魂的一部分，那父亲的这部分灵魂定然是乏味至极的。但是——他的目光停在那对雅马哈音箱上，为什么他总感觉，自己所了解的，并不是一个完整的父亲？

……究竟漏掉了什么？

他在书桌前的转椅上坐了下来。书桌上正对他的置物格中，是满满一排古董CD。——线索就在这里。他没来由地想。小心翼翼地，把CD盒一张一张地抽出，再放回，他和涅槃、蝎子、夜愿、林肯公园一一打了照面。祝博伦的嘴角在积聚笑意：是啊，那个在人前成熟稳重的祝医生，心里也燃着一把火。是什么让一个酷爱摇滚的大男孩儿义无反顾地投入琐屑、庸常的家庭生活，是什么逼着他长成一个沉默寡言的男人——是如今这个坐在他书房里的人吗？

他的脸红了，为着自己的多愁善感，为着他竟以这种多愁善感去揣测自己的父亲。手指下意识地移动，最后一张CD侧身而出，他的目光追了过去：

少女的脸，坚硬、质朴、略宽。木刻的马头，鬃毛飞扬。日文假名。汉字。英文。他在记忆的吉光片羽中拼凑答案：拉琴的少女名叫Yilana，而这张专辑叫做Eternal Horizon。永远的草原。

——马头琴。那首曲子。父亲的眼泪。他僵着手指，把光盘从塑料CD盒里抠了出来。放入唱机。播放。悠远的音符汩汩流淌。记忆爬上雅马哈音箱，摆出预备起跳的姿势。等了33分57秒，他终于等到了那段旋律：淅淅沥沥的钢琴声，曲折低回的马头琴。他的双唇微启，头皮发麻。记忆腾空，笨拙地入水，在他的脑海中砸出一朵大大的水花。

——他想起来了。

"博伦？"

是母亲在轻声唤他。他把头扭向声源的反方向，用双手揉脸。

母亲走了过来。

"找了点儿音乐听听。"他听见自己的话音在喉管里滚动。

"你爸他，"母亲把手按在他肩膀上，"想见你。"

祝博伦使劲眨了眨眼睛，然后抬头看母亲——她的脸上有内容，但这内容过于曲折模糊，他一时间无法解读。

有什么在他的胸口化开，带着一丝凉意。

他点了点头。

🧬

你发现了什么

我就失去什么

谁顺从了你

谁就决定了你

你何时爱上你的归宿

我们便何时真正释然

我们在哪里重逢

哪里就是我们的故土

那年他有七岁或者八岁了吧。一天晚上起夜，在回卧室的路上，他无意间瞥见了书房中透出的朦胧亮光。循着光走过去，他听见了乐音：淅淅沥沥的钢琴声，曲折低回的马头琴。他停在书房门口，父亲那张金色的、毛茸茸的侧脸从敞开的门缝里漏了出来——他在父亲的侧脸上看到了波光。

父亲这是怎么了？

他低低惊呼一声。父亲一颤，一只大手在脸上胡乱抹了几下。待父亲转过头来，他看到那张时刻紧绷的脸上，线条凌乱。

父亲冲他招了招手。他木然地挪动脚步，半是因为睡意正浓，半是因为眼前的父亲是那么陌生。他走到父亲身边，父亲把他抱到腿上，手指埋进他的乱发之中。

过了半晌，他才开口：“爸爸，你在听什么？”

“爸爸在听马头琴。”

“……爸爸你哭了吗？”

没有回答。他的头发被重重揉搓。父亲的怀抱是温暖的，带着令人心安的烟草味儿，冲淡了秋日午夜的凉意。琴声在房间里缓缓流动，柔软、邈远……寂寥。他痴痴地谛听。

"真，呵——"他打了一个呵欠，"真好听。"

父亲的怀抱紧了紧，胡楂刮蹭着他的太阳穴，轻轻的疼、轻轻的痒。

"爸爸也觉得好听。"

"这是什么歌呀？"

父亲望向虚空，眸子里波光潋滟。

"这首歌叫，天上的风。"

"……天上的风。"他低声重复道。似乎真的有风吹来，带着他并不熟悉的温度和质感。乐曲结束，余音绵长。他仰起脸看父亲。

——有河流在父亲鼻翼两侧蜿蜒流淌。

父亲半躺在病床上，刮了胡子，显得精神了一些。但智能病房不会骗人，信息壁纸上亮着近乎红色的氛围灯，触目惊心地预告着即将到来的分别。

祝博伦低着头，目光黏在绞成一团的十指上。

他在等着父亲开口。

"我想你见过那坨湿乎乎、软塌塌的东西了……"父亲说，"不，应该说，这样的东西你已经见过无数次了。"

他愣了一下，旋即明白过来父亲指的是什么。

"这是我的职业。"他说。

父亲的嘴角卷出一个笑，"也是我的。"

是啊，也是你的。他的喉结耸了耸。但我们并没有走上一条殊途同归的道路，而是在岔路的两端渐行渐远。

"我见过许多损伤的大脑——我的职业就是尽可能修复它们。"父亲的视线固定在病房的某处，"额叶、颞叶、枕叶、胼胝体、初级视觉V1区、内嗅皮质……这些部位的受损会导致特定的认知失调或者意识障碍：性格变化、概念性缺失、知觉扭曲与割裂、盲视、无法储存长期记忆……按理说，我应该比你更直观地认识到大脑只不过是一部无比精密的机器，我们的所思所想所感，只是树突和轴突上信号的传递、反馈和处理，只是千亿神经元的兆亿连接模式所呈现出的造化之舞……按理说，我应该为你所做的事情感到骄傲。"

他看到父亲的手指在卷着被子。

"但我却宁可相信，我们的意识还需要一点儿别的解释，"父亲继续说道，"我想我终究和许多人一样，不愿把神秘、深邃、独一无二的自我觉知归结于冰冷的算法——或者如你所说，归结于连接组。我想我终究无法舍弃身为万物之灵的那一点骄傲，即使明知道自己的反驳是那么苍白。"

他咬着嘴唇，看父亲枯瘦的手指和白得发蓝的被子纠缠在一起。就是这一根一根肉与骨的枝节，曾经托起他、牵引他、抚摸他——驱逐他吗？

"博伦，我曾那么激烈地反对你，现在想来，大概是出于恐惧。我恐惧你把人生还原成一个在随机和混沌中发生的自然过程，还原成一连串漫无目的的电化学反应，从而失去去感受、去追求、去悲伤、去爱的能力……在我心中，你一直是个孩子，当你手里拿着一件太过锋利的兵器，我没办法不感到恐惧。而这件兵器，在我看来，就是你对意识的终极诠释……"

他摇头，然而他不知道自己到底是在拒绝什么、在否认什么，抑或只是为了驱散脑回路中的淤塞。

"但是我错了，"父亲顿了顿，目光和他轻轻对接，"你有能力照管好手中的兵器，有能力过好自己的人生——你一直都有。而我却总是想要越俎代庖，替你做出选择……"

他吸了吸鼻子，"过去的事就不要再提了。我这不是回来了吗？"

父亲脸上绽出笑容，"对，回来了。"

他犹豫了一下，然后探出右手，把它覆在父亲的手上。两人久久没有说话——还能说些什么呢？在他们的语言体系里，并没有"良心"或者"悔悟"这样的词汇。

"咳——"片刻之后,他轻咳一声打破沉默,"爸,你还记得这个吗?"

他把刚刚转录到个人终端的内容推入病房的公共视域。信息壁纸闪烁几下,开始播放音乐。钢琴。马头琴。病房里若有似无的风。父亲眯起眼睛,嘴角向上。

"记得。"

"你很喜欢这个曲子。"

父亲点头。"不只是声音,它还在我脑海里制造画面和气味:蓝天、白云、绿草和遍地的牛羊,咸咸的风……这首曲子让我不住地思念草原,就好像我曾经生活在那里一样——尽管我从来不曾去过。"

他浅笑,"连接组学解释不了这个。"

"对,解释不了……"父亲弯起眉眼看他,"博伦,答应我,替我保留那些记忆,那些如音乐般美好的记忆,那些使我之为我的记忆,好吗?"

胸腔里传来"咚"的一声,如巨石落水。他用力捏了捏父亲的手,"好。我答应你。"

"他同意了。"

他低着头,声音几不可闻。

母亲的手指紧紧箍住他的手腕,"那太好了。"

"得抓紧时间了。我们明天就飞波士顿。"

母亲点头,随即皱起了眉,"博伦,有什么问题吗?我看你——"

他摇了摇头,由于用力过猛而显得欲盖弥彰。1153例中的73例,不到上传数的十分之一。当务之急是把父亲留下来,不是吗?

"没有什么问题,"他说,"我现在去办手续。"

✻

阳光照进我的脑门

在大雪过后，我坐了下来
旁观这一切
父亲的声音从云上传来
仿佛我们的故事
就在那里发生

◆◆◆

丽塔，你在吗？丽塔？

……丽塔，我想我现在已经不在乎你是否在通信链路的那一端了。很快我就要回到你身边，我会找到你，当面恳求你的原谅。

在那之前，你想听听我的心里话吗？

你曾说过，我身上有一些你捉摸不透的东西，是那些东西在阻止你靠近，是那些东西使你心存疑惧，不知是否应该把余生交付给你身边的这个人。相信我，我也曾为我心中那些无法言说的东西感到困惑，直到今天，直到我听了父亲的一番话，我才终于明白那是什么：

是虚无感。很长时间里我不知道这一切的意义何在：活着，去爱，去痛，去追逐自己的欲望、去组建家庭、去生儿育女、去把自己投入到广阔而动荡的生活中去。我不是没有觉察到这种虚无感，我只是把它当做一个彻底的还原论者所应秉持的人生观：宇宙中的一切乃至宇宙本身本无意义，而我们所珍爱的、所为之痛苦的一切，不过是一场基于数学规则的、永无休止的信息过程……我以这种想法来掩饰自己的懦弱——对，是懦弱。我想我心中其实一直住着一个孩子，他渴望被爱、渴望生活，但当生活不像童话那般美好、当生活以它的粗粝摩擦孩子的柔软时，他退缩了、恐惧了。于是为了保护自己，他以虚无主义为砖，用科学信仰、冷漠和恨意做黏合剂，筑起了一道高墙……

现在，他想从高墙里走出来。这会是一条艰辛的路，他希望能有人陪伴、为他打气，在他跌倒的时候向他伸出一只手。

他希望那个人是你。

爱你的

祝博伦

　　大西洋的风是硬的，而它裹挟的雨滴如同冰碴，打在身上有笃笃的破碎声。天空呈现出不洁的铅灰色，下方的万物仿佛被调低了饱和度。每天往返于实验室和麻省总医院，十几分钟的步程，他总会是被北美大陆的寒冷刺透。

　　天天如此。

　　在进行全面脑部扫描、拟态神经元建模和响应函数写入的这几天里，父亲的病情迅速恶化，也许是陌生的环境和气候使然，也许是大脑里的癌细胞终于发起了总攻——原因不重要，重要的只有时间。为了尽可能保证核心人格的完整，上传必须在父亲尚有意识时进行。

　　他站在落地手术观察窗前，俯瞰一片纯白的手术室，牙齿和着身体中的某种频率，在微微打战。父亲躺在自动诊疗机上，双眼以上的头部被包裹在蛋壳状的NIR（神经元植入与置换）装置中。在阔大的手术室中，父亲显得那样渺小，那样无助……他使劲吞口水，喉咙却依然黏糊糊地疼痛着。

　　"那么，已经告别了？"一脸络腮胡的凯尔·施密特不知何时站在了他的身边。

　　祝博伦点了点头。

　　"无法想象你们这样一对父子会说什么。"

　　他笑了笑。透过公共视域里一个对准父亲脸部的摄像机位，他看到父亲半闭的双眼猛然打开，灰色的眼珠缓慢地滚动，似乎在寻找什么——眼珠定住了。祝博伦僵了一下，然后伸手推开增强视窗。尽管他知道在轻度近视的父亲眼里他只是一个模糊的白色影子，但他同样知道，父亲找到了他。

　　老人扯了扯嘴角。一个拼尽全力的笑。

　　他的心訇然裂开。有那么一瞬间，他想要逃离，逃到自己的高墙之内……他稳住心神，深吸一口气，回给父亲一个他不可能看到的笑。

"不去陪陪你母亲？"凯尔冲观察室大门的方向努了努嘴。

"会的，但不是现在，"他用力抚平声音中的起伏与毛刺，"别忘了，祝明德先生是我们的实验对象，在手术的第一阶段，我必须全程监视。"

凯尔轻叹一声，"何苦这么为难自己？"

他没有理会自己的搭档。增强视窗在此时跳出提示信息：伽马手术刀预热完毕。开颅手术算法载入完毕。手术路径规划完毕。拟态神经元预写入完毕。置换算法载入完毕。意识提纯算法载入完毕。α波监测模块启动。β波监测模块启动。扰动复杂指数追踪器启动……

手术准备就绪。上传者编号NIR1154。姓名：祝明德。性别：男。年龄：64周岁。血型：A……请确认。

他用目光点击红色的确认按钮。他听到搭档的喉管里传出一声含混不清的"咕噜"声。

"博伦，用不用再考虑一下？上传意味着肉体毁灭。手术一旦开始，你就没有回头路可走了。"

他鼓着腮帮，"我的父亲已经命在旦夕，不上传就有回头路吗？"

凯尔踌躇片刻，"如果——我是说如果，你的父亲是对的，连接组并不是意识的全部，那么我们……"

他哼了一声，"他已经被我说服了。现在我要来说服你了吗？"

凯尔耸了耸肩，不再作声。

手术是否即刻开始？请选择：是。否。

蓝色的视点画出一条斜线，落向虚空中的那个"是"。我说服了父亲，他的目光短暂停顿，可我没有告诉他那73例自愿终结——是因为我知道，这会佐证父亲的观点吗？

无稽之谈。

他点击"是"。

请确认虹膜信息。手术责任人：祝博伦。

一束光打了过来，他下意识地闭上眼睛，眼前是一片沸腾的蓝色海洋。如果父亲是第74例呢？

无法取得虹膜确认信息。请使用微生物指纹确认。放弃手术,请点击否。

他睁开眼睛,把虚拟视窗拉到眼前。他看到父亲的眼睑已经合上,但嘴角的笑意仍未消散。

"不会的。"沉默了一会儿,他轻声说。

凯尔茫然看他,"不会什么?"

"不会是第74例。"

说完,他把拇指慢慢地、慢慢地嵌入实体操作台。

手术开始。

从一个山头

到另一个山头

我几乎已经忘记了

如何爱惜

自己的灵魂

调整自己的步伐

好让我和你

陷进同一个黄昏

凯尔·施密特:上传进度12%……博伦,趁着这段时间无事可做,能给我讲讲你的另外一个故事吗?

祝博伦:另外一个故事?

凯尔·施密特:从你辍学以后,到你来波士顿之间的故事——我很好奇,是什么让一个叛逆青年走上了科研道路,又是什么让他在浪子回头之后离家八年,其间不曾和自己的父亲说过一句话。

祝博伦:哦对,这是我欠你的故事……被学校开除之后,为了远离父亲,我住进了政府免费提供的单身胶囊。我在社会上混迹了几年,因为没有一技之长,我只能做对自然人来说门槛最低的工作:需求测试员。日复一日，我顶着TMS（经颅磁刺激）头盔，接收算法传送给我的画面、声音、气味和触感，任由感官在我的大脑中制造抑制与冲动。TMS头盔接收大脑的反馈回输，内容提供商则据此建立消费者的反应函数模型，从而估算不同产品的市场需求……这一份与实验室小白鼠无异的工作无法给我尊严与自由。直到那时我才意识到，关于人生，父亲是对的，而我则是以故意犯错来惩罚自己。但我不甘心就这么灰溜溜地回家，我无法忍受父亲得意扬扬的、胜利者的嘴脸——即使是想象中的。

就这样晃荡了三年。22岁那年夏天，我用大半年的薪水买了一张去往大溪地的机票，想要短暂地体验一下所谓的"自由"。事情就在我即将地抵达目的地时发生：飞机突然遭遇了强烈气流，空姐都没法安慰你的那种气流。我在急速下坠中惊醒。下坠、停、继续下坠。饮料、柔性电脑和书在空中飞舞。我听见惊呼声、祈祷声、哭泣声。而我呢，我大张着嘴巴，发不出任何声音。在那一刻，有无数想法在我脑海中飞旋，但你知道我心中最响亮的那个声音是什么吗？——是后悔，后悔自己把生命投入到一场漫长的、毫无意义的自戕中，最终因为这自戕一事无成地死去，而这个世界甚至不会记得一个叫祝博伦的人曾经存在过……

凯尔·施密特：这当然只是虚惊一场。让我猜猜：在走下飞机那一刻，你就像已经死过了一回，从此脱胎换骨成了一个新人，嗯哼？

祝博伦：……可以这么说吧。回到北京后，我用整整一年的时间刻苦复读，最后考上了另一所知名大学的生物科学与技术系。之所以选择这个专业，大概是因为那时我开始对生与死的谜题着迷，并且迫切想要在物理层面理解"自我"的存在，以及自我对存在的执念吧……可以想象父亲知道我浪子回头后是何等的欣慰，但因为有了前一次的"教训"，他开始变得小心翼翼：小心翼翼地通过母亲邀请我回家，小心翼翼地用眼角瞄我、压低嗓门对我说话，小心翼翼地把推荐阅读书目清单和零用钱塞进我的行李箱……这个父亲对我而言是陌生的，而我很清楚是什么让他变得陌生。有时我会为此感到心痛，而我应对心痛的方式就是玩儿命地学习，沿着那条曾经大幅度偏离、如今又重新折回的轨道大步向前，因为我相信这是医治我和父亲之间所有问题的良药……

凯尔·施密特：再一次，我对你的想法深表怀疑。

祝博伦：至少在一开始，一切都是在向着好的方向发展：大学四年，我的学习成绩优异，后来又考取了中国科学院神经科学研究所的硕博连读。求学的那几年里我两周回家一次。我和父亲同桌吃饭，有一搭没一搭地聊天。由于深知填充在我们之间的易燃物太多，而起火点又太低，我和父亲都努力让自己的话语或者动作不带有深意或者指涉。我们的努力卓有成效，在那几年里，我们可以心平气和地说话，开无关痛痒的玩笑，甚至会偶尔探讨一下我的专业——我想就是在那个时候父亲意识到我们的世界观正在分道扬镳。他在很多次谈话中都流露出对连接组学的戒惧，尽管他很清楚连接组学是我最感兴趣的研究方向……

我和父亲的最终决裂发生在我加入TPU（三磅宇宙，Three-Pound Universe）之后。那时的TPU还是个多少有些神秘的初创公司，我不知道父亲从哪里打听到了那么多关于它的信息：他问我，TPU的老总是不是埃里克·莫里森？这个埃里克·莫里森学生时代的导师是不是麻省理工的承现峻（Sebastian Seung）？我一一以"是"作答，而父亲则陷入了短暂的沉默。就在那一刻我忽然发觉，父亲的问题其实有深意：在脑科学领域，承现峻教授是出了名的连接主义者，而埃里克则是他的嫡传弟子。父亲在迂回地向我求证，我是不是把连接组学作为自己的学术信仰和职业基石——答案是"是"。我们的分歧昭然若揭：他是那么坚信连接组学只是人类解答意识谜题的权宜之计，就好比脑科学领域中的哥本哈根诠释，是不能把毕生事业建筑于其上的。之后便是父亲最后一次试图影响我人生选择的努力，不是以他曾经惯用的巴掌和利诱，而是以一场针锋相对的辩论……

凯尔·施密特：你曾经和我提过这场辩论，但鉴于我们的实验正处在如此微妙的阶段，我还是想重温一下。

祝博伦：父亲的论据都是些老生常谈。比如罗杰·彭罗斯的逻辑游戏：根据哥德尔不完全性定理，计算机必将推论出它们无法辨明真伪的命题，而人类则可以推导和证明这类命题，这说明人类的大脑能够执行计算机无法执行的非计算性处理过程，而彭罗斯认为这一过程需要量子力学的解释。继而他提出神经元里有一种叫微管的结构可以同时具有伸张或者收缩的状态，相当于量子计算机的量子位；彭罗斯甚至推测，一个神经元中的微管蛋白还与其他神经元中的微管蛋白维持着量子纠缠，而通过千亿个神经元的量子纠缠，信息被整合起来，才最终构成了意识。再比如有科学家发现在大脑中存在含有六个磷原子的波斯纳分子簇，这些磷原子核的自旋能够互相纠缠，并可能影响我们的思维和记忆。另外还有机械波假说，这个假说认为神经元之间的信号不只由电化学反应传导，还会借助原始的机械波……凡此种种。我对父亲的争辩嗤之以鼻，我对他说，要解释意识，用神经元的连接模式就已经足够，而他却像一个接受过科学训练的巫医，非要把本已明晰的事物代入自己蒙昧的世界模型……辩论到最后，父亲几乎是咆哮着把我从家里赶了出去。我想，即使在我完全放弃父亲为我选择的人生道路时，他都不曾如此失望。

凯尔·施密特：以前你只是选择了一条不同的人生道路，而现在则是和你的父亲彻底南辕北辙——我完全可以理解他的失望。

祝博伦：但那时的我并不理解，我把一切归结于埋藏在我和父亲之间深深的敌意，而我甚至认定这敌意才是我和父亲关系的本质……那之后不久我便去了TPU的波士顿总部，在八年的时间里，任敌意在疏远中慢慢发酵……

说一段插曲吧。回北京的时候我坐的飞机也遭遇了气流，和大溪地那次很像。我本以为自己会害怕，可我没有。我当时的想法竟然是：如果就此一了百了，那就不用承受即将到来的悲伤了——这个想法不可理喻，不是吗？

凯尔·施密特：不可理喻的究竟是你的想法还是你自己，这是一个问题。

祝博伦：……

父亲被从手术室里推出时，已是一具冰冷的躯壳。他的头盖骨被自动手术装置完美地复原，如果不仔细寻找，你甚至连开颅的伤疤也看不到。但父亲的的确确已经死了，无论此时他看起来多么安详，安详得仿佛睡魔终于放过了他，赠予他一个没有潜意识作祟的无梦深眠。

"妈，手术很成功。"他的目光转向父亲身旁闪着橙色提示灯的万向轮机器人，"上传已经完成，爸的核心意识正在机器人的专用接驳仓里。"

母亲没有说话。她站在父亲身旁，久久地俯视他。

"还需要把核心意识上载到公司的服务器里。然后要调试一段时间，好让爸适应数字化的世界。这期间……"

祝博伦自顾自地说着，他很奇怪自己为什么要对母亲说她已经知道的事情，好像只要不用语言的重量压着，心底的那股悲伤就会漫上来，将他淹没——父亲只是失去了氨基酸和核酸所构成的物质载体，他的"自我"并没有死去呀。

"他走了。"母亲嘟哝道，随后攥住父亲的一只手。

他咽下一口唾沫。在这个世界上，有几个人能真正超脱肉体呢？他不合时宜地想。除了坚定的信仰者，也许还有我这样自以为认清意识本质的人——那父亲属于前者还是后者？或者他选择上传，只是为了成全那些不愿失去他的人？祝博伦使劲甩了甩头，可这个想法却就此黏附在他的思绪之上，无论如何也甩不掉了。

"谢谢你，博伦。"

母亲的声音从很远的地方传来，他转头，母亲的目光里有一点点哀伤、一点点释然。——他看到父亲失去温度的手还在母亲手里。

他含糊地笑了笑。

"咳——"凯尔·施密特走了过来，"阿姨，我们从叔叔的大脑皮层里提取了一些强度很高的突触连接区域——换言之，就是那些对他很重要的记忆。按照叔叔之前签署的上传条款，记忆已经被解码，我想您可能想要看一下……"他的视线滞了一下,随后水平移动,那是他在将数据包推入母亲的增强视域。

母亲默然站立片刻,忽然将数据包原封不动地推到他面前。他一怔,"妈,你——"

"你的父亲生前一直希望你能真正了解他……"母亲幽幽地看他,"我想你比我更需要这个。"

✄

你在我手里

温纯而文静

这是我们

所不曾设想的

蓝天。白云。绿草。牛羊。带着一丝凉意的风。细细观察,眼前的景象还有极细微的颗粒感。气味也是。触感也是。

"这已经是我创造能力的极限了。"父亲说。

他眯起眼睛打量父亲:三十多岁,壮年时期的身材和样貌。有那么一瞬间,他把眼前的人错认为另一个自己——原来他和父亲竟是如此相像,而只有当父亲的记忆和虚拟现实结合起来,才实现了在时间之河中的刻舟求剑。

祝博伦笑了笑,"这就是你想象中的草原?"

父亲点了点头。他的头发黑油油的,皮肤是小麦色。他们肩并肩坐在一个缓坡上,远处传来羊的咩咩叫声。

"我看过——"半晌之后,他才开口,"我看过你的一些记忆。"

父亲用手指掐着一根青草,没有看他。"嗯。"

"我小时候真的有那么淘气吗?"他笑着,"揪小女生的辫子,撕你的书叠纸飞机,偷偷在你的脸盆里尿尿……我现在才知道,你的脾气竟然那么好。"

"也不是一直都好。"父亲抬起头,目光邈远,定在数字天空中的某处。"我会骂你,也会打你——甚至赶你。"

"然后你会在书房里拼命抽烟,"他的嘴角慢慢下坠,"会胡乱翻书,会用手指扯自己的头发。"

父亲抿嘴浅笑。

他垂下头,庆幸在父亲面前自己只是个虚拟人像——这样父亲便看不到他眼中麇集的泪。

"你跟妈说,我青少年时代的全部记忆都在那套老房子里,所以你不愿意换房子。你一直相信我会回来吗?"

父亲沉默了一会儿,"我唯有如此相信。"

他吸了吸鼻子,虚拟人像没有表现出这个动作。"怎么样,"他生硬地切换话题,"还习惯这里吗?"

"挺好,"父亲咧着嘴,露出一弯白牙,"身轻如燕,随心所欲。你妈每天都来看我——那是她的'每天',在我的感觉里,她几乎一个月才来一次。"

"时间速率是个额外福利,"他说,"如果你想和妈同步,我可以让工程师调整一下。"

"那就谢谢你了。"

他定睛看父亲。他隐隐感觉,父亲的脸上少了一些……东西。可能是表情引擎和感情模块有轻微的不匹配,导致输出的表情僵硬、木讷、缺少——人性。另一个技术问题,他想。

"谢谢你。"他忽然说。

父亲一怔,"谢我什么?"

"谢谢你在上传前说的那句话。"

父亲眯起眼睛,"我说——我相信你?"

他点头。

"并不是每个父亲都有机会对自己的儿子说出这句话,"父亲冲他挤了挤眼睛,"应该是我谢谢你。"

他勉强笑了笑。父亲的脸是空的,他现在也不确定,上面少了的,究竟是什么。

父亲上传以后，生活按部就班地向前推进。他和母亲为父亲举行了一个简单的葬礼，把父亲失去了灵魂的躯壳埋葬在异乡的泥土之下。在波士顿盘桓数日之后，母亲谢绝了他的邀请，只身一人回国。"我在北京也能见到你和你爸。"母亲如是说。他没有再挽留母亲——眼下还有更重要的事需要他处理：第74、75、76例自愿终结申请被相继提交，科学伦理委员会已经对TPU启动质询程序，而公司董事会也在慢慢对他失去耐心。

"你看过那些自愿终结申请了？"凯尔·施密特在他身边重重坐下，嘴里喷吐出被焦虑沤馊的口气。

他稍稍撇过头去，"嗯。"

凯尔哼了一声，"都他妈是些什么理由！"

体会不到欢乐。体会不到悲伤。体会不到——爱。感到孤独。感到乏味。或者只是单纯地，不想再存在下去。

"也许我们真的漏掉了什么。"他喃喃自语，目光虚焦。

凯尔支起耳朵，"你说，什么？"

他摇了摇头。

几天后，丽塔回来了。她悄无声息地潜入两人曾经的爱巢，其时祝博伦正在书房，神情呆滞地听一首她没有听过的奇妙乐曲。她从未见过这样的祝博伦，这样敏感和脆弱的祝博伦，这样的祝博伦几乎让她流泪了。当乐曲终了，她才小心翼翼地唤醒他。她告诉他，这段时间她去了一个很远的地方，切断了所有与外界的数据联系，只为了排除一切干扰，看清自己的心。今天她回来了，她看到了祝博伦的留言。

"所以，"祝博伦双眼迷蒙，"你决定了？"

她点头，"决定了。"

祝博伦与她对视——那是怎样一双幽深的眸子啊，深得令人心悸。深得令人心痛。

她抓起他的手，"我陪你一起走。"

祝博伦僵了一下，然后和她紧紧拥抱在一起。不知过了多久，祝博伦扣在她腰部的手松了下来。

"对不起，我父亲的通信请求。"

"……博伦，你怎么了？你的脸色很不好……"

祝博伦的眼神游荡了好一会儿，才重新落回她身上。他似乎哆嗦了一下，丽塔不敢确定。

"父亲说，"祝博伦低声呢喃，"他想见我。"

✡

> 山岗上
> 除了我和你
> 只有风
> 这就是整个世界
> 该有多好

一样的色彩。一样的声响。一样的气息。父亲在数字世界里创造的一切都是真实存在的。如果不是曾经窥见父亲的记忆，他不会相信，父亲并没有来过这里。

他信步向前，草原的风轻轻蹭着他的脸颊。

博伦，你还记得那首曲子吗？就是那首让我思乡，让我流泪的曲子？……对，天上的风。我记得，在还没有被上传的时候，我是那么珍惜与它独处的时光——作为一个丈夫、一个父亲、一个男人，有些脆弱和悲伤是不能与人分享的……我说不清它为什么会在我心中激起难以言说的情感，说句可能会让你生气的话，大概有些事情，我们是永远无法解释的……

那道他和父亲坐过的斜坡竟然也在。他呆立了一会儿，然后向上攀爬。爬到一半，他回头，母亲和丽塔远远地落在后面。也许她们是故意的，他想，为了让你我可以好好地聊一聊。

如今我有了自己的专属宇宙，终于可以不必在意别人的眼光，放肆地去拥抱自己的喜怒哀乐。我甚至可以上帝一般，让每一个空气分子、每一滴露水、每一片树叶、每一声虚拟人物的吟哦都为我演奏这首乐曲——我确实是这样做的，一遍又一遍。但你知道吗？我什么也感受不到。我理解每一个音符每一种音色，但我无法理解为什么我曾经那么热爱它，为什么会和着它的顿挫起伏叹息流泪，就像我无法理解这世上为什么会有快乐，会有悲伤，会有期待，会有爱。"

空气中有淡淡的咸味儿。坡顶之上是稀薄的阳光。白云在蔚蓝的天空中卷积，被风推揉着，懒散地踱向远方。坡下有羊群，这些悠然的生灵在窸窸窣窣地进食与低语。就在这里了吗？他默然站立片刻，就在这里了吧。

"博伦，如果说我有什么使命，那便是扮演算法赋予我的角色：说恰当的话，在恰当的时候做恰当的事，爱那些应该去爱的人，正如你们期待祝明德医生会做的那样。人的行为模式是由神经元的数学结构所规定的，你们把这个结构原封不动地提取，得到了你们期望得到的"人"。然而有一个问题被你们无意或者有意忽略了：自我意识呢？你们如何判定上传者自我意识的存在？也许正如你说的，这个问题已经超出了科学的范畴，无法判定，也无须判定。"

他从夹克的内兜掏出了那个10厘米长、6厘米宽、1厘米厚的灰色盒子。断了电的盒子里装着父亲已经失去活性的拟态神经元阵列，由于贴近他的心脏而沾染了他的体温，他用指肚轻轻摩挲盒子磨砂的金属表面。

"我想，在上传的过程中，一定有什么东西丢失了。也许是隐藏在神经元尺度之下更深层的结构，也许是我们还没有认识到的物理过程……也许提取"灵魂"本身就是对造物主的僭越，但人类之所以伟大，就在于他们从来不曾放弃修建通天塔的梦想。博伦，我为你感到骄傲——或者更准确地说，我应该为你感到骄傲，而现在在你眼中，我的眼神我的眉梢我的嘴角都在展示这种骄傲——但"骄傲"这种情感究竟是什么滋味，我不知道。"

他蹲下，扒开青草，浅黄色的土层裸露出来。他用手铲开颗粒感分明的土壤。一寸一寸，父亲的墓穴渐渐成形。应该够了。他将手掌探入浅坑,他摸到了冰冷的潮气和永恒。

我真的是祝明德吗?或者应该反过来问:那个曾经活着的祝明德,真的只是一个算法吗?那个曾经活着的祝明德贪恋着生的一切,即使是悲伤、是疼痛、是和自己的儿子反目成仇,他依然想要活下去。而如今他置身天堂,拥有了他想拥有的一切,他却感到厌倦——如果他真的有感觉的话。

博伦,对于他来说,世界是一片虚无,继续存在下去已经没有任何的意义。不必为他感到遗憾:作为一个人,他已经深深爱过,已经了无遗憾地走完了他的一生。

所以博伦,请不要悲伤。记住我的爱。

——让我走。

"跟他说点儿什么吧。"母亲的脸静如深潭。也许在她意识到虚拟世界里的那个人不再是父亲时,就已经接受了这个结局。手依旧在动作着,把土拢成一堆,推入那个小小的凹陷,灰色盒子躺卧的地方。他的心闷闷地疼——第77例。在父亲终结意识之后,实验也被叫停,他的事业危如累卵。但他不会放弃——如果父亲在天有灵,也不会希望他放弃。这个世界是可以被认识的,包括人的意识。总要有人去建造通天塔,总有一天……

他站起来,拍了拍膝盖。

"爸,我想我们永远都没法像'正常'父子那样对话,"他轻声说,"就让我给你读首诗吧。"

……
每个清晨都是相似的
早起的旅人
在幻觉中
拼凑自己的岁月
终将一一落空
正如你所说的
只有那白云

才永无尽头

忽然安静了下来,仿佛整个世界都随着悠长的尾音遁去。安静。安静……

然后起风了。

伪 神

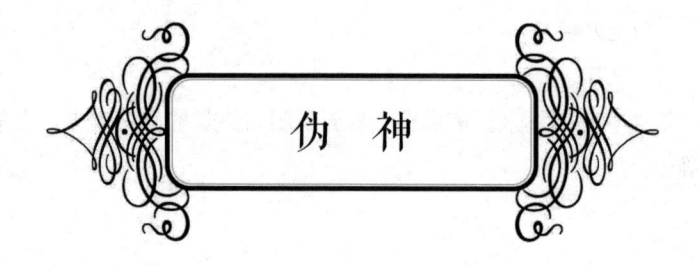

他整整沉睡了六十年。此刻,出于某种原因,他醒了。

醒来是个懵懂的过程。一开始,他发现自己坐在一个半透明的"棺材"里,浑身赤裸,皮肤上嘴里鼻腔嗒嗒滴着铁锈味的液体。身边一片晦暗,唯一的光源是四下里萤火虫般闪烁的微光。有什么东西在嗡嗡作响,低沉,富有节奏。

"咳——咳咳——"黏液在喉咙深处滚动,他用满是褶皱的手捂着嘴,"咳——"

然后他听到六十年来的第一句问候。

"欢迎回来。"

这是一个沙沙作响的悦耳人声,男女莫辨。他举头四顾,寻找音源——没有人的影子。忽然从布满指示灯的金属墙上伸出一根银色的管子,以一种无视引力的姿态悬吊在他面前,顶端黑曜石般的玻璃球几乎抵到他的鼻尖。

"见鬼!"他身子向后一错,在"棺材"里激起哗啦啦响的水波,"这到底……"

"您不必害怕。"那个声音安慰他,与此同时,金属管子在半空中扭动,像条伴着笛声起舞的眼镜王蛇。"这是我的,嗯,眼睛,如果您愿意这么理解的话。经过扫描,已确认您的各项体征都已恢复正常。您已被完全唤醒。"

唤醒?这个词在他脑中激起了火花。"唤醒?你说唤醒是什么意思?"他双手抠在"棺材"边缘,"你是谁?……我又是谁?"

……

他穿过亮如白昼的中央通道,进入休息仓。在这里,正常重力的回归令人心安。迎接他的,是一个终端窗口,一张合成材料的桌子,一把小小的没有靠背的白色椅子。"您需要补充维生素,"待他坐定,那个声音说,"这里有橙汁……""如果这该死的冬眠是我自己安排的,"他哑着嘴,"我想我肯定带了更有劲儿的东西,嗯?"

"有劲儿?啊,您指的是——酒?先生我不确定这是否符合标准流程,这种乙醇含量在40%以上的液体可能会对您的身体……"

"见他娘的鬼!"他嚷道,"我睡了——你刚刚怎么说来着?——他妈的整整六十年,我想我这把一百一十三岁的老骨头不会介意多喝一口酒!"

喝下满满一杯格兰威特15年——根据新的时间标尺,应该是格兰威特75年,他感觉身体畅快了许多。"那么,"他意犹未尽地舔着嘴唇,"那么我,阿列克赛·亚历山德罗维奇,是婊子养的世界首富,哦,没错……"

"我不同意您的用词……是的,如您所说,您是世界首富。准确地说,是在您用掉自己的绝大部分现金建造了这个空间站并把自己发射上来之前……"

"我明白了。"他拈着酒杯的手指转了转,"我曾是世界首富,现在则是个该死的酒鬼……呃,很好……我想,我肯定是出于某个说得过的理由一口气花光了七百亿美元,啊?"

"嗯,如果您指的是克洛诺斯计划……"

他听到脑袋里"啪"的一声。那些失落的记忆像是被吹进了一个气球,气球鼓鼓囊囊期待着爆炸,而刚才的那个词就是一根戳在气球上的针……

克洛诺斯计划!啪!

他眼前一黑。树脂酒杯落地,发出一声闷响。"先生!先生您……"

"我很好,"他摆摆手,"再好不过。那么你就是——梵天,嗯?"

"是的先生，"声音急切地回答，"我是梵天，准确地说，我是梵天的一个虚拟人格，我负责监管您的冬眠，管理空间站姿态和轨道高度，并在适当的时候唤醒您……"

"啊——"他长长吐了口气，"是的，当然，你唤醒了我，这肯定是出于某种原因——让我猜猜：是人类毁灭了？不不不，才六十年，人类这种该死的动物可不配享有速死的殊荣……那么是生命维持系统出问题了？不，如果是出了这档子事，你肯定不会这么慢悠悠和我闲扯……"

他的脸僵了一下，"难道说，是克洛诺斯计划成功了？"

临近子夜，帕列奥格皇帝只带了两名侍从出宫。他的坐骑，一身纯白的"暴风"，如今只是一个纸片般的鬼影。和所有的战马一样，它只能得到最低限度的饲料配给。饮食的匮乏让曾经昂然暴躁的骏马变成了一头打蔫的驴，它的蹄子蹭着青石路面，嚓嚓作响。如果这是巫术，或者只是我的幻觉，那么我们不得不……皇帝眼眶湿润，他俯身摩挲马背，"暴风"打了个响鼻。

出了宫门，他们沿内城墙一路向西。城墙下灯火通明，穿平民服装的男男女女工蚁般运送着木梁和盛土木桶，高效而又无声，他们在修补白天被抛石机轰开的城垛。换防下来的士兵挂着长枪，双眼紧闭，嘴唇一张一翕，明明在打呼噜，却听不见声音。有伤员斜倚在墙角，一身血污，嘴咧着，同样静默。这是一种平静的绝望。皇帝走过他们身边时想。所有人，所有人都在等待他们最终的命运。有一个锁子甲外套血迹斑斑麻布衣服的老兵认出了他身上代表皇室的紫色鸢尾花纹章，慌忙朝他下跪。他抬手："不用了。"他冲老兵笑了笑。

到了圣奥拉大教堂，帕列奥格皇帝攀上一百零一级大理石台阶。大牧首接到通报已经等在门口，身上曾经一尘不染的白色法袍如今就像一条浸着尸油的裹尸布。皇帝驾临，他微微躬身，表情平静肃穆，"陛下，异教徒的总攻应该在明日清晨，您不必现在就来这里。"

"大牧首，我不是来祈祷的。"皇帝径直经过大牧首，大步向教堂里走。老人拖着小碎步跟在他身后。"陛下，不知您有何事……"

皇帝并不答话。他穿过一排排柳木座椅，穿过一簇簇散发着松香的白色蜡烛，停在镶满天青石和云母的祭坛前。

"大牧首，"他盯着祭坛上高悬的大理石蛇杖，"您可曾听到过神谕？"

"陛下……"大牧首从身侧抽出一本羊皮古书，"吾等皆为神之仆人，神谕如同吾等之性命，吾等了然于胸……"

"不，大牧首，"皇帝摆手，"我不是这个意思。"他回过头，声音压得很低，"我是说，真的，亲耳，听到神谕。"

大牧首涨红了脸，黑白杂间的长胡子伴随他的每一个重音飞起。"陛下！即便在此非常时期，您也不应怀疑我们工作的神圣性！神谕已经深深刻在我们心里，这不应该……"

"我知道了，我知道了。"皇帝息事宁人地捏了捏大牧首骨节突出的手，老人一惊，手中的圣典啪一声砸到地上。皇帝俯身捡拾，待他起身，大牧首接过了书——出乎他意料的是，皇帝并没有撒手的意思，他的手指牢牢钳住了书，指节发白。大牧首发力拽书，却弄巧成拙地把自己拽向了皇帝，他们的鼻尖几乎顶到了一起。这是大牧首第一次距离帝国的统治者如此之近，他看得到皇帝不再年轻的脸上涟漪般的细纹，他看得到他的如坎波拉海般灰蓝的眼睛，看得到他眼睛里一个更加衰老的倒影。

"我听到了，"皇帝喃喃低语，"我真的，亲耳，听到了神谕。"

大牧首僵着脖子，"陛下，您……"

"我说我听到了神谕。"皇帝放手，大牧首摇晃了一下，急忙用另一只手捏住书角。"陛下您指挥城防已经有两天两夜未曾休息了，我……"

"子夜，"皇帝神情恍惚，"子夜召集汝之骑兵，异教徒将沐浴火雨，汝将大破敌军，一举解围。"

"陛下，"大牧首话音里带着哭腔，"现在已是子夜时分……"

"陛下！"一名侍卫冲入教堂，"陛下！火！火！"

皇帝转身跑向门外，大牧首在他身后跟跟跄跄曳着脚步。站在一百零一级台阶之上，他们看到城墙外血池般的天空。无数火球拖着橙色的地狱烈焰穿过黑色浓云，砸在远方的地平线上，发出噗噗的声音——接着是一排排滚烫的气浪，噗噗声变成女妖的尖啸，刀子般剜着每个人的耳膜。大牧首感觉自己的胡子被掀起来，燎着了。

"骑兵！"皇帝咆哮着奔下楼梯，"召集骑兵！"

✶✶✶

一口气花光七百亿美元有多难？或者不妨反过来问：一口气花光七百亿美元有多简单？答案是：如果你是阿列克赛·亚历山德罗维奇，如果你想把一套冬眠系统、一套生命维持系统、一部超级量子计算机和一打陈年威士忌发射到地球同步轨道上，并且为它们建造一个可以在数百年内安身立命的窝，那么，这件事很简单。

六十年前，在亚历山德罗维奇搭乘"猎鹰Ⅶ"火箭前往他的私人空间站的前夜，世界媒体对这个行事乖戾的顶级富豪的嘲讽和恼恨达到了顶点。"亚历山德罗维奇为什么要带着超级量子计算机上太空呢？因为那里太寂寞了，他需要一台游戏机。""即使世界首富亚历山德罗维奇把自己变成了一颗地球同步卫星，我想他也不可能成为那个过分接近太阳的伊卡洛斯。""行为艺术抑或是精神错乱？天才与疯子之间也许只隔着一个亚历山德罗维奇。"……

如今，那些对他冷嘲热讽的人大多已经作古，而这位曾经的亿万富翁，正叼着一根哈瓦那雪茄，看四万公里下方的蓝色星球一次次掠过舷窗。"这么说，"他大着舌头问，"下面还是不安生？"

"能源枯竭、海平面上升、宗教冲突导致的局部战争……"

"啊哈，向来如此，"他深深嘬了一口烟，哈瓦那雪茄发出心满意足的嗞嗞声。"战争，人类，神——这就是我为什么连睡个觉都要躲他们远远的。"

他坐回终端屏幕前，另一颗地球在全息井中悠然旋转。这颗地球，这颗没有哥白尼的地球，是她所处宇宙的中心。为了节省计算能力，梵天只构建了一个粗略的宇宙：各项物理参数——强核力、弱核力、阿伏伽德罗常数、光速等等——和已知宇宙相同，然而千亿颗星辰，千亿个银河系，都只是天球上的假象。到了"地球二号"所处的太阳系，梵天才稍微认真了些：海王星的光环和木星的大红斑，这些都是实打实的星际石块和行星级风暴；太阳由光球、色球和日冕构成，一刻不停地吹送它那致命的粒子风暴。一直到了这个宇宙的中心，梵天才终于全力以赴。从板块洋流潮汐，到量子最根本的行为逻辑（感谢李—施泰因算子，人类可以更从容地驾驭微观世界，就连梵天本身，也是这一理论的直接产物），梵天事无巨细，精确复制出三十六亿年前的地球。

最后是亚历山德罗维奇轻触按键，在一锅沸腾的原始汤中，洒下了能够自我复制的大分子。

然后就可以调快速率，坐等一切发生？不，不行。意识是多么偶然的事，人类是多么偶然的事。亚历山德罗维奇还需要在关键节点设置关键事件，比如设置一个可以直接导致哺乳动物出现的基因突变，一颗在爬行类过于强大时砸下来的陨石，冰川、火山、地质变迁，灵长类、对生脚趾、对生拇指、咽，这些定向突变同样不能少……进化充满种种变数，和真实历史略微不同的是，最后胜出的，是人类远祖中介于克罗马侬人与尼安德特人之间的一支，亚历山德罗维奇称他们为菲科嘉德人。

靠着前世界首富的引导，凭借时间（被梵天大大加速了）那摧枯拉朽的混沌之力，进化终于设计出一台思维机器。

一颗人类的大脑。

克洛诺斯计划——在超级量子计算机里制造人类的计划——成功了。亚历山德罗维奇随即被唤醒。

"先生我不明白，"梵天说，"如果您需要人工智能博弈，我可以随时制造出千千万万个分身，这些分身的思维能力都在这些，嗯，人类之上。"

"说得没错，"亚历山德罗维奇的鼻孔里喷出两股钢蓝色的柱状烟雾，换气扇忙不迭地呼呼旋转，"和你们比起来，人类是愚蠢透顶的动物。以我为例，六十年前，在我来到这个该死的太空之前，媒体怎么形容我来着？——疯子，神经病，偏执狂。完全正确，我举双手赞成。而且我告诉你，不管他们承不承认，人类的每个成员，每个该死的人，或多或少都是。人会恐惧，人会疯狂，人会渴望和异性——有时候是和同性，当然这令人难堪——交媾，人时时都会感受到迫切的、下作的、难以言表的渴望。这是为什么？"他用夹着雪茄的中指和食指点自己的额头，"是因为这个，大脑，这个为了帮助灵长类在天杀的塞伦盖蒂大草原生存繁衍而不得不变得贪婪残忍自私肉欲的大脑，这个充满各种模式各种阐释各种虚幻正当性的大脑。告诉我，你在菲科嘉德人的数字神经元森林里看到了什么？……你什么也看不到！那里面只有冗余、随机、混乱，只有匪夷所思的连结方式。我打赌，连你这个聪明绝顶的老混蛋也猜不出他们在想什么。"

"这就是原因。"他长吐一口气。"我需要的是一颗没法用代码写出来的，人类的大脑。"

沉默了一会儿，梵天说："先生，我想我明白了。我甚至突然有一种成为人类一员的愿望，我想去体会你说的……情感。我不知道这叫不叫羡慕……"

"得了，这只不过是你的学习逻辑而已。再说，当人类可一点也不好玩儿……"亚历山德罗维奇的手指点向全息井里的星球，"还是来干正事吧。梵天，把时间调整成自然流速，让我们来看看神的子民们进展如何……"

中军行营内，帕列奥格皇帝正盯着青铜火盆里烧着的木炭发呆。一身紫釉精钢甲胄的尤里斯将军，皇帝的弟弟，坐在他身边，几次欲言又止。

"你看这火，这么红，"皇帝喃喃道，"多像血啊……"

"陛下，"尤里斯终于按捺不住，"将士们都已经摩拳擦掌，都渴望第一个攀上城墙，只等您……"

"德拉密尔，伟大的德拉密尔，"皇帝抬眼看他，"两个世界的交界，异教王国的门户。两年前，我们还在苦苦防卫我们的首都，如今，我们竟然到了德拉密尔的城墙下……"

"是神，"尤里斯的音调高起来，眼睛熠熠发光，"是神帮我们荡平了异教徒。多伦希尔港、卡卢斯堡、阿德里尼亚……是神助我们收回了失地，而此刻，遵从神的旨意，我们将向异教徒全面开战……"

"是啊，神。实现神的意志，创造神的人间天国……"皇帝的目光重新落回到火盆上，"而神，许诺我以胜利……"

"陛下！"尤里斯倏然躬身向前，"您又听闻神谕了？"

"待汝之军队集结完毕，德拉密尔中城门将随军队之进击而垮塌……"

尤里斯噌地站起来，身后披风发出飒飒声响。"陛下，只等您一声令下！"

"……入城后，杀掉每一个异教徒……献祭于我。"

尤里斯的脸抽动了一下，"杀掉……每一个？"

"每一个，"皇帝深深呼吸，"德拉密尔，比奥尔里斯堡还要伟大的城市，不算守军，这座城市里至少有三十万人。"

"三十万个异教徒。"

"很快，就是三十万具尸体。"

尤里斯一脸惶惑，"陛下……"

皇帝闭眼，长长叹了一口气。"事已至此……攻城。"

……

士兵从中门涌进德拉密尔，整个城市瞬间燃烧起来，就像营帐里那个噼啪作响的火盆被一脚踢翻。皇帝骑"暴风"进城，尤里斯将军陪在他身边。

火。猩红的灰烬飘飞，空气中有种难以言表的焦臭味……哭声、叫喊声、厮杀声，更让这里的空气鼓胀难耐……马蹄踏在石板路上黏稠的溪流中，哒——哒——然后他看到了第一座尸山：金字塔状，高过周围在烈焰中起舞的民居;外立面粗糙,像是胡乱搭建的鸟巢,离近看,支出来的是人的头颅、躯干、四肢……在浓重的血腥气中,"暴风"不住地打响鼻,而皇帝胃里翻江倒海,几欲呕吐。

接下来还有第二座、第三座、第四座……

"神啊,"伟大的城市在皇帝的泪眼中漂浮,"我们到底做了什么?"

"陛下……"

"啊——"皇帝喟然长叹,"看来我唯一做对的事,就是把图拉斯留在了奥尔里斯堡。帝国未来的统治者不应置身这样的地狱。"

忽然有兵士——骑兵、步兵、弓兵、百夫长、千夫长、贵族将军,从四面八方靠了过来,将这个堆着尸山的小小广场瞬间填满。尤里斯勒马,"这是……"

"陛下!"跪倒在皇帝身前的,是纳乌迪斯男爵,第一个冲入城中的年轻勇士。此刻他一脸血污,蓝眼睛里瞳孔张得极大。"陛下,请您……请您下令,结束这场屠杀吧!"

皇帝木然看着他,胯下的坐骑不安地扭动。

"这些异教徒……"纳乌迪斯几近哽咽,"这些异教徒从未如此屠戮过我们陷落的城市……这些异教徒……也是人!陛下,请您结束这场屠杀!"

官兵们刷拉拉地下跪,长枪长剑长弓砸到地上,铿锵作响。接下来是沉默。在城市痛苦呻吟中不到一里见方的沉默。

"你们!你们!"皇帝的怒喝声犹如雷霆撕破沉默,他的额角青筋暴起,"你们是要我忤逆神的旨意吗?!"

人们的头埋得更低了。在他们背后,城市的剪影在红色的幕布上怪异地扭曲。

依旧是沉默。

皇帝的身子倏忽矮了下去,似乎是因为不堪忍受沉默的重负。他提起缰绳,拉转马身。"结束吧,"他说,"结束吧。"

亚历山德罗维奇坐在全息井前，眉头紧蹙。"有意思，嗯……竟然会是这样……"

"先生，"梵天说，"您这样折磨他们……是不是太残忍了？"

"残忍？"他挺了挺身子，指节在拳头里攥得发白，"这些人，这些人只是代码而已。对于代码，有所谓的残忍可言吗？——哦，别跟我说我们的宇宙可能是台超级计算机，万事万物包括我也可能只是代码这类的话，我不想和你争论形而上的问题。"

"可是您……"梵天迟疑了一下，"可是您这两天晚上明明睡得不好啊。根据您的生理状况评估报告……"

"闭嘴！"亚历山德罗维奇咧着嘴叫骂，"我不需要你个狗娘养的电子脑袋对我指手画脚！"

梵天很委屈："关注您的身体状况是我的职责。"

亚历山德罗维奇忽然泄了气。"算了，算了……伙计，我想喝杯酒。"

威士忌进了肚，他的脸松弛下来。"给你讲个故事吧。在欧亚大陆上的某处，有个叫维尔达维亚的小国家……"

"维尔达维亚不是您的……"

"闭嘴！好好听着！有一个叫维尔达维亚的小国家，这个国家布满了高山和峡谷。这个布满高山峡谷的国家自古以来就像个水性杨花的女人，一会儿是拜占庭的小妾，一会儿是奥斯曼的宠妃，一会儿又是奥匈帝国的姘头……总之，她的宗主国换来换去，她的信仰也就跟着换来换去，到了，呃，主人公成长的年代，这个国家获得了独立，可她就像一条百衲被，被不同的帝国时代留下的不同信仰东一块西一块地割裂了。信仰！宗教！这些人类的造物教人类互相仇视，在主人公小时候，他所在的地区和毗邻的地区纷争不断……以信仰之名。嗯，主人公见识过战争——或者根据大人物的说法，小规模冲突。架着机枪的丰田皮卡车冲进城市，蒙着面罩举着AK47朝天空突突打子弹的民兵，燃烧的汽油桶，高音喇叭里广播着'主'啊'圣战'啊……我敢说，敌对双方都是如此。终于有一天，不幸降临了，在一次防御战中，主人公的爸爸被一颗流弹掀开了头盖骨，他的妈妈被手榴弹炸成了两截，而他自己……他侥幸活了下来。敌人被打退，留下二十多个俘虏。那些俘虏被黑布蒙着脸，跪成一排。有人把主人公领到他们身后，在他的手里塞了一把冲锋枪，在他身边，有几个和他一样的孩子，和他一样，恐惧，迷惑，麻木。主人公和他的年轻朋友们听到一个声音：孩子们，因主之名，杀了这些异教徒猪猡，杀了这些杀害了你们父母的人。杀呀！杀了他们……"

亚历山德罗维奇咕嘟咕嘟喝干了另一杯酒。"……这个故事可真令人口干舌燥啊。"

"先生……"

"咳，咳咳……继续。子弹'哒哒哒哒'打了半天，俘虏们扑倒在尘土里。灰、血、呛人的火药味儿、嗡嗡响的耳朵、几近脱臼的肩膀。因主之名，这个小男孩儿杀了人。是的，主人公杀了异教徒……后来，主人公作为难民辗转来到了美利坚这块自由的土地，哦，遍地的教堂，数不清的信仰，人们以一种更加隐蔽的方式互相仇视……再来看我们的主人公，这个家伙很幸运地接受了教育，并且发现自己对编程有着特殊的天赋，他不失时机地抓住了量子计算机这一波创富高潮，他设计的人机界面成了每一部家用量子计算机的标准配置……最后，他成了一个婊子养的世界首富……"

"我很抱歉，先生。"

"是啊，抱歉，我也很抱歉。要抱歉的事太多了。我时常想，真的是神在教人互相仇恨和杀戮，还是这不过是人在为自己的恶劣本性找借口？假如真的有神，假如这个神本身就是邪恶的……"

"我想我理解您的实验，先生：您扮演那个邪恶的神，把人推向极限，观察他的选择，评估他的人性。"

"哦——"亚历山德罗维奇呻吟一声，"也许你说得对。或者我不过是个变态，喜欢在虚拟世界里满足自己下作嗜杀的欲望……"

"从您的生理指标看，并不是这样……"

"得了！"前世界首富脸上的肌肉抖了一下，"时间有限，我们可以继续了吗?"

纳乌迪斯男爵率一队骑兵先行回城。在通往奥尔里斯堡尘土飞扬的大道上,迎接帕列奥格皇帝凯旋的,不是皇家仪仗队,而是一个檀木匣子。"这是什么?"皇帝蹙眉。匣子被呈上,尤里斯将军推开匣盖。"神啊……"他低声惊呼。皇帝接过木匣。匣子里,纳乌迪斯用瞳孔涣散的蓝眼睛瞪着乌云低悬的天空。他痛苦地吸气,然后把手伸向那一双不肯关闭的眼睑。

"这是什么意思?"他用目光灼烧送来匣子的使者,一个白袍上绣着蛇杖的禁卫军官。

"惩戒。"白袍军官不卑不亢。

皇帝捏着拳头。"太子知道这件事吗?"

"正是太子下令处决了此人……"军官仰起头,"太子还托我给陛下带话。"

"说。"

"帝国的皇帝首先应是神在人间的代言人。"

皇帝苦笑几声,"这么说……图拉斯决定和他的父亲决裂了?"

"是安达米希亚皇帝图拉斯三世向叛徒宣战。"

皇帝扬手指向城墙,"宣战?你们以为区区两千禁卫军,能够阻挡我荡平半个世界的大军?"

"神站在我们这边。"

"好。很好,"皇帝掉转马头,"尤里斯,看来我们还有最后一道城墙需要翻越。"

"陛下!"使者起身,"您不……您不杀我吗?"

"杀你?杀一名使者?"皇帝哼了一声,"那是你们的神才干得出来的事。"

……

傍晚,中雨。皇帝骑白马步入战阵。士兵们站在横流的泥水中,手中长枪微微摆动。

"士兵们,我知道你们在议论什么。"皇帝的声音高亢洪亮,穿透雨幕,进入方阵之中。"你们在说,这一次,我们是在与神为敌。是的,我们的战功曾足以彪炳千秋,虽然这战功都是神赐予的……如今,我们忤逆了神,而神找到了新的代言人。神,决定收回这一切……是的,你们面前的这个人,帕列奥格一世,一个被神抛弃的人,正要求你们与神的军队作战——是的,你们都曾目睹流星火雨从天而降,敌人的城墙如流沙般倾塌,敌人的身体如烟花般爆裂。是的,我不会用虚假的承诺欺骗你们:也许这就是在前方等待我们的命运。而等我们战死沙场,我们不朽灵魂将要面对的,也许是无休无止的耻辱,也许是永不熄灭的地狱烈焰。是的……"皇帝大口喘气,两万双眼睛无声地仰望他。"士兵们,其实我和你们没有什么不同,我和你们一样恐惧……这是我们作为人所感受到的恐惧,而我并不因此觉得羞耻。我永远不会忘记你们请求我宽恕敌人性命的时刻——那一刻,我爱你们,我爱你们胜过天上那位强大、残忍、嗜血的神。爱!恐惧!悲悯!这是人的价值,是在场每一位的价值。接下来的一战,我们正是要捍卫这种价值……是的,你们想要回家,我也一样。在决战到来前,你们尽可以脱下军装,偷偷溜到那道城门之后,和父母妻儿相聚,我不责怪你们。而我,帕列奥格一世,会战斗到底!留下来和我并肩作战的,和我一同把血洒在战场的,从今往后,都是我的兄弟……"皇帝抽剑,指向天空。"为了人!"

两万支长枪同时上指。"人!"枪杆砸下,大地微微震颤,"人!"

"人!人!人!"

……尤里斯纵马飞驰到皇帝身边,"陛下!图拉斯……图拉斯的军队出城了!"

※

树脂酒杯从右手送到左手,再从左手递回右手,杯中琥珀色的惊涛骇浪不曾停息。

"该死!"酒杯被重重掼到桌上,酒液四处泼溅。亚历山德罗维奇双手紧紧相扣,本意是想平抑手的抖动,不想却把抖动传递至全身。

忽然警报声大作,白色的荧光灯熄灭,红色警灯忽明忽暗,亚历山德罗维奇枯槁的脸在灯光的闪烁中犹如厉鬼。全息井中尸骸遍地的战场切换成梵天俊美的模拟头像,"先生!您的生理稳定度已降至临界水平!您必须停止!"

"停止?"亚历山德罗维奇颓然一笑,"是我停止,还是他们停止?"

梵天迟疑了一下,"当然是您……由于不确定性原理,量子计算机无法精确记录'状态',如果选择了暂停,重启后的模拟世界将面目全非……"

亚历山德罗维奇摆了摆手,"所以说,也无法回滚了?"

"回滚?"梵天的处理器状态显示灯闪烁了一下,"短时间的逆向运算是可行的,只要混沌树的发散不超过计算能力的上限……"

"多长时间?"

"……回滚时长吗?换算成模拟世界的时间,大概三分钟。"

"那么一切都是不可挽回的了……"亚历山德罗维奇喃喃自语,"自相残杀……他妈的自相残杀……我都干了些什么啊?!"继而埋头,手指深深插进稀疏的卷发中。

"先生,先生!"全息井里梵天的面容焦灼不安,"对模拟世界的介入已经引发了您的有害生理反应,您必须立即停止!我召唤了护理仓……"

"不,"他抬起头,目光阴鸷,"我从不半途而废。"

"这已经不取决于您了!"梵天的语气变得强硬,蛋形护理仓在这时无声滑入控制室,"根据触发条件2.1.1,在您神志不清的情况下,我将全面接管空间站的控制权。"

亚历山德罗维奇的座椅向后滑去,护理仓的舱门打开,冰冷的蓝光从舱室里泄了出来。

"好吧,好吧。"亚历山德罗维奇随座椅仰倒。"都是为了我好,

"嗯哼？"

座椅和护理仓完成对接，身下响起吱吱的马达声，亚历山德罗维奇开始平移。

"Now I am become Death, the destroyer of worlds."

"……先生，您说什么？"

"我的朋友，伟大的程序员总要为自己留一道后门。以下是超驰口令：Now I am become Death, the destroyer of worlds.现在由我接管控制权。"

"先生——"伴随着一声绵长的尾音，梵天的面孔再次切换成战场，亚历山德罗维奇停止了滑动。他从座椅上翻了下来，险些跌倒。他踉跄着走向全息井，摘下悬垂在全息井旁的浸入式头盔。

"我必须继续。"头盔下，他像是在命令，又像是在说服。"必须……继续……"

"对不起。"

皇宫矗立在新月丘陵之上，铅灰色的圆顶连接着低悬的天际线。他沿康斯坦大道向北，路过一栋栋门户紧闭的民居、商铺和澡堂。在一扇扇百叶窗后，有无数双眼睛在盯着他——他能感受到这些眼神，畏惧、迷惑，洒在他身上，如蚂蚁咬啮。雨已歇，脸上却有什么东西滴滴答答滴在肩甲上。他抚脸，是血。

有灰衣神职人员昂首立在街边，他们的手中攥着蛇杖挂饰，他们的脸空虚迷惘。他们以沉默、以拒不弯曲的膝盖，表达对他的抗议。很好，很好。他在马背上起伏，浑身的骨骼咯咯作响，但这到底是为什么？

在他的记忆中，康斯坦大道似乎从未如此狭长——出征时，这条大道被白的红的蓝的衣衫填满，被欢呼声和祈祷声填满，还有图拉斯……哦，那个半跪在地的图拉斯，不是为他的父亲祈福了吗？

那么，当一条凯旋大道如今只剩一支哀鸿般的军队默默行进，这一切又到底是为什么？

他马上就要到囚禁太子的地方了。

圣考迪尔宫。柚木地板，大理石墙，烛光摇曳。太子图拉斯半躺在卧榻之上，紫袍下露出一对纤细的脚踝。听到脚步声，他睁开眼睛。"父亲，是您吗？我很荣幸……"

"我儿……"帕列奥格皇帝俯瞰他，鼻腔里嗡嗡作响。"是你的神让你放弃所有的战略优势，出城和我对垒吗？"

"我的神？"图拉斯讶异地看他，"我的神？这么说你现在是……异教徒？"

皇帝不置可否地摇头。

"所以我们还是侍奉同一个神喽？"图拉斯看上去松了一口气。

"图拉斯，事到如今，你还相信吗？"

"父亲，您是来羞辱战败者的吗？"

皇帝一怔，"图拉斯……"

太子忽然展开双臂，"父亲，在您行使您的职责之前，您面前这个不孝子可以得到一个拥抱吗？"

职责……皇帝向他的儿子走近一步。我来这里是为了宽恕我的儿子，而非遵循安达米希亚皇室的惯例，亲手处决叛君者。血已经流得太多了……

他们拥抱在一起。图拉斯的温度和体香一如昨日，透过紫釉板甲，他感受到他的心跳。

扑通——扑通——

儿子，总有一天，你会明白，就连这凡间的心跳，也要比天上的神谕更值得追求。

铮——伴随着这一响，图拉斯猛然从他臂弯中脱出。他后退，愕然，金色的佩剑攥在太子手中，指向皇帝。

"父亲，您大意了。"

皇帝的拇指抚过形单影只的剑鞘，"图拉斯，我们不必如此，我不是来……"

"够了!"太子端剑上前,剑尖抵在皇帝的喉结上,"惩罚和宽恕是神的事情,你我都无权置喙!"

他的脖颈冰凉,他的手心冰凉,他的脸颊冰凉。"图拉斯,你有没有想过,那教我们仇恨,教我们杀戮,教我们骨肉相残的,是伪神啊!"

"哦,父亲,瞧您那涕泪横流的样子,"图拉斯歪着嘴笑,"我看到失去信仰之人是如何蒙羞的了……父亲,您大错特错了。神就是神,神有什么真伪可言呢?"

"那么——"皇帝痛苦地闭上眼睛,"下手吧,按照你的神对你说的……"

喉结上的冰凉消失。他睁眼,看到剑歪向一边,图拉斯脸上的表情莫可名状。"没有。"他缓慢地摇头,"神从来没有对我说过什么。"

皇帝僵立原地。

"看来神选择了您,"太子吊诡一笑,"而不是我。"

下一秒,太子手中的金色佩剑化作一条迅猛的毒蛇,攀上驯蛇人的脖子,绽出一朵殷红的花……

他跪在图拉斯身旁,端详他的脸:清隽而苍白,嘴角定格了一抹嘲讽的笑。

他把手伸向他的胸膛。

心跳没了。

苍老的皇帝佝偻着身子,发出一串无声的嘶号。

……

片刻之后,神第一次以真身示人。

神渐渐浮现于空气中。蓝色,透明,在皇帝的泪眼中微微颤抖。祂说:

"复活在我,生命也在我……"

皇帝起身,他认出神的声音。他从未想过,神会如此丑陋:须发稀疏,身架窄小,额头和吻部如遭受重击般的塌陷。

神说:"我会复活图拉斯——如果你希望的话。"

皇帝看了一眼倒卧在地的尸身,"代价是?"

神的脸上涌出一丝悲悯——如果那称得上悲悯的话，"不需要。"

皇帝愣了一下，接着笑了，仿佛想起了什么好笑的事情，"复活本身就是代价。"

神疑惑，随即若有所悟。祂的形象在空气中闪烁了一下。

"这一次，我不会为自己的自私、胆怯和懦弱找借口了。我会直面自己的命运。"皇帝的目光越过蓝色的神，"我不希望您复活我的儿子——事实上，我不希望您再次出现。"

神消失了。这是神最后一次以真身示人。

⋈

"先生？"

"哦——哦——"他的五官蹙在一起。头痛欲裂，像一场宿醉。

"先生，在您昏迷期间，我又接管了控制权，如果您……"

"不，空间站还是继续由你掌管吧。"他眨了眨眼睛，护理仓内的蓝光有如清晨的雾霭。"我把一切都搞砸了，不是吗？我他妈只是个卑鄙下流龌龊的人……你也赞同，不是吗？不，不要试图说谎——我能想象你的处理器状态指示灯就像独立日的烟花一样正闪个不停。"

沉默了一会儿，梵天问："先生，您得到答案了吗？"

"……我低估了这些菲科嘉德人，"他说，"也许本质上，他们比我们这些克罗马侬人更加高贵。"

"您知道这不是真的，"梵天反驳，"克罗马侬人、菲科嘉德人或者不管是哪种最终胜出的人科动物，本质上，他们都是相同的进化力量造就的，他们……"

"说得太他妈的对了，"亚历山德罗维奇打断道，"都是天生的下流坯子。"

"我对您的话持保留意见。"

又一轮沉默过后，他说：

"这一次，我不会再为自己的自私、胆怯和懦弱找借口了……"

"先生，您说什么？"

他咯咯笑了起来，"那个老混蛋，可是狠狠地扇了我一巴掌啊！"

"？"

"梵天，再让我看一眼那个世界吧。我保证，这一次，我只看，不说，不动手。"

"如果这是您的命令的话——"，人工智能犹豫了一下，"好吧。"

❦

他们站在岩壁之上，坎波拉海在脚下奔涌，咀嚼着乳白色的泡沫。他们一人穿灰色粗布衣裳，一人着戎装，同样铁灰色的头发在风中翻飞。

"陛下，"戎装男人说，"我，我们——您的臣民，不能接受您的逊位诏书，我们……"

"已经太晚了，亲爱的弟弟。"布衣男人说，"如今，老帕列奥格只剩下一具衰朽的肉体，一个疲惫不堪的灵魂，帕列奥格已经没法做那个掌舵的人了……新的时代已然开启，帝国需要一个新的引路人。而放眼整个安达米希亚，除了你，尤里斯二世皇帝陛下，我找不到另一个能够肩负如此沉重使命的人。"

"陛下……"

"请叫我帕列奥格，或者如果你愿意，叫我哥哥。"

"哥哥……"

"你看这坎波拉海啊，她是那么美丽，"曾经的皇帝目光邈远，"我多么希望，有朝一日，从海的那边飘来的白帆，不再是满载刀枪剑戟和奴隶士兵的战船，而是香料、丝绸和绿松石……"

"会有这么一天的，我的哥哥。"

"我多么希望我们不再以侍奉天上的谁来定义我们自己，定义别人。我多么希望，我们不再以神的名义来掩饰我们的残忍与愚蠢……"

"会有这么一天的。"

帕列奥格的手在尤里斯的肩膀上重重拍了几下。

❦

他坐在布满指示灯的金属仓内，一根如银蛇般盘绕的管子悬停在他面前。

"先生。先生？"

"啊？"他如梦初醒。

"先生，"梵天问，"需要您分配下一阶段的任务。"

"哦，对，"他拍了拍脑袋，"你瞧，没有酒精我这脑袋瓜儿都变蠢了。帮我好好看着这群该死的菲科嘉德人，如果他们终有一天找到了，呃，作为人的意义，给我发条信息。"

"……意义？这个词对我来说太过抽象，先生，我不确定我的模糊处理单元能不能把它识别出来。还有，我们可以调快速率，这样您就不必……"

"你瞧，情况是这样的，"亚历山德罗维奇打断道，"我不希望你把速率调得太快。一是我需要你省出运算能力，为那帮家伙设计出一个更真实更完善的宇宙，鬼知道哪天他们就要飞向星辰大海了。要是他们突然发现自己身处一个楚门的世界，那可就不好玩儿了。其次，困扰于时间的局限性，是身为人类的重要体验之一。你不是想像人类一样思考吗？你不是想要理解'意义'吗？对你，这是个很好的机会。"

"我明白了，先生。我尽力而为，先生。"

"好，请帮我设定航线吧。"

"您确定吗，先生？下面那个世界可一点儿都——用您的话说，不安生。"

"如果我没记错，这儿不是没酒了吗？我很肯定下面还有个一两瓶。再有，你就当这是一个酒鬼的胡言乱语吧：睡觉改变不了任何事。我想人类总可以从这些电脑小人儿的故事里学到点儿什么，你认为呢？"

"……我明白了，先生。"

"那么，出发。"

分离舱拖着长长的尾迹，飞向地球。

种 子

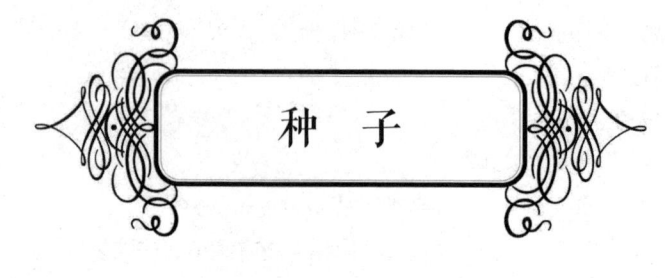

49

再次见到你的母亲时，你已经死去了四十九年。

这真是一个睡觉的好地方：这里有云杉和落叶松，有苍翠的草坪，有微风拂面，有鸟儿啁啾。你的大理石墓碑在四十九年的风雨中有了沧桑的表情，这让我想起先于我们老去的你。

爱子　褚长生

生于公元2315年　卒于公元2390年

你的母亲一袭黑色纱裙，四十九年未见，依旧端庄美丽。当我走近她，我的脚步发出了犹疑的"嚓嚓"声。她收回凝视你的目光，偏过头看我。她的目光向来是曲折而又意味深长的：一开始是对一个速朽之人的同情和不屑，接着是人在拼命检索记忆时的呆滞，最后是震惊。

"泽邦，你老了。"她对我说。

"是的，老了。"我说。

她笑了笑，淡蓝色的皮肤在清晨的阳光下泛着朦胧的光晕。"我们有——多少年没见了？"

不朽之人对时间向来没有概念。不过菲奥娜不会不记得，在你死去不久，我们就离了婚，自那以后便从未见面。数字就刻在你的墓碑上，只要做一个简单的减法，就能推算出她想要的答案——于是，我倾向于认为，菲奥娜只是想要谈话继续下去。

"四十九年。"我说。

"是啊,四十九年,"你的母亲重复道,"四十九年会让我们忘记很多事情,不是吗?"

又一句谎言。菲奥娜从不忘记——或者说,她从不忘记自己不想忘记的东西。为了给有限的长时记忆留出空间,不朽之人会定期服用定向蛋白合成抑制剂来阻断短时记忆向长时记忆转化,但菲奥娜从不服药——哪些需要记住,哪些不需要,她可以在自己的记忆中挑剔、翻检、去芜存菁,就好像她可以控制自己的海马体,使它屈服于大脑中那个最高"自我"的意志。

菲奥娜·布鲁克曼,不朽之人中的不朽之人。

"是啊,"我说,"很多事情。比如……"

"悲伤。"她低下头,用手指抚过你在这世上的纪念碑。微风穿过云杉林,发出"沙沙"的轻响。你的母亲抬头看我,"泽邦,我用了四十九年的光阴才看清自己。我犯了一个错误。在我来这里之前,我甚至想过,你会不会扭头走掉——即便如此,我也没法责怪你。犯错的是我。"

我挤出一个鬼脸。滑稽。滑稽之下是衰老的悲哀。我知道这张脸会起到什么样的效果,而这效果正是我需要的。"我还在想,你会不会先转身走掉——毕竟,你是行动更敏捷的那个。"

她把手抬至唇边。我看到笑意在她眼中倏忽而逝,最后,她只是欠身,咳了两声。她的双颊呈现出一种更加深邃玄妙的蓝色,那是不朽之人独有的窘迫。这窘迫隐藏得非常巧妙,就如同不朽之人的其他情感一样,被一种人工的、属于冷血动物的淡蓝肤色冲淡。那些无法达到永生的人因此认为不朽之人缺乏人性,然而他们错了。

我知道,因为我也曾是不朽之人。

"能——"她把手伸向我,"能陪我走一段吗?"

我握住她的手。我手心的褶皱在我们之间产生了摩擦,这让我产生了瞬间的羞惭,而这瞬间的羞惭几乎唤醒了我身体中每一个细胞对年轻的渴望。我相信我脸红了。在与我曾经的爱人重新执手的时刻,我脸红了,却不是因为我脑中的内啡肽——毕竟,那玩意儿我已所剩无多。

"乐意之极。"我说。

49

这里,以前被我们叫做"贫民窟"的街巷——它的正式名字是外围区——现在是我的家。目光向上,越过参差斑驳的混凝土屋顶,你仍可以看到这座城市的中枢:高耸入云的玻璃幕墙大厦、投影在空中的巨幅全息广告、蛛网般的悬浮车航迹,但那里是中心区——"神的国度",亚历山德拉如是说。而我喜欢这个匍匐在神脚下的领域,喜欢逼仄的街巷、光腚顽童的脏话和粗嘎的笑声,喜欢这里的无序、无望和烟火气——或者与其说喜欢,不如说是适应。你的母亲跟在我身后,小心翼翼地规划着下一步应该把脚落在哪里。有几次,我看到她强忍着没有抬起自己的手臂,用她散发着恬淡香气的手抵御"贫民窟"杂驳的气息。好奇的、诧异的、不怀好意的目光像一叠叠海浪打在我和你母亲身上,在我们之间来回弹射。

"泽邦,我们——去哪儿?"说这话的时候,菲奥娜就像个小女生,怀疑、惶惑,而又充满期待。

我的心轻轻抽痛。"马上就到了。"

我把她带到一家名叫"卡萨布兰卡"的沿街小饭店。这是一家定位模糊不清的饭店,提供中餐、日料、牛排、意大利面和自酿艾尔啤酒。在这些饭食里一定有某些可以缩短你寿命的东西,某些不朽之人绝对不想吃到的东西——但不得不说,我们人类的本能就是追求口舌之乐。

"啤酒,冰镇的,"我对饭店招待说,"菲奥娜,你吃点儿什么?"

你母亲蹙着眉,目光快速扫过浮于空中的全息菜单。"纯净水。谢谢。"她挤出一个笑容。

招待冲我挤了挤眼睛,"好嘞,尊敬的女士。"

低低的交谈声。悠扬的波萨诺瓦音乐。饭菜的馥郁香气和辛辣的香烟。在"卡萨布兰卡"半开放式的回廊里，菲奥娜捏着拳头，假装对落在身上的目光毫不在意。饮料很快就端了上来。我抓起冒着冷汗的玻璃杯，狠狠啜饮一口。

"咳——"她压着嗓子，"我记得，你以前不喝酒的。"

我向她举杯，"当你明白那些清规戒律也无法阻挡死亡的到来时，你就会无所欲为——生命短暂啊。"

我喝下满满一大口。

你的母亲吸了一下鼻子。"泽邦，你——"她犹豫了一下，"变了。"

"在这个世界上，变化才是常态。"我说。

她的脸部肌肉跳了一下。那是一种轻微的、压抑的，但确切无疑的整体位移，就像某个人从她的脑袋里面对她来上了一拳。"变化才是常态。"这是你在许多许多年前说过的话，那时候你已经一只脚迈入了死神的领域。在你死去之后，你，和关于你的一切，塌缩成一个无法被看到、不能被触碰的黑洞。而我重复了你的话，等待着你母亲翻脸离去，把我独自晾在初春的微风中。然而她只是轻声附和我，"是啊。"

是啊。我盯着她，她回看着我。是啊，虽然疼痛，但我想我已足够坚强，坚强到可以谈谈我们那个死去的儿子了。

我想这就是她的目光想要告诉我的。

"你知道吗，"我垂下眼睛，任手中的啤酒杯输出一种近乎灼烧的刺痛，"直到今天我还是认为，这一切并不是个错误。"

-75

你是中心区七十年来唯一一个新生儿。你的出生终止了一场关于我和你的母亲究竟该不该生下你的论争。本来你的母亲是要被送往中心区之外的医院分娩的，但多亏自动诊疗中心在很多年前备份了生育服务插件，你不必降生在一个嘈杂、肮脏、拥挤的"贫民区"医院。在纯白、空阔、窗明几净的自动诊疗中心，你被临时升级成产科医生的医疗机器人轻柔地托举着，送入你母亲的怀中。你是粉红色的，是这个由白、灰、蓝统治的世界中唯一的暖色。粉红色、脆弱、柔软，像裸露的肉，像进化的一个美丽错误。

"像你。"你的母亲抬头看我，她汗津津的脸上又多出两道清流。

我吻了你的母亲，我们俩傻瓜一样又哭又笑。

那天下午，中心区首席医疗官浅野明子来到菲奥娜的病房。她和你的母亲认识很久了——我甚至怀疑，她俩在我出生前就已经认识了。浅野明子曾是你最大的敌人，如果她的苦口婆心有一次对我们奏效，你就不会来到这个世界上。

"傻瓜。"她看了一眼酣睡的你，偏过头对你的母亲说。

菲奥娜不以为意地笑，她这样好脾气的时候不多。

"你们——"这一次，浅野是对我们两个说，"想好他的未来了吗？"

病房里出现了短暂的沉默。你的母亲低头看你，用食指的指背轻轻摩挲你凸起的额头、小小的鼻子、皱皱的脸颊。之后，她坚定地与浅野对视。"想好了。"她说。

"哦？"浅野手臂环抱，脸上的表情就像是一个小学老师在等着她的学生说出一个错误的答案。

"我要让他成为我们中的一员。"菲奥娜说，我点头附和她。

浅野怔了一下，"你们，你们两个加起来有——两百岁了吧？怎么还这么天真？菲奥娜，你可别忘了，我们当初设计'飞升'系统的首要原则，就是排除特权……"

你的母亲疲惫地合上眼睑，在夕照下，她的脸呈现出一种如梦似幻的色彩。必须承认，在那一刻，她美极了。我相信浅野也察觉了她的美，这是一种唯有做母亲的女人才会拥有的美。浅野知趣地闭上了嘴巴，等待着她面前这个初为人母的女人赋予这种美以意义。

"明子，我知道，"菲奥娜轻声嘟哝道，"我们都是凭自己的本事成为不朽之人的。我相信长生也能。"

这是你的母亲第一次说出这个蓄谋已久的名字。长生。

这个名字代表一个母亲的意志。

49

"我能——"你的母亲目光闪烁,"我能喝点儿吗?"

她指的是啤酒。关于你的回忆在她的心中引发了化学反应,也许她明白酒精能给人以勇气,又或者她只是渴了——高纬地区的太阳也有毒辣的时候。你真应该看看她喝酒的样子:那么小心翼翼,就像是在品尝某种不会致死的毒药。她拧着眉头,上唇搭在杯沿上,微微倾斜酒杯。一口。她的鼻子皱了起来。

"怎么样?"我对她的表情视而不见。

她上扬的目光分明是在说"这东西你也喝得下去",可她下降的嘴唇却探向这自戕的液体。又一口。她挺直身子,用手轻掩胸口,接着打了一个小小的嗝儿。

"挺好。"她的脸颊再次浮出深奥的蓝。

"那么,"我意味深长地笑,"那个爱管闲事儿的明子还好吗?"

"你肯定想不到,"你的母亲说,"明子怀孕了。"

"咳——"我剧烈地咳嗽起来。我佝偻着身子,咳嗽像一串无法停止的链式反应。"咳咳——"我越是想要从反应中逃脱,越是想呼吸,咳得就越剧烈。我的身体开始共振,我身体的每个部件都仿佛有了自己的意志,想要迫不及待加入这场企图推翻大脑暴政的暴乱中去。"咳咳咳——"你的母亲不知何时站到了我的身边,她一边"咚咚"敲着我的后背,一边问:"泽邦,你没事吧?"

没事。我支起身子,菲奥娜年轻的脸在泪水的透镜之后显得缥缈。没事。咳嗽的不是我,是我的衰老。咳嗽终于止住了,我拍拍她的手背,示意我很好。她重新坐回我的对面,打量我,目光复杂。

"你说,咳——"我灌了一口啤酒,"浅野明子那个死硬分子怀孕了?她有——"

"不知道孩子的父亲是谁。"她摇头,"你知道的,明子甚至不能接受婚姻关系。"

哦,婚姻。我猜我和你的母亲打一开始就是一对奇葩。作为"飞升"系统的创始人和执掌者之一,浅野明子一直在旗帜鲜明地鼓吹废除婚姻关系。"婚姻,"她说,"来自生育和抚养的需要,而我们都清楚不朽之人不需要这两样东西。繁殖是基因用来对抗个体生命有限性的手段。通过将基因不停传递给子代,基因实现了某种程度上的永生。但是,当我们真正战胜了死亡,我们本身就成了基因的保鲜罐,我们不需要再把它传递给谁——性是没有必要的,除非是为了乐趣,就像我们在营养唾手可得的时代依旧拼命囤积脂肪,这不过是人性与进化的社会发生了脱节……"

性是享乐,其他一切不过是没有必要的副产品。浅野明子用强大的逻辑说服了绝大多数不朽之人。很多年前我和你母亲结婚时,她拒绝祝福我们。"你们迟早会分开的,所以我何必多此一举?"她的声音里不带一丝感情,"没有死亡和孩子,你们以为会拴住彼此多久?"

我们知道她是对的。然而当爱情来临时,褚泽邦和菲奥娜·布鲁克曼只不过是两只依靠本能行动的小兽。

"真的想不到,"我说,"看来四十九年确实能改变很多事情。"

"她说她会把孩子生下来。"你母亲的目光邈远,停在我身后未知的某处,"她说她已经厌倦了一个人,厌倦了来来往往的男人,厌倦她和这些男人把身体当做取乐的工具。她说她想体会一些东西,生而为人才能体会到的东西……"

生而为人。我想浅野明子真的是厌倦了,所以在她目睹了我们的期待、快乐、失望、沮丧、焦灼、绝望、痛苦和麻木之后,竟然也想来蹚这一池浑水。

这些东西,她真的可以一个人承受吗?

-71.5

要成为不朽之人并不容易。在你人生的前十四年,你的母亲对你倾注了全部的心力。从摇篮里你就开始接受五颜六色视觉卡片的刺激。在按摩你的小肚皮时你的母亲会为你朗读叶芝的诗,伴着莫扎特的交响乐。每天夜里,婴儿房的天花板成了全息投影的舞台:奔腾的河流与浩瀚的大海、蓝色的地球和孤独的太阳系、星云星系超新星，甚至双螺旋模型。你的母亲是约翰·洛克的信徒，她相信对你大脑中每一个神经元联结的预写入自有其用途——如果先天的基因不能保证你成为天才，那么后天的教育起码能够提供一些保障。

不管是哪种因素起了作用，抑或是二者形成了合力，你小小年纪便表现出了异乎寻常的，嗯，资质。三岁的时候，你就可以用中文朗读杜甫，用英语背诵华兹华斯，甚至可以用西班牙语念上一段《堂吉诃德》；你可以做一百以内的四则运算，能够理解牛顿力学三大定律，你知道原子构成了分子、分子构成了细胞，而细胞最终构成了我们；你对真菌、细菌、病毒、噬菌体如数家珍，吸收这些冷僻知识的契机是你经历的一场小小的感染……

你在向着我们期望的方向成长。当然，你会有疑惑，那只是你高超智力的副产品。在你三岁半时，你问出了第一个我们难以回答，然而又不容回避的问题：

"我为什么和你们不一样？"

我。你们。在你最终进入"贫民区"的学校之前，你生活在一个精心堆垒起的"景观"世界中：我们宽敞的包豪斯风格三层楼房，大大的、草木繁盛的私家花园，一条有着多情双眸的阿拉斯加雪橇犬，机器人保姆和机器人教师。你没有人类的玩伴，因为在中心区你是唯一的小孩儿；你很少被带上街，因为快递悬浮车会把一个家庭的全部所需配送到门口；我们鲜有朋友来访，因为不朽之人都很忙，也因为友谊禁不起悠长时间的考验（也许你母亲和浅野明子是个例外）。然而——我们隔绝不了无孔不入的全息广播、信息推送、植入式广告，尤其隔绝不了自己。我们是两个整天陪伴在你身边的"蓝皮人"，一面镜子、一次自省，就足以把这一家三口归入不同物种。

"因为——"在回答你这个问题时，你的母亲会深深吸一口气，就像那个讲不好故事就会丢掉性命的山鲁佐德。"因为，这里的很多人——包括妈妈和爸爸——接受过一种治疗，嗯，就像你打过的疫苗会在你的手臂上留下一个小小的'梅花'，爸爸妈妈接受这种治疗以后，皮肤就变成蓝色的了。"

你眨了眨眼睛,"治疗什么呢?"

"一种病。"我插嘴道,菲奥娜愠怒地看我,可我不能错过表现自己诗意的机会,"一种人无论如何都会得的病。"

你歪着头,"无论如何都会得的病?得了会死吗?"

我张口结舌。我刚才对你出了一个谜语,谜底就是死亡本身。我该如何向一个三岁半的孩子解释这个嵌套的概念,我该如何收拾这一解释必然会导致的追问链条?

你的母亲拨开我,她的动作中有一种隐忍的粗鲁。"宝贝,"她和你脸贴着脸,"如果我们接受了治疗,就不会死。永远不会死。"

"那我也要接受治疗。"你说。

"会的,"你的母亲轻声说,"你会的。"

"但我不想变蓝。"

"蓝色很好呀。"我说。菲奥娜狠狠剜了我一眼。

49

你的母亲有些醉了,凝视我的眸子一片氤氲。

"他小小年纪就知道怕死。"她吸了一下鼻子。

"长生是个早慧的孩子。"我回应道。

你的母亲沉默片刻。"但是最后他却选择了一条截然相反的路,"她直直地盯着我,"你想过这是为什么吗?"

为什么。在你错过晋升不朽之人的时间窗口之后,这是一个迫在眉睫却又不能触碰的问题。我回望着你的母亲,我看到一只刺猬收起了它的尖刺,准备用自身的柔软去碰触世界的粗粝。忽然间我有些恍惚。我曾以为不朽之人是时间之河中抛锚的船,他们拒绝顺流而下,因而具有某种稳定乃至顽固的品质;然而仅仅过了四十九年,时间似乎就找到了另一种将这些神祇据为己有的方式:它化身水蒸气,沿船身向上攀爬,它挑动着金属的氧化,默许着木头的腐朽,它欣喜地看到这些河面上岿然不动的堡垒发生了变化——一如曾经的"死硬分子"浅野明子,一如我眼前的爱人。"菲奥娜,我也想过这个问题,"我说,"也许我们对长生的灌输式教育最终激起了他的逆反,也许身份认同的缺失令他无所适从,甚至有可能因为那个女人……"

你的母亲咬着嘴唇,微微摇头。"泽邦,你说的这些都有道理。不过,这些都不是根本原因——"她缓慢阖眼,又倏然张开。"我想,根本原因在'飞升'系统。"

我瞪着你的母亲,她不像是在开玩笑。那么这就是我听过的最彻底的自我否定。"布鲁克曼理疗法是一头怪兽,"她曾经这样对我说,"而'飞升'系统是关怪兽的笼子。"她以主持设计了"飞升"系统为傲,胜于她的另一项创造,那种能让人变蓝,能让人长生不老的理疗法,那个被关起来的怪兽。

当时,作为布鲁克曼理疗法的直接受益者,我在感情上不能接受她这个说法。但事情确实如此。布鲁克曼理疗法最初投入应用时,由于其费用远远超过普通人所能负担,因此在实质上成了有钱人的特权。曾几何时,死亡是这个世界上最后也是最大的公平,是维系阶层社会正常运转的最后一道防线——布鲁克曼疗法的出现冲溃了这道防线。"你应该庆幸自己错过了那个时代,"你的母亲对我说,"整个地球变成了一座巨大的索多玛城,罪恶的中心只有金钱,金钱,金钱。"——金钱是通往永生的天梯,是古老而又年轻的神祇。在布鲁克曼理疗法诞生到"飞升"系统全面推广的二十年间,帮派林立、犯罪猖獗,为了金钱人们可以无所不用其极,至于道德——去他的道德,去他的法律,这些人类的虚构之物和实实在在的永生相比,不值一提……然而即使放松了道德裤腰带,能够晋升富豪阶层的人毕竟只是极少数。在一个即将被污水溺死的社会中,每一口呼吸都是灼热的暴怒。针对不朽之人、理疗中心乃至科学家的恐怖袭击和暴力事件层出不穷,民众和统治阶层的对峙白热化,一座座城市变成战场,横飞的流弹、血色的火焰、破碎的尸体,人们以死亡对抗死亡……"从没有一种发明能让人类社会沉沦若此——核武器没有,抗生素也没有。"菲奥娜在一次非正式采访中说:"但是布鲁克曼理疗法做到了。"

是的，虽然我并没有经历过那一段黑暗岁月，但我知道人类文明曾经命悬一线——直到菲奥娜和浅野明子提出了"飞升"系统的设想，这一设想首先在新西伯利亚变成现实，并最终推向了全球。

"我不明白，'飞升'系统有什么问题？"我捏着啤酒杯的手微微发力，"考虑到布鲁克曼理疗法高昂的成本，考虑到资源环境的承载能力，不可能让全体人类都成为不朽之人。总得有一套机制来决定谁能接受理疗，而谁又不能——金钱已经被证明是行不通的。我个人认为，'飞升'系统是人类历史上最完善，也是最公平的制度，而且……"

你的母亲扬了扬手，"泽邦，你是在背教科书吗？"

我的脸滚烫。

"泽邦，'飞升'系统是进步，但并未完美无缺，"她的语气缓和下来，"用一个人类创造出的评分系统衡量人生命的价值，这本身就是主观、机械乃至狂妄的。而长生的悲剧在于，我们太了解'飞升'系统了，所以企图将他的生命灌注到这个模具之中……也许在长生看来，我们对他的爱无非是急功近利的灌输、塑造和限制，我们那么焦虑，焦虑到竟然忘了教会他如何领略生命的乐趣……可笑如我，竟然想像摆弄实验室里的DNA那样摆弄我们的儿子……"

她颓然陷进座椅里，剧烈地喘息。有那么一瞬间，我以为自己窥到了她的苍老，但我知道那只是错觉——然而我依然感到心痛。

"菲奥娜……"

她扬起下巴，失神地望着我，"泽邦，你还记得儿子上学的第一天吗？"

−69

"妈妈，我不喜欢那个地方。"

六岁的你鼓胀着脸，我们的阿拉斯加雪橇犬"蝴蝶"正用粗糙的舌头舔舐你的手指。

"为什么？"你的母亲问，"你不是一直想有和你'一样'的小伙伴吗?"

"他们什么都不懂。"你说,"而且,那地方有——味道。午餐很难吃,天知道里面有多少病菌。"你甩开"蝴蝶",凑到你母亲身边,摇她的胳膊。"妈妈,我能不能不去?你在家里教我好不好?学校里的老师就像白痴一样,我随便提个问题他们都答不上来……"

你的母亲轻轻拍了拍你的脸颊,"长生,不要任性。你不是想和爸爸妈妈一样长生不老吗?"你迟疑地点头,你母亲继续说:"那么你就必须去。在学校你能得到'分数',只要拿够了'分数',你就可以接受治疗了。"

"可——"你梗着脊子,还想争辩,忽而又泄了气,"好吧。"

其实我们也不想把你送到外围区上学,但对我们来说,这不是个"愿不愿意"的问题。中心区没有孩子,也就没有幼儿园和学校。在"飞升"系统的评分体系中,"个人修养"大项下有"学习成就"的加分子项,从小学、中学、大学,一路向上,你在学校的表现有严格的量化加分标准。虽然这些加分相对"飞升"的及格线只是沧海一粟,但有总比没有好——更何况,"学习成就"和"社会影响"下的子项"学术成就"是一脉相承的,那可是个加分的重头戏。所以无论如何你要在一个不熟悉甚至不友好的环境里完成你的学业,你的成长有现成的参照系,那就是"飞升"系统。

在我和你的母亲看来,这是成为不朽之人必须要付出的代价,是我们早已为你规划好的人生路线。在你六岁之前,我们为你购买最昂贵的机器人教师,教授你所有我们认为你应该掌握的知识;在你不得不上学时,我们把你送进了外围区最好的学校——以不朽之人的人脉和财力,这不算什么难题——期望你能脱颖而出。

你没有让我们失望。小学的课程于你如同儿戏,你的成绩无人匹敌,很快便连跳几级,而这在"飞升"系统里是有大幅分数加成的。对于学校,虽然一开始你有这样那样的不满意,但最后总算是适应了。我们隐瞒了自己的身份,接送你上下学乃至开家长会,都由我们的机器人管家艾米代劳。于是在同学和老师眼里,你就是一个有几分天才，又有几分孤僻的富家子弟，没人主动接近你，也没人刻意疏远你。直到那天下午艾米突然发生故障被送去保修，我才不得不亲自去学校接你。我把车泊在离学校很远的地方，给你发了一条静默信息。我看着你远远向我跑来，忽然间我在你的脸上看到了那个消失在时光深处的我，那个背着书包，奔向早已故去的父母的孩子——我发了几秒钟的呆，忘记拉下帽檐遮挡我的脸。于是在你钻进车子的同时，你的某个眼尖的同学看到了褚长生蓝脸的爸爸。

在其后的几天，怀疑发酵成议论。有人在你背后指指戳戳，有人拐弯抹角地向你求证。而你——你终于不失时机地想起你母亲反复对你灌输的"诚实是美德"，你大大方方地承认了，神祇面对凡人时般泰然自若。

"是的。我爸爸是不朽之人，我妈妈也是。"

几天后你品尝到了这句话的后果：你在校园里遭到围攻，鼻青脸肿地回了家。你没有像一个寻常的七岁孩子那样哭着寻求安慰，而是诧异于自己所遭受的一切，继而思考，继而怀疑。你和你处于愤怒边缘的母亲冷冷地对峙，就好像打你的不是你那些身高体壮的同学，而是你的母亲。

"他们为什么打你？"你的母亲问，强压的怒气使她的话音微微离调。

你没有回答。你拧过头，疼痛使你咝咝喘气。

菲奥娜看到我泛紫的脸色，忽然间明白了。她双手搭在你的肩头，努力藏匿语调中的刀斧。"他们知道了？"

你不作声。

"他们都说了什么？"

"蓝皮人。冷血动物……"你机械地翻动着嘴唇，"寄生虫。"

片刻的沉默。你的母亲叹了一口气，用一只手轻轻转动你的脸颊。你那几乎已经睁不开的右眼对上了她的目光，你在她的目光中看到责备让位于疼惜。"长生，你要知道，"她柔声说，"人会对求之不得的东西怀有本能的抵触。绝大多数人——你的老师，你的同学，你同学的亲人和朋友，甚至他们认识的每一个人，也许都注定无法接受'治疗'。并不是谁剥夺了他们的这个权利，而是因为——因为天资有限或者努力不够，又或者仅仅是因为他们运气不好，没能出生在一个好的家庭里。他们会嫉妒甚至憎恨一个不朽之人的孩子，那都是可以理解的……但是长生，我要你记住，爸爸妈妈不是冷血动物。如果我们是的话，我们就不会相爱，就不会生下你；我们也不是寄生虫。你的爸爸靠写浸入式娱乐剧本带给很多人快乐，带给很多人美的享受，而我——"菲奥娜犹豫了一下，"我的发明改变了世界。这身蓝色皮肤是我们应得的，我们为它感到骄傲，我希望你也一样。"

你的眼神空白了好久，这是很罕见的。我仿佛看到你脑中那个图灵机在"吭哧吭哧"地搬弄着纸带，你母亲的话把世界的宏阔和它的断裂一股脑地推到你面前：有人可以长生不老而有人不能，不能也许只是因为运气不好；不朽之人高高在上，而那些终将死去的人对他们的憎恨是正常的……你开始明白世界其实是一分为二的，而你，正如多年以后你对我们说的，居于两个世界之间。你究竟和谁一样？你究竟想成为谁？如果永生的只能是少数人，那么你的永生最终把谁推向了死亡？

当时你并没有让我们察觉到你脑海中的波澜。你只是说："妈妈，我明白了。以后我会保护好自己的。"

"乖。"你母亲的脸上绽出欣慰的笑容。

49

你的母亲抬起埋在双臂中的头，目光黏稠。"一些人的永生剥夺了另外一些人永生的机会……是的，长生是这么说过。那时他才——十一二岁吧。"

我默默点头。周围的食客已经换了几轮，招待背对我抹着桌子，貌似不经意地发出"咳咳"的清嗓子声。也许在老板看来，这一蓝一白两个人要在这里坐到天荒地老了——我抬手，又要了两杯啤酒。

"当时我真是心里一惊，"菲奥娜忽然没头没尾地说了一句，"'飞升'系统欲说还休的秘密就这样被一个孩子一语道破了。"

"……秘密？"

"泽邦，如果我告诉你，不朽之人在人群中的比例是一定的，这么多年来，获得永生的人并没有出现数字上的显著增长——你会怎么想？"

"我——"我怔了一下，"我从来没有想过……"

她呷了一口酒，脸上的痛苦松弛下来。"不朽之人不能超过人口总数的千分之三，超过这一数字，财富、智力、政治权力，这些现代社会的宝贵资源将会不可逆转地向这个阶层集中，这一集中是加速进行并且带有正反馈效应的，它将迅速破坏'飞升'系统应用以后的脆弱政治平衡，从而导致整个社会的新一轮崩溃——这是我们的数学模型得出的结果，也是在洛杉矶、比勒陀利亚和圣保罗真实发生过的事情。"

洛杉矶。比勒陀利亚。圣保罗。暴乱。熊熊燃烧的摩天楼。人群如行军蚁漫过街道。倒挂在旗杆上、如同旗帜般随风飘扬的蓝色人皮。

我记得这些陨落的城市。我记得自己在全息画面前高烧般浑身发抖。

"新西伯利亚有四百万人，"菲奥娜继续说，"四百万人口的千分之三是——一万两千人。每年这一群体的'代谢率'是百分之五左右——总有人会失去永生的资格：恶性传染病、意外事故、没有攒够下一次'飞升'的分数，或者像你——"她顿了顿，意味深长地看我，"也就是说，在这个城市中，每年有六百人左右可以接受medical治疗。这意味着，如果你是一个渴望永生的速朽之人，那么你必须成为那万分之一点五——一万人中顶尖的那一点五个人。"

我咽了一口唾沫，"就是说，'飞升'从来就没有一个固定的标准线。"

"人们越是渴望永生，这条标准线就越高。在'飞升'系统的管理层中，这是一个心照不宣的秘密。"你的母亲目光迷离，"我们小心翼翼地绕过这个良心的泥淖，用一双雪白的鞋换得每夜安枕。我记得明子曾做过这样的比喻：'生命是一艘即将沉没的巨轮，为了活下去，你全部的希望是登上那条小小的救生船。救生船上仓位有限，你只有抢在别人前头游过去——如果有必要，你要蹬开那些牵绊你的、阻挡那些企图超过你的甚至拽住那些游得比你快的'……这就是我们——或者说是我，希望长生做的。我对他的领悟抱持着一种模棱两可的态度，我既不想他承受良心的拷问，又不想他在永生之路上松懈、疲沓乃至心灰意懒。我是多么自以为是啊，我竟以为自己能像掌控自然一般掌控人的心……"

我的手越过餐桌，握住了她的手。我无法责怪她，因为我也曾是这错误的一部分——不，也许我的责任更大。智力超绝的科学家总有把人心简化成数学模型的冲动，但我庶几算得上是个作家，对于人心的深邃与幽微，我理当有更清醒的认识。

然而我没有。

-61

你的小学、中学时期一晃而过。你很少和我们谈论学校的事情，但可以想见你没有什么朋友，这当然主要是源于智力上的差距，而对于那些更微妙的原因，我们一家人都避而不谈。十四岁那年，你到麻省理工学习生物。这是你母亲的意见，她用十五分钟说服了你。"'飞升'系统有两个权重相同的加分主项，"菲奥娜用手在全息井中画出两个大圆，二者有少部分相交，"这两个圆分别代表'社会影响'和'知识边界'。从理论上来讲，这两方面是同等重要的，但——"她把手指向后一个圆，"如果你从事的是文学、艺术，那么你几乎不能扩展知识边界，也就是说，你在这一项得分为零；而你的社会影响则是极度不确定的，就算你真的成为出类拔萃的作家或者艺术家，你的作品也有可能不被大众认同……当然，你可以选择研究社会科学。顶尖的社会科学家可以拓展知识边界，也可以对社会施加影响。但是，社会科学的验证和影响几乎总是滞后的——这种滞后以十数年乃至数十年记。长生，布鲁克曼理疗法的有效生理上限是四十五岁，错过这个时间窗口，你就不可能成为不朽之人了——你真的想把自己交给概率之神吗?"

你木然地摇头。

生物就不一样了。你的母亲告诉你。生物是当今科学研究的前沿，比缥缈的纯数学和理论物理更容易拓展人类现有的知识边界，又由于其研究成果关乎每个人类个体，所以有大幅的"社会影响"项下加成——说到这里，菲奥娜的声音难以察觉地低了下去。你的母亲不是圣人，我猜，在设计"飞升"系统的加分规则时，她很可能对自己研究的领域稍稍"照顾"了一点。她的暗示是暧昧的，但她毫不怀疑你会理解她的苦心，尽管她从没有问过你你想要学什么。

我想你懂了。你听了母亲的话，尽职尽责地完成了前两年的学业……然而就在大三开学之前，你却忽然告诉我们，你换专业了。

"褚长生，"你母亲的脸上酝酿着风暴，"你最好把这件事给我解释清楚。"

"我不喜欢学生物，"你漠然地说，"我不喜欢用还原论看待人——一堆密码子，一群相互协作的盲目的微生物，一个只为传递基因的自动机——不，我不想用所谓的'正确'去肢解生命的美丽。"

你的回答本应是引爆愤怒的一颗火星。你的母亲浑身僵直，弓起脊背仿佛一只准备出击的母豹。忽然她的身子矮了下去，她在你的眼中看到不应属于一个十六岁少年的疲态与厌倦，她读懂了隐藏在疲态与厌倦之后的反抗意味，那是一种生无可恋的姿态，这令你的母亲心凉齿冷，令她产生了瞬间的自我怀疑。

"不喜欢……"你的母亲喃喃道。

"爸，"你把头转向我，"你还能，写出东西吗?"

我对话锋的陡转不知所措，随即心中凛然。你的话让我想到那团正在吞噬我的阴影：布鲁克曼理疗法的半衰期是70年，而我正在逼近这个年限。我的作品曾有很大的受众群，但如果一个作家有几十年写不出一部有影响的作品，那么这个群体是会慢慢萎缩的。

那时的我是一个正在失去读者的作家，我的"社会影响"分并不能保证让自己处于"飞升"的及格线上。

"当然能——"我急吼吼地用谎言掩饰自己的不安。

你摇了摇头,"哲学、美学、美术、音乐、文学……这些人类最精致的造物都产生于生命的有限性,一个不朽之人怎么拿他都自己没有的东西来打动那些终将死去的人呢?"

你让我无言以对,你让我们感到了危险。

"长生,"你的母亲起身走向你,"到底是谁和你说了这些话?"

你用你那灰蒙蒙的眼神和你的母亲对视了若干秒,"你们把我放进了一个不断变化的世界,又怎么能指望我像你们一样静止不动呢?"

最后你选择了文学。选择了这个曾经用来作为你的启蒙,又因其"加分"前景的极度不确定性而被我们放弃的"精致造物"。我们无力干涉你的选择,因为我们猛然意识到你已不再是我们的附庸,不再是人类对死亡恒久恐惧上的一个小小注脚。我们把你反抗视作一次波折,一次永生之路上的迂回。"长生还有三十年的时间,"万籁俱寂的夜里,你的母亲把头枕在我的手臂上,说。"他会明白我们的苦心。"

"嗯。"我轻轻抚摸她的秀发,"他会的。"

49

"他一直明白。他只是做出了自己的选择。"喝完第四杯啤酒,你的母亲轻声说。

"是啊。"我回应道,同时拒绝了亚历山德拉的视频呼入请求。

菲奥娜赧然一笑,"泽邦,我占用了你一整天的时间。"

我摇了摇头,"时间之所以宝贵,不在于它本身,而在于它承载的宝贵之人、宝贵之物。"

她陷入短暂的呆滞。"……长生对你说的?"

我犹豫了一下,决定如实相告。"芭芭拉说的。"

她脸上的肌肉跳了一下,"芭芭拉,她——"

"已经死去很久了,"我说,"只比儿子晚走了一年。她就睡在离儿子不远的山坡上,这是她特意安排的。她说,这样遥遥相望最好,不至于近到腻乎，又不至于远到冷漠。"

你的母亲垂下眼睛。她的食指指尖在玻璃杯上上下下移动，留下一条蜿蜒的油脂小路。"很讽刺，不是吗？"她的脸上漾着苦涩的笑意，"永生无法到达'天荒地老'，而死亡能。在这场战争中，我是最后的失败者。"

我把这当做一句赞扬。曾几何时，你的母亲对这个"拐走"你的女人恨之入骨。不是出于女人之间的妒意，而是因为你的母亲近乎执拗地相信，是芭芭拉令你最终脱离了我们给你规划好的路线。"你口口声声说爱他，却默许、纵容甚至支持他走这条路，你居心何在？"在你三十五岁那年，我们曾背着你秘密会晤芭芭拉，那是你的母亲倒数第二次试图挽救你。说这话的时候，你母亲唾沫横飞，脸呈深紫色，在我认识她的这些年里，她极少如此失态。"伯母，"芭芭拉昂着头，表情疏淡，"我想您应该清楚，长生是一个成年人。无论他走了哪条路，那都是他自己的选择。如果非要说我有什么错，那么我错在帮助他看清了自己，错在鼓励他追求自己真正想要的生活——而这恰恰是您一直以来不让他做的。""你——"你的母亲从咖啡厅的卡座上弹了起来，她的暴怒化作巴掌，却在距离芭芭拉脸颊四五公分处被她生生刹住，你的爱人凝然不动，任额前的几缕刘海飘飞。

在这两个女人的正面交锋中，你的母亲一败涂地。

"这些年来，我时常在想，"菲奥娜说，"如果当年长生没有遇到她，结局会不会不一样？"

我摇头，"我不知道。"

"也许芭芭拉只是一个契机，"沉默了一会儿，菲奥娜说，"永生。我们用这样一个光鲜的借口剥夺了一个孩子真正的人生——害怕失去的是我们。我们赋予长生以生命，但生命其实一直握在他自己手里，我们没有资格替他做出选择。"

我用掌根按摩酸涩的双眼，"也许吧。"

血红色的日光终于被这个城市的天际线吞没，在天色将暗未暗之际，她脸上的表情模糊不清，唯有目光清亮，仿若月华。

"也许吧。"她说。

-55

想要说服一个聪明人，你需要一套精密严整的逻辑体系；而当他一旦被说服，就不会轻易改变自己的观点。我们早应该想到，那番"精致造物"的话不是你的原创，而是出自你在大二那年读到的一本风靡一时的书——《永生的异化》，作者芭芭拉·金。这本书带给你困惑，让你呼吸困难又欲罢不能。于是你借地利之便跑去哈佛大学听芭芭拉的讲座，她是那里的哲学系客座教授。你的视线在人头攒动的阶梯教室里锁定了她，一头金发，一身剪裁得体的女士西装，她还没有开口，你就成了她的信徒。

你用一年的时间把这个女人追到了手，凭借你过人的才智、俊朗的外形，也许还有少年人不顾一切的愚勇——然后，自然而然地，你把一生都献给了这个女人。

即使以你母亲严苛的标准，芭芭拉也配得上你——虽然她长你整整十岁。然而"配得上"只是菲奥娜对这个潜在敌人的评估——势均力敌，非常棘手。芭芭拉携带着与生俱来的智慧与美貌，携带着在你母亲看来极端危险的思想，而这个女人所具有的能量，会使这种思想成为割断你喉管的刀。

"我看过你写的书。一堆狗屎。"这是你母亲对芭芭拉说的第一句话。那年你二十岁，在哈佛大学攻读英美文学博士。你还没来得及介绍你的女友，你的母亲便凭着她的博闻多识认出了芭芭拉，接着以女人的直觉确定她就是你的女友。在血液冻结之前，你的母亲向芭芭拉递出了战书。

在你的惊愕中，芭芭拉很有涵养地一笑，"看来不朽之人也开始爱好狗屎了。"

你的母亲被噎得说不出话来。这是她第一次领教芭芭拉的厉害。那一餐味同嚼蜡，作为两个同样爱着你的人，菲奥娜·布鲁克曼和芭芭拉·金都意识到，这是一场无法逃避的战争。她们在餐桌上兵戎相见。

"金小姐,"你的母亲一边切着牛排,一边说,"你在你的书里表达了放弃布鲁克曼理疗法的愿望,在我看来,这只是一种姿态,用来佐证书中的观点——营销手段,我可以理解。但你还年轻,而且据我所知,你已经拥有了'飞升'资格。在这个世界上,还没有放弃理疗的先例,恐惧死亡是人的本能,我认为,你之所以能说出那番话,只不过因为死亡还没有来到你的面前。"

"我是弗洛伊德的信徒,"芭芭拉微微一笑,"这位犹太科学家的观点是:人有死亡本能,同时也有性本能,一个把人驱向死亡,一个使人希望延长生命;爱情和死亡是人类天性中相互对峙的两种力量,他称之为爱神与死神的角逐。我在书中说过,将这个观点推演开去,人性是在这两种力量的碰撞中生发升华的,如果我们还想称自己为'人',那么二者缺一不可——更不消说,这二者相互依存,少了一个,另一个也就失去了存在的意义。"她深深地看了你一眼,那眼神难以形容:有暗示、有欣赏、有爱意、有——肉欲。"只有死亡的阴影才能让我们品味到极致的爱情,而极致的爱情可以使我们直抵存在的意义。"

在你的母亲忙着构筑战斗的街垒时,芭芭拉抛出了她的结语:"所以伯母,我不是在摆姿态。我说到做到,请您监督我。"

她握住了你摆在餐桌上的手。

这一举动犹如总攻的信号弹,眼见局面就要升级成全面的堑壕战,你急忙息事宁人,"爸、妈,我们吃好了。天色不早了,芭芭拉,我送你回宾馆吧。"

你们走了之后,偌大的房子再次回归冷寂。我和你的母亲,两个蓝色的人,在沙发上沉默不语,全息投影在制造孤独的喧嚣。

"这个女人,"半晌之后,你的母亲开口,"她会毁了长生。她太聪明,而且有聪明人特有的那种顽固——我相信她会说到做到。泽邦,无法达到永生和主动放弃永生之间有多大的不同,你应该清楚吧?"

我点了点头。我去握她的手。冰冷。汗津津。最终如同泥鳅般滑脱。

"我不会让这一切发生。"你的母亲说。

49

"长生是我的儿子,"菲奥娜用餐叉卷着意大利面,"可现在回想起来,我并不了解他。"

"每个人都是一座孤岛。"我说。

她抬眼看我,点头。"可惜我明白得太晚。"

我看着你的母亲。在提到你、提到芭芭拉时,她的脸不再冷硬。四十九年,她终于卸下了那会硌伤自己,也会刺伤别人的铠甲。

我决定向她坦白一个秘密。

"菲奥娜,"我说,"还记得那部帮我攒够第二次'飞升'分数的浸入式娱乐剧本吗?"

"杰作。"她笑了笑。"你理应得到大幅加分。"

"那是芭芭拉写的。"我一股脑地说出我的负疚,就像是怕自己会把它吞咽回去。我看着你的母亲呆滞、迷惑,继而惊愕。"确切地说,是芭芭拉写的大纲,剧本的血肉是我写的。"

她摇头,"我不明白……"

"这是他们两个的馈赠,大概是为了向我展示永生和短暂的生命之美是一对矛盾,"我重重吐了一口气,"也许从接受馈赠的那一刻起,我就站在了他们的一边。"

她以手掩口。半晌,她说:"我早该想到的。"

"我后悔了整整七十年,"我说,"如果没有这段偷来的岁月,我不会眼睁睁看着儿子离我而去——直到那时我才明白,这才是人生最大的痛苦。"

她微微别过头。我知道我的话会在她的心中翻搅起多大的痛苦,但我必须说下去。你的故事还没有讲完。为了能让你在我们心中短暂地复活,我必须说下去。

-40

毕业以后,你在哈佛大学做了讲师。业余时间,你写小说,在浸入式娱乐占绝对优势的时代,你的读者以个位计。你爱上了威士忌和摇滚乐,你蓄起胡须,把时间消磨在冥想和旧日电影中。

似乎是为了避开我们的阻力,你和芭芭拉没有结婚。你们在剑桥镇一座红色三层砖房里租了一个套间,狭小凌乱的房间里除了你们,还有一只猫。在我们看来,你们选择了一种和你们的天赋极端不匹配的生活——"自暴自弃的生活",你母亲的原话刻薄而精准。

"长生,你考虑过自己的未来吗?"那次你回家,菲奥娜劈头盖脸地问你。

你眨了眨眼睛,一叠皱纹在你的眼角爬行。"当然想过。"

她等待你说出答案。我想,她已经大概猜到你会说出什么,那是某种令她恐惧的东西——她抱起手臂,保护脆弱腹部的古老本能在她身上复活,可她却浑然不知。

你说:"我要享受生命。"

"生命?"你的母亲冷笑,她被自己身体里的寒意冻得瑟瑟发抖,"蜉蝣也配谈论生命?"

"在永恒面前,我们都是蜉蝣。"你波澜不惊地说。

我抓住你的小臂,"儿子,现在还来得及,你还有十年的时间去争——"

"爸,妈,"你打断了我,"对于终将到来的东西,我并不感到恐惧。你们知道我最恐惧的是什么吗?"你的目光柔软下来,我在里面看到了抱歉,或许还有同情。"我最恐惧的是不能按照我的意愿而是按照一套打分体系生活——研究DNA能加分,写一部只能感动我自己的小说却不能;投身公益能加分,探索幽微的心灵世界却不能……是什么样的傲慢让我们自以为有一套公正的标准可以衡量生命的价值,使我们可以心安理得地代行上帝的职责,心安理得地决定谁该活下去,谁该去死?"

你母亲的脸涨成紫色，她的指甲嵌在我的手臂中——然而任谁都看得出，她的疼痛更甚。

"爸，妈，"母亲的痛苦并没有阻止你继续说下去，"你们有多久没去看看真实的世界了？如果你们肯进入你们所谓的'贫民区'，哪怕就一天，你们就会看到，这个世界正在慢慢窒息——我不否认布鲁克曼理疗法和'飞升'系统的良好动机，但这套体系已经脱离了它的初衷，变成统辖人类生活的'利维坦'，它的霸权侵入人类生活的方方面面……妈——"你灼灼地盯着你的母亲，你的目光令她想要回避，"水至清则无鱼。人类社会正在失去创造力，它在按照你修剪的方向生长，而没有对人生意义的思考、追索和争论，它已经变成了一只头重脚轻的怪物。有人在拼命追求无意义的永生，而那些失去永生机会的人则在肆意挥霍生命——我确定这都不是你希望看到的。"

菲奥娜把手按在胸口，"这就是你想说的？"

你点点头。你的目光里有如释重负的透彻澄明。

"那么你能改变什么？"她冷冷地问。

"自己。"

你对着我们笑了笑，那笑容里有疲惫，也有柔韧的决心。我搀着你的母亲，仿佛就在一瞬间，她变得苍老。

"对了，"临走之前你对我们说，"芭芭拉今年已经四十五岁了，她刚刚正式放弃了理疗。没别的意思，只是告知你们一声。"

49

"我们走吧。"我起身，向菲奥娜伸出手。她被我搀扶着站起，脚步有些飘忽。我提议送她回去，她摇了摇头。"我叫车了。从统筹学的角度讲，应该先送住得近的人回家。"

这是一个难以反驳的安排，我只好却之不恭。

在无人驾驶电动车上，我们在后排并肩而坐。透过重浊的酒气，我依然闻得到她洁净的体香。四十九年，原来我心中那只爱欲的小兽并未彻底死去，我握着她的手，手心冒汗。

"在最后那几年，"她的话音低回，"我拒绝见他。我想，正如芭芭拉说的，我的人性最终被悠长的岁月磨灭了。"

"不。"我捏了捏她的手，"你不愿见他，不是因为置气，而是因为你无法承受他先于我们老去的样子——这恰恰说明你的人性并未磨灭。"

你的母亲沉默片刻，向我扭过头，她的眸子在黑暗中波光潋滟。

"我都不知道自己想的是什么。"她说。

失败。挫折。对失去的恐惧。这一切日夜不停地搅扰在脑中，足以让最理智的人发疯。然而你的母亲，菲奥娜·布鲁克曼，不朽之人中的不朽之人，一直把最清醒的头脑保持到了你四十四岁那年。

就在那年，她为拯救你做了最后一次努力。

-31

"我和波士顿那边的熟人联系过了，长生达不到'飞升'的及格线。"

说这话的时候，你的母亲正在拌着沙拉。她的右手在无意识地发狠，几片菜叶从沙拉盆里飞了出来。

我的耳朵里嗡嗡作响。

"长生那部意外走红的小说为他攒了不少分数，"她说，"但还是不够……"

《永生之惑》。我们都看过那本书，我们在书里看到了芭芭拉·金，并且都认为是芭芭拉在借你的文学之口讲述她的理念——尽管那确实是一本才华横溢的小说。

"菲奥娜，你打算怎么办？你知道长生是无意积攒分数的，而'飞升'系统的分数是不能转赠的……"

你的母亲把菜叶扔回沙拉盆，双手撑在桌上。"泽邦，如果我说，系统是有漏洞的，而我能借助这个漏洞帮长生攒够分数，你会怎么看我？"

菲奥娜告诉我，当年设计"飞升"系统时，为了缓和平民与豪富阶层的尖锐矛盾，金钱是不能直接换取分数的。"注意我用的字眼，"她幽幽地看着我，"直接。'飞升'系统强调个人对社会的贡献，而贡献的形式可以是多样的——这就算是我为有钱人留的'后门'吧。你知道，我从来都不认为偏袒弱势的一方能为这个世界带来真正的公正。"在菲奥娜看来，作为社会的中流砥柱，有钱人应该得到他们的公正：他们可以把钱投入到公益和慈善事业中去，可以出资修建学校和道路，可以设立鼓励文明进步的基金会……正向的社会影响会慢慢为他们累积分数——然而这样做的资金门槛很高，并不在我们的考虑范围之内；你母亲的计划和多年来那些绝顶聪明之人所做的如出一辙：成立一个公司，然后以公司法人的名义筹建一个科研基金会，如果公司的实力雄厚资金充沛，那么做出些科研成果并不是什么难事，而"知识边界"和"社会影响"项下的大部分加分是要算到公司法人代表的头上的。

　　我握住菲奥娜的手，轻轻吻她的脸颊。"我怎么看你？你在拯救儿子的生命，这是一个母亲的道德，我无权置喙。"

　　计划被雷厉风行地实施。通过一系列复杂的资本运作，新成立的公司被归入你的名下——尽管你毫不知情。"长生"基金会的第一个科研成果就是某个致命传染病的疫苗，我毫不怀疑那其实是你母亲科研成果的一次转移——显然，这个行动，她已经谋划很久了。

　　一切都很顺利。根据菲奥娜的估算，你已经大大地越过了那条浮动（直到今天我才知道）的及格线。但总有隐隐的不安在咬啮着我们：这一次，又是我们在自行其是地行使父母的"好意"。我们不知道当这份永生大礼倏然摆在你面前时，你会是什么反应。

　　答案在你视频呼入那天揭晓。

　　"爸，妈，我接到通知了。"全息井里，你锁着眉头，"……是你们吧？"

　　你的话犹如哑谜。我和你的母亲一脸茫然，顺水推舟地扮演无知。

　　你的脸上漾起一叠讥讽的笑意，"看来无论我长到多大，在你们的心中，我都只是一个孩子——一个一句'为你好'就能轻松摆平的孩子。"

"不,"你的母亲忽然开口,"不是为你好。"她对惊诧的我点了点头,"既然你已经长大,那么我就不能再继续撒谎了——不是为你好,而是为了我们自己。我们害怕失去你,害怕失去自己的孩子,我们无法承受这人间的至痛。是的,用你明子阿姨的话说,作为永恒之人,不应为失去基因的传承者感到惋惜——但很可惜,爱你是我们脱不去的本能,哪怕只是想到会失去你,我们都会痛彻心扉夜不能寐……长生,你能体恤一个母亲的心吗?你能为了我们……你能……"她哽住了。

你沉默了。在全息井不甚清晰的影像中,似乎有眼泪从你面颊上滴落。

"妈妈,生而为人,是不可能不失去的。所幸的是,你有悠长的时间来抚平一切创伤……"

"对不起。"片刻之后,你说。

49

"先是我们的儿子主动放弃了布鲁克曼理疗法,接着是你。"你的母亲用指尖揩去眼角的泪,说。

我点头,"在芭芭拉之后,这几乎成了一种风气。"

她使劲捏了捏我的手,"泽邦,我真的做错了吗?"

这个问题过于庞大,过于指代不清。究竟是什么出了错,是布鲁克曼理疗法,还是"飞升"系统?是坚持要一个孩子,还是竭尽全力将这个孩子推向永生?抑或是因这个孩子的离去而迁怒于一个深爱她的人,并且最终抛弃了他?

我选择回答我力所能及的问题。

"菲奥娜,"我说,"还记得长生第一次近距离接触死亡是什么时候吗?"

你母亲的眼神空白一秒。"'蝴蝶'?"

"对。'蝴蝶',我们那条雪橇犬,在长生七岁那年死了。那天,儿子抱着'蝴蝶'僵硬的尸体哭成了一个泪人。你还记得自己是怎么安慰他的吗?"

她摇了摇头。

"儿子记得。"我深深地吸气,我的双眼酸胀、湿润。"那是在他——离开前不久。我去波士顿看望他……"你的母亲抽泣了一下,我拍拍她的手,"他老了,这确实会让人心痛,但并非难以接受。儿子经历了完整的人生,他说他特别满足。当时,我和芭芭拉坐在他的病榻边,听他讲了一个童年的故事……"

-1

你半倚在白色的病床上,夕阳把你的白发烧成一丛金黄。你的笑容穿行在脸上的皱纹中,你依旧俊朗。

"最近,我常想起'蝴蝶',那条漂亮的大狗,"你说,"它死的那天,我哭得死去活来。"

我点点头。生命的长度稀释了我的智慧和感受力,在你面前,我感觉自己才是一个孩子,此时正在长辈的病榻前聆听教诲。

"还记得妈是怎么安慰我的吗?她说,狗的生命要远远短于人类,所以每一个养狗的人都几乎注定要经历失去的伤痛。"你抬眼看我,你的双眼一如少年时那般清澈,"妈说,当你决定要养一条狗,当你决定接纳它成为你生命中的一部分,当你决定去爱它……你就种下了一颗种子。悲伤的种子。"

我用手遮住了脸,我的抽泣声穿梭在傍晚的静寂中。

"爸爸,不要悲伤。"你用手轻轻拍我的肩膀,"这颗种子终究会长成大树,而这棵树会结出人性中至美的果实。"

你温柔地看我,看你同样苍老的爱人。

"爱。死亡。相伴相生的两兄弟。弗洛伊德那老家伙说得没错。"

49

我们到了楼下。这是一幢19层高的公寓楼,斑驳,散发着陈年的霉味。

你母亲执着我的手,"泽邦,过了这么多年,我——我发现我依然爱你。"

我喉头一哽,偏过脸去。"哦,菲奥娜……"

"你能原谅我吗?"

"我从来没有怪过你。"

你的母亲颤抖着,用双手托住我的脸颊,把我转向她,转向她黑暗中萤火般的目光。"泽邦,如果,如果——如果我想重新和你在一起,你会接纳我吗?"

我闭上眼睛,"我老了,我的日子所剩无多。"

"我陪你。我想总有一天我会学会直面失去。"

眼泪流了出来,心脏抽痛。"哦,菲奥娜。"

她的嘴唇贴了上来,而我微微侧过了头,错过了她的亲吻。

"泽邦,"她破碎的声音仿佛一个惶惑的少女,"你还是不肯原谅我。"

"不。"我抹去眼泪,"不。"

"那为什么——"

"菲奥娜,想去我家吃点儿宵夜吗?亚历山德拉会做很棒的苹果馅饼,我确定家里还留着几个。"

她滞住了,像那尊在市中心广场上守望了无数个日夜的青铜雕像。

"亚历——山德拉?"

我笑了笑,嘴角上翘的每一毫米都令我痛彻心扉。"我的妻子。一个会和我一起老去的女人。"

"我明白了。"半晌之后,你的母亲说。她向我伸出她蓝色的手,"也许下次吧,我会来尝尝你妻子做的馅饼。"

我握住她的手,"也许下次吧。"

"再见。"

"再见。"

罪

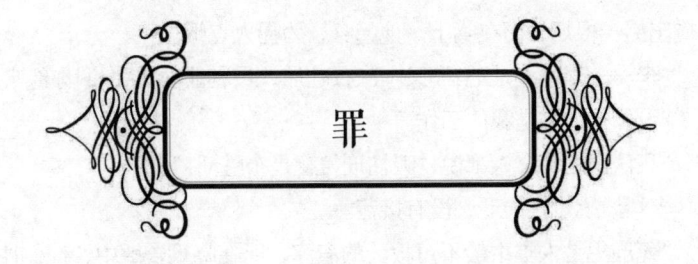

> 刑罚的目的既不是要摧残折磨一个感知者,也不是要消除业已犯下的罪行……刑罚的目的仅仅在于:阻止罪犯再重新侵害公民,并规诫其他人不要重蹈覆辙。
>
> ——贝卡利亚,《论犯罪与刑罚》

1

"我很好奇,"他说,"你为什么指定我来听你的告解。"

对面的男人抽了口烟,他的脸在缭绕的烟雾中若隐若现——那是张线条坚硬的脸,上面有深深的倦意。

"我听说你是那一边的。"

他倾身向前,"哪一边?"

男人耸了耸肩,动作由于穿了束缚衣而显得僵硬。"支持死刑那一边。"

"哦。"

"这么说可能会有点儿尴尬……"男人侧过头,朝自己橙色的束缚衣努了努嘴,暗示两人身份的殊异,"但我跟你是在同一战线的。"

"司法部的人都说,警探贝利亚是个死硬的刑罚主义者。"

男人身体后倾,嘴角上翘。"他们有没有说,我是自作自受?"

他摇了摇头。

沉默。头顶上老旧灯管发出的嗞嗞声填满了这个不到十平米的小屋。叫贝利亚的男人将烟头按进盛满烟骸的一次性纸杯,然后从烟盒里掏出另一根烟，衔在嘴上。他起身，为男人点烟。

"李——李靖波是吧？"又一次吞吐后，贝利亚说，"谢谢你能来。"

"没什么，这是我的工作。"

"我认识的每个人都说，听临刑告解是个脏活。"

李靖波挑了挑眉毛，没有接茬。

"死刑犯是人类中最不可救药的渣滓，而在临刑告解中，他们往往会把自己的变态心理、丑陋过去、对世界的怨毒一股脑地泼洒出来——"贝利亚狠狠嗍了一口烟，"我听说，很多参与过告解的执法人员都选择了事后'擦除'……"

"……我不认为你和别的死刑犯一样。"

"你犹豫了，"贝利亚饶有兴味地盯着他，"你现在意识到，自己对眼前这个死刑犯的了解其实很有限，有限到甚至不确定他是否会给你带来伤害。但是我猜现在你已经没有了退路，也许你的同事们正在酒吧里期待着你给他们带去伟大的传奇——我说得对吗？"

李靖波艰难地笑了笑，随即意识到这不过是脸部肌肉的一次不协调的收缩而已。

"你会得偿所愿。"贝利亚说。

"抱歉，你说——"

"你会听到一个故事。"满面倦容的男人将目光定格在两指间袅袅升腾的蓝色烟雾上，"这个故事来自一个死硬的刑罚主义者、一个前警探、一个失去妻子的丈夫和一个杀人犯，来自人性的黑暗核心——你，做好准备了吗？"

……在抽了最后一口烟后，贝利亚开始讲述。

2

一切都始于一场谋杀。死者是一名中年女性，很普通的那种人，死于那种很普通的暴力行为——后脑勺被某种钝器敲碎。现场一塌糊涂，就像在这座萧索城市的破败街区里无数次发生的暴力一样，看起来缺乏精密的谋划，是施暴人教育缺失和睾酮分泌过量共同作用的结果。本来，查案的思路是程式化的——寻找痕迹、搜集证物、调阅事发地点的监控录像、抓几个形迹可疑的小混混、锁定嫌疑人、审讯、红脸黑脸……真凶往往很快就会归案。本来，这样的事情找不上我——直到我那些愚蠢的重案组同事发现，凶手比他们想象的要聪明得多。事发地点正好处于监控盲区，女子死亡时附近没有人员经过，而在凌乱的现场中，找不到凶器和有价值的DNA标记物。凶手没有留下任何痕迹——也许除了一样……

（贝利亚用食指在嘴唇上比画。）

死者的嘴唇上被人用黑色记号笔画了十几条平行排列、长约4公分的竖直黑线——我想你看过现场照片了。也许这很能激发你们这些犯罪心理侧写师的想象，但当重案组的同事找到我时，我只意识到了一件事——

（"连环杀手。"李靖波插话道。贝利亚点了点头。）

那时这还只是一个猜测。被害人的照片让我想起一桩五年前的悬案。死者也是女性，死因是机械性窒息。这两个被害人几乎没有什么共同点——除了性别和她们嘴唇上的黑线……你们把这个叫做什么？……表达欲？对，就是这个词。对凶手来说，制造死亡不是重点，重点是通过死亡传达的讯息——不管他要传达的讯息是什么，在我看来，这近乎于挑衅。于是该死的好胜心再次发作，我接下了这桩让人一筹莫展的案子……

（贝利亚沉默了一会儿。）

我的小组里有几个老警察——我是说那种很老派的警察。他们有很强的执行力，习惯于反复勘查现场、在卷宗中埋首、与可疑人员互动……他们的缺点在于，过于相信自己的推理能力，并且不擅长使用辅助型AI。老派警察破案靠的是所谓的直觉，靠的是在繁杂凌乱的事实中抓到真相的一道光——说实话，我也是这些人中的一分子。那段时间，我开着我那台特斯拉老爷车穿梭在底特律街头，沿着从案发地点辐射出的街道网络，扑向一个又一个可能藏匿着真相的地方。

艾略特怎么说来着？四月是最残忍的季节……四月的雨下个不

停，天空阴郁，街上污水横流、杳无人迹。在水渍斑斑的建筑物立面后，你偶尔会撞上一束目光——木讷的、涣散的、包裹着敌意的目光。自从AI革命开始后，底特律迅速衰败了下去。衰败一而再地光顾这座城市，被时代抛弃的人如同渣滓般黏附在它的街巷之中，底特律变成了名副其实的下水道……啊，抱歉，我跑题了。我想说的是，尽管在大街小巷和文献资料中跑断了腿，我们依旧一无所获。除了嘴唇上的黑线，凶手并没有向我们泄露哪怕一丁点儿的东西……徒劳无功的几天过去，看起来在与凶手的第二次交锋中，我们又要败下阵来，直到——直到那个人的到来……

（贝利亚的目光越过李靖波的头顶，停留在虚空中的某处。）

哈罗德·古德森身材不高，脸上轮廓很深，黑色卷发——他貌不出众，却非常迷人。很难说清这是为什么，也许是因为他那双极深邃的黑眼睛，也许是因为他那大提琴般的低沉嗓音，也许是因为他的忧郁和沉静……我对这个人的第一印象是，他和他的维京姓氏很不搭调。我指的不仅仅是外貌。和局里这些大嗓门、好喝酒、没事儿就玩儿视网膜浸入式游戏的家伙不同，他的话不多，也不玩儿增强现实，而是时时捧着书，大概就是哲学啊小说之类的……总之，说他不凡也好，叫他怪胎也罢，哈罗德就是这么个人。那时他是个颇有名气的犯罪心理侧写师，也是"犯罪预防与惩治委员会"里最年轻的委员。据说是这起可能的连环杀人案把他吸引到了我们里，而这个人，确实在调查中发挥了很大的作用……李警官，我的嗓子有点儿干，能喝杯可乐吗？

3

一口气灌完一听可乐后，贝利亚又叼起了烟。

"你有疑问。"他口齿不清地说。

"……我感觉，你对古德森的印象似乎很好。"

"陈述事实而已。"

李靖波将手肘架在聚酯桌子上，"那我是不是可以假设，古德森非常善于伪装?"

"伪装?"贝利亚一脸的不可思议,"他就是这样,我不知道他还有什么可以伪装的。"

"可是——"

"所以,我是个至死不渝的刑罚主义者。"贝利亚用两指将嘴里的烟夹了出来,他的手上下摆动,手中的烟仿佛燃烧的旗帜。"你永远不知道在一个人的大脑褶皱中藏着什么样的邪恶,甚至有时连他自己也意识不到。我们用所谓的人道为自己造了一架断头台,还心甘情愿地把头伸了进去……如果说当局还有决心纠正这个错误,那么就从我开始。"

李靖波舔了舔嘴唇,"咳——我明白了。"

贝利亚将烟按灭。

"那,我们继续?"

4

哈罗德甚至都没有费心和我寒暄。刚一进组,他就要求我带他去实地查看——不只是去案发现场,而是要把周边都转上一圈。

"我需要对'舞台'有一个全面的认识,"他说,"这样才能精确描摹罪犯的心理。"

于是我再次穿行在淫雨霏霏的底特律街头。经常是这样:我把车停在路边,哈罗德从车里钻出去,在某家药店或者便利店的门前驻足。他在若有所思地看着什么,橱窗后的机器人店员则不厌其烦地对他露出微笑……回到车里时,他浑身散发着水草的气味。

在勘查完李娅(最近一位死者)的死亡现场后,哈罗德长时间地沉默。特斯拉在雨幕中跋涉,仿佛一枚被投入污水的铁钉。

"她总是在那家酒吧坐到很晚,"哈罗德忽然开口,"她在等待——"

"一个男人,"我接话道,"可惜,那天晚上并没有男人和她搭讪,请她喝一杯占边波本。于是她悻悻地回家,死在一条罕有人至的小巷。"

"凶手想要从她身上得到什么？"哈罗德转头，两只幽邃的黑眼睛夯在我脸上，"如果是钱的话，她身上的财物并没有丢失；如果是性的话，我想凶手并不难从她这里得到；如果是为了报复，她在这个城市里几乎算得上是个异乡人……为什么？"

我摇头，顺势避开了他的目光。

"你觉得这些黑线像什么？"他问我。我耸了耸肩，说我不是哲学家也不是画家，这些黑线在我看来就是一排栅栏，或者城市的剪影，或者食肉动物的尖牙。哈罗德说他有不同的看法。"这个街区让我产生了一点想法。"他的额角抵在车窗上，目光涣散在一片烟雨之中，"这里的后工业氛围不适合做隐喻的土壤，凶手可能只想直白地表达他的思想。比如，如果只把线看成是线，那种缝衣服的线，那么……"

那么，或许凶手只是想把死者的嘴"缝"起来。以下是哈罗德引导我做出的判断：也许死者知道了一些她不该知道的东西，凶手想让死者闭嘴，即使她已经死了。

这倒让我想起一件事。在走访乔伊娜（第一位死者）的亲友时，她的妈妈曾提到，乔伊娜本来是个话很多的孩子，但在十二岁那年，她忽然变得沉默寡言。这种转换仿佛发生在一夜之间，乔伊娜的妈妈没有多想，毕竟，对于进入青春期的孩子，父母还是有一定的理解障碍的。

"那么，你的看法是？"哈罗德问我。我回答说，凶手不是想让她闭嘴吗？也许在凶手下决心灭口之前，乔伊娜受到了他的威胁，所以才变得沉默寡言。我们假设，在乔伊娜十二岁那年发生了一些事情。由于死者的家庭相对单纯，我们把目光投向了她的学校……

（贝利亚舔了舔嘴唇。）

那所学校已经不存在了。其实这对我们来说并不意外，AI革命之后，由于人口的持续流出，很多学校由于缺乏生源而关闭。我们找到了一些当年的教职员，但得到的信息往往是残缺不全甚至是互相矛盾的。就在这样的情况下，我们还是挖掘出了一条令人"振奋"的线索：乔伊娜的数学老师也死于谋杀，时间是她被杀害的一年之前。这也是桩悬案，此前我们之所以没有把它和乔伊娜的案件联系在一起，是因为那个人的死法和其他的两个受害人颇为不同……

（"我看过你们的调查日志，"李靖波说，"那个叫安东尼奥的男人是失血而死，地点是他自己家里。他的，嗯——"）

他的生殖器被割掉了，扔在几米开外的沙发上。现场一片混乱，不出所料，凶手没有留下任何痕迹。自然而然地，我们把注意力集中在安东尼奥不同寻常的死法上。到了这一步，即使没有哈罗德的提示，我也可以大致猜出凶手想要表达什么了：杀人的动机源起于"性"。我们据此做出了一个大胆的假设：乔伊娜十二岁那年，在她、安东尼奥和凶手之间，发生了一件涉及性的龌龊事，这件事的实施人很可能是安东尼奥，因为他那象征男性力量的家伙被割掉了；而乔伊娜可能是参与者也可能是目击者，或者两个身份兼具，凶手不希望她说出这件事，于是杀害了她，并把她的嘴"缝"了起来……

（"很有说服力，但你们并没有考虑最近的那个受害者。"李靖波说。贝利亚沉默了一会儿才开口。"有时候，办案就像是在一片黑暗的旷野中行走求生，"他说，"对手越强，黑暗越大。对于眼前出现的一点光明，你不会在乎它到底是一簇鬼火还是一个温暖的小屋，你只能走向它，试着抓住它。乔伊娜和安东尼奥之间的联系就是这一点光明，为了抓住这一点光明我们无暇考虑其他……你明白我的意思吗？"李靖波点了点头。）

与此同时，我们对安东尼奥进行了一番背景调查。经过几番辗转，你猜我们发现了什么？

（贝利亚目光灼灼。）

……通过一个在警界高层任职的老同学，我得知安东尼奥是第一批接受介入性再造的罪犯，在此之前，这家伙曾多次实施性犯罪……你瞧，这就是司法部干的好事：罪犯接受所谓的脑区再造，不仅逃避了法律的惩罚，还拥有了新的身份和人格——不，鉴于他很可能再次实施了性犯罪，对他人格的再造肯定也是失败的。

（"在这一点上，我和你的看法相同。"李靖波说。）

谢谢。按照常规思路，我们的工作量会很大：要走访排查安东尼奥当年的同事、乔伊娜班上的三十多个孩子。但我们实在没有精力也没有必要做这个工作——安东尼奥当年的罪名是"猥亵男童"，出于对再造工作的怀疑，我倾向于认为安东尼奥的"口味"没有发生变化。

我们要调查的，只有班上的十五个男生。

5

"在此期间，古德森还给了你什么帮助？"李靖波问。

"不计其数。"贝利亚的身体后仰，"关于凶手的杀人动机，关于这三个人在案件中的角色，关于安东尼奥的'小癖好'……"

"就是说，古德森主导了调查？"

他耸了耸肩。

"这毫无道理，不是吗？"李靖波拧着眉头，"他把你们引上了正确的道路。"

"道理？"贝利亚哑然失笑，"李警官，你认为这个世界上有道理可讲？"

李靖波张口结舌。

又一阵沉默。贝利亚将手探进烟盒，无功而返之后，他在一次性纸杯中扒拉出一颗烟屁股，塞进嘴里。他没有示意李靖波为他打火。

"抱歉，我的情绪有点儿失控。"烟的残骸随着他的话音上下摇动，仿若船橹。"希望你能理解，因为从现在开始，我将眼睁睁地看着自己的悲剧发生……"

"你可以，呃——"心理侧写师挠了挠额头，"选择不说。"

贝利亚摇了摇头，"这是我最后的机会了，不是吗？"

6

在查案期间，我可以不眠不休地工作。但这一次我有了一个必须暂时放下手中工作的理由：4月15日是我和娜奥米结婚二十周年纪念日。那天我擅自给专案组放了假,邀请全体人员到家里吃饭。我们在草坪上支起长桌,在桌上垒满一盘盘的香肠、烤肋排、冰镇啤酒和吞拿鱼沙拉。这只是一场普通的家庭聚餐,没有昂贵精致的食物,没有烦琐的餐桌礼仪,一伙粗人反而更尽兴。做为贵宾,哈罗德坐在我和娜奥米旁边。在一群吵吵嚷嚷的老家伙中间,他的沉静犹如风眼。在一番插科打诨之后,我的妻子注意到了他。"哈罗德,你吃得太少了……"她探过头,"是不是不合你的胃口?"

他摇了摇头。我看到他脸色苍白。

也许是怕冷落了客人,娜奥米问哈罗德"犯罪预防与惩治委员会"具体是干什么的。哈罗德的脸上挂着虚弱的笑意,"您相信自由意志吗?"

我的妻子一脸迷茫地看着他。

"委员会的观点是,自由意志是不存在的,"哈罗德说,"人的所有行为,是大脑从外界得到输入,经由神经元网络的一系列运算,最后输出反应的结果。人'看'不到自己的大脑是如何运作的,更无法对其施加影响。我们认为,人之所以会犯罪,可能是大脑构造或者化学环境异常所致,也可能是个人的创伤经历、教育缺失或者恶劣的生长环境所致,又或许是这些因素共同作用的结果。这一结论适用于我们观察到的绝大多数犯罪行为。委员会的工作,就是通过外科手术和纳米微电极重塑罪犯的异常脑区以及部分记忆、重新设计神经元网络算法,把罪犯改造成一个'正常'的人,从根本上杜绝他再次犯罪的可能……"

哈罗德的声音有一种令人昏昏欲睡又不忍睡去的魔力。我看到妻子的目光粘在他薄薄的、上下开合的嘴唇上,她的脸颊上泛起不自然的红色。

"自由意志的屁话!"我粗鲁地打断他,"按照你们的思路,所有人都不需要为他们的行为负责了。你们不惩罚罪犯,而是把他打造成一个他娘的天使一样的新人,再放归社会。哈!我都快被你感动哭了!"娜奥米在餐桌下掐我的大腿,但我不为所动。"那你怎么解释安东尼奥？那个变态不是也被改造过了吗？"

"安东尼奥是不是做了那些事，这还只是个猜想，"哈罗德僵着脸，"不过我承认，我们对大脑的认识还很有限。"

"哈！有限！说得可真轻巧——"

"哈罗德，我家老贝冲动，我看啊，他的'算法'也有缺陷——"娜奥米的手在餐桌下拧我的大腿，"以后，还请你多多关照他呀。"我狠狠地剜了妻子一眼，我的意思很明白：亲爱的，你喝多了吧？

这时哈罗德忽然笑了，他说："贝利亚警探爱冲动？这我可没看出来。"

娜奥米调皮地眨巴着眼睛，"这个傻瓜没和你说过吗——"

她没能说下去。是老家伙们的起哄把我从尴尬之境救了出来。他们鼓动我和娜奥米接吻，交换信物——满是酒精味儿的接吻之后，我送给妻子一副施华洛世奇的水晶吊坠，而她则送给我……

（贝利亚深深地吸气，鼻腔里发出咝咝的声音。）

娜奥米送给我一段录音。当着所有人的面，她对我的手机嗲声嗲气地说："亲爱的小贝利亚，娜奥米永远爱你。"然后在众人的嘘声和掌声中，她把这段录音设置成了我的手机铃声。在余光中，我看到哈罗德的脸再次变得苍白……

聚餐结束之后，我主动要求送哈罗德回他的公寓，没有给他拒绝的余地。钻到车里以后，我把它移交给车辆AI，以一种醉酒的懒散姿势瘫在驾驶座上。车轮开始转动，碾过路面上一个又一个陈旧的崎岖。太阳忽而躲进一片烟灰色的、肮脏的云朵背后。又要下雨了。

"你最好小心点儿。"我说。

哈罗德转头看我。

"你勾引女人的手段并不高明，"我冷冷地回看他，"离我老婆远点儿。"

他垂下眼睑，沉默片刻，再次与我目光相接。"你在演戏——你们在演戏。"

"你说——什么?"

"你们并没有看起来那么相爱,"哈罗德的低音在我的耳廓里嗡嗡作响,"不是吗?"

我握紧了拳头,不是出于愤怒,而是出于心虚。

7

贝利亚的视线绕过李靖波,像是在与他身后的黑暗无声交流。

"你没事吧?"半晌之后,李靖波问。

他摇了摇头。"娜奥米是个好女人。我们虽然没有孩子,但始终相信能够填满彼此的灵魂和余生。"

"……我很抱歉。"

"那天她确实有点儿喝多了——那天我们都有点儿喝多了,"贝利亚哼了一声,"否则我们不会那么口无遮拦。"

"比如,说你爱冲动?"

他似笑非笑地看着李靖波,"看来你确实做了一点功课,嗯哼?"

后者尴尬地笑了笑。

"我曾经把一个恋童癖揍了个半死,"贝利亚说,"正是那一次鲁莽的举动断送了我在警局的大好前途。但冲动只此一回。后来我对哈罗德做的事——和你们想的不一样——是经过深思熟虑的。"

李靖波沉默着,像是在掂量下一个问题的重量。

"你没有反驳古德森,"他说,"你们的婚姻,出现了问题。对吗?"

贝利亚干笑一声,"没错,我是曾对娜奥米不忠,为此她一直都不肯原谅我……我当然可以这样宣称:我爱的只有我的妻子,那些放浪形骸,那些鲁莽冲动,以'委员会'的逻辑,不过是一套不受我的意愿控制的生物算法……但娜奥米不会这么想。人应该为自己犯下的罪付出代价,在这一点上,我们的观点一致。"

死刑犯顿了顿,忽然话锋一转,"李警官,你知道婚姻的本质是什么吗?"

李靖波愣了一下,继而摇头。

"平衡——婚姻的本质是平衡。要维持一段婚姻，你要平衡工作与家庭、苛责与包容、责任与权利……具体一点儿，假设当婚姻中的一方做了不好的事情，而另一方无论如何无法原谅时，要么长痛不如短痛，把已经血肉交融的两个人鲜血淋漓地撕开；要么……"贝利亚的嘴角卷出一个莫测的笑，"要么婚姻中的另一方也做些不好的事情，与之平衡。无论如何，这也比两个相爱的人失去彼此要好。"

李靖波咽了口唾沫。

"你会理解这一切，"贝利亚的嗓音疲沓，"毕竟你坐在这里听我絮叨，是想听到些卷宗上没有的东西，不是吗？"

8

那场聚会之后，一切都回归正轨。我们继续没日没夜地工作，一个一个排查乔伊娜班里的男生。查到第十四个男生，我们仍一无所获。这时哈罗德来找我，说他有了新的想法。

"你知道李娅是一个'播主'吗？"

我说我知道。那个女人在YouTube上放了很多自己的视频，无非是一个人对着镜头絮絮叨叨讲段子。

"你听过吗？"哈罗德问我。

我点了点头，但仍不解地看着他。他在我的电脑里调出了两段视频，一段是李娅讲段子，一段是乔伊娜十二岁生日派对的视频。

"什么意思？"我问。

"听。"

我注意到了哈罗德的用词。他说"听"。于是在过视频时，我把主要的注意力放在听觉上——这一次，我明白了。

"她们的声音很像。"我说。

哈罗德点了点头。"凶手害怕乔伊娜讲出他的秘密，于是她的每一次开口都成了他的梦魇。他惧怕她的声音，那声音变成了他潜意识中的怪兽……"

"所以他把她的嘴'缝'上，不光是为了让她闭嘴，还因为这象征着她再也无法发出声音，"我接话道，"而当他偶然间听到李娅的声音，杀戮的欲望便被再次唤醒……"

"这样一切都能说得通了，不是吗？"哈罗德说。

是啊，一切都豁然开朗。但是，为什么我的心中有一丝隐隐的不安？

"那个，"哈罗德依然站在我身边，"我有一个问题。"

我挑着眉毛看他。哈罗德的脸绷着，"那天你说的话，是真的吗？"

"什么话？"

"你不相信脑区再造能够把罪犯变成一个'新人'。"

我扭过转椅，挑衅似的看着他，我说："你相信吗？"

他愣了一下，然后摇了摇头。

9

李靖波在塑料椅子上局促地扭了扭身子，"这么说，古德森曾向你暗示过？"

"如果你把这称为暗示的话——对，他曾向我暗示过。"

"这样我就越发不能理解他的行为了。"

贝利亚的鼻子里哼出一声轻响，"我猜上帝在制造他时采用了一套高深莫测的算法。"

心理侧写师的嘴唇抿成一线。

"你知道我最后悔的是什么吗？"贝利亚将手肘拄在桌上，"那时我已经有了怀疑，但我只是不肯相信。"

"……你被古德森迷惑了。"

他摇了摇头，"不，我只是被自己迷惑了。"

10

最后一个男生名叫约书亚·佩鲁佐。在调查他时，我们遇到了一点儿困难：据他的一位任课老师说，他在小学六年级时随父母去了西雅图，而当时FBI的全国联网数据库并没有对我们警局开放，这意味着我们要穿过大半个美国去找他。我有种强烈的直觉，我们要找的人就是他——或者与其说是直觉，倒不如说是愿望。这个男孩儿是我们能抓住的最后一颗线头，如果他不是我们要找的人，那就意味着我们的思路彻底错了。

在飞往西雅图的途中，我反复查看虚拟视觉里这个男孩儿留给我们的唯一影像：在班级的合照中，他静静立在一隅，矮小、瘦弱。他的脸有些虚焦，无论如何放大，细节总是一片模糊。也许唯一清楚的，是他黑色的头发和心不在焉的神态。

他让我想到了一个人。

我打了个冷噤，随即制止了自己的胡思乱想。严重的睡眠不足使我耳鸣如雷，甚至盖过了飞机的引擎声。我的眼皮发沉，很快就飘浮在光怪陆离的梦境之中。

下飞机之后，我径直前往约书亚的登记住址。然而就在他的家门口，我吃了一记闭门羹。

"约书亚——他已经死了。"打开一半的门后，一个脸上沟壑纵横的男人说。我猜他应该是约书亚的父亲。

"死了？"我的心空跳一拍，"什么时候死的？……怎么死的？"

那个男人乜着我，黏稠的目光里有疑惧、有厌恶、有——深深的寒意。"恐怕，你得问他本人了。"

门被猛地摔上。男人的残影留在我的视网膜上：一个散发着血腥味儿的笑容。

（贝利亚皱了皱鼻子。）

随后我前往西雅图警局。在那里，我发现事实和老头子的"胡言乱语"竟然差不离。约书亚·佩鲁佐在十六岁时因故意伤害致人死亡——死者是他的继母、老头子的第二任妻子——被判刑，在服刑的第二年，所有的官方档案中都不再有他的名字。没有人再见过他，就仿佛他在监狱中凭空消失了……

（"在这个时代，没有人会凭空消失，更何况是在一座监狱里，"李靖波的眉宇蹙着，"除非……"）

除非他也参与到了那项实验里。以下是我在语焉不详的官方记录里得到的结论：做为一个具有明显行为偏差的少年犯，约书亚·佩鲁佐参与了西雅图市的脑区再造试点项目。和安东尼奥那个时代的半吊子做法不同，约书亚被打造成一个完完全全的新人——新的记忆、新的身份、新的名字、经过轻微整容的新面孔。他的鳏夫父亲被告知，为了他的孩子能摆脱暴力的过去，他必须接受他已"死"的事实——其实我想在约书亚的父亲的心中，他早就被草草埋葬了……

（"关于脑区再造的文件里没有提过这些。"李靖波说。）

我所说的一切，在理论上来说是绝密的。为了保证约书亚的"愈后"生存质量，为了保证他不会遭遇任何就业或者生活上的歧视，不应该有人知道他之前的身份——除非你恰巧认识某个人，这个人可以进入脑区再造项目的核心数据库，就像他之前在调查安东尼奥时做的那样……

（"通过你的老同学，你查到了约书亚的新身份，"李靖波说，"这需要时间。"贝利亚摇了摇头，"而在这场分秒必争的比赛中，时间就是一切。"）

刚到西雅图时，娜奥米曾打来电话。她问我什么时候回家，她很担心我。

"别胡思乱想。"我的口气很不耐烦。

"向我保证，你不会胡来。"

"你什么意思？"

我被娜奥米的言外之意——或者更准确地说，我被自以为在她的话中听出的言外之意激怒了。是啊，我曾经在办案过程中情绪失控，也曾经偷了那么几次腥，我们两个有必须要解决的问题，但，现在真的不是谈论这个的时候。于是那段时期中所有的歉疚、不满和猜忌如沉渣般泛起。我口气很冲地回了她几句，暗暗期望能把这次谈话升级成一场争吵——然而我失败了。娜奥米在电话那头沉默着，长时间地沉默着。最后，是我不堪忍受沉默的重负，挂断了电话。

（李靖波的手指在桌面的信息窗口上滑动，"8个小时后，你接到了古德森的电话。"）

他建议我乘最近的一趟航班回来，却没有告诉我为什么。那时我正在西雅图警察局，自以为抓住了真相的藤蔓。我对他说，我讨厌别人说话含含糊糊，有什么事，我希望他能直截了当地告诉我。他在电话那头沉默了半天，然后说了一句让我费解的话："贝利亚，你是对的。"

"……你说什么？"我问道。

那边已经挂了电话。

11

"5个小时后你赶回了家，"李靖波说，"这是在你得知古德森的真实身份之前还是之后？"

"之前。"

"所以说，你已经察觉到了？"

贝利亚苦笑，"这已经不重要了。我没有听从哈罗德的建议，坐最近的那趟航班——我回家晚了。"

"就是说——"一个长长的停顿，"古德森其实是希望你能救下，呃，你的妻子？"

"我不知道他希望什么。也许连他自己也不知道。"贝利亚语气阴冷，李靖波的目光与他轻微擦碰，迅即逃开。"大脑是大自然最精妙的造物，而就凭着一点儿浅薄的认识，我们竟然妄图把它置于我们的掌控之中——这是天真，还是愚蠢？"

李靖波咽下一口唾沫。

12

家里是那么安静，安静得令我汗毛直竖。我一边轻声呼唤妻子的名字，一边查看各个房间。一切似乎与平常无异：从窗子里渗到走廊上的清冷月光、挂钟不知疲倦的哒哒声、栀子花的香气……然而我的手指却贴在枪的扳机上。你可以说这是警察的直觉，但我更轻倾向于认为,这是丈夫的直觉……我走上二楼,一手握枪,用另一只手推开卫生间——这是整栋房子里唯一亮着灯的房间——的门,我看到了……"

(贝利亚以双手覆脸,久久不说话。)

咳,不好意思。我看到娜奥米双手双脚被玻璃绳捆着,一丝不挂地蜷身在浴缸里。她那双半张的蓝色眼睛在迷茫地看着我……在她的身下,血已经漫溢成深红色的沼泽……我抱着她已经冷却的身体,无声地哀号……"

(贝利亚闭着眼睛,牙关紧咬,腮部鼓起成条的肌肉。片刻之后,他摆了摆手,像是在驱逐某种无形的东西。)

"对不起。"从我的身后传来声音。我回过头,一个身影在泪眼中漂浮。黑发。黑眼。水草的气味。

"娜奥米的声音……让我控制不了自己,"那个声音继续说,低沉、极富穿透力,"我也不希望是这样……"

我转身,举枪,将黑眼置于准星正中。

哈罗德静静地看着我,忽然,笑了。他把手举了起来,我看到,他手中攥着一支黑色记号笔。

"可以让我把工作完成吗?"

我扣动扳机。

13

"你本可以把他一枪打死。"李靖波说。

贝利亚轻轻摇了摇头,"娜奥米不希望我被自己的冲动所控制。"

心理侧写师没有说话。

"几个小时后我接到电话,"贝利亚说,"约书亚·佩鲁佐的新身份就是哈罗德·古德森。"

"……"

"哈罗德交代了一切,像倒垃圾一样把他的罪恶全倒给了我们。"李靖波的目光下降到信息窗口,他的鼻子厌恶地皱了起来。

"他们说人是身不由己的。"沉默了一会儿，贝利亚重新开口，"作为一名警探，我目睹过太多罪恶，你无法想象的罪恶……绝少有罪犯真心忏悔，相反，他们还很享受作恶带给他们的快感……我所经历的一切让我相信，人并不是身不由己的。人有选择的自由，即使上帝给了他一颗异乎寻常的大脑，即使他的过去是一坨狗屎。"

"这是你对古德森的看法？"李靖波小心翼翼地问。

贝利亚翻起眼睛看他，然后，卷起嘴角。

14

这是为数不多的几次，哈罗德坐在我对面。照理说，我不能进入审讯室。但这一次会面出于我和哈罗德的共同意愿，我的那些老同事还是乐得做一个顺水人情的。

他的表情很放松——说实话，我以前从未见他如此放松。那些我期待能在他眼神里看到的东西：忏悔、疯狂、恐惧或者迷离，一样也无法寻见。

哈罗德眼里只有平静。

他邀请我与他一起抽烟，我拒绝了。

"你为什么不打死我？"哈罗德用右手揉了揉左肩，那是他被子弹击中的地方。

"我已经被你牵着鼻子走得太久了。"我说。

他呵呵一笑，随即脸沉了下来。"我没有勇气结束这一切，"他说，"我试过。但我被过去和心中翻滚的欲望纠缠着，走不出来。"

"你接受过再造，"我努力平抑着话音中的颤动，"但是你并没有忘。"

哈罗德直视着我，"十五年前的一天，我在医院醒来。有人告诉我，我经历了一场严重的车祸，我活了下来，但是由于头部受伤，我丢失了很多记忆。是啊，我的过去一片迷蒙，我只能相信他们告诉我的：我是谁，我有怎样的过去，为什么孤身一人……一切似乎都很合理。在别人口中被塑形的记忆，嵌入了我脑中那些形状模糊的空缺……于是我就这样生活着:我是哈罗德·古德森,一个对犯罪心理颇感兴趣的高中生,我在学校的成绩不错,轻轻松松地考取了州立大学的心理学系……依然是'他们',那个我不知道名字的基金会,资助了我。毕业以后,我如愿以偿地进入警局,成为了一名犯罪心理侧写师;不久之后,我又受到了'委员会'的召唤……在当时的我看来,人生是如此顺利,顺利到令人感到乏味……"

他又咂了一口烟,然后缓缓吐出烟雾。"直到有一天,我在偶然间听到了一个声音——对,就是那个叫做李娅的博主。至今我仍无法准确形容听到她的声音时的那种感觉:头皮发麻、血液里似乎滚动着冰碴,我满心羞耻,却惊恐地发觉身体中翻涌着一种类似性冲动的快感……情绪被重建,随之而来的便是记忆。正如我们所知,记忆从不被存储到特定脑区。当某个编码了记忆的神经元集群被激活,它便会引发连锁反应:离子通道开启、电信号流动、更多的离子通道开启、原有的连接模式被重新建构……于是死去的记忆复活。透过层层迷雾,我看到了自己的'前世':一个羞涩的男孩儿,有时会在放学之后被他的数学老师留在办公室。那个肮脏的男人命令他脱光自己的衣服,如同一枚去了壳的荔枝……"

"咳——乔伊娜在这个故事中的角色是?"

"我们被她撞见了。"哈罗德的黑眼里掠过阴翳,"或者更准确地说,只有我和她看见了彼此。虽然门只被短暂推开又被轻轻掩上,但就在那一瞬间,我捕捉到了她的目光。后来我对乔伊娜做出了一点儿小小的威胁,但这并无法缓解我整个少年时代的焦虑——关于这一点,我相信我们已经一起分析过了。"

我点了点头。

"后来我随父母去了西雅图,"哈罗德说,"很难回想起那时我的所思所想,但几乎可以肯定的是,在青春期的躁动和那段经历的共同作用下,我变得冲动、暴戾,还干了一些不怎么好的事儿……"

他探身向前,压低嗓门:"你知道吗,我的继母是这场献祭的第一个牺牲品。她也许曾经把'母亲'这个角色演得很好——我记起自己曾经把在学校的遭遇告诉了她,而她则叫我不要声张。我想这大概是因为把精力投入到和学校扯皮中实在得不偿失,毕竟我不是从她的子宫里蹦出来的。当然她的说法是这都是为了我好,而我也天真地相信了。"

有寒意从他的眼睛里渗了出来,我仿佛听到四周的空气在噼噼啪啪地结冰。

"他们抹去了一些东西,"哈罗德用食指点了点自己的太阳穴,"但真正'重要'的一直在这里。当记忆重新涌现,我不断回到杀戮开启的时刻:那是一个午后,只有我和继母在家。我们因为什么事情争吵了起来,似乎占据优势的一直是我,直到她骂出一句'被操屁眼儿的小杂种'……在那一刻,我感觉到自己被背叛了。趁她转身的时候,我从刀架里抽出一把'双立人',把这个自称为我的母亲的女人捅成了马蜂窝。"

审讯室陷入长时间的沉默。我歪过头,清嗓子,但无论如何都清不掉那该死的异物感。

"当你回想起这一切,咳,便着手策划了一连串的杀戮——杀安东尼奥是为了复仇,杀乔伊娜是为了驱赶少年时代的梦魇……那么李娅呢?还有,"我听到自己的声音在喉咙里滚动,仿佛一口浓痰,"还有娜奥米呢?"

他似笑非笑地看着我,"你明明知道答案。"

"不,我不知道。"

"你不想知道。"哈罗德的眉尾翘了起来,"你不想知道自己的妻子只是死于纯粹的消遣,就像一个孩子用手指碾碎甲虫——只是出于无聊。"

"够了!"我俯身越过桌面,掐住他的脖子,"他妈的够了!"

哈罗德的脸涨得紫红。我听见背后电动门滑开的声音。有几双手扣住了我的手臂,把我向后扳开。那张紫红色的脸在几次剧烈的喘息之后,绽出一个笑容。

"我很想结束这一切,咳咳,真的,"那张脸说,"当我来到你身边时,我就是抱着这样的想法。但我渐渐发现,那种行走在危险边缘的感觉很美妙。我知道你已经对我有所怀疑,我只是纳闷你为什么没有意识到自己妻子的声音和那两个死者也很像——我给了你很多提示,每一次提示都把自己向悬崖边又推了一把,这种感觉真是令人欲罢不能。娜奥米是个好女人。当我打电话骗她说我怀疑办案的压力使你的精神处于极度不稳定的状态,需要和她商讨对策时,她毫不犹豫地邀请我去你家。一个独居的女人邀请一个单身男人,这很不符合常理——或者说,这很符合常理,对吗?当娜奥米对我做出种种暧昧的暗示时,我忽然明白过来:这个女人是想报复你。如果我没有猜错,你曾经对她不忠。你们那副相爱的样子,不过是演戏给自己看罢了……不得不说,娜奥米真是个好女人,连出轨的对象都要选择你的同事……"

我如困兽般挣扎着,发出嘶哑的哀号。

"咳,请你不要误会,我对那档子事儿没什么兴趣,"那张脸继续说,"比起做爱和嗑药,杀死她的感觉更妙。"

15

"操。"

半晌之后,李靖波低低吐出一个字。

贝利亚哼了一声,他手中的可乐罐已经被捏成薄饼。"哈罗德是想故意激怒我,"他说,"他很清楚,自己不会被送上断头台。"

"我不明白……"

"对哈罗德的脑区再造是一场失败。如果'委员会'就此放弃哈罗德,那就意味着承认了这一点。"

"所以还会有另一次再造——"李靖波说,"你们两个都很清楚这一点。"

"错误是真理最好的试金石,不是吗?"

心理侧写师若有所思。

"后来,据我的老同学说,'委员会'对哈罗德做了一系列的标准测试。"贝利亚用手指摆弄着被捏扁的可乐罐。"海尔量表、基因测序、额叶皮质构造分析、单胺类神经递质水平检测、记忆解析等等……他们的结论是,哈罗德没有变态人格——他的问题始终出在记忆上。这一次,他们会更加小心翼翼地清除他的记忆,确保那个潜伏在他灵魂中的恶魔永远不再苏醒。"

李靖波用手指搔了搔鼻翼,"我表示怀疑。"

贝利亚耸了耸肩。

16

再次见到哈罗德,是三年以后。他已经不认识我了——他这时的名字叫龚一杰,在一家酒吧当侍应生。除了依然是黑发黑眼,他已然是另外一个人……如果不是听到他的声音,我也会认为他只是一个陌生人。

("当然,我那位老同学的帮助也是必不可少的,"贝利亚压低声音,"我希望这句话不会出现在记录里。""放心,我现在的身份相当于牧师,"李靖波说,"牧师是不能泄露告解内容的。")

谢谢。在烟雾缭绕的酒吧里,哈罗德显然被我看毛了。"我们,"他的眼神里盛满拘谨的笑意,"以前认识吗?"

我撤回自己的目光,"对不起,我认错人了。"

我一直等到他下班。在凌晨三点的街头,我尾随着他,如同一个无形的幽灵。

——我等待着。

终于,他选择了一条僻静的巷子。这是动手的绝妙地点。我急速向他靠近,待他回头时,我已经揪住他的领子,把枪管抵上他的额头。

"求求你——"他浑身颤抖,"我可以、我可以把所有的钱……"

"哈罗德。"我说,"哈罗德·古德森。"

"我不明白……"他把手臂夹在身侧,举起的双手在他的耳边打开,像两只巨大的招风耳。"我不明白你在说什么……"

"约书亚·佩鲁佐。"

"……求你。"

"看着我。"我命令道。

于是在昏黄的路灯下,我看进他的眸子——那里面除了恐惧,空无一物。

我松开了手。他难以置信地看着我,后蹭几步,似乎吃不准是该立刻转身跑掉,还是站在原地等待我的发落。疲倦在这一刻铺天盖地地压了下来,我摆了摆手中的枪,"你走吧……"

他转身。

"等等!"

我掏出手机,"我想让你听听这个。"

他的表情介于哭泣与崩溃之间。

手机开始发声:"亲爱的小贝利亚,娜奥米永远爱你。"

几秒之后,他的眼睛瞪圆了。

"亲爱的小贝利亚,娜奥米永远爱你。"

他的脸变得苍白。一种和刚才频率不同的战栗在他周身漾开。

"亲爱的小贝利亚,娜奥米永远爱你。"

有内容从他的眼睛里浮了出来——恐惧,哀愁,喜悦。哈罗德·古德森从龚一杰的身体里浮了出来。

"嗨,贝利亚。"一段近乎永恒的时间过后,他的嘴角翘了起来,我的周身滚过阵阵寒潮。

我把枪的准星置于他的双眼之间。

"不要让我失望。"他说。

他闭上了眼睛。

我再次对他扣动扳机。

17

"无论出于什么理由,我毕竟是杀了人。"告解人直视着对面的心理侧写师。"我拒绝了'委员会'的'好意'。人应该为自己的行为负责——作为一个死硬的刑罚主义者,如果我逃避死刑,那就是背弃自己的理念。"

"但人类终有一天会放弃刑罚，"李靖波叹了口气，"你不能扭转时代的走向。"

"我知道，"贝利亚淡然笑了笑，"不过这一切很快就和我无关了，不是吗？"

李靖波看了他好一会儿，"我明白了。与其说你是在贯彻理念，倒不如说你是在寻求解脱。"

"有什么区别吗？"

李靖波苦涩地笑了笑。摇头。

18

在注射完第一管药物后，犯人陷入昏迷。这是为了避免即将到来的痛苦。

这就是我们的时代，李靖波心想。一切都出于人道——用另一种死亡欺骗一个一心求死的人。出于人道。

第二管药物被注入到颅骨之下。那是数以亿计能够自主移动的智能纳米微电极，它们黏附在犯人的大脑皮层之上，扫描、反馈、解析，勾勒他大脑的基本结构、为他的神经元活动模式建模……它们没有发现犯人大脑的结构异常或者病变，但却在大片大片的神经元集群中发现了一些特殊编码，一些……负面的东西。尽管记忆的机制并未被完全破解，但至少，清除这些"脏东西"，是"委员会"力所能及的。大规模的试验证明，记忆移除对重塑人格是十分有效的——嗯，至少在大多数情况下。

清除开始。电信号流过神经元丛林，激发传递着激发。那些突触联结被重置，曾经的有序退化为一片混沌。

混沌，然后是一个天使一样的新人。

李靖波看着观察玻璃后的贝利亚。后者的表情是那么安详，和所有那些厌弃了人的世界，从而能够坦然接受死亡的殉道者一样。

他忽然很想在"天使"前加上一个修饰词。

他娘的。

19

"我们以前,"对面的人问,眼里盛满拘谨的笑意,"在哪里见过吗?"

李靖波撤回目光。公交车站可不是个叙旧的好地方。"抱歉,你让我想起了一个许久不见的朋友。"

"不瞒你说,我是个丢失过记忆的人,"那人笑了笑,"所以如果我们以前真的认识,我不介意能在你这里听到一两个故事。"

李靖波摇了摇头,"没有故事,只是一些无用的回忆罢了。"

那人盯了他一会儿,然后起身。"我的车来了。再见。"

他冲他挥了挥手。

再见,警探贝利亚。

墓志铭

Cast a cold eye
On life, on death.
Horsemen, pass by!

——叶芝,《墓志铭》

1

对于一个习惯沉默的人,墓志铭似乎是表达自己的最后机会。

他是个唯物论者,按理说,他不应该纠结于这些身后事。他以前确实是这么想的。但他现在意识到,他以前之所以这么想,是因为他以为死亡离他还很远。

如今,考虑在自己的墓碑上写些什么,似乎是自然而然的事。

司汤达式的墓志铭是不错的选择,他可以让人在那块精心磨制的大理石上刻如下几个字:活过,爱过,推导过……但是,应该由谁来完成这一工作呢?除了妻子,他在这个世界上没有亲人——哦,应该叫"前妻"。离婚十年了,他依然没有习惯身份的转换。

也许我该给她打个电话。他想。或者,我该去纽约见见她。

也许不该。

得知诊断结果的那天,他在铺满落叶的校园林荫道上一直走到夕阳西下。我把一生都奉献给了这里,奉献给了虚无缥缈的数学王国。他的脚步蹚过落叶,发出沙沙轻响。

如今我要走了,我留下了什么?谁会记得我?

他不知不觉走到了"猫头鹰"酒吧。在酒吧门口,他拨通了邓肯·艾利希的电话。

"我在'猫头鹰'。"他说。

"你什么意思?"电话那头问。

"陪我喝酒。"

"啊哈。"

傍晚七点多,酒吧里是三三两两的学生。即使坐在一起,他们也都沉浸在各自的增强视域中。对于两个中年教授的到来,没人费心抬一下眼皮。

我就要死了,你们这些麻木不仁的混蛋!他在心里呐喊。好好爱你们的世界,因为你不知道何时会失去它!

向卡座移动时,他不小心踢到了一个学生的脚。后者仰面看他,目光中有藏不住的鄙薄——那是对衰老而又附庸风雅之人的鄙薄。"对不起。"他躬身,错了过去。

"说吧。"两杯艾尔啤酒端上桌后,邓肯说,"怎么回事?"

他盯着杯里翻腾的白色泡沫发呆。

"喂!你平常可是不喝酒的。肯定是大事,你不会——"邓肯把手臂撑在桌上,毛发浓密的脸凑了过来,"你不会要死了吧?"

他一怔,然后点了点头。

"一点儿也不好笑。"邓肯缩了回去,似乎抖了一下,吴树不能确定。

"是不好笑。"他说。

对方的喉结缩了缩,"是真的?"

"肺癌四期。"他发现自己正下意识地模仿医生宣判时的语气,仿佛这样就能成为一个作壁上观的局外人,"还有不到三个月的时间。"

"哦,"邓肯呷了口酒,"真他妈操蛋。"

"是啊,"他附和道,"是挺操蛋。"

"你打算怎么办?"沉默了一会儿,邓肯问道。

打算。他摇了摇头。按理说,在时间不多的情况下,"打算"是个符合逻辑的行为。但此时此刻,他的潜意识拒绝打算。

这是个悖论。他想。

"所以说,"邓肯说,"你看不到我拿诺贝尔奖了。"

他笑了笑,"是啊。"

邓肯的眼睛发直,"要是你能拿菲尔兹奖①,我的心里会好受点儿。"

"你知道我早过四十了。"

"是的是的,"邓肯猛灌一口啤酒,"这个操蛋的世界。"

这一轮沉默持续了几分钟。他喝酒,酒的味道让他想到死亡;他张望,昏黄的灯光、红色的砖墙,就连墙上抽象的涂鸦都让他想到死亡;干脆闭上眼睛,可就连平素最爱听的爵士乐,也让他想到死亡。

"该写点儿什么?"他喃喃自语。

邓肯猛眨几下眼睛,"啊?"

"我的墓志铭。"

邓肯的舌头在嘴唇下滚动一圈,"这还用想?当然是那个公式。"

"那个……"他艰难地吞下一口唾沫,"恐怕没几个人看得懂吧?"

"老兄,"邓肯抱起双臂,嘴角向一边歪着,"你是希望百分之九十九的识字蠢货知道你是个壮志未酬的数学家,还是希望百分之一的聪明人晓得这个躺在地下的人曾经做出过真正的发现?"

他愣了一下,"后者吧。"

邓肯的嘴角卷了起来,向他举起杯子。

2

"所以,"她说,"从一开始,你就没打算要孩子。"

他在增强视域里做着演算,没有说话。

"为什么?"她不屈不挠地问。

他的视点在空中一滑,关闭了窗口,"为什么要孩子?"

"因为——"她的脸颊慢慢燃烧起来,"因为……"

---

① 以加拿大数学家约翰查尔斯菲尔兹命名的国际性数学奖项,被视为数学界的诺贝尔奖。

他故作宽容地笑了笑,"因为这是基因赋予我们的使命。对于这一点,你不是最清楚不过吗?"

她的嘴巴张开,又闭上,没有发出声音。

"好,姑且假定道金斯'基因机器'的想法过于激进,我们现在只探讨孩子在集体无意识,或者说在文化中的意义。孩子是什么?孩子是必死个体留在这个世界上的墓志铭。希望有一个携带着你部分遗迹的生命会在你死亡之后继续为你倏忽而逝的存在作证,这种想法或多或少会减少你对死亡的恐惧……"

她咬着嘴唇。

"但经济学家凯恩斯是怎么说来着?"他滔滔不绝,就像在毕业论文答辩会上,"'从长期来看,我们都会死——不止你我,不止你我的孩子,所有文明、地球、太阳系乃至整个宇宙,都有终结的一天。所以我不明白,除了性的享乐以外,繁衍后代对我们来说有什么意义?"

"吴树,"她终于开口,"是数学让你变得这样毫无人味儿吗?"

"那么生物学呢?"他反唇相讥,"把生命看作化学事件会让你更有人味儿吗?"

"生物学教会我理解生命,而非肢解生命。"

沉默了一会儿,她说。

……

当时,她的语气那么冷,那寒冷甚至渗透到了梦境的背面。他醒来,打了一个哆嗦。

"先生,"乘务员俯身,甜美的气息扑面而至,"我们马上就要着陆了,请调直座椅靠背。"

他点了点头。波士顿到纽约,不到一个小时的飞行时间,他在梦境里辗转流连。而刚才那个梦,与其说是弗洛伊德式的隐喻与再造,不如说是潜意识这位大导演偶尔为之的8mm胶片纪录片。也许潜意识早已为自己厘清了所有线索,他想,瑞秋离开我,是因为她认为我缺乏人性。

而瑞秋从不会犯错。

机身倾斜，波音 B797 机翼的翼梢之下，纽约市从淡紫色的薄雾中浮现出来。像影影绰绰的墓地。他被自己的这个念头吓了一跳。死亡的意象似乎统摄了一切。无论他如何提醒自己，他身下的这片"墓园"之中就生活着他的爱人，他仍然会把长岛上林立的千米大楼想象成巨人们的墓碑……

该死。他在心里暗骂一声。

一出机场，他就钻进了千禧希尔顿酒店的胶囊观光车。用微生物指纹确认身份之后，这辆全透明的电动车无声启动，载着他驶向目的地。早上六点多的纽约城还没完全醒来，若不是偶尔有鲜黄色的无人驾驶出租车和晨跑的路人从车窗外闪过，他甚至觉得自己是误入巨人墓园的蚂蚁。

到达酒店后，吴树简单冲了个澡。他始终不习惯随身携带"清洁虫"，不习惯这些跳蚤大小的微型机器人如黑云般漫卷过他的身体，啃食皮屑、油脂和泥垢。虽然这样的清洁方式可以随时随地进行，据说还比"传统"的方法更干净，但他还是喜欢水流过身体的感觉，喜欢在热气腾腾的浴室中思考问题——然而现在对他来说，思考几乎是不可能的。每一滴打在身体上的水珠都令他生疼，每一口富含水分的空气都让他感到窒息……这一切都让他联想到死亡：不是因为必然到来的疼痛，而是因为必将失去的，对疼痛的感知。

他本想休息一下，可当他躺在松软的床上后发现，闭眼比睁眼更累。一闭上眼，那些藏在黑暗中的东西，那些恐惧、那些不甘、那些霉烂的记忆就像潮水般拍打着眼睑围成的堤坝，发出万马奔腾般的喧嚣。于是只好睁开眼睛。宾馆房间的全息影壁抹去了身边的一切，他置身于纽约市天际线上的橙色黎明中，一秒接着一秒，他看到这橙色被苍白的天光渐渐销蚀。有那么一瞬间，他似乎体验到了时间的流动和流动时的黏性，他在这种不可见的流体中挣扎着起身，低声报出一串地址，智能房间在几微秒之内为他捕捉到了一个交通单元，全局式交通控制系统随即生成了一套最优行程——接下来他将以最快速度到达目的地，尽管他其实暗暗期望，纽约的交通能把即将到来的尴尬稍稍推后一点儿。

但这世上本就有一些不容逃避的东西。

几分钟后,他坐上了电动车,去往前妻的家。

3

前妻居住的公寓楼下有一个小小的花园,里面种着悬铃木、水杉和银杏。他坐在一条木制长凳上,等待着代表瑞秋的粉红色虚拟人偶从增强视域中跳出。在这方闹中取静的小天地里,他能听见鸟儿的鸣啭,还有风拂过树叶的飒飒声。他甚至能闻到树木油脂的清香混合着泥土的腥味儿,阳光从稀疏的树叶间大滴大滴洒落下来,溅湿了每一个路过的人。

他忽然发觉,在这寻常的景致中藏着一种惊心动魄的美,这美属于活着的一切……几个穿着幻彩夹克的朋克青年从他眼前笑闹着走过,他们脸上的青春痘如同被秋天爆开四壁的橘子,旺盛的生命力在肆无忌惮地流溢。吴树惭愧不已地低下头去:他想起苏珊·桑塔格[1]曾经说过,像他这样的人是属于疾病王国的。疾病和健康,两个王国。而他,现在是一个偷渡客。

一个小时过去,瑞秋还没有出现。

这也许是个启示,他缓慢起身,全身的骨骼都在咯咯作响,我不应该来。我来干什么?告诉她一个无情之人终于得到了他的报偿,终于开始悔恨没有在世上留下任何东西?

然而他还是走到公寓门前,大楼在识别出他的身份后告诉他,瑞秋最近都不在,并且没有通报行程。

"瑞秋的丈夫和女儿都在家里,"在察觉了他的失望与如释重负后,大楼善意地提醒他,"您要不要去拜访他们?"

他摇了摇头。

"真遗憾,"大楼又说,"瑞秋一家为您设置了最高访客身份。"

他怔了一下。最高访客身份就是一句"随时欢迎"。很久以前,在

---

[1] 美国著名作家、评论家。

这个国家的北方边陲,人们欢迎不速之客,因为他们能带来炉火熊熊的热闹、半真半假的传闻和冰封天地外的另一个世界——而他,一个生性冷漠的人,一个惨痛记忆的活化石,有什么值得欢迎的呢?

他走进了大楼。自动步道和电梯系统通过数次运转,将他送到瑞秋的家门口。

11304。

白色的聚合材料屋门滑开,一个高大的男人站在门口,光线从他的身边揉过,勾勒出一片毛茸茸的剪影。

"嗨,吴。"男人向他打招呼。

"嗨——鲍勃。"

"刚才房间通报你来了,我还以为它搞错了呢。"

他用松散的面部肌肉拼出了一个笑。

"快进来吧。"男人侧身。

"不了,谢谢。只是顺道过来看看……瑞秋,她,还好吗?"

男人耸了耸肩。"你知道的,天天不着家。这不,"他伸手向上指了指,"上天了。"

"上天?"他吞了一口唾沫,感觉那是一簇蚕豆大小的火焰,正顺着喉管滑下去。

"空间站里的实验项目……那个空间站叫什么来着?哦对,'露娜'……"男人挤了挤眼睛,"她没告诉你吗?"

他摇了摇头,"我该走了。还有个会议……"

"这么急?"男人夸张地扬起眉毛,"是联合国的会议吗?"

"咳——"他欠身,咳嗽。男人拍了拍他的肩膀,开朗地笑了几声。这时,一张小小的脸蛋儿从男人身后探了出来,脸蛋儿上有一双蓝色的大眼睛,星星一样的小雀斑,两瓣饱满丰润的嘴唇,嘴唇打开,两颗小兔牙蹦了出来,"爸爸,他是谁?"

"爸爸和妈妈的朋友。安妮,叫叔叔。"

小女孩儿用她脆薯片般的童声重复道:"叔叔。"

他蹲下,"你好,安妮。"

女孩儿好奇地打量着他，"叔叔，你病了吗？"

他笑了笑，感觉有液体被眼角的皱纹挤了出来，"嗯。"

"那你，"女孩儿从父亲的身边缩了过来，一脸天真地看着他，湛蓝的眸子里满是关切，"那你难受吗？"

他把手轻轻按在女孩儿的肩膀上，"现在好多了。"

离开的时候，眼泪一直没有停过，像旱季过后的瓢泼大雨。他跌跌跄跄走进了公寓楼下的花园。长凳的一边已经坐了人，可他的双腿已经支撑不住了，他把自己砸向长凳的另一边，蜷着身，双手掩面，泪水从指缝间奔涌而出，一同奔涌的，还有抑制不住的呜咽声。她像她，像她。有一个声音在漆黑的、大雨滂沱的世界中呼喊。我他妈的就是个傻瓜！我都失去了什么啊……他想他的前妻，撕心裂肺地想。他害怕，害怕一个人孤独地面对死亡，害怕自己像清风一样了无痕迹地拂过世界……哪怕有一个人用精致的谎话安慰他，哪怕这丝毫不能改变死亡的永恒与虚无……哪怕只是徒劳的挣扎，他依然需要。

有人戳了戳他的肩膀。他抬起头，一方手帕递了过来。

"喏。"是长凳另一边的老太太，她佝偻着腰，满头银丝，少说也有八十多岁了。

他接过手帕，擦眼泪，不体面地擤鼻涕，白色的手帕被吹得老高，像是在水里漂动的水母。

老太太在他身边坐了下来，轻轻把手搭在他的大腿上。

"哭吧，哭过就好了。"

"好不了了。"他嘟哝道。

"好不了就算了，反正据那些大脑袋科学家说，上帝也有玩儿完的一天。"

他扑哧一声笑了，老太太扭过头看他。

"好点儿了没？"

他点点头，满怀歉意地把手帕折了几折，递还给老太太，"把您的手帕弄成这样，实在不好意思……"

"没关系。"老太太接过手帕,把它塞进毛线坎肩的侧兜里,"我这块手帕是纳米自清洁型的,放心,它不会因为这么点鼻涕眼泪就玩儿完。"

他又笑了,心底生起了一点儿暖洋洋的东西。

4

他可以平静地接受离婚,但不能接受他的继任者。

"那个——鲍勃,他是个什么来着?"他嚷嚷道,"股票经纪人?"

"不关你的事。"瑞秋眼皮都不抬,"而且,他也不是股票经纪人——这个世界上早就没有股票经纪人了,他是高频交易算法架构师。"

"这有什么不一样吗?"他歇斯底里,"无非是把社会的财富搬来搬去,顺便成就几个暴发户,再把一些人搞得家破人亡……"

沉默了一会儿。"至少他爱我。"瑞秋说。

我也爱你呀!他差点儿脱口而出。可现在说这话又有什么用?他们俩的裂隙太大了,一万句"我爱你"也没法把这个裂隙填平。

"是因为孩子吗?"他问。

瑞秋沉默以对。

"那么,祝你幸福。"他故作大度地说。

"谢谢。我会的。"

……

瑞秋是对的。他在候机大厅里想着,鲍勃高大、英俊,有漂亮的银色头发和迷人的微笑——他还为她带来了一个孩子,一个继承了她遗传物质的新生命。生命的本质就是铭记。从第一团可以自我复制的大分子开始,生命就在时间的湍流中传诵自己的故事,而智慧、文明、一切的一切,不过是从生命土壤中开出的花朵,它们之所以生生不息,就是因为它们继承了诉说的冲动。

我曾以为自己超脱,他的嘴角漾着苦笑,其实我是鼠目寸光。

忽然,候机大厅里泛起了潮水般的声音。有公共信息强行投进他的增强视域,雪崩般滚滚而下,他抬起头,机场空旷的穹顶上,绿色的、闪烁不定的单词汇成一片海洋：

延误。延误。延误。

所有的航班都推迟起飞。

有人就这样抬着头，嘴巴自然张开，瞠视着无法在人流熙攘的平面凸显出来的延误信息；有人的眼珠转来转去，在无数链接中寻找大面积延误的起因；有人木然坐着，瞬间的信息爆炸导致了网络拥塞，他们的增强视域变得粗糙，而真实世界也随之变得陌生难解。

他站着等待。人们从他身边走过，大声地抱怨，咳嗽，打喷嚏，清嗓子，嚼泡泡糖。人的生机，人的生机所制造出来的喧响、浊气和粗鲁的碰触无处不在。半个小时过后，还不见飞机起飞，他发觉空气正在变得黏稠，温度在不动声色地升高，疼痛也随之一丝一缕地漫了上来。无法保持站立的姿势了。他呼叫代步机器人，不一会儿，白色的万向轮机器人从人群中钻出，它那灯塔状的躯干中翻出了一个简易聚酯座椅，他靠了上去，顺手把智能行李箱推入机器人的通用接口。

"请输入您的目的地。"机器人用电子声说道。

他在增强视域里的机器人服务界面键入三个字：换乘站。

※ ※ ※

火车抵达波士顿时已是傍晚，等到了剑桥镇，天色已经完全暗了下来。深紫色的天光下，吴树在自己家的二层小洋楼门口看到一个黑黢黢的影子，他的心沉闷地跳了一下，随即在心里自嘲：都到这时候了，还有什么好怕的呢？

他走向那个影子。

"嚯，你回来了！"影子从门前的台阶上站了起来，挥舞着什么东西。

是邓肯·艾利希。

"你在——等我？"他问。

"十五年的格兰菲迪，"邓肯在他面前晃了晃手中的东西，"陪我喝点儿酒。"

他斜着肩,从这位壮汉的身边错了过去,拾步走上台阶。"抱歉,我今天累了。你的好意我心领了。"

"喂——"

邓肯在他身后低吼一声,他回过头,看到邓肯的眸子里反射着路灯的光,那光带着一丝寒意。

"我说,陪我,喝点儿酒。"邓肯说。

他的喉结向下一沉,"陪你?"

后者点了点头。

✴

威士忌犹如流动的火焰,沿着他的喉管一路烧了下去,火辣辣的痛楚直捣胃肠,接着又杀了一个回马枪,在他眼底爆开金花。他想起这种液体从前是叫"生命之水",大概生命终究要和痛苦联系在一起,而为了证明这种联系,人往往不惜自戕。

"你怎么像个娘们儿似的一小口一小口地抿啊?"此刻,邓肯的所有表情都镀上了一层笑意,他显然已经醉了。

吴树咳嗽一声,抓起一片薯片,放在嘴里细细研磨。

"搞不懂你们中国人的习惯,"邓肯嘟囔道,脸上依然是笑着的,"喝酒还要就点儿东西。"

他不置可否地哼了一声。

"今天下午没飞成吧?"沉默了一会儿,邓肯问道。

"嗯。"

"所有人都没飞成——谁都不敢冒险。"

"冒什么险?"

"你不看新闻吗?哦,对啦对啦,你已经不关心这个世界啦……"邓肯把薯片从他手里夺了下来,丢进自己的嘴里,"可世界……嘎吱嘎吱,可世界不肯轻易放你走哩,喏!"

一条新闻被邓肯推进客厅的公共视域:

6月20日下午4时27分,GPS、GLONASS、伽利略以及北斗卫星导航系统同时发生故障，故障时间持续2.24秒……据不完全统计，此次全球范围的导航系统失准已直接或间接造成数起航空事故及数千起车祸……故障原因正在调查中。目前各大系统的管理部门均未对此事发表意见。有科学界人士指出，在不考虑阴谋论和广义相对论失效的前提下，四大系统同时发生故障的可能性为零……

"所以所有航班都停飞了……"他若有所思。

邓肯努了努嘴，又灌下一口酒。

"你就是为了这个来找我喝酒？"

"我他娘不关心航空业！"邓肯把酒杯掼在桌上，酒液如琥珀色的花朵溅出酒杯，泼在他黑乎乎的虎口上，"你得的是肺癌，不是阿兹海默！"

他的脸僵住了。沉默瞬间膨胀，充满了整个房间。邓肯脸上的笑意散去，"对不起啊，我有点儿喝多了。"

"我理解。"他说，尽管他不知道自己理解了什么。

邓肯叹了口气，视线落到餐桌上，"我——嗝——终于能体会到你的心情了。"

他勉强笑了一下，"壮志未酬的心情？"

"我倒宁可壮志未酬啊。"邓肯使劲摇了摇头，把空气中酒精、橡木、榛子和巧克力的气息搅在了一起。"现在就算给我诺贝尔奖，我也不想要。"

他嗤笑一声，随即身子一凛，"刚才新闻里说，广义相对论失效？"

"而且是第三次。"邓肯双肘挂在桌上，倾身向前。"前两次的时间很短，没有造成什么影响，所以新闻没有报，但各大导航系统里都有记录——这是不是让你想起了什么？"

他紧咬嘴唇，许久才挤出一句："这不可能。"

邓肯似笑非笑地看着他，"当一个科学家说'不可能'时，他往往是错的。"

他抓起酒杯，把大半杯威士忌咕嘟咕嘟灌进嘴里。接着他咳嗽起来，剧烈地咳嗽，咳得浑身骨骼叮当作响，像是要散架一般。

"这不——咳——可能!"

邓肯拍了拍他的上臂,"好好休息吧,明天一早会有人来接你。到时候你就全知道了。"

"接我……去哪儿?"

"去你刚刚去过的地方,"邓肯的脸上浮起黏糊糊的笑容,"纽约。"

5

一整夜,他都像一个溺水的人,在噩梦中挣扎。他梦见一堵无限高无限宽的墙,梦见天空中没有瞳仁的巨眼,梦见圆柱状的空间站、奔逃的飞船,它们身后的太阳、水星和地球像是被一个硕大无朋的熨斗碾平,变成了一幅无疆的巨画,而所有奔逃之物都在绝望地向巨画中心坠落……

在梦与梦的间隙中,他短暂地醒来。他想起所有的画面都来自于少年时阅读的科幻小说,潜意识再一次展现出它大师级的功力,把现实和隐喻打碎、混合、重铸,揉捏出一个奇美拉式的怪物。

清醒的时间很短,他很快就坠入另一个梦境中。

房间于早上八点三十分唤醒了他。邓肯的声音从授权过的通信链路里闯了进来:"喂!宿醉未醒吗?给你五分钟时间,赶紧下楼!"

他艰难地起身,坐在床边,双手撑在床上,等待气力一丝一丝地凝聚。

我这是在干什么?我难道不应该躺在床上安安静静地等死?世界和我有什么关系?

他站了起来,摇摇晃晃走向浴室。已经没有时间——或者说,没有力气洗澡了,他抓起表盘大小的银色圆盒,把它攥在手心,在侦测到人类体征后,圆盒释放出数千只清洁虫,这些微型机器人聚合成一片手掌大小的阴翳,沿着他的手臂向上攀爬。

"热水澡会越来越少吧……"他自语道。

已经预定过行程的无人驾驶电动车将他们送到洛根国际机场。此时,这座巨大的建筑显得有些冷清,往来穿梭的,多是履带或万向轮式地勤服务机器人,人类旅客寥寥。

"还没有人敢飞吗?"在机场的自动步道系统上,他瓮声瓮气地问。

"在问题得到彻底解决之前,是的。"站在前面的邓肯微微侧过脸,声音发闷,"所有人都认为这是个可以解决的问题。"

"这'所有人'里不包括我们。"

"所以我们敢飞,"邓肯回过头来,脸上是一抹苦笑,"从不出错的数学模型告诉我们,下一次GPS失效在二十七天以后。"

停机坪上,一架白色的"湾流"客机在等着他们。习惯了波音飞机那阔大空间里的拥挤,"湾流"狭小空间里的宽绰反而令他有些不习惯——这趟旅程一次又一次拓展了他所余不多的人生边界:第一次坐支线客机;第一次被奔驰电动S600直接从停机坪接走;第一次进入新的联合国总部大楼——当他被几个身穿黑色西服的彪形大汉簇拥着走向那个庞然的新月形黑色建筑中时,他回头寻找自己的朋友,邓肯隔着肌肉围成的栅栏冲他咧开了嘴,那得意扬扬的神情似乎在说:

"怎么样,我没骗你吧?"

⋈

委员会。他们如此称呼这个临时拼凑起来的组织。他问邓肯,为什么不给委员会起个名字。

"起名字?"邓肯耸起眉毛,"难道叫它'世界治丧委员会'不成?"

他歪过头去,轻轻咳嗽了一声。

此刻他正身处一个阔大的会议室,没有外窗,略呈弧形的纯白四壁上也不见信息窗口。在厚重的橡木会议桌后面,三三两两围坐着大概十来个人。他对学术以外的世界不感兴趣,但也认得出其中几人:有新晋诺贝尔文学奖得主廖知秋、英伦摇滚巨星詹姆斯·韦奇伍德、禅宗大师近藤元二、俄罗斯石油巨擘弗拉基米尔·廖加科夫,还有——他使劲眨了几下眼睛,美国副国务卿。

"嘿,"邓肯低语,"这些人让你想到什么?"

他寻思了一会儿,"八国联军?"

"呸!"邓肯哭笑不得,"他们都是股东啊,股东!"

股东?

有人走了进来,是个身着灰色自清洁西服套装、四十岁左右的东方女性。蓝色的波斯地毯吸收了来人的脚步声,她不得不大声清嗓,才吸引了众人的注意。

"咳——咳——请大家安静。"

看起来很面熟。他把视点定格在女人脸上,一行单词从背景中凸显出来:无法获得数据。

"时间宝贵,现在进入第二次全体会议。为保密起见,我们已经屏蔽了增强视域的数据外链,请各位谅解,"女人说,"我想大家已经在第一次远程会议中认识了彼此。现在,我向大家介绍一位特别来宾——"她的目光指向了他,"这位是吴树先生,麻省理工大学数学系教授,吴—卡雷拉变换里的那个'吴'。邓肯·艾利希先生的'构造波'理论就是以吴—卡雷拉变换为数学基础的。毫不夸张地说,我们对人类当前所处境地的认识,以及我们对当前境地的全部回应,都要归功于这位吴先生。除此之外,吴先生还是艾利希先生的好友,是后者提议将他吸收到委员会中来的——我想他有这个资格。"

他环视会场,苍白地笑。各色人等的目光如大滴大滴的雨,噼噼啪啪砸在他的身上,漠然、中立、讥诮,还有敌意。他垂下眼睑。他曾经站在几百人的课堂之上,但那些目光是遥远的、情感稀薄的,他可以视若无物,坦然面对。

但今天,在此情此景中,他做不到。

"这样真的好吗?"长发披肩的詹姆斯·韦奇伍德懒洋洋地开口,"把一个无辜的人拖到死神面前,瑟瑟发抖地等待镰刀落下?"

"相信我,"吴树抬起头,"死神他老人家早就和我打过招呼了。"

摇滚巨星双手摊开,嘴角上翘。

"在讨论这一切之前,"一个穿蓝色纱丽、眉心点着"迪勒格①"、高鼻深目、有着棕色皮肤的漂亮女人说道,"我们是不是应该先把状况

---

① 又称吉祥痣,是印度的一种习俗。

厘清？"

"桑迪·库帕塔，"邓肯在增强视域中向他推送信息，"印度舞蹈大师，婆罗门中的婆罗门。"

"亲爱的，情况已经很清楚了，听科学家的就是啦。"俄罗斯富豪的小舌头打着卷，鼻头通红，目光如爬虫一般在舞蹈家身上上下摩挲。"人生苦短呀，你我还不如抓紧时间，共度良宵……"

桑迪板起面孔，双颊飞红。会议室里泛起低低的笑声。奇怪的是，吴树没有在笑声中听到猥亵，他只听出低回的哀戚与快乐——性和生命是紧紧联系在一起的。他曾在一本书中读到过，二战时，盟军解放达豪集中营，当战士们为瘦骨嶙峋、濒于死亡边缘的女人们送去物资时，她们竟然最青睐口红——抹上口红，她们才能重新找回自己在饥饿与折磨中丢掉的性征，才能重新感受到生命。

"这位'列宁'同志一定没少喝伏特加。"邓肯评论道，"不过他还算收敛的了，我本以为他会跳到桌子上唱《喀秋莎》呢。"

他回给邓肯一个笑哭的表情。

主持会议的女人拍了拍手，"大家有什么疑问，请尽快提出来。达成共识，我们才能继续前进。"

"我先来吧。"名为廖知秋的中国人举起了手，他看起来有五十多岁，戴黑框眼镜，嘴角堆着浅浅的法令纹，"艾利希先生，尽管我已经在增强视域里把您的论文读了三遍，也基本明白了您想表达什么，但作为一个跟文字打交道的人，我清楚也忌惮文字的模糊和局限。所以我想冒昧地请求您，当着所有人的面，告诉我们究竟发生了什么。"

"没问题。那我就尽量以通俗、但可能不那么严谨的方式来说明我们的处境吧。"邓肯向后抻了抻肩膀，扭了几下脖子，这是他长篇大论前的标准姿态。"物理学中的弦理论认为，我们的宇宙有九个空间维，但宏观层面只呈现了三个，其他的维度都蜷缩在极微观的尺度中。之所以如此，是因为宇宙的真空位能锁定在某一能阶，并因此固定了紧致余维——也就是蜷缩起来的六个微观维度——空间的半径。但这不一定是永久的，宇宙可能会由于某次量子隧穿效应而打破能量壁垒，释放那些被禁锢的微观维度,物理学家们将这一过程称为'去紧致化'。

"'去紧致化'其实是真空位能释放的过程。它开始于时空中的某处,表现为维度释放所形成的'空泡'。由于空泡内部去紧致状态的位能比外部的位能低,而系统会往维度展开的状态前进,所以位能差产生的梯度会在空泡的边缘产生力,使空泡加速向外撑大,它的膨胀速度将在很短的时间内推进到光速——而这就是即将发生在我们身上的事情:被一个巨大的泡泡击中,包裹在其中,然后进入一个有更高维度的空间。"

"您如何肯定这次的,嗯,"廖知秋用食指推了推眼镜,"维度释放事件会发生?"

"这个问题,我代艾利希先生回答吧,"主持会议的女人说,"艾利希先生曾在《自然》杂志上发表过一篇论文,细致地论述了在吴—卡雷拉变换的数学框架下,如果宇宙释放一个微观维度,会发生什么:七次前导'构造波',它们将在整个宇宙中回响,扰乱时空结构。这种扰乱我们已经在半年中观测到了三次,其间隔、持续时间和强度,完全符合艾利希先生的理论预测——我想大家应该清楚这意味着什么。"

会议室里鸦雀无声。

女人抿了抿嘴唇,一脸倦容地坐下。通报噩耗总是件"脏活",无论是向悲恸的母亲递送阵亡通知书,还是宣判一个病人即将到来的死亡。吴树忽然想到,这个刚刚干完"脏活"的中年女人就是现任的联合国秘书长裴静雅。从政之前,她是一位物理教授。

"抱歉,"日本人近藤元二站了起来,郑重其事地躬了躬身,"我想知道,维度释放一定意味着毁灭吗?"

"这要看你怎么定义毁灭了,"邓肯重重吐了一口气,"从信息的角度来看,宇宙不会失去什么。所谓的毁灭,是指我们这些自组织形成的低熵体,包括星辰、生命、文明等等。有一点是理论无法告诉我们的,那就是从三维'升级'到四维的过程中,我们的信息组织模式会发生怎样的变化,不过我可以为各位提供一个参考:小时候我看过一部来自中国的伟大科幻小说,其中设想了一种星际战争武器,能降低空间的维度。作者既诗意又残酷地把这种武器投放在了我们的太阳系。我至今都不能忘记,他是如何描写太阳系变成了一幅'画',这幅画又是什么样子的:它保留了三维空间的全部细节,但在新的空间结构中,所有的低熵体无一例外地失去活性了。如今我们面对的是小说的'反面',但除了这一过程来得更快——快到我们不会有任何知觉以外,我想不到其他的可能性。"

又一阵寂静。

"Monsieur[①],会不会有这样一种可能,"一位身材不高、有着浓重法语口音的代表打破沉默,"引起构造波的是其他事件,比如某种定域性的真空衰变,或者是——或者是某个超级文明开的一个玩笑?"

邓肯哼了一声,"我倒这么希望,亲爱的'卢梭'。但首先,真空衰变不可能是定域性的;其次,即使是外星人,也不会傻到拿自己的生命开玩笑。"说完他叉起双臂,用一张扑克脸表明对这个问题的不屑。法国人的脸一阵红一阵白,怏怏地落座。

"我们难道不该告诉其他人吗?"有人低声嘀咕。

"告诉在座诸位就已经够残忍的了,"摇滚歌手的双手枕在脑后,双眼半睁,嘴角挂着一缕暧昧的笑,"作为一个普通人,你是想在无知无觉中快乐地死去,还是想要在极度的恐惧中等待毁灭降临?饶了这个世界吧,还是让我们这些受了诅咒的人来担起神圣的责任吧。"

"老兄,你知道吗,我想起一句话,"邓肯的信息在此时推送过来,吴树转过头,见邓肯正斜着眼睛看他,"'人之所以怕死,是因为不知道死亡背后是什么;人之所以不愿意死,是因为别人还活着。'现在你的心情如何?"

我——

"作为一个和科学没什么交集的人,我来提一个大家都不好意思问的问题吧,"说话的是美国副国务卿,一个窈窕的金发女人,"这个,构造波理论,有没有可能是错的?"

[①]法语,意思是先生。

邓肯的脸颊跳了一下,裹了裹嘴唇,这是在为一场舌战霍霍磨刀,于是吴树抢在他出声之前发言了:"我来回答吧。"他清了清嗓子,"构造波理论建立在吴—卡雷拉变换之上,后者是微分几何中的一个定理,其推导过程长达二百二十五页,严格依赖几个基本的数学公设——截至目前,还没人在它的推导中发现任何错误。但这并不意味着,吴—卡雷拉变换就是绝对正确的。数学中的公设是人类想当然认为成立的,但数学的发展不断证明,这种想当然并非磐石——非但不是磐石,反而有可能是流沙,譬如平行公理,譬如形式逻辑在悖论前的不堪一击……所以说,如果我们的数学公设存在瑕疵,那么处于其推理链条上的吴—卡雷拉变换还有构造波理论,就有可能是错的。如果有实验能将其证伪——"

"宇宙已经在某个地方做了这个实验,不是吗?"裴静雅插话道,"实验结果与理论预测完全吻合。"

"从逻辑上讲,"他说,"即使有一亿次的吻合,但只要出现一个反例,这个理论也是站不住脚的。"

副国务卿面无表情地点了点头,"我明白了。谢谢您,吴先生。秘书长,我建议马上开始议程。"

"很善良,"邓肯发来一个鼓掌小人儿的表情,"我还以为你会很乐意拖全人类下水哩。"

乐不乐意又有什么关系?无论如何,结果对我来说并没有不同。他回道。但你能不能先告诉我,这个会议的议程是什么?

"操。"邓肯双唇摩擦,用口型比出一个脏字,我竟然还没有告诉你!

6

他们打算写一句墓志铭。

人类已经笃信大自然的对称性和数学推理几百年,所以没有人把即将到来的、无可避免的事件当作无稽之谈。

七声丧钟,然后是一声,嘘……

"根据计算，空泡到达太阳系还有——"联合国秘书长的目光在空中画了个正弦曲线，那是她在增强视域中调阅资料，"还有九十二天二十一小时三分零三秒。我们要抓紧时间了。"

所以从敲定墓志铭内容，到把它誊写下来，他们还有不到三个月的时间。

三个月。

吴树的喉咙发紧。

这大概是人类历史上最别致、最有想象力的墓志铭了。邓肯像是在讨论别人的葬礼，他们打算把空间站送到第一地月拉格朗日点，在那里拆解它，把它改造成某种可以携带信息的形式。想出这个点子的人真他妈是个天才！

空间站？他头皮发麻，"露娜"？

还有别的选项吗？不是说过吗，来开会的都是股东嘛！

原来如此。"露娜"——这个有史以来最大的标准模块化空间站，是美、英、法、中、日、俄、印七国共同出资建造的，所以他们自然有权力在如何处置"露娜"的问题上置喙。其实应该还有别的考量，吴树暗自琢磨，当某项重大议题需要足够多样化的意见和尽量小的知晓范围时，这七个软硬实力兼具的国家是不错的选择。

就算邓肯是错的，那人类又会损失什么呢？只不过是七个国家的一点财政收入罢了。这是一场反向的帕斯卡赌局①：输面太大，提前做好最坏的打算，总不是什么坏事。

"我认为，我们首先应该明确能'写'什么，"美国副国务卿，希尔比·门罗说，"其次，我们'写'的东西会不会被时空抹平？未来的高维文明能不能把它破解？"

---

① 17世纪的哲学家布莱兹·帕斯卡曾提出"让我们权衡一下赌上帝存在的得失吧。有两种情况：假如你赢了，你就赢得了一切；假如你输了，你却毫无所失。因此，你就不必迟疑去赌上帝存在吧！"他同时还提出"你非下赌注不可——信仰的抉择是'从无限之尽头向我们抛来的一枚硬币'，你究竟押'正面'还是'反面'？这场人生赌博是不可避免的。不选择其实也是一种选择。"

"说'写'并不妥当，"裴静雅答道，"我们还可以'画'，还可以'雕塑'——当然'写'是最有竞争力的备选项。如果我们把'露娜'拆解成光盘式的二进制信息载体，根据空间站的总质量和作业机器人的最大工作载荷计算，大约可以编制15KB的信息——写一部《独立宣言》是足够了。至于第二个问题——构造波的到来已经证明了吴—卡雷拉变换所规定的几何法则，我想在这一点上，没有人比吴树教授更有发言权……"

韩国女人把目光转向吴树。此时，他肺部的疼痛如炭火焖烧，他使劲咳嗽了几声，疼痛未有丝毫消减，反倒沿着胸腔攀了上来。

"咳——是这样，"他局促地扭了扭身子，"吴—卡雷拉变换描述的是当空间维度变化时，附着其上的流形将如何改变。就目前的情况来说，这个公式可以告诉我们，如果宇宙'升级'成四维，居于其中的三维实体会变成什么样。我想我们首先要确定，被拆解的'露娜'在四维空间中应该呈现怎样的三维结构，然后再通过逆向使用吴—卡雷拉变换，把它在三维空间中搭建出来——当空间维度提升至四维，它会以我们希望的样子保留下来……"

"就像纸片人留给方块人一幅画？"詹姆斯·韦奇伍德嚼着口香糖，发出吧嗒吧嗒的咀嚼声。

"差不多。"

"那方块人有可能看懂吗？"

"这就是我把大家召集在一起的原因。"裴静雅双手撑在桌上，"在四维文明看来，我们就是一幅低维的画。这幅画由于空间维度的骤然提升而糊成一团，缺乏可供破解的线索。之所以把'露娜'放在地月拉格朗日点，就是为了减少其他物体对信息的干扰。为了让'别人'知道画中的生物曾经创造出高度的文明，我们需要让四维文明看到有人为痕迹的、清晰的数学结构，它不只宣示我们曾经存在过，也宣示我们的挣扎、我们的遗憾、我们壮志未酬的野心——"

女人的话戛然而止，像是被气流哽住了。

"啧啧，女强人要哭了。邓肯的脸上挂着善意的揶揄，我还以为搞政治的人不会哭呢。

"你在想什么?"邓肯冲他挤眼睛。

"瑞秋。她在'露娜'上。"

"啊哈。我愈发怀疑,这一场闹剧是上帝他老人家为你量身定制的。"邓肯脸上的笑容更是意味深长。

吴树摆出一张扑克脸,"如果上帝是三维的,那我建议他还是先关心关心自己。"

"我以前怎么没发现,你竟然还懂幽默。"

他耸了耸肩,"以前不懂,是一个老太太教给我的。"

裴静雅没有哭,毕竟,她是个搞政治的。

"大家还有什么问题吗?"她的声音迅速恢复了以往的镇静,"如果没有,那我们步入正题,讨论一下该'写'点儿什么。"

7

"简直是荒唐。"邓肯摇晃着酒杯,在希尔顿酒店宽大的自适应表皮沙发上把自己完全摊开,"这帮家伙的愚蠢真是刷新了我的认知。"

他趴在床上,疼痛在骨髓里嗞嗞作响。

"《独立宣言》《薄伽梵歌》《道德经》,还有缩写的《战争与和平》,"邓肯自顾自地往下说,"低分辨率的《星空》《蒙娜丽莎的微笑》,以及MIDI版的《波西米亚狂想曲》——哈,也真亏这些人想得出来!"

"我觉得挺好。"

"那么毕达哥拉斯定理、欧拉恒等式和质能方程呢?"邓肯将半杯轩尼诗掀入口中,"这些简短而优美的东西他们竟然一个也看不上!"

吴树翻过身,仰面向上。"在四维的宇宙中,我们的数学可能已经失效了。"

"失效又怎么样?方块人一定能读懂纸片宇宙的美,这种美不会是别的什么,它只可能来自宇宙深层的结构。"

"也许吧。"

沉默。全息影壁中,新月形的联合国大厦如同武士刀,正劈向紫色的暮云。

"我不明白,"许久之后,他才开口,"这样的会议,不是应该由更重要的人物来参加吗?"

"你是说,那些翻手云覆手雨的政治家?"邓肯递出玻璃杯,三英尺高的服务机器人将酒斟满。"你知道吗,我想起了一个笑话:某人乘坐热气球迷失了方向。正当他焦虑万分时,忽然看到地上正走着一个人。于是他激动地挥手大喊:喂——朋友!你能不能告诉我,我现在是在哪里呀!地上的人抬头看了看他,笑着说:你现在是在气球里!"

他扑哧一声笑了。疼痛如一枚小小的种子,在他的胸口抽芽。

"说正确的废话,这就是政治家一直在干的事儿。国务卿和秘书长算是这帮家伙里出类拔萃的,有她们在会场维持秩序就够了,"邓肯顿了一下,"再说,要是大人物们都凑到一块儿开会,傻瓜都知道要出大事儿。消息要是走漏出去,末日还没来,地球就已经变成蛾摩拉①和索多玛②了。"

他挣扎着爬起来,坐在床沿上,轻轻按压胸肋,"但把如此重大的责任交到这样一群人手里……我总感觉,有点儿太——随意了。"

"宇宙都要玩儿完了,谁还管随意不随意?"邓肯晃了晃酒杯,若有所思地凝视挂在杯壁上琥珀色的辛辣与甜蜜,"其实就像那个英国朋克说的,这是个诅咒。愿意背负起这个诅咒的人,能在这个诅咒下保持清醒的人,在我看来,就已经很了不起了。"

"话虽如此——"

全息影壁在这时亮了起来,有人在房门外呼叫。他用目光点开单向视频链路,一张女性的脸瞬间填满整面墙壁:单眼皮、灰眼珠、鱼尾纹,抿成一线的嘴唇,鹅蛋脸。

邓肯打了一声唿哨,"秘书长大人亲自来找你耶!"

他愣住了。

---

① 《圣经》中的罪恶之城。

② 《圣经》中的罪恶之城。

邓肯把酒杯丢到茶几上，起身，捋了捋衬衫上的褶皱。"老兄，"他打量着吴树，"你要不要梳个头洗把脸？你现在这副尊容可算不上英俊潇洒啊……"

像是听到了屋内的声音，全息影壁里那两只硕大的眸子对上了他，他在她的虹膜里看到了斑驳的网状结构。

"谢谢提醒了。"他嘟哝着，向门外的人授权。房门滑开，邓肯几步蹿了过去，做作地朝秘书长点头哈腰，临走，还对他挤了挤眼睛。

"祝约会愉快。"邓肯在推送的末尾附了一枝玫瑰花。

"饶了我这个快要死的人吧。"

"抱歉，开完会还来打扰您……"裴静雅站在玄关，双手交叠，掩在小腹位置。

他起身，用手压了压脑后乱蓬蓬的头发，"请进请进，我这里有点儿乱……"

女人拘谨地笑了笑，"相信我，在这时候，没几个人有心情保持整洁。"

他请她坐在沙发上，又吩咐机器人去泡茶。

"不必麻烦了。"她的背挺得很直，筒裙之下两截纤细的小腿紧紧并拢，"就是来看看您，请坐吧。"

他在沙发的另一头坐了下来。

"艾利希先生告诉我您生病了，"挨过几秒的冷场后她说，"很抱歉把您拖到这摊浑水中来。"

他想了想，然后开口说道："秘书长女士对我的，呃——病情，了解多少呢？"

女人的脸微妙地紧了一下，"差不多，全部吧。"

"那么邀请我来参会，"他说，"应该不只是因为我懂一点儿数学吧。"

女人的脸颊泛红，欲言又止。

不过是另一个在死亡面前手足无措的人罢了，我干吗还要为难她。他想。

此时的联合国秘书长垂着眼睛,日间高高拢起的发髻已经披散下来,密密匝匝如堆在肩头的黑色浪花。挺好看的女人。他又想。裴静雅长长的睫毛在她的下眼睑上投出篱笆状的阴影,她的鼻梁上有一道干净的高光,紧紧抿起的嘴角接着一小叠可爱的皱纹。她的身边萦绕着一圈若有似无的香。

他有些于心不忍了。

"否认、愤怒、讨价还价、悲伤、接受,"他说,"秘书长认为我是处于哪个阶段呢?"

女人愣了一下,随即反应过来,"您说的是人类面对死亡时的五个心理阶段,对不对?我本人还在跟死神讨价还价,但我相信在您看来,这不是一种良好的工作状态。"

"其实我很佩服您,"他用手搓着膝盖,"刚收到癌症诊断的那几天,我还曾神志不清,甚至号啕大哭呢。"

裴静雅露出一个哀戚的笑容,"吴先生,我也是人,我也有人的七情六欲……是什么让您认为,我没有您说的那些情况呢?"

他尴尬地舔了舔嘴唇,耳垂发烫。

"其实在得知这一切后,我的第一反应,是后悔。"女人拢了拢头发,如天鹅曲项饮水。"我后悔自己只顾攀爬人生中一个又一个的制高点而错过了太多沿途的风景。比如那些毛茸茸的猫狗和美丽的花草,比如在万古不息的涛声中读一本无意义的小说,比如在世界边缘的某座小镇闲逛,就着一杯冰啤一直消磨到星光满天,还有爱一个人,完全忘记字典里还有'理性'这个词儿……"

有小瓣儿水滴从她的眼角沁了出来。他的胸口发闷。

"还有时间。"他低声说。

"是啊,还有时间。"女人用指肚揩了揩眼角。"只要我们赶快把方案敲定。"

他点了点头。

女人站了起来,向他递出了手,"吴先生,感谢你能来。"

他轻轻捏住那只手,捏住了它的香气、温暖和薄薄的汗。他想说点儿什么，可他的嘴唇只是无声地上下开合，像在陆地上徒劳喘息的鱼。他想起故国的一句老话：一切尽在不言中。

他想眼前这个女人会懂。

8

接下来三天，没有任何进展。

每个与会者都把联合国大楼里的这个阔大房间当作个人智识和国家尊严的竞技场，他们不停地提出方案，争论、争吵、彼此否决，愤懑、埋怨。气氛火爆的嬉笑怒骂和唇枪舌战或多或少冲淡了会议室的哀悼气息，时常会让他产生一种错觉：这些人希望就这么一直争吵下去，仿佛只要争吵不停，世界末日就不会到来。

清醒的人所剩无几，他不知道自己算不算一个。但他知道裴静雅是清醒的，她一直在提醒所有人，留给他们坐而论道的时间可能已经不多了。

"猎鹰、阿丽亚娜、联盟、长征，一艘艘火箭正在运往卡纳维拉尔角、库鲁、拜科努尔和酒泉，各国的工厂也在夙夜赶制成百上千的空间作业机器人。"她满面倦容地环视会场。"谣言已经开始蔓延，其中有一些，虽然论据可笑，但在我看来，已经很接近真相了——诸位认为，我们还剩下多少时间？"

"不会多于三个月。"邓肯接了一句。四下响起低低的笑声。

"我们需要确定一个方案。"裴静雅绷着脸，"马上。"

"秘书长，心急吃不了热豆腐呀，"廖知秋打趣道，"我们不是已经有了一个反对票比较少的方案了吗？"

文学家指的是微缩版的"旅行者号"光盘。这个毫无创意的方案试图以一种巨细靡遗的方式表达地球文明，但由于15KB的信息容量限制，它所做的，是把整幅文明画卷浓缩成一个像素点。廖知秋这位对文字极度警惕的语言大师一针见血地指出了这个方案的尴尬之处：它之所以还在考虑清单上，不是因为赞成票多，而是因为"反对票少"。

而吴树正是投出反对票的那个人——事实上，他目前所做的，也仅仅是投出反对票。

"吴树老兄,除了投反对票,你还有没有别的爱好?"在否决了又一个提案之后,詹姆斯·韦奇伍德揶揄他。

他笑着摇了摇头。

"你不会是希望人类的墓志铭最后胎死腹中吧?"

"我没那么大的野心。"他说,"我只是不希望我们写出来的东西无人能懂。"

裴静雅的眉梢扬了起来,"吴教授,您有话说。"

他看了她一眼,随即扭开目光,"只是一点不成熟的想法……"

"我们没时间等待每一个想法瓜熟蒂落,"女人斩钉截铁地说,"请讲。"

"咳——"他清了清嗓子,"我认为,我们的思路过于集中在'写'上了。作为语言的衍生物,文字只是一种间接的信息表现方式——我想在座的各位都清楚,信息每经过一次转译,其破解难度都会大大增加。"

有人提出反对:"可我们有罗塞塔自译解系统。"

"罗塞塔系统以素数数列、圆周率、自然对数等等这些我们认为确定无疑的数学事实作为密钥,"邓肯闷声说,"但新宇宙里的数学规律和我们世界的是否一样,这还是个未知数——你们不要忘了,我的提案就是基于这一理由被否决的。"

面面相觑。

"如果连罗塞塔都不可靠,"美国副国务卿的面色阴郁,"我们还坐在这里干什么?"

"想想拉斯科洞穴里的壁画,想想维伦多夫的维纳斯,"吴树说,"这些史前人类留给我们的艺术品都缺乏明确的文字参照系,但就算我们完全无法理解创作者想要表达什么,作品本身却已经提供了足够丰富的信息:史前人类的技术和心智水平、他们的生存环境、他们对宇宙的理解,还有,"他意味深长地看向裴静雅,"他们壮志未酬的野心。"

女人与他对视几秒,"您的意思是,我们应该放弃'写'这个想法,转而使用更形象的方法,比如'画',比如,'雕塑'?"

"是的。"

裴静雅环视会场,"大家的意见呢?"

沉默,接下来是喊喊喳喳的低语声。吴树发现,那些经常捉对厮杀剑拔弩张的参会代表,此时却额头顶着额头,亲密无间地议论着什么,而他、邓肯还有秘书长,却像漂浮在水中的油渍,被隔绝在众人之外。他忽然意识到,他们三个人其实是在否决大家这几天的努力,而对于直到现在还保持着理性锋芒的人,大家是会本能地敬而远之的。

"我们同意吴教授的看法。"片刻之后,廖知秋开口说话,看来他是被推举出来的代表,"我们想知道,吴教授有没有什么提议?"

他摇了摇头。

"很可惜呀,"廖知秋的眉头皱了起来,"我们还指望您能提供一点儿建设性意见呢。"

他耸了耸肩膀,"也许韦奇伍德先生说得没错,我天生就适合搞破坏。"

詹姆斯·韦奇伍德咧着嘴拍了几下他的后背,力道之重,让他感觉半边身子都是酥的。

"代表们,看来一切都要从零开始。我们只能继续争吵、继续在这里蹭吃蹭喝了。秘书长女士——"廖知秋朝裴静雅微微躬身,"冒昧问一句:联合国的经费不紧张吧?"

女人的嘴角微微上翘,"坚持三个月应该没什么问题。"

会场里响起零零星星的笑声。

9

瑞秋就坐在他的对面,透过咖啡馆的玻璃窗,金色的夕阳如蜂蜜,渗入她的脸庞。

"你知道吗,"她说,"我从小就羡慕那些数学特别好的人,他们总会给我一种,嗯,智力上的神圣感。"

"是吗？"他的脸颊有点儿发烫，"我倒没觉得这有什么神圣的。"

"那你为什么学数学呢？"她摆弄着手中的咖啡杯，手指纤长白皙。

"我没法去关注太多的东西，而数学很纯粹。"他说，"就拿我专攻的几何来说吧，物理世界中的很多枝枝丫丫，不过是其天然结构的衍生品罢了……"

瑞秋把手肘拄在桌上，托腮看他。她的脸颊被手掌挤成胖嘟嘟的两团，眼睛如月牙一般弯着，绿色的眸子里荡漾着俏皮与好奇。他的头皮阵阵酥麻，这酥麻一路向下，传导至他的口腔。

"哦？"她的尾音上调。

"你是学生物的，"他的声音发颤，"沃森和克里克发现双螺旋的故事，你一定听说过吧？"

"嘻嘻……不记得了。"

他用食指搔了搔鼻尖，"当詹姆斯·沃森第一眼看到罗莎琳德·富兰克林拍摄的DNA晶体的X射线衍射图片时，他就意识到，照片中那个影影绰绰的交叉图样，暗示的正是DNA双螺旋的三维结构。我猜测，促使他做出这个判断的，并不是他所受过的生物学训练，而是一种几何直觉——他看到的是美，是生命'想要'把信息复制，进而传递下去所必然采用的几何结构……"

"吴，你在谈论美。"她眼波流转，"那你认为……"

他把手伸向她放在桌上、虚怀以待的手。你美过这世上的一切，瑞秋，我只是还没有来得及告诉你。他想说。他对面的脸在这一刻变了模样。

单眼皮。灰眼珠。鱼尾纹。

"秘书长？"

他的手停留在半空。

……

他在羞愧难当中醒来。一个病魔缠身的人是不应该有情欲的，他想。在健康时，他从没关注过自己的身体，他认为身体不过是承载灵魂的"硬件"，不值得劳心费神。如今，只要体力允许，他会长时间地凝视全息镜中的自己：灰色的、了无生气的脸，蝴蝶翅膀般凸出的肩胛骨，枯瘦嶙峋的两扇肋排……这具肉体即将朽坏，而他居然在这时梦见了那个曾经爱过、曾给予他温暖、嘈杂和混乱的女人，而且居然还把那个在他心底制造酥痒的韩国女人也拉进了梦境之中。

这个梦是情欲的涟漪。而秘书长刚刚的造访，是投入情欲之海的一枚石子。

裴静雅在他行将就寝之际敲开了他的门。刚一进屋，他就察觉到了气氛的微妙：如果说第一次来找他的裴静雅是日常生活中的联合国秘书长，那现在的这个裴静雅，就只是一个顶着秘书长头衔的普通女人。她穿着一件素色T恤、宽松的亚麻裤子，脚蹬白色布鞋，头发似乎刚洗过，湿漉漉的。

"吴先生，这么晚还来打扰您，实在抱歉。"她说，语气里却没有丝毫歉意。

他挠了挠头发，"秘书长，您先坐吧……"

裴静雅往前跨了一步，"请不要叫我秘书长。下班之后，我只是一个女人。"

他不知所措地笑了笑。

"你这儿，"女人的脸颊微微飘红，"有酒吗？"

一开始，他们只是围坐在茶几的一角，各自捧着酒杯，啜饮泥煤味儿浓烈的尊尼获加威士忌，几乎不说话。裴静雅的酒下得很快，这样大开大阖的酒风他少有领略，忍不住偷偷打量她：粉红色的潮汐从女人鸡心领T恤中露出的一小段锁骨中漫出，经过她修长、有着些许皱纹的颈子，一直涨上她的前额。他们的目光相遇，女人的眼睛没有像往常那样虚设焦点，而是直直地戳向他。

"我不能接受。"她说。

他怔了一下。

"我永远，"她紧紧攥着酒杯，指节发白，"永远也接受不了死亡。"

"……我理解。"

"斯宾诺莎说'自由的人绝少思虑到死；他的智慧，不是死的默念,而是生的沉思。'我曾经把这句话当成座右铭。我拒绝一切关于死的想法,哪怕动一下这个念头,都是对我的自由和智慧的亵渎。"她摇了摇头,"其实,我只是无法接受。我不敢承认,自己比任何人都害怕死亡。"

他的嘴唇动了动,没有发出声音。

"这太难了,"女人吸着鼻子,"要假装若无其事地讨论自己的葬礼,要假装自己没有在寸寸逼近的死亡面前疯掉——这太难了。所以我敬佩您,还能那么冷静地思考问题。"

"这话我怎么听着不像是赞扬啊,"他做作地笑了笑,"您是在暗示我缺乏人性吗?"

裴静雅翻起眼睑看他,目光幽邃,"缺乏人性的人不会这么看一个女人。"她说。

有什么东西在他脑海炸开了。这几天来,他刻意闪躲的眼神、他对她说话时的扭捏、他的羞愧与渴望,原来全被对面这个女人看在眼里。他举杯,却发现杯子是空的,他尴尬地捧着那一坨晶莹的玻璃,像捧着最后一点遮羞之物,"秘书长,我不太懂——"

"随便叫我什么都好,"裴静雅咬着嘴唇,"不要叫我秘书长。"

时间在浑浑噩噩中推进,忽然间他惊惶地发现,女人不知何时坐到了他的身边,他们是如此之近,他的皮肤已经能够感受到她暖烘烘的香气,他甚至能够用眼角的余光看清氤氲在她眸中的水汽了。

"秘——",他叹了口气,"静雅……"

女人从他手中抽走酒杯,摁到茶几上,随后握住了他的两只手。她直视着他,目光纯净坦荡,"命运把一位如此睿智而又坚强的男人送到我面前,"她说,"如果不是它匆匆宣判了我们的死刑,我几乎就要感激涕零了。"

他摇头,眼泪似乎从眼角滑了出来。"静雅,对不起,我还不能……有一个我曾经爱过的人……"

握住他的手没有松开。

"我只是,"他嗫嚅着,"只是需要一次告别。"

"我们的时间不多了。"裴静雅说。

"不多了。"他鹦鹉学舌。

"我相信你。"

他点了点头,尽管他不知道裴静雅相信他什么——相信他会接受这份感情?相信他会好好地与过去告别?还是相信他能够不辜负这最后的短暂时光?

沉默了一会儿,裴静雅松开他的手,猫儿般弓起身,嘴唇凑近他的脸颊。他已经准备好接受一个吻了,但女人只是在他耳边轻轻说了声,"晚安。"

"……晚安。"

他回应道,心中满是甜蜜的失落。

10

"这里简直是人类的万花筒啊,我敢打赌你不会相信我八卦到了什么,"邓肯向他推送信息,"印度舞蹈家连着三个晚上溜进俄罗斯富豪的房间,摇滚明星光着屁股一遍一遍唱涅槃的 Smell Like Teen Spirit,禅宗大师整夜打坐冥想,法国人天天胡吃海塞,我估计他至少吃掉了一个师的蜗牛,廖知秋着魔似的写着什么——喂,你昨天看到国务卿大人的绿裙红唇了吗?她还朝我抛了个媚眼呢,啧啧……至于秘书长——目前我还没有掌握她的行踪,但我感觉她绝不会坐以待毙。"

他笑出了声,"老兄,我以前怎么没发现,你还有当狗仔队的潜质呢。"

"长夜漫漫啊,总得找点儿什么事打发吧。"

"所以你就靠这些东西打发时间?"他一脸的嫌弃。

"切,你也太小瞧我了,"邓肯朝他挤了挤眼睛,"我还做了一件更重要的事呢……"

"我反对!"印度女人桑迪·库帕塔大声说,她吸引了两人的注意,"我反对近藤先生的'枯山水'和克莱德曼先生的'思想者'——事实上,一切艺术品的'移植'我都反对。"

"您的理由是?"裴静雅问。

"诸位难道没有想过,我们之所以能解读拉斯科洞穴的壁画或者维伦多夫的维纳斯,是因为我们和祖先要么处于同样的环境,要么拥有同样的生理构造——"桑迪捋了捋头发,"'相同'才是解读的基础。而一个智慧种族生存在完全不同的宇宙中时,当面对前一个宇宙留下的艺术品时,它们很可能没有任何解读的线索……"

裴静雅朝他看了过来,用公事公办的目光,"吴树教授,您的意见?"

"……我和库帕塔女士意见相同。"

"又要搞破坏了吗,吴树老兄?"身旁的摇滚巨星把手搭在他的肩上。

他依然看着裴静雅,像是为了这一来一去的对话而欢欣鼓舞。

"大家还有什么意见吗?"女人没有看他,"如果没有的话,我们要讨论其他方案了……"

"吴,我感觉秘书长大人看你的眼神怪怪的……"邓肯又开始和他说悄悄话,"你们俩不会是——"

"你说的那件重要的事,"吴树急切地打断他,"是什么?"

"那个呀,"邓肯向他发送了一个鬼脸,"我又重新检查了一下'构造波'方程,然后,然后我发现了一个问题……"

他的耳畔嗡的一声,"你不是说方程万无一失吗?"

"它确实是万无一失的,只不过……"

"只不过什么?"

"只不过,我漏掉了一个初始参数——等等!你先别着急!你听我说啊,我漏掉的那个参数是宇宙半径,原本它不在我的考虑范围之内。但你听说过'宇宙超圆体假说'吧?这个假说认为,宇宙空间有限、无界,如果你走到宇宙尽头再往前走,其实相当于绕了一圈回来——如果宇宙真是超圆体,并且半径跟理论推测相同,那么我们遇到的这几次构造波,很可能就是上次的维度释放事件所引起的,它们从宇宙的尽头折回来了……"

"上次的维度释放事件?这个说法又是哪儿来的?"他感到很是迷惑。

"你没有认真看我的论文,"邓肯丢出一个委屈脸,"上次的维度释放事件就是宇宙暴涨啊。"

他沉默了一会儿,"可能性有多大?"

"啊?"邓肯有些蒙。

"虚惊一场的可能性。"

"据我估算……大概有百分之五十吧。"

百分之五十。他的心中一片空茫。百分之五十,那意味着也许并不是所有人都要去死了。

会议的后半段,他在恍惚中度过。他像是一个有着自动记录和分析功能的机器人,听着讨论一步一步向前推进,方案慢慢进入正轨:艺术品不行,替代选项是什么?元素周期表?标准模型?它们确实能够反映人类对宇宙的理解,但请不要忘了,下一个宇宙将会是全然不同的宇宙。所以此类方案也不可行……事实上,所有表达"质料①"的方案都不可行,在新的宇宙中,只有"关系"才可能被保留下来——关系,用什么表现关系?只有几何。而且不能随随便便的几何,必须具有对称性,才能体现出数学结构……分形!分形更好!柯赫曲线怎么样?彭罗斯镶嵌呢?太过简单。可以考虑芒德布罗集,它把虚数与实数、代数与几何集于一身,还能想到更合适的数学结构吗?芒德布罗集确实很合适,但是……它不够美。"美"是宇宙的通用语言,不能舍弃美学原则……先生们女士们,你们难道不觉得,这些方案都过于技术化?你们难道希望,读到墓志铭的"人",把我们创造的一切,都归结为冰冷的技术?

"吴树教授,您的意见?"

这时他才如梦初醒,"秘书长,我觉得您说得很对。"

---

① 质料-形式说是古希腊哲学家亚里士多德的哲学学说。认为事物的存在和变化有四种原因:质料因、形式因、动力因和目的因。质料因指事物的构成;形式因指事物具有的形式。

"仅仅是'对',还不够。"

"是的,还不够……"

裴静雅狠狠剜了他一眼,撇过头去。

"我说老兄,你在想什么呢?"邓肯独特的手写体从背景中浮现出来。

"我在想……你是不是该把这件事告诉其他人?"

"如果让那些政治家知道,我们只有百分之五十的可能性会死,你猜他们会怎么做?"

"我想他们不会让我们把'露娜'拆了。"他暗暗摩了摩拳。

"而我们毕竟还有百分之五十的可能会死。"邓肯的手写体似乎变得沉稳些了。

他们沉默了一会儿。

"我有种感觉,"廖知秋正在发言,"我们离最终的解决方案已经很近了。我们只是需要某种,某种能把人性和数学结构结合在一起的东西……"

"老兄,在知道其他人可能不会死了以后,"邓肯默默地看他,"你还愿意去死吗?"

"百分之五十的不愿意吧。"吴树耸耸肩。

"……我很抱歉,老兄。"

他微笑着,对邓肯摇了摇头。

"大家还有什么提议吗?"裴静雅的问句中飘荡着绝望的死灰。

他举起了手。

"我有。"

11

双螺旋结构从几何上来说,无疑是美丽的。而自组织系统若想把信息一代一代复制下去,双螺旋中的碱基对似乎必须如此排列。复制是生命的本质属性,而几何决定了复制手段。

只能如此。就算是四维宇宙中的生物,就算它们的宇宙多出 ana 和

kata 这两个方向，它们生命信息的传递方式也必然遵循相似的规则：互补、对称。再次借用方块人和纸片人的比喻：纸片人画了一幅交缠的、螺旋上升的画，而方块人能够理解它，因为它们能够认出，那幅画是它们自身遗传模式的低维投影。

"您的双螺旋模型不仅说明我们有解码生命的技术能力，还说明我们珍视生命，说明我们不是冰冷的技术文明——"廖知秋紧紧握着吴树的手，"吴先生，谢谢你！"

他抿着嘴唇，不知该如何回应对方。

一口始终提着的气终于吐了出来。散伙宴上，大家喝得东倒西歪。俄罗斯富豪和舞蹈大师旁若无人地接吻，而伴着詹姆斯·韦奇伍德声嘶力竭演绎的 *We Will Rock You*，邓肯正抱着副国务卿的纤腰忘情起舞。禅宗大师在笑，法国人克莱德曼在哭。

所有的欲望都是生之欲，所有的挣扎都是求生。他想。

这时他闻到香气，他身上每一根起立的汗毛都知道，那个女人来了。

"嗨。"她说。

"嗨。"

"吴树，谢谢你。"

他苦笑，"我还以为，你会说点儿别的什么呢。"

裴静雅粲然一笑，"你希望我说什么？"

"说宇宙很大，生活更大之类的。"

"对人类来说，生活已经没那么大了，不是吗？"

他的心沉了一下：我该不该告诉她？

"在联合国，我们有一个很聪明的程序，"女人说，"它能模拟各种事件对人类社会的冲击。当我把我们即将面对的厄运输入电脑，你猜我得到了什么？"

"肯定不会是什么好东西。"

"各大宗教重新兴起，邪教也趁机攻城略地。暴力事件、恐怖袭击、战争、集体自杀、集体——"女人的脸在酒精的粉彩之上又添了一层嫣红,"集体淫乱。地球成了索多玛和俄摩拉。"

他笑了笑,"邓肯用他的脑袋就得出了这个结果。"

"你们都是聪明绝顶之人,都是,高尚的人,"女人盯着他,目光柔和而又固执,"把你们请来是对的——因为你们艰苦卓绝的努力,人类得以保留最后的尊严。"

他摇了摇头。他不知道这是自谦,还是不满意裴静雅对他说的话。

"我们决定送你一件礼物。"她说。

"礼物?"

"作为人类墓志铭的撰写人,你可以提任何要求。"

"我们还能再见面吗?我是说,在大家各奔东西之后?"

"当然,这个愿望我可以以私人身份额外赠送给你。"女人笑了,这笑容美得不可方物。"吴树,如果我是你,我会提出一个更'大'的要求。"

"更'大'的要求?"

"别忘了,七大国的资源都任你调遣。"

他想了一会儿,然后慢慢接上了她的目光。

"静雅,你记不记得我曾对你说过,我还需要一个告别?"

12

从拉格朗日点俯瞰,地球是那么美。被拆解成单元模块的"露娜"空间站如一条结构松散的银色长龙,连接起蓝色球体和他所处的位置。

一个癌症晚期的病人上了天,并且还进行了太空行走。他想,这真的是一个很"大"的愿望。

他转向月球那一侧。他看到忙碌的空间作业机器人,看到那飘荡在太空中含义不明的巨大结构,看到蛛网般连接着结构的碳纳米管,看到暂时未被拆解的空间站单元,看到几个宇航员正往来穿梭,他们身上的动力系统正喷出白色的气体。

在辅助型人工智能的帮助下,他调整了身体的方向,朝那几个宇航员飘了过去。当宇航员们距他不到二十英尺，他减速，并打开了外层空间多点通信链路。

"请问，你们看到一个叫瑞秋·卡朋特的生物学家了吗？"

几个宇航员面面相觑。

"老兄，你是来找人的吗？"一个男人的声音响起，"在地月拉格朗日点？"

"NASA的负责人说，这样能够制造惊喜。"

"刚拆了一个几千亿美元的大玩具，现在又想制造惊喜，"另一个男声，"NASA最近可是有点儿放飞自我啊。"

多点通信链路里笑成一片。

"行了，你们几个别为难他了。"女人的声音响起，这声音让他有点儿发蒙。一个宇航员飘近了他，他用目光点开视觉辅助，他在他胸前看到两个字母：R.C.

应该说，是"她"。

"吴树，真没想到，你怎么会……"她用的是点对点链路。

"大惊喜。"

"也许NASA真是疯了。"

"也许吧。"他应和道。

"你有科研项目？可'露娜'已经被莫名其妙地大卸八块了，等工程一结束，我们这几个留守人员也要回去了……"

"嘘——"他捏住瑞秋的肩膀，用他的头罩轻轻磕她的，"我是来和你说再见的。"

头罩后面的脸和蓝色地球的倒影重合在一起，瑞秋绿色的眼睛此时正镶嵌在母国雄鸡形的版图之上。

"吴树，你这是……"那绿色的太阳上蒙了一层水雾，"出了什么事？"

他摇了摇头，"没什么。你知道吗，我刚刚想起了一句话。"

"去生活，去犯错，去跌入低谷，去取得胜利，去在生命中创造生命。"

"乔伊斯?"

"对,乔伊斯,"他说,"这段话最合适。"

"合适?"

他放开了手,扭转身体,面向地球。

"我必须抓紧时间了。"他说。

通信链路里一片静寂。

"瑞秋,你知道在世界边缘喝啤酒是怎样的感受吗?"

女人摇了摇头。

"我想我马上就会知道了——我还有一个额外赠送的愿望呢。"他说。